KB217660

목로주점 1

이 도서의 국립중앙도서관 출판예정도서목록(CIP)은 서지정보유통지원시스템 홈페이지(http://seoji.nl.go.kr)
와 국가자료공동목록시스템(http://www.nl.go.kr/kolisnet)에서 이용하실 수 있습니다.
(CIP제어번호: CIP2011005198)

세계문학전집
083

Émile Zola : L'Assommoir

목로주점 1

에밀 졸라 장편소설
박명숙 옮김

문학동네

일러두기

1. 번역 대본으로는 Collection Folio Classique 판 L'Assommoir (Émile Zola, Gallimard, 2010)을 사용했다.
2. 주석은 모두 옮긴이주이다.
3. 본문 중 고딕체는 원서에서 이탤릭체로 강조한 부분이다.

차례 ▌

서문

    '루공마카르 총서'는 모두 스무 권의 연작소설로 계획되었다. 나는 1869년부터 전체 구상을 세웠고, 그것을 극히 엄격하게 지켜나갔다. 『목로주점』을 쓸 차례가 되자 다른 소설들과 마찬가지로 나 자신이 정해놓은 기본 방침에서 한 치의 어긋남도 없이 이야기를 써나갔다. 그래야 스스로를 지키면서 목표를 향해 나아갈 수 있기 때문이다.

    『목로주점』은 신문에 연재되자마자 전례가 없는 거친 공격과 맹렬한 비난의 대상이 되었으며, 심지어 온갖 오명을 뒤집어쓰기에 이르렀다. 여기서 몇 줄로 간단히 작가로서의 내 의도를 설명할 필요가 있지 않을까? 내가 그리고자 했던 것은 악취를 풍기는 우리 변두리에서 살아가는 한 노동자 가족이 돌이킬 수 없이 전락해가는 과정이다. 알코올중독과 나태함은 가족의 해체와 온갖 추잡함, 바르고 정직한 감정들의 점진적 상실을 야기하며, 종국에는 수치와 죽음을 안겨주고 만다. 이것이 바로 내가 보여주고자 하는 작금의 도덕론이다.

『목로주점』은 내가 쓴 소설 중에서 가장 순수한 편에 속한다고 볼 수 있다. 훨씬 더 끔찍한 상처들을 건드려야만 할 때가 종종 있었기 때문이다. 하지만 세인들은 그것들을 담아내는 형식만으로도 질겁하며 분노했다. 또한 그 속에 사용된 언어에 노골적인 불쾌감을 드러냈다. 하지만 내가 저지른 죄과라고는 지극한 문학적 호기심으로 민중이 사용하는 언어를 다방면에서 수집해 치밀하게 연구된 틀 속에 담아낸 것뿐이다. 맙소사! 그들의 언어를 새로운 형식에 담아낸 것이 어떻게 그토록 크나큰 범죄 행위가 될 수 있단 말인가! 그들의 언어가 담긴 사전들도 이미 존재하며, 그것들이 그려내는 이미지의 신랄함과 신선함 그리고 강렬함의 매력에 빠져 연구에 몰두하는 학자들도 있지 않은가. 게다가 호기심이 왕성한 문법학자들에겐 그보다 더 맛난 성찬이 없을 것이다. 하지만 그런 건 아무래도 상관없다. 역사적, 사회적 측면에서 생생한 가치를 지닌, 현실에 대한 순수한 문헌학적 작업을 해나가는 것, 그것이 나의 바람이고 의도인 것이다. 그 사실을 아무도 간파하지 못했다는 점이 심히 유감스러울 뿐이다.

게다가 나는 스스로를 옹호할 생각 같은 건 없다. 내 작품이 저절로 말해주리라 믿기 때문이다. 『목로주점』은 민중을 묘사한 최초의 소설로 거짓 없이 진실을 얘기하는, 민중의 향기를 담은 소설이다. 하지만 이 소설을 읽고 민중 전체가 나약하다는 결론을 내려서는 안 될 것이다. 내 소설 속 인물들은 본디 성정이 나약한 것이 아니라, 배움이 부족하고, 거친 노동과 비참함이 지배하는 환경 때문에 망가진 것뿐이다. 부디 나 자신과 내 작품들에 터무니없는 끔찍한 혹평을 퍼붓기 전에, 무엇보다 전부를 읽고 이해하려고 노력해주기를 바란다. 아! 세간에 나도는 나에 관한 황당한 소문들이 내 동료들을 얼마나 즐겁게 해주었는지! 피를 좋아하는 야만적이고 난폭한 소설가가 사실은, 광범위하고 생생한 작품을 후세에 남길 수 있기만을 꿈꾸면서 서재에 얌전하게 틀어박혀 연구와 창작에 몰두하는 부끄럼 없는 삶을 살아가는 평범한 시민이라는 사실을 어떻게 증명해 보일 수 있을까! 하지만 나는 나 자신에 관한 어떤 소문도 반박할 마음이 없다. 다만 시간의 힘과 대중의 양식을 믿으며 부단히 작업해나갈 뿐이다. 차곡차곡 쌓인 근거 없는 헛소문의 무게를 떨쳐내고 마침내 나 자신을 당당히 드러낼 수 있을 때까지.

1877년 1월 1일, 파리에서

에밀 졸라

1

제르베즈는 새벽 두시까지 랑티에를 기다렸다. 창가에서 얇은 캐미솔* 바람으로 차가운 공기를 맞으며 몸을 떨다가 깜빡 선잠이 들었던 듯했다. 그러다가 양쪽 뺨이 눈물에 젖은 채 열에 들뜬 몸으로 침대에 옆으로 엎어졌다. 랑티에는 보 아 되 테트** 식당에서 함께 외식을 한 후 일주일 내내 그녀와 아이들만 내버려둔 채 밤늦게야 돌아오곤 했다. 그럴 때마다 일자리를 찾는다는 핑계를 둘러댔다. 그날 저녁, 그가 돌아오기를 기다리며 여기저기를 기웃거리던 제르베즈는 그랑발콩*** 무도장으로 들어가는 그를 언뜻 본 것 같았다. 번쩍거리는 열 개의 창문에서 새어 나오는 휘황찬란한 불빛이 칠흑 같은 어둠이 깔

_____

* 당시 여성들이 코르셋이나 슈미즈 위에 입던 짧은 웃옷.
** '쌍두(雙頭) 송아지'라는 뜻.

린 바깥의 대로를 환하게 밝혀주었다. 랑티에의 바로 뒤로는 같은 식당에서 저녁을 먹었던 아담한 체구의 아델의 모습이 언뜻 보였다. 금속 연마공으로 일하는 아델은 두 손을 늘어뜨린 채 랑티에의 뒤로 대여섯 걸음 물러나 있었다. 입구를 비추는 둥그런 조명등의 강렬한 불빛 아래 그와 함께 있는 모습을 들키지 않으려고 팔짱을 꼈던 팔을 막 뺀 듯했다.

새벽 다섯시경, 등이 뻣뻣해지고 허리가 끊어질 듯 아파오면서 잠에서 깨어난 제르베즈는 그때까지 랑티에가 돌아오지 않았음을 확인하고는 울음을 터뜨렸다. 그가 외박을 한 것은 처음 있는 일이었다. 그녀는 침대 가에서 꼼짝하지 않고 앉아 있었다. 그녀의 머리 위로는 끈으로 천장에 매달아놓은 가로대에 걸쳐놓은 빛바랜 사라사 천 조각이 늘어져 있었다. 제르베즈는 눈물로 흐릿해진 눈으로 초라하기 그지없는 방 안을 천천히 둘러보았다. 가구라고는 서랍 하나가 없는 호두나무 서랍장과 짚으로 만든 의자 세 개, 이 빠진 물병이 놓여 있는 기름때 묻은 조그만 식탁이 전부였다. 게다가 방의 3분의 2를 차지하는 아이들용 철제 침대가 서랍장을 가로막고 있었다. 구석에 놓인 제르베즈와 랑티에의 트렁크는 활짝 열려 있었다. 그 속에는 때 묻은 셔츠와 양말 몇 켤레, 낡은 남자 모자가 달랑 하나 들어 있을 뿐 텅 비어 있다시피 했다. 벽을 따라 놓여 있는 의자들의 등받이에는 구멍 난 숄과 진흙투성이의 해진 바지 하나가 걸려 있었다. 헌옷 장수들조차 가져가려 하지 않을 낡디낡은 것들이었다. 벽난로 위에는 짝이 맞지 않

***'커다란 발코니'라는 뜻. '발콩'은 당시 노동자들 사이에서 성적인 의미가 포함된 속어로 쓰였다.

는 두 개의 아연도금 촛대 사이에 연분홍빛 전당표 한 뭉치가 놓여 있었다. 이 여관은 대로에 면해 있었는데, 그들은 비교적 깨끗한 2층 방에 묵고 있었다.

지금 이곳에는 두 아이가 한 베개를 베고 나란히 누워 있었다. 여덟 살인 클로드는 조그만 두 손을 시트 밖으로 내놓은 채 느릿하게 숨을 내쉬었다. 이제 네 살밖에 되지 않은 에티엔은 형의 목에 한 팔을 두르고 엷은 미소를 띤 채 잠들어 있었다. 여전히 눈물이 그렁한 눈으로 아이들을 응시하던 제르베즈는 또다시 눈물 바람이 되어 소리가 새어나가지 않도록 손수건으로 입을 막았다. 그리고 벗겨진 헌 실내화를 다시 신을 생각도 하지 않고 창가로 되돌아가 몸을 기댔다. 그녀는 그렇게, 의문이 가득한 눈으로 멀리 보도를 응시하면서 밤의 기다림을 이어갔다.

여관은 푸아소니에르 시문(市門) 왼쪽으로 난 샤펠 로(路)에 위치하고 있었다. 전체가 검붉은 색으로 칠해진 3층짜리 누옥으로, 빗물에 부식된 덧창이 달려 있었다. 유리에 별 모양으로 금이 간 가로등 위쪽으로는, 두 개의 창문 사이에 노란색으로 큼직하게 쓴 **마르술리에가 운영하는 봉쾨르*** 여관이라는 글씨를 간신히 읽을 수 있었다. 석고에 곰팡이가 슬어 글씨의 일부가 떨어져 나간 때문이었다. 제르베즈는 가로등이 시야를 가리자 손수건으로 입을 막은 채 발돋움을 했다. 로슈슈아르 로가 있는 오른쪽으로 고개를 돌리자, 피가 흥건히 묻어 있는 앞치마를 두른 채 도살장 앞에 모여 있는 푸주한 무리가 보였다.

---

* '선한 마음'이라는 뜻.

상쾌하게 불어오는 아침 바람 속에서 때로 도살당한 짐승들이 풍기는 피비린내와 악취가 느껴졌다. 이번에는 길게 이어진 거리를 따라 왼쪽으로 시선을 돌리자, 그녀의 거의 맞은편에 위치한 라리부아지에르 병원의 신축 중인 새하얀 건물이 보였다. 그녀는 입시세관(入市稅關)* 의 담벼락을 따라 지평선의 한쪽 끝에서 반대쪽 끝까지 찬찬히 눈으로 훑어나갔다. 밤에는 때로 담벼락 너머에서 살인 사건이 발생해 사람들의 비명이 들려오기도 했다. 제르베즈는 음습함과 쓰레기가 넘치는 외지고 어두컴컴한 구석들을 유심히 살펴보았다. 그런 곳 어딘가에서 배에 칼을 맞고 쓰러져 있는 랑티에의 시신을 발견하게 될까봐 두려웠다. 그러다가 시선을 위로 향하자 파리의 아침이 웅성거리며 깨어나는 소리 속에서, 도시를 둘러싼 칙칙한 회색빛의 기나긴 성벽 너머로 사방으로 퍼져 나가는 희뿌연 햇살이 보였다. 하지만 그녀의 시선은 또다시 푸아소니에르 시문 쪽을 향했다. 목을 길게 뺀 채, 나지막한 두 동의 세관 초소 사이로 몽마르트르 언덕과 샤펠**에서 내려오는 사람과 가축, 손수레의 끝없는 행렬을 살펴보느라 현기증이 날 지경이었다. 시문 앞에서 갑자기 멈춰 선 사람의 물결이 차도 위까지 길게 이어졌다. 등에 연장을 지고, 빵 하나씩을 팔 아래에 낀 채 삼삼오오 일터로 향하는 사람들이었다. 마치 끊임없이 거대한 파리의 바다 속으로 빨려 들어가는 물결처럼 보였다. 그들 중에서 랑티에의 모습을 언뜻 본 듯한 제르베즈는 위태로워 보일 정도로 몸을 앞으로

---

* 도시 성벽에 위치한 세관. 당시에는 도시 내부로 들어오는 모든 물품에 세금을 매겼다.
** 몽마르트르와 샤펠은 행정 구역상으로 1860년에 파리로 편입되기 전까지는 외곽 지역에 속했다.

더 숙였다. 그러면서 마치 고통을 억누르려는 듯 손수건으로 입을 더욱더 세게 눌렀다.

그때 등 뒤에서 들려오는 젊고 경쾌한 목소리에 제르베즈는 창가에서 몸을 떼고 뒤를 돌아보았다.

"팔자 좋은 양반께서는 어디 가셨나보군요, 랑티에 부인."

"네, 쿠포 씨." 제르베즈는 애써 미소를 지어 보이며 대답했다.

그는 여관 꼭대기의 10프랑짜리 조그만 방에서 지내는 함석공이었다. 연장가방을 어깨에 멘 채 그곳을 지나가다가 방문에 그대로 꽂혀 있는 열쇠를 보고 안으로 들어왔던 것이다. 친구로서.

"저기 말이죠, 난 지금 저기, 병원에서 일하고 있어요…… 젠장! 벌써 5월인데 날씨가 어째 이 모양인지! 오늘 아침은 정말 지독하게 춥네요."

그러면서 울어서 벌게진 제르베즈의 얼굴을 바라보던 그는 침대 시트가 흐트러지지 않은 것을 보고는 가만히 고개를 끄덕였다. 그리고 여전히 아기 천사 같은 얼굴로 잠들어 있는 아이들을 내려다보면서 나지막하게 말했다.

"힘내세요! 그 친구가 속을 좀 썩이는 편이죠?…… 하지만 너무 걱정하진 마세요, 랑티에 부인. 그 친구가 요즘 정치에 부쩍 관심이 많은 것 같더군요. 전에 언젠가는 그 외젠 쉬*라는 평판 좋은 양반한테 투표를 하고는 어찌나 흥분하던지. 아마도 어딘가에서 친구들하고 그 빌어먹을 보나파르트 대통령** 욕을 하느라 밤을 새운 건지도 모르죠."

---

* 당시 인기를 얻었던 신문 연재소설 「파리의 신비」를 쓴 작가이자 사회주의 공화파. 1850년 4월 파리 하원의원으로 선출되었다.

"아니에요, 그런 게 아니에요." 제르베즈는 그의 말에 항변하듯 힘겹게 중얼거렸다. "당신이 생각하는 그런 게 아니에요. 난 그이가 지금 어디 있는지 알아요…… 우린 그저 남들처럼 조금 다툰 것뿐이에요, 정말이라니까요!"

쿠포는 그런 거짓말에 속지 않는다는 것을 보여주려는 듯 눈을 깜빡거렸다. 그리고 그녀가 나갈 마음이 없다면 자신이 그들 몫의 우유를 찾아다주겠다고 말한 다음 그곳을 떠났다. 제르베즈는 아름답고 용기 있는 여성이었다. 언젠가 그녀가 어려움에 처한다면 그녀는 자신을 믿어도 좋을 것이었다. 쿠포가 가버리자 제르베즈는 다시 창가로 향했다.

시문 주위에서는 차가운 아침 공기 속에 아직 그곳을 빠져나가지 못한 사람들의 웅성거림이 계속되었다. 그중에서 옷 위에 덧입는 헐렁한 청색 작업복을 걸친 열쇠업자, 아래위가 붙은 흰색 작업복을 입은 석공, 긴 작업복 셔츠 위에 모직으로 된 짤막한 외투를 걸친 칠장이 등이 눈에 띄었다. 멀리서 본 그들은 석고 빛깔처럼 밋밋했고, 빛바랜 파란색과 칙칙한 회색이 주를 이루는 중성적 색조를 띠었다. 때로 갑자기 멈춰 선 노동자 하나가 파이프 담배를 피워 물기도 했다. 그러는 사이 그의 주위로는 다른 노동자들이 서로에게 미소 한 번 건네지 않은 채 묵묵히 계속 앞으로 나아갔다. 양쪽 뺨이 흙빛이 된 얼굴을 앞으로 내민 채, 입을 활짝 벌린 포부르 푸아소니에르 가를 통과해 그들을 차례로 집어삼키는 괴물 같은 파리를 향해 걸음을 옮기고

***

** 프랑스 최초의 대통령이자 두번째 황제였던 나폴레옹 보나파르트 3세를 이른다.

16

있었다. 그러는 동안 푸아소니에 가의 양쪽 모퉁이에 있는, 덧문을 활짝 열어젖힌 주점들 입구에서 몇몇 이들의 발걸음이 느려졌다. 그들은 안으로 들어가기 전에 문 앞에서 서성거리면서 파리 쪽을 향해 힐끗힐끗 곁눈질을 했다. 이미 하루를 공칠 각오를 한 듯 맥이 빠진 두 팔을 축 늘어뜨린 채였다. 주점 카운터 앞에서는 벌써 그곳을 가득 채운 한 무리의 남자들이 선 채로 술잔을 주거니 받거니 하면서 세상사를 잊고 있었다. 그들은 조그만 술잔을 연거푸 비워내면서 목청을 가다듬고, 침을 뱉거나 헛기침을 해댔다.

제르베즈는 길 왼쪽 모퉁이에 있는 콜롱브 영감의 주점을 흘끗거리며 살펴보았다. 일전에 그곳에서 랑티에를 본 적이 있는 것 같았기 때문이다. 그때 길 한복판에서 앞치마를 두르고 머리에는 아무것도 쓰지 않은* 뚱뚱한 여인이 그녀를 불렀다.

"이게 누구야, 새댁 아니오. 오늘은 새벽같이 일어났나보구려!"

제르베즈는 그녀를 보려고 몸을 숙였다.

"아! 보슈 부인 아니세요!…… 오늘은 할 일이 많거든요!"

"오, 물론 그렇겠죠! 정말 무슨 놈의 일이 해도 해도 끝이 없다니까."

그렇게 창문과 보도 사이에서 대화가 이어졌다. 보슈 부인은 1층에 보 아 되 테트 식당이 있는 건물의 관리인이었다. 제르베즈는 그녀의 방에서 랑티에를 기다린 적이 여러 번 있었다. 남자들이 우글거리는 식당에서 혼자 앉아 있기가 꺼려졌던 때문이다. 보슈 부인은 남편이 일어나기 전에 서둘러 서기(書記)를 만나러 샤르보니에르 가로 가는

---

* 맨머리의 여성은 모자를 쓴 차림의 상대적으로 부유한 여성과 대조되는 서민층 여성을 가리킨다.

길이라고 설명했다. 남편이 그한테서 프록코트 수선 일감을 받아내지 못했기 때문이다. 그러면서 간밤에 여자를 데리고 온 한 세입자 때문에 모두들 새벽 세시까지 잠을 이루지 못했다고 떠벌렸다. 그러더니 몹시 궁금해하는 표정으로 제르베즈를 뚫어지게 바라보았다. 그녀는 무언가를 알아내려고 일부러 창문 아래로 온 듯했다.

"바깥양반은 아직 기침 전인가보죠?" 보슈 부인이 불쑥 물었다.

"네, 그이는 아직 자고 있어요." 대답을 하면서 제르베즈는 얼굴이 화끈 달아올랐다.

보슈 부인은 그녀의 눈에 눈물이 고이는 것을 확인했다. 그리고 만족스러운 표정으로 남자들을 천하의 게을러빠진 족속이라고 욕하면서 멀어져갔다. 그러다가 급히 다시 돌아와서는 소리쳐 물었다.

"오늘 아침에 세탁장에 갈 거유?…… 나도 빨랫감이 있어서요. 내가 옆에 자리를 맡아놓을게요. 같이 수다나 떨자고요."

그러고는 갑자기 측은해하는 듯한 어조로 말했다.

"가엾은 새댁, 거기 그러고 서 있지 마요. 그러다 감기라도 들면 어쩌려고…… 얼굴이 아주 벌겋게 얼어버렸네."

하지만 제르베즈는 추위에 떨면서도 고집스럽게 아침 여덟시가 될 때까지 두 시간을 더 창가에서 머물렀다. 그사이 상점들도 하나둘씩 문을 열기 시작했다. 언덕에서 내려오는 작업복의 행렬도 멎었다. 동작이 굼뜬 몇몇 사람들만이 뒤늦게 부랴부랴 성문을 빠져나갔다. 주점에서는 아까부터 있던 남자들이 여전히 선 채로 계속 술을 마시면서 기침을 하거나 컥컥거리며 침을 뱉고 있었다. 이번에는 남자들의 뒤를 이어 여성 노동자들이 외곽 도로를 따라 종종걸음으로 움직였다. 금속 연마공, 여성용 모자 제조공, 조화(造花) 직공 등이 몸에 꼭 끼는 얇은 옷을 입고 삼삼오오 무리를 지어 걸어갔다. 그녀들은 경쾌한 웃음을 머금고 반짝이는 눈빛으로 주변을 둘러보면서 흥겹게 재잘 거렸다. 마르고 창백한 안색의 젊은 여성이 홀로 군은 표정으로 쓰레기 더미를 피하면서 조심스럽게 세관 담벼락을 따라가는 모습도 보였다. 서기들이 손을 호호 불어가면서 1수*짜리 빵을 먹는 모습도 눈에 띄었다. 몸에 맞지 않는 짧은 옷을 입고 잠이 덜 깬 표정으로 걸어가는 여윈 체격의 젊은이들과, 오랫동안 사무 일을 보느라 지친 기색이 역력한 작달막한 노인들이 늦지 않으려고 시계를 들여다보면서 발길을 재촉하는 광경도 눈에 들어왔다. 이제 거리는 아침의 평화를 되찾은 듯 보였다. 이웃의 연금 생활자들은 따사롭게 내리쬐기 시작하는 햇볕을 받으며 한가로이 산책을 하고 있었다. 땟국이 흐르는 치마를 입고 머리에는 아무것도 쓰지 않은 아이 엄마들은 품 안에서 갓난아이를 어르다가 벤치에서 기저귀를 갈아주었다. 꾀죄죄한 옷에 콧물이 흐르는 아이들은 울다가 다시 까르륵 웃음을 터뜨리면서, 부산스럽게 서로를 떠밀거나 땅바닥에서 뒹굴기도 했다. 그들을 바라보던 제르베즈는 불현듯 몰려오는 두려움으로 인해 현기증이 나면서 숨이 막힐 것만 같았다. 깊은 절망감이 느껴졌다. 이제 모든 게 끝난 것만 같았다. 좋은 시절은 다 지나가고, 랑티에는 결코 다시는 돌아오지 않을 것만 같았다. 그녀는 공허한 시선으로 도살의 흔적과 악취로 가득한 오래된 도살장부터 신축 중인 희끄무레한 빛깔의 병원 건물까지 죽

---

* 옛 화폐 단위인 1수는 5상팀, 즉 20분의 1프랑이다. 당시 파리 노동자의 하루 평균 임금은 5프랑이었다.

둘러보았다. 길게 늘어선 뻥 뚫린 창문들 뒤로 이제 곧 죽음의 신이 방문할 텅 빈 병실들이 보였다. 그녀의 바로 맞은편에서는 세관의 담벼락 뒤쪽으로 한껏 기지개를 켜며 깨어나는 파리의 머리 위로 점점 더 커지며 떠오르는 태양이 황홀감을 안겨주었다.

이제 울음을 그친 제르베즈는 맥없이 두 손을 늘어뜨린 채 의자 위에 앉아 있었다. 그때 랑티에가 조용히 방 안으로 들어섰다.

"당신이에요? 정말 당신 맞아요?" 제르베즈는 큰 소리로 외치면서 그의 품으로 달려들었다.

"그래, 나야. 그래서 뭐 어쩔 건데? 설마 또 그 지겨운 잔소리를 늘어놓으려는 건 아니겠지?"

그는 그녀를 차갑게 떼어버리고는 불만이 가득한 몸짓으로 검은색 펠트 모자를 서랍장 위로 던졌다. 스물여섯 살의 청년 랑티에는 자그마한 체격에 짙은 갈색 머리, 그런대로 반반한 얼굴에 습관적으로 둥글게 말아 올리는 가느다란 콧수염을 기르고 있었다. 그는 아래위가 붙은 작업복 위에 허리를 꽉 조인 얼룩진 낡은 프록코트를 걸치고 다니면서 프로방스 지방 사투리가 두드러지는 말투를 썼다.

다시 의자 위로 주저앉은 제르베즈는 더듬더듬 조그만 목소리로 불평을 늘어놓았다.

"간밤에 난 한숨도 못 잤어요…… 당신한테 무슨 안 좋은 일이 일어난 건 아닌지 걱정이 돼서…… 대체 어딜 갔던 거예요? 어디서 밤을 보냈냐고요? 맙소사! 제발 다시는 그러지 마요, 나 정말 미쳐버릴지도 모르니까…… 말해봐요, 오귀스트, 지금까지 어디 있었어요?"

"있을 만한 데 있었어, 됐어?" 랑티에는 어깨를 으쓱해 보였다. "여넓시쯤에 글라시에르로 갔어. 모자 공장을 차린다는 그 친구 집 말이야. 거기서 시간이 지체된 거야. 그래서 차라리 자고 오는 게 낫겠다 싶었지…… 그리고 분명히 말하는데, 난 누가 내 뒤를 캐고 다니는 거 딱 질색이거든. 그러니까 제발 날 좀 그냥 내버려두라고!"

제르베즈는 또다시 흐느끼기 시작했다. 랑티에가 언성을 높이고 의자를 거칠게 발로 차는 바람에 아이들이 잠에서 깨어났다. 아이들은 반쯤 벌거벗은 채 침대에서 일어나 앉아 조그만 손으로 머리를 쓸어내렸다. 그러다가 엄마가 흐느끼는 소리를 듣고는 게슴츠레한 눈빛을 한 채 큰 소리로 울기 시작했다.

"빌어먹을! 이젠 아주 합창을 하는군!" 랑티에는 화가 머리끝까지 나서 소리쳤다. "경고하건대, 다들 이러면 난 다시 나가버리고 말 거야, 정말이야! 그리고 이번에는 다시는 안 돌아올 거야…… 정말 당장 안 그칠 거야? 그럼 다들 잘 자라고! 난 왔던 곳으로 다시 돌아갈 테니까."

그는 어느새 서랍장 위에 있던 모자를 다시 집어 들었다. 제르베즈는 말을 더듬거리면서 문으로 달려갔다.

"안 돼요, 가지 마요!"

제르베즈는 아이들을 어루만져주면서 울음을 그치게 했다. 그리고 머리에 입맞춤을 하고 다정한 말을 속삭여주면서 아이들을 다시 잠자리에 눕혔다. 그러자 단번에 눈물을 그친 아이들은 베개 위에서 깔깔거리면서 서로를 꼬집으며 장난을 쳤다. 그러는 사이, 밤을 꼴딱 새우느라 녹초가 된 랑티에는 초췌한 얼굴로 부츠도 벗지 않은 채 그대로 침대 위로 털썩 엎어졌다. 하지만 그는 곧바로 잠이 들지 않고 눈을 크게 뜬 채 방 안을 둘러보며 중얼거렸다.

"집구석 꼬락서니 하고는, 참 깨끗도 하지!"

그러면서 제르베즈를 흘끗 보더니 심술궂게 덧붙였다.

"당신은 이제 씻는 것도 포기한 건가?"

제르베즈는 이제 겨우 스물두 살이었다. 큰 키에 몸매는 비교적 날씬했지만, 섬세하고 고운 얼굴은 그동안 겪은 삶의 신산함 탓에 어느새 많이 상해 있었다. 게다가 부스스한 머리에 낡은 슬리퍼를 신고, 먼지와 기름때가 묻은 하얀색 캐미솔만을 입은 채 추위에 떨면서 두려움과 눈물로 시간을 보내느라 나이가 열 살은 더 들어 보였다. 하지만 빈정거리는 랑티에의 말에 발끈한 그녀는 조금 전까지와는 달리 격앙된 말투로 그에게 쏘아붙였다.

"당신은 그런 말을 할 자격이 없어요. 내가 최선을 다했다는 걸 당신도 잘 알잖아요. 우리가 지금 이렇게 사는 건 내 잘못이 아니라고요…… 당신도 한번 물을 데울 화덕조차 없는 방에서 두 아이를 데리고 있어봐요…… 당신이 약속했던 대로, 파리에 오면서 먼저 정착할 생각부터 했어야 했다고요. 당신이 가진 돈을 다 까먹어버리기 전에."

"이런, 이런!" 랑티에는 흥분해서 외쳤다. "나하고 같이 돈을 흥청망청 신나게 쓸 때는 언제고 이제 와서 본인은 아무런 잘못이 없으시다! 오리발도 유분수지, 정말 어이가 없군!"

제르베즈는 그의 말을 못 들은 척하면서 얘기를 계속했다.

"하지만 우리가 힘을 합치면 이 곤경에서 벗어날 수 있을 거예요…… 엊저녁에 뇌브 가에서 세탁소를 하는 포코니에 부인을 만났는데 월요일부터 나를 고용하겠다고 했어요. 당신은 글라시에르에 사

22

는 당신 친구를 도우면서 무슨 수를 모색해보는 거예요. 그럼 반년 안에 다시 예전처럼 잘 먹고 잘 입을 수 있게 될 거라고요. 어딘가에 우리가 살 셋집도 얻을 수 있을 거고요…… 오! 물론 그러려면 부지런히, 아주 부지런히 일하는 수밖에 없겠지만 말이죠……"

랑티에는 짜증스럽다는 표정으로 벽을 향해 돌아누웠다. 그러자 제르베즈는 화를 참지 못하고 참았던 말들을 뱉어내기 시작했다.

"아무렴, 당연하시겠지. 애초부터 당신은 일 따위에는 눈곱만큼도 관심이 없었으니까. 그저 허망한 야심이나 좇으며 허세로 가득 차서는 부유한 가문 남자들처럼 차려입으려 하고, 실크 치마를 두른 창녀들 엉덩이에나 눈을 돌릴 뿐이지. 아닌가요, 내 말이 틀렸어요? 당신이 내 옷들을 몽땅 전당포에 갖다주는 바람에 난 입을 옷도 없다고요. 그런데 당신은 나를 그런 눈으로 바라보다니…… 말이 난 김에 하는 말이지만, 사실 당신한테 이 얘긴 하지 않으려고 했어요. 기회를 봐서 좀 더 나중에 말하려고 했는데, 난 당신이 간밤에 어디에 있었는지 다 알아요. 당신이 그 아델이라는 창녀 계집하고 그랑발콩으로 들어가는 걸 봤단 말이에요. 아! 그러고 보니 당신은 여자 고르는 안목이 참 대단한 것 같더군요! 그 계집도 참 깨끗한 여자죠, 무척이나! 그런 여자들이 공주처럼 차려입는 건 다 그럴 만한 이유가 있으니까…… 식당에 있는 남자들 모두하고 자야 하니까 그런 거라고요."

그 말에 랑티에는 단번에 침대 아래로 뛰어내렸다. 핏기 없는 그의 얼굴에서 새까만 눈이 더욱더 두드러져 보였다. 그는 체구가 자그마했지만, 한번 부아가 치밀면 마치 폭풍우가 몰아치는 것처럼 무섭게 폭발하곤 했다.

"그래요, 그래, 식당의 모든 남자하고 잤다고요! 보슈 부인이 그 계집하고 꺽다리 언니를 내쫓을 거라고 했단 말이에요. 그 여자들 때문에 남자들이 시도 때도 없이 건물 계단에 늘어서서 기다리는 꼴을 더 이상 봐줄 수가 없다면서요."

랑티에는 제르베즈를 향해 두 주먹을 치켜들었다. 그리고 제르베즈를 때리고 싶은 충동을 간신히 억누른 채 그녀의 두 팔을 붙잡고 마구 흔들다가는 아이들 침대로 밀어버렸다. 아이들은 또다시 소리를 지르며 울기 시작했다. 그는 분노로 씩씩거리면서 다시 자리에 누워서는, 결정을 내리기에 앞서 아직 머뭇거리는 것처럼 중얼거렸다.

"당신이 지금 무슨 짓을 한 건지 모를 거야, 제르베즈…… 당신 실수한 거라고. 두고 봐, 후회하게 될 테니까."

아이들은 한동안 울음을 그칠 줄 몰랐다. 제르베즈는 침대 가에 엎드린 채로 아이들을 감싸 안았다. 그리고 나지막한 목소리로 똑같은 말을 되풀이했다.

"아! 너희만 아니었다면, 불쌍한 내 새끼들!…… 너희만 없었다면!…… 너희만 아니었다면!……"

하지만 랑티에는 골똘히 생각에 잠긴 채 더 이상 그녀의 말에 귀를 기울이지 않았다. 침대에 길게 누운 채 머리맡에 늘어져 있는 빛바랜 사라사 천 조각을 응시할 뿐이었다. 그는 눈꺼풀을 짓누르는 피곤함에도 불구하고 잠을 이루지 못한 채 한 시간가량을 그렇게 머물러 있었다. 그러다가 마침내 무언가를 결심한 듯 굳은 얼굴로 옆으로 돌아눕자, 분주하게 방 안을 정리하고 있는 제르베즈가 보였다. 아이들을 일으켜 옷을 입힌 다음 흐트러진 침대의 정돈을 막 끝낸 참이었다. 그는 비로 방을 쓸고 가구의 먼지를 닦는 그녀를 말없이 지켜보았다. 방 안은 어두컴컴하고 초라하기 그지없었다. 천장은 연기에 그을린 것처럼 시커멓게 변해 있었고, 벽지는 습기로 인해 떨어져 나가 너덜거렸다. 한쪽 다리가 건들거리는 의자 세 개와 서랍장 위에는 켜켜이 먼지가 내려앉아 있어서 걸레질을 할수록 더 시커메졌다. 그런 다음 제르베즈는 랑티에가 창문 고리에 매달아놓고 면도할 때 사용하는 조그맣고 둥근 거울 앞에서 머리를 묶고는 몸을 씻었다. 그러는 동안 그는 맨살이 드러난 그녀의 팔과 목, 그리고 몸 전체를 하나하나 뜯어보았다. 마치 머릿속으로 누군가와 비교라도 하는 듯 보였다. 그러더니 못마땅한 듯 입을 씰룩거렸다. 제르베즈는 오른쪽 다리를 약간 절었다. 하지만 몹시 피곤해서 허리에 극심한 통증을 느낄 때를 제외하고는 그 사실을 거의 알아차리지 못했다. 그날 아침엔 뜬눈으로 밤을 지새우느라 지친 탓에 다리를 끌면서 벽에 기대야만 했다.

방 안에는 침묵만이 감돌았다. 그들은 더 이상 서로 아무런 말도 주고받지 않았다. 그는 얘기할 기회를 기다리는 듯했다. 그녀는 고통으로 속이 바짝바짝 타들어가는 것 같았지만 애써 아무렇지 않은 척하며 서둘렀다. 그녀가 트렁크 뒤쪽 구석에 처박혀 있는 더러운 빨랫감들을 주섬주섬 챙기자 마침내 그가 먼저 침묵을 깨고 물었다.

"지금 뭐 하는 거야?…… 어딜 가려는 건데?"

하지만 제르베즈는 아무런 대답도 하지 않았다. 그러자 또다시 역정이 난 그가 거듭 묻자 그제야 퉁명스럽게 내뱉듯 대꾸했다.

"척 보면 알 텐데 뭘 물어요…… 이걸 모두 깨끗이 빨 거예요……아이들한테 걸레 같은 옷을 입힐 수는 없으니까요."

더러워진 손수건들을 주워 모으는 제르베즈를 지켜보던 랑티에는 또다시 침묵을 깨고 물었다.

"당신 돈 좀 가진 것 있어?"

그러자 제르베즈는 단번에 몸을 일으켜 아이들의 더러워진 셔츠들을 손에 든 채 그를 똑바로 바라보며 대꾸했다.

"지금 돈이라고 했어요? 내가 어디서 돈을 훔쳐 오기라도 했으면 좋겠어요?…… 그저께만 해도 내 검정 치마에 3프랑이 있었다는 걸 당신도 잘 알 거예요. 그걸로 점심을 두 번 사 먹었죠. 그리고 돼지고기도 좀 사고요. 그런데 무슨 돈이 남아 있겠어요? 아뇨, 난 돈 가진 것 없어요. 세탁장에 낼 돈 4수가 전부라고요…… 게다가 난 다른 여자들처럼 돈을 벌지도 못하고 말이죠."

랑티에는 그녀의 마지막 말에도 관심을 보이지 않았다. 그리고 아무런 대꾸 없이 침대에서 내려와서는 벽에 걸린 헌 옷들을 뒤져 바지와 숄을 챙긴 다음, 서랍장을 열어 제르베즈의 캐미솔과 슈미즈 두 개를 꺼내 보탰다. 그리고 그것들을 모두 그녀의 팔에 떠안기며 말했다.

"자, 이걸 모두 전당포에 갖다줘."

"왜, 기왕이면 아이들까지 갖다 맡기라고 하지그래요? 얼마나 좋아요! 빽빽 울어대기나 하는 아이들까지 줘버리면 얼마나 속이 시원하고 좋겠냐고요!"

그렇게 말하면서도 제르베즈는 전당포로 향했다. 그리고 삼십 분쯤 지나 다시 돌아와서는 벽난로 위에 100수짜리 동전을 내려놓았다. 두 개의 촛대 사이에 전당포 영수증을 하나 더 추가하면서.

"전부 해서 이것밖에 안 주더라고요. 난 6프랑쯤 받으려고 했는데

안 된대요. 전당포가 망하는 일은 절대로 없을 거예요…… 언제나 돈 빌리려는 사람들이 줄을 섰으니까!"

랑티에는 100수짜리 동전을 날름 집어 갈 생각을 하지는 않았다. 제르베즈가 잔돈으로 바꿔 올 때까지 기다렸다가 조금 남겨주려고 했다. 그러다가 서랍장 위에 종이에 싸놓은 먹다 남은 햄과 빵 한 조각이 있는 것을 보고는 자신의 조끼 주머니에 동전을 집어넣었다.

"우유 가게에는 들를 수가 없었어요. 우유 값이 일주일 치나 밀렸거든요." 제르베즈가 설명했다. "세탁장에 갔다가 일찍 돌아올 거예요. 그사이 당신은 빵하고 커틀릿용 돼지고기를 좀 사다놔요. 돌아와서 점심을 차려줄 테니까…… 포도주 1리터도 잊지 말고요."

랑티에는 전혀 이의를 제기하지 않았다. 그들 사이에 다시 평화가 찾아온 듯했다. 제르베즈는 더러운 옷들을 마저 챙겼다. 하지만 그녀가 트렁크 깊숙이 들어 있는 랑티에의 셔츠와 양말 들을 꺼내려고 하자 그는 그것들을 그냥 내버려두라고 소리를 질렀다.

"내 옷은 그냥 놔둬, 알겠어? 난 싫다고!"

"대체 뭐가 싫다는 거예요?" 그녀는 몸을 일으키면서 물었다. "설마 이 걸레 같은 옷들을 이대로 다시 입으려는 건 아니겠죠? 빨아야 한다고요."

제르베즈는 그의 잘생긴 얼굴이 또다시 딱딱하게 굳는 것을 보면서 불안한 마음으로 그를 응시했다. 그 어느 것도 그의 고집을 꺾을 수가 없을 것 같았다. 그는 그녀의 손에서 옷을 빼앗아 트렁크 속으로 던져 넣으면서 외쳤다.

"빌어먹을! 한 번만이라도 내 말을 좀 들으란 말이야! 내가 싫다고 했잖아, 분명!"

"하지만 대체 왜요?" 머릿속에 끔찍한 의혹이 스치면서 제르베즈의 얼굴에서 핏기가 가셨다. "지금 당장 이 셔츠들을 입을 건 아니잖아요. 당장 어딜 갈 것도 아니고…… 내가 이걸 가져가면 안 되는 이유가 뭐예요, 대체?"

랑티에는 자신을 뚫어지게 바라보는 그녀의 눈빛에 당혹스러워하면서 잠시 머뭇거렸다.

"왜냐고? 왜?" 그는 더듬거리면서 변명을 늘어놓았다. "젠장! 그러면서 당신은 사방에다 당신이 날 먹여 살리고, 내 옷도 빨아주고 수선해준다고 떠들고 다닐 거잖아. 그래서 그런 거라고! 난 그런 게 싫단 말이야! 그러니까 당신은 당신 일에나 신경 써. 내 일은 내가 알아서 할 테니까…… 고귀한 세탁부께서 나처럼 개차반 같은 놈 때문에 그런 수고까지 할 필요 없단 말이지."

제르베즈는 그에게 애원하다시피 하면서 자신은 결코 그런 말을 하고 다닌 적이 없다고 항변했다. 하지만 그는 거칠게 트렁크를 닫고는 그 위에 주저앉은 채 그녀의 얼굴에 대고 소리쳤다. "절대 안 돼!" 그는 자신이 자신에게 속한 것들의 주인임을 분명히 했다! 그리고 집요하게 추궁하는 것 같은 그녀의 시선에서 벗어나려는 듯 침대로 가서 다시 누우면서, 잠을 좀 자야겠으니 더 이상 잔소리로 머리를 아프게 하지 말라고 으름장을 놓았다. 과연, 그는 이번에는 정말로 잠이 든 것 같았다.

제르베즈는 어찌해야 할지 몰라 잠시 머뭇거렸다. 빨랫감을 발로 밀어놓고 자리에 앉아 바느질이나 할까 생각하기도 했다. 하지만 편안하게 잠든 랑티에의 숨소리가 들려오자 마음이 다소 안정되는 것 같았다. 그녀는 청색 염료 덩어리와 지난번에 쓰고 남은 비누 조각을 챙겼다. 그리고 창가에서 낡은 병뚜껑을 가지고 조용히 놀고 있는 아이들에게로 다가가서 입맞춤을 한 다음 나지막이 속삭였다.

"얌전하게 있어야 한다. 소리를 내면 안 돼. 아빠가 주무시니까."

제르베즈가 방을 나서자 클로드와 에티엔의 숨죽인 웃음소리만이 칙칙한 방 안의 정적 속으로 퍼져 나갔다. 시곗바늘은 열시를 가리켰다. 살짝 열려 있는 창문 사이로 한 줄기 햇살이 스며 들어왔다.

대로에 이르자 제르베즈는 왼쪽으로 돌아 뇌브드라구트도르 가*를 따라갔다. 포코니에 부인의 세탁소 앞을 지날 때는 고개를 살짝 숙여서 인사를 했다. 그녀가 가고 있는 세탁장은 도로의 중간, 포장도로의 오르막길이 시작되는 지점에 있었다. 단조로워 보이는 건물 위로 거대한 물탱크 세 개가 보였다. 볼트로 단단하게 조인, 함석으로 만든 회색빛 원통들이었다. 그 뒤로는 틈새로 바람이 통하도록 가느다란 널빤지로 만든 덧문을 사방에 두른 3층짜리 건조장이 높이 솟아 있었다. 덧문 틈새로 놋쇠 줄에 빨래를 널어 말리는 건조실의 풍경이 언뜻 보였다. 물탱크 오른쪽으로는 증기기관의 가느다란 관에서 새하얀 증기가 힘차게 규칙적으로 뿜어져 나왔다. 물웅덩이에 익숙한 제르베즈는 치마를 걷어 올리지 않은 채 자벨수** 항아리들이 가로막고 있는 입구를 통과해 지나갔다. 그녀는 세탁장 여주인과는 이미 잘 아는 사이였다. 병색이 느껴지는 흐릿한 눈빛에 가냘프고 왜소한 체격의 여

---

* '황금 방울의 새로운 거리'라는 뜻.
** 프랑스 자벨 지방에서 만든 섬유 공업용 표백제.

주인은 유리로 칸막이한 부스에서 장부들을 앞에 쌓아놓고 앉아 있었다. 안쪽 선반에는 비누 덩어리들이 놓여 있었고, 유리병에는 청색 염료 덩어리, 봉지에는 중탄산소다가 들어 있었다. 제르베즈는 그곳을 통과하면서 지난번 세탁 때 맡겨둔 빨랫방망이와 솔을 요구했다. 그리고 번호를 받아 안으로 들어갔다.

세탁장은 평평한 천장에 대들보가 겉으로 드러나 보이는, 거대한 격납고를 연상시키는 곳이었다. 무쇠 기둥들이 세워져 있고, 위쪽으로는 커다란 채광창들이 나 있었다. 우윳빛 안개처럼 공중에 떠 있는 뜨거운 수증기 사이로 희끄무레한 햇살이 자유롭게 통과했다. 어느 구석에선가 올라온 증기가 너르게 퍼져 나가 푸르스름한 장막을 이루면서 시야를 가렸다. 끊임없이 풍기는 퀴퀴하고 축축한 냄새와 비누 냄새가 밴 묵직한 수증기가 뭉쳐져 비를 뿌리기도 했다. 때로는 자벨수 냄새가 코끝을 자극했다. 중앙 통로 양쪽으로는 목과 어깨까지 맨살이 훤히 드러난 여자들이 줄지어 앉아 있었다. 걷어 올린 치마 아래로 끈으로 조인 조악한 신발과 색색의 양말이 보였다. 아낙네들은 마치 화풀이라도 하듯 방망이를 세차게 내려치면서 깔깔 웃었다. 웅성거림 속에서 무슨 말인가를 하려고 몸을 뒤로 젖힌 채 소리를 치거나, 각자의 뒤에 놓인 물통 속을 들여다보기도 했다. 소나기라도 맞은 듯 흠뻑 젖은 채, 발갛게 된 살에서 김이 올라오는 여인들한테서 외설스럽고 거친 기운과 자유분방함이 뿜어져 나왔다. 양동이로 운반돼 단번에 비워진 뜨거운 물, 위에서 내려와 수도꼭지로 흘러나오는 차가운 물, 방망이질로 튀어 오른 물, 헹굼 천에서 떨어지는 물방울 등이 모여 이루어진 커다란 개천과, 여인들이 절벅거리며 지나다니는 고인 물웅덩이가 여러 갈래의 개울물처럼 갈라져 그녀들 주위의 경사진 타일 위로 흘러내렸다. 수증기를 흠뻑 머금은 천장에 부딪혀 잦아드는 폭풍우 같은 요란한 아우성과 가랑비를 연상시키는 흩뿌리는 물소리, 힘찬 방망이질과 외침 속에, 오른쪽에 설치된 증기기관이 섬세한 증기의 막을 하얗게 덮어쓴 채 끊임없이 가쁜 숨을 몰아쉬며 우르릉거렸다. 엄청난 소란을 통제하기 위해 달아놓은 듯 보이는 조종 핸들은 춤을 추듯 규칙적으로 진동했다.

제르베즈는 오른쪽과 왼쪽을 번갈아 흘끗거리면서 중앙 통로를 따라 조금씩 앞으로 나아갔다. 그녀는 분주하게 오가는 여자들과 몸을 부딪치지 않도록 조심하면서, 빨랫감을 팔 아래에 낀 채 허리를 곧추세우고 걷느라 발을 더 심하게 절었다.

"새댁! 여기, 여기라오!" 어디선가 보슈 부인의 거친 목소리가 들려왔다.

제르베즈는 그녀가 자리 잡고 있는 왼쪽 줄 맨 끝으로 향했다. 양말 한 짝을 세게 비벼대던 관리인 여인은 빨래를 계속하면서 주절거렸다. 사이사이 말이 끊겼다.

"거기 앉아요. 내가 새댁 자리를 맡아놓았으니까…… 오! 난 금방 끝나요. 우리 집 양반은 옷을 잘 더럽히지 않거든…… 새댁은 어때요? 그쪽도 오래 걸리지 않을 것 같군요, 안 그래요? 빨랫감이 얼마 안 되는 것 같은데. 정오가 되기 전에 이걸 모두 끝내고 어디 가서 점심이라도 함께 하면 좋을 텐데…… 난 예전에는 풀레 가에 있는 세탁소에 빨랫감들을 맡겼더랬지. 그런데 그 주인 여자가 표백제하고 솔을 너무 많이 사용하는 바람에 옷들을 다 망쳐놓았지 뭐요. 그래서 이젠 내가 직접 빠는 거라오. 물론 돈도 훨씬 더 절약되고. 비누 값만 있으면 되니까…… 그런데 그 셔츠들은 미리 물에 담가놓았으면 좋았을걸. 맙소사, 아무튼 아이들은 알아줘야 한다니까! 뒤에 검댕이 묻은 것 좀 봐."

제르베즈는 가지고 온 세탁물 꾸러미를 풀어 아이들 셔츠를 펼쳐놓았다. 보슈 부인이 잿물 한 양동이를 쓰라고 권하자 제르베즈는 손을 내저으며 말했다.

"오! 아니에요, 더운물이면 충분해요…… 이 정도는 아무것도 아닌걸요."

제르베즈는 빨랫감에서 색깔 있는 것들을 따로 분류했다. 그런 다음 수도꼭지에서 받아 온 찬물 네 양동이를 뒤쪽에 놓여 있는 물통 속에 붓고 그 속에 흰색 옷들을 담가놓았다. 그리고 치마를 허벅지까지 걷어 올린 다음 배까지 올라오는 높이의 물통 속으로 들어갔다.

"많이 해본 솜씨 같은데, 그렇죠? 혹시 고향에서 세탁부 일을 했던 건 아니오?"

금발의 제르베즈는 소매를 걷어 올린 채, 발그레한 팔꿈치만 빼고는 아직 희고 고운 팔로 빨래를 시작했다. 여러 번 빨아서 빛이 바랜 셔츠를 폭이 좁은 빨래판 위에 펼쳐놓고 비누로 문지른 다음, 뒤집어서 반대쪽에도 비누칠을 했다. 그녀는 보슈 부인의 질문에 대답하기 전에 빨랫방망이를 집어 들고 박자에 맞춰 힘 있게 내려치면서 사이사이에 큰 소리로 얘기를 이어갔다.

"네, 그래요, 예전에 세탁부 일을 했답니다…… 열 살 때였죠…… 벌써 12년 전이네요…… 거기서는 강가에서 빨래를 했죠…… 물론

여기보다 훨씬 더 좋았죠…… 우린 나무 아래 있는 마땅한 터를 물색
해야만 했어요…… 맑은 물이 흐르는 곳을요…… 플라상에서는 말이
죠…… 혹시 플라상이 어딘지 아세요?…… 마르세유 근처에 있는?"

"저것 좀 봐, 맙소사!" 제르베즈의 힘찬 방망이질에 감탄한 보슈 부
인이 소리쳤다. "정말 굉장하군! 그 연약해 보이는 팔로 무쇠를 납작
하게 만들고도 남겠네!"

그들의 대화는 큰 소리로 계속되었다. 때로 제르베즈의 말을 알아
들을 수 없었던 관리인 여인은 앞으로 몸을 숙여야 했다. 흰색 옷들은
모두 세찬 방망이질을 견뎌내야만 했다! 제르베즈는 다시 그것들을
물통 속에 집어넣었다가 하나씩 꺼내 또다시 비누칠을 하고 솔로 문
질렀다. 한 손으로는 빨래판 위에 올려놓은 옷을 붙잡은 채, 다른 한
손으로는 개밀 뿌리로 만든 짧은 솔로 땟물로 범벅이 된 비누 거품을
걷어냈다. 사각사각 솔질을 하는 동안, 두 여자는 서로 가까이 다가가
좀 더 은밀한 얘기를 나누었다.

"아뇨, 우린 아직 결혼을 한 건 아니에요." 제르베즈가 하던 얘기를
계속했다. "그런 걸 굳이 감추고 싶진 않아요. 사실 그 사람은 결혼하
고 싶을 만큼 그렇게 자상한 남자도 아니고 말이죠. 아이들만 없었다
면, 아휴, 벌써 헤어졌을 거예요!…… 큰애가 태어났을 때 난 겨우 열
네 살이었고, 그 사람은 열여덟밖에 되지 않았어요. 둘째는 4년 후에
태어났고요…… 그냥 그렇게 된 거랍니다. 다들 그렇게 살아가잖아
요. 난 우리 집에서 행복하지가 않았어요. 우리 아버지 마카르는 걸핏
하면 트집을 잡아 내 허리에 발길질을 해댔죠. 그래서 집 밖으로 나돌
게 됐어요…… 우린 결혼할 수도 있었답니다. 하지만 우리 부모님이

원치 않았죠, 왜 그랬는지는 모르겠지만."*

제르베즈는 새하얀 거품 속에서 벌겋게 변한 두 손을 털어내면서 말했다.

"파리의 물은 참 독한 것 같아요."

보슈 부인은 이제 그저 건성으로 빨래를 했다. 단지 그곳에 계속 머물러 있기 위해, 하던 동작을 멈추거나 필요 이상으로 비누칠을 길게 하면서 시간을 끌었다. 보름 전부터 그녀의 호기심을 극도로 자극하던 그들의 이야기를 알고 싶어서였다. 두둑한 그녀의 얼굴에서 입은 반쯤 벌어져 있었고, 두드러지게 돌출한 눈은 반짝반짝 빛났다. 그녀는 자신의 짐작이 맞았다는 생각에 내심 만족감을 감추지 못했다.

'내 생각이 옳았어, 이 젊은 여잔 말이 너무 많아. 분명 무슨 문제가 있는 거라고.'

그리고 큰 소리로 물었다.

"바깥양반이 별로 잘해주지 않나보죠?"

"아휴, 말도 마세요! 고향에 있을 때는 나한테 아주 잘해주었죠. 하지만 파리에 온 후로는, 정말 힘드네요…… 그 사람 어머니가 작년에 돌아가셨거든요. 유산으로 천 700프랑 정도를 남겨주고요. 그는 파리로 떠나려고 했어요. 난 여전히 아버지한테 시도 때도 없이 뺨을 맞으며 살고 있었고요. 그래서 그이와 함께 떠나기로 마음먹은 거예요. 우린 두 아이를 데리고 여기까지 왔죠. 그이는 나한테 세탁소를 차려주

---

* 두 여자의 수다를 통해 졸라는 『목로주점』을 '루공마카르 총서'의 첫번째 편인 『루공가의 행운』과 연결시키고 있다. 제르베즈와 랑티에는 『루공가의 행운』에 처음 등장하며 두 사람이 결혼하지 않은 이유 또한 거기에 좀 더 명확히 밝혀져 있다.

고, 자신은 예전에 하던 모자 만드는 일을 하기로 했어요. 그랬다면 우린 아마 지금쯤 행복하게 살고 있었을 거예요…… 하지만 그게 말이죠. 랑티에는 야심이 많고 낭비벽이 심한 남자거든요. 흥청망청 즐길 생각으로 머릿속이 꽉 차 있는 남자죠. 한마디로 별 볼 일이 없는 남자인 거죠…… 어쨌거나 우린 몽마르트르 가에 있는 몽마르트르 호텔에 투숙했어요. 그러고는 날마다 근사한 저녁에 마차를 타고 다녔고, 연극도 보러 다녔어요. 그리고 그이는 시계를, 난 실크 드레스를 사 입었죠. 그 사람은 돈이 있을 때는 인심이 후한 편이거든요. 이해하시겠어요, 뜻하지 않게 생긴 돈을 그렇게 물 쓰듯 마구 써댄 거예요. 그렇게 두 달을 보내고 나니 수중에 한 푼도 남아 있지 않더군요. 그래서 어쩔 수 없이 봉쾨르 여관에 머물면서 이렇게 한심한 꼬락서니로 살게 된 거예요……"

제르베즈는 갑자기 목이 메는 듯 얘기를 멈추고는 눈물을 삼켰다. 그러면서 솔질을 마저 끝내고는 중얼거렸다.

"더운물을 좀 가지러 가야겠어요."

하지만 모처럼 듣게 된 속내 이야기가 중단되는 게 아쉬웠던 보슈 부인은 지나가던 일꾼 청년을 불렀다.

"샤를, 미안하지만 이 새댁한테 더운물 한 양동이만 좀 가져다주구려. 부인이 좀 바빠서 말이지."

청년이 물을 한 양동이 가득 받아다주자 제르베즈는 돈을 지불했다. 한 양동이에 1수씩이었다. 그리고 더운물을 물통에 부은 다음 빨래판 위로 몸을 숙인 채 옷에 마지막으로 비누칠을 했다. 그녀의 금발 주위로 회색빛 연기 같은 수증기가 어른거렸다.

"자, 이 소다 가루를 좀 넣어요. 난 더 있으니까." 관리인 여인이 상냥하게 말했다.

그러면서 제르베즈의 물통 속으로 남아 있던 중탄산소다를 털어 넣었다. 자벨수도 권했지만 제르베즈는 필요 없다면서 사양했다. 그것은 기름때와 포도주 얼룩을 지우는 데 사용하는 것이었다.

"바깥양반이 바람기가 좀 있는 것 같던데." 보슈 부인은 이름을 언급하지는 않은 채 랑티에 얘기를 다시 꺼냈다.

몸을 숙인 채 두 손으로 빨랫감을 주무르던 제르베즈는 고개를 주억거리는 것으로 대답을 대신했다.

"그래, 맞아. 어쩐지 낌새가 이상하더라니까……" 보슈 부인은 혼잣말처럼 중얼거렸다.

그러다가 제르베즈가 불쑥 몸을 일으켜 창백한 얼굴로 자신을 뚫어지게 쳐다보자 당황한 듯 소리쳤다.

"오! 아니야, 난 아무것도 몰라!…… 새댁 바깥양반은 그저 웃고 떠들기를 좋아하는 거라고, 내 생각엔. 그것뿐이라고…… 그래서 우리 건물에 세 들어 사는 그 젊은 여자 둘하고 농담이나 주고받는 거라고. 왜, 새댁도 잘 알잖아, 아델하고 비르지니 말이야. 하지만 절대 별일은 없었을 거야, 내가 보장한다니까."

하지만 제르베즈는 땀으로 범벅이 된 얼굴로, 양팔에는 물이 줄줄 흐르는 채로 여전히 그녀의 눈을 뚫어지게 응시했다. 그러자 발끈한 관리인 여인은 자기 말을 믿어달라는 듯 가슴팍을 주먹으로 치면서 외쳤다.

"난 정말 아무것도 몰라, 정말이라니까!"

그러더니 마치 진실 같은 것에는 개의치 않는 사람에게 얘기하듯 짐짓 다정한 목소리로 말했다.

"내가 보니까, 그 사람 눈빛이 순수하더라고…… 그 양반은 분명 새댁하고 결혼할 거야, 내 말을 믿으라니까 글쎄!"

제르베즈는 젖은 손으로 이마를 훔쳤다. 그리고 또다시 고개를 끄덕이면서 물속에서 다른 옷가지를 꺼냈다. 두 여자는 잠시 동안 서로 아무 말도 하지 않았다. 어느덧 그녀들 주위로 세탁장의 열기가 잦아들었다. 열한시를 알리는 종이 울렸다. 아낙네들의 절반 정도는 뚜껑을 딴 1리터짜리 포도주병을 발밑에 내려놓고 한쪽 다리를 물통 가장자리에 올려놓은 채 소시지를 넣은 빵으로 허기를 달랬다. 얼마 되지 않은 빨랫감을 들고 온 여자 몇 명만이 부스 위에 걸린 둥근 괘종시계로 눈길을 보내면서 분주하게 움직였다. 한층 잦아든 웃음소리와 음식을 씹는 소리가 뒤섞인 끈적거리는 대화 사이사이에 아직 이따금씩 빨랫방망이 소리가 들려왔다. 그사이 휴식을 모르는 증기기관은 여전히 몸을 떨거나 우르릉 소리를 내면서 거대한 공간을 채우고 있었다. 하지만 그곳을 가득 메운 여인네들 가운데서 그 소리에 귀를 기울이는 사람은 아무도 없었다. 그것은 세탁장이 숨 쉬는 소리와 같았기 때문이다. 증기기관에서 뿜어져 나오는 뜨거운 숨결은 끊임없이 세탁장을 떠다니는 수증기를 천장의 들보 아래로 그러모았다. 이제 세탁장의 열기는 참아낼 수 없을 지경에 이르렀다. 세탁장 왼쪽으로 높이 난 창문들로부터 쏟아져 들어오는 햇살에 데워진 희뿌연 수증기가 옅은 회색빛이 감도는 분홍빛과 푸른빛을 띤 채 안개 장막처럼 공중에 머물러 있었다. 여기저기서 불평이 거세지자 샤를은 창문을 옮겨 다니면서 올 굵은 천으로 된 차양을 쳤다. 그리고 반대편 그늘 쪽으로 가서 여닫이 창문들을 활짝 열었다. 그러자 모두들 환호하면서 박수를 쳤다. 왁자지껄한 화기애애함이 세탁장 전체로 퍼져 나갔다. 그리고 마지막 방망이 소리마저 잦아들었다. 이제 입속 가득히 먹을 것을 채워 넣은 여인네들의 손에는 휴대용 칼이 들려 있을 뿐이었다. 무거운 정적 속에서, 바닥에서 석탄을 퍼 증기기관의 아궁이 속으로 밀어 넣는 화부의 부삽 소리만이 규칙적으로 들려왔다.

그러는 사이 제르베즈는 남아 있던 비누를 푼 더운물로 색깔 있는 옷들을 빨았다. 세탁이 모두 끝나자 건조대를 끌어당겨 빨아놓은 옷들을 펼쳐놓았다. 아래로 떨어진 물이 바닥에 푸르스름한 물웅덩이를 이루었다. 이젠 빨래를 헹구는 일이 남았다. 그녀 뒤로는 바닥에 고정된 커다란 물통에 차가운 수돗물이 넘쳐흘렀고, 그 위쪽으로는 빨랫감을 올려놓을 수 있는 두 개의 나무 봉이 지나가고 있었다. 그보다 더 위쪽으로는 세탁이 끝난 옷들을 널어 물기를 뺄 수 있는 또 다른 봉 두 개가 매달려 있었다.

"자, 이제 대충 끝난 것 같군. 한숨 돌려도 되겠네." 보슈 부인이 말했다. "내가 짜는 걸 좀 도와주리다."

"아뇨! 그러실 필요 없어요. 말씀만이라도 감사해요." 제르베즈는 깨끗한 물에 담근 옷들을 주무르고 헹구면서 말했다. "시트처럼 크지도 않은걸요."

하지만 그녀는 결국 관리인 여인의 도움을 받아야만 했다. 두 여자는 각각 빨래의 양쪽 끝을 잡고 있는 힘껏 쥐어짰다. 조악하게 염색된 밤색 모직 치마에서 누르스름한 물이 뚝뚝 떨어졌다. 그때 보슈 부인이 소리쳤다.

"아니, 저게 누구야! 껑다리 비르지니잖아!…… 여기까지 대체 뭘 빨려고 왔지? 기껏해야 손수건에다 누더기 같은 옷 서너 가지를 싸 들고서?"

제르베즈는 얼른 고개를 들어 입구 쪽을 바라보았다. 비르지니는 제르베즈와 같은 또래로 그녀보다 키가 크고, 가무잡잡한 피부에 약간 갸름한 얼굴에도 불구하고 귀염성 있게 생긴 여성이었다. 그녀는 밑단에 프릴 장식이 달린 낡은 검정 원피스를 입고, 목에는 붉은색 리본을 달고 있었다. 꼼꼼하게 위로 틀어 올린 머리는 푸른색 머리망으로 감싼 채였다. 잠시 중앙 통로에 멈춰 선 비르지니는 눈을 깜빡거리면서 어느 쪽으로 갈지 궁리하는 듯 보였다. 그러다가 제르베즈를 발견하자 뻣뻣하고 거만한 태도로 엉덩이를 흔들면서 그녀 옆을 지나, 같은 줄에서 물통 다섯 개만큼 떨어진 곳으로 가서 자리를 잡고 앉았다.

"대체 무슨 바람이 불어서 여길 다 왔담!" 보슈 부인은 조그만 목소리로 속삭이듯 말했다. "평소에 소맷자락 하나도 안 빨아 입는 여자가…… 아! 정말 얼마나 게을러빠진 여잔지, 말도 마요! 무슨 양재사가 자기 신발 하나 기워 신을 생각도 안 하는지! 자기 동생 아델하고 똑같다니까! 왜 있잖아, 금속 연마 일을 하는 그 천방지축 아가씨 말이야. 그 여잔 사흘에 이틀은 작업장에 아예 코빼기도 안 비친다니까! 저 여자들은 부모도 없는데 대체 뭘로 먹고사는지 모르겠어. 그리고…… 그런데 저 여자가 지금 뭘 비벼대는 거지? 엥? 저거 페티코트 아냐? 정말 역겹지 않아요? 그동안 볼 꼴 못 볼 꼴 다 보았을 텐데, 저 페티코트 말이지!"

물론 보슈 부인은 제르베즈의 비위를 맞추느라 그처럼 애써 험담을 늘어놓는 중이었다. 사실 그녀는 아델과 비르지니가 돈이 있을 때는 그 자매들과 종종 커피를 마시는 사이였다. 제르베즈는 그녀의 말에는 아무런 대꾸도 하지 않은 채 두 손을 분주하게 놀리면서 하던 일을 계속했다. 제르베즈는 삼발이 위에 올려놓은 조그만 물통 속에 청색 염료를 막 풀어 넣은 참이었다. 마치 도료처럼 파란색으로 변한 물속에 흰색 옷들을 담근 채 한동안 가만가만 흔들었다. 그런 다음 가볍게 짜서는 맨 위의 나무 봉에 널어놓았다. 그러는 동안 제르베즈는 비르지니에게 일부러 등을 돌리고 있었다. 하지만 자신을 향한 빈정거림과 경멸적인 비딱한 시선을 예민하게 느낄 수 있었다. 비르지니는 단지 그녀의 화를 돋우기 위해 그곳에 온 듯했다. 어느 순간 제르베즈는 뒤로 돌아섰고, 두 여자는 아무 말 없이 서로를 응시했다.

"글쎄 그냥 놔두라니까." 보슈 부인이 제르베즈에게 조그맣게 속삭였다. "설마 두 사람이 머리꼬덩이를 잡고 싸울 생각은 아니겠지…… 정말 아무 일 없었다고 하잖아요! 저 여잔 아니라니까 글쎄!"

제르베즈가 마지막 옷을 널려는 순간 세탁장 입구에서 웃음소리가 들려왔다.

"아이들 둘이 엄마를 만나러 왔대요!" 샤를이 안쪽을 향해 소리쳤다.

그곳에 있던 여자들 모두가 몸을 숙여 문 쪽을 바라보았다. 제르베즈의 눈에 클로드와 에티엔의 모습이 보였다. 그녀를 알아본 아이들은 끈이 풀린 신발로 물웅덩이를 헤치면서 타일 위를 요란하게 달려 엄마에게로 향했다. 형인 클로드는 어린 동생의 손을 꼭 잡고 있었다.

아이들이 지나는 길에 있던 아낙네들은 약간은 겁에 질린 채 미소를 지으며 달려가는 아이들에게 한두 마디씩 다정스러운 말을 건넸다. 아이들은 서로 꼭 잡은 손을 놓지 않은 채 엄마를 향해 금발 머리를 치켜들고 그녀 앞에 멈춰 섰다.

"아빠가 보냈니?" 제르베즈가 물었다.

그러면서 에티엔의 신발 끈을 묶기 위해 몸을 숙이는 순간, 클로드가 방 번호표가 달린 구리 열쇠를 손가락에 끼워 흔드는 게 눈에 들어왔다.

"이런! 열쇠를 가져왔구나!" 그녀는 무척 놀라면서 물었다. "왜 이걸 엄마한테 가지고 온 거니?"

손가락에 끼워둔 열쇠를 깜빡 잊어버리고 있었던 아이는 그제야 기억이 났다는 듯 해맑은 목소리로 대답했다.

"아빠가 가버렸어요."

"아빠 점심거리를 사러 간 거야. 그러면서 너희한테 엄마를 데리고 오라고 시켰니?"

클로드는 동생을 바라보고는 잠시 머뭇거리더니 단숨에 보고하듯 말했다.

"아빠 아주 가버렸어요…… 침대에서 뛰어내려서는 트렁크에 아빠 물건들을 다 집어넣고, 마차에 싣고 가버렸어요…… 멀리."

그때까지 바닥에 쪼그리고 앉아 있던 제르베즈는 천천히 몸을 일으켰다. 그리고 얼굴이 새하얗게 질린 채, 마치 머리 깨지는 소리가 들려오기라도 하는 것처럼 두 손을 두 뺨과 관자놀이로 번갈아 가져갔다. 그러면서 똑같은 어조로 같은 말을 계속해서 뱉어냈다.

"오! 맙소사!…… 오! 맙소사!…… 오! 맙소사!……"

그러자 이번에는 이 이야기에 끼어들게 된 데 흥분한 보슈 부인이 다시 물었다.

"얘야, 좀 더 자세하게 얘기를 해보렴…… 아빠가 문을 잠근 다음, 너희보고 엄마한테 열쇠를 갖다주라고 한 거지, 그렇지?"

그러면서 목소리를 낮추어 클로드의 귀에 대고 덧붙여 물었다.

"마차에 어떤 아줌마가 타고 있었니?"

아이는 혼란스러운 듯 또다시 머뭇거렸다. 그리고 의기양양하게 똑같은 이야기를 반복했다.

"아빤 침대에서 뛰어내려서, 트렁크에 물건들을 다 집어넣고 가버렸어요……"

그런 다음 보슈 부인이 더 이상 묻지 않자 동생을 수도꼭지 앞으로 데리고 갔다. 두 아이는 물을 흘러내리게 하면서 장난을 쳤다.

제르베즈의 눈에서는 눈물조차 나오지 않았다. 그녀는 허리를 물통에 기대고 두 손으로 얼굴을 감싼 채 숨죽이고 있을 뿐이었다. 때때로 격렬하게 몸을 떨거나 긴 한숨을 내쉬었다. 그러면서 절망의 암흑 속으로 영원히 사라져버리려는 듯 두 주먹을 눈 위에 대고 세게 눌렀다. 마치 깊은 수렁 속으로 빠져드는 느낌이었다.

"자자, 힘내요. 이럴 때일수록 정신을 똑바로 차려야 하는 거야!"

보슈 부인이 조용히 위로의 말을 건넸다.

"부인은 모르세요! 내가 무슨 일을 겪었는지!" 마침내 제르베즈가 입을 열어 조그맣게 말했다. "오늘 아침에 그 사람이 나한테 내 숄과 슈미즈를 전당포에 맡기고 돈을 받아 오도록 시켰어요. 그 돈으로 마차 샀을 지불한 거라고요⋯⋯”

제르베즈는 급기야 울음을 터뜨렸다. 아침에 종종걸음으로 전당포로 달려갔던 기억이 떠오르자 눈물이 펑펑 솟구쳤다. 그대로 숨이 막혀 죽을 것만 같았다. 그 순간의 기억은 그녀에게 역겨움을 안겨주면서 깊은 절망감에 크나큰 고통을 더해주었다. 굵은 눈물방울이 흘러내리며 얼굴을 감싼 두 손을 적셨지만 그녀는 손수건으로 닦을 생각조차 하지 않았다.

“진정해요 글쎄, 좀 조용히 하라고. 다들 보고 있잖아요.”보슈 부인은 그녀를 달래려고 애썼다. “세상에, 어떻게 남자 하나 때문에 이토록 마음 아파할 수가 있지!⋯⋯ 그러니까 그 남자를 여전히 좋아했던 거군요, 그렇죠? 가엾은 새댁, 조금 전에는 열을 내면서 그토록 욕을 해대더니. 이젠 그 남자 때문에 이렇게 눈물까지 펑펑 흘리면서 마음 아파하다니⋯⋯ 맙소사, 우리 여자들은 정말 왜 이렇게 바보 같은지 모르겠다니까!”

그러더니 마치 어머니처럼 다정스레 굴며 얘기를 계속했다.

“새댁처럼 예쁘고 참한 여자가 어쩌다가, 쯧쯧! 기왕 이렇게 된 거니까⋯⋯ 솔직히 다 얘기해도 되겠지? 그게 그러니까, 있잖우, 내가 새댁이 묵는 여관 창문 아래로 지나갔을 때 난 벌써 어느 정도 짐작하고 있었다오⋯⋯ 사실은 말이지, 그날 밤 아델이 돌아왔을 때 아델과 함께 온 어떤 남자 발소리를 들었거든. 그래서 누군가 하고 계단을 엿보았지. 그 남자는 이미 3층으로 올라가고 있었지만 난 새댁 바깥양반의 프록코트를 똑똑히 보지 않았겠수. 그리고 오늘 아침에 경비를 섰던 우리 남편이 랑티에 씨가 위층에서 여유작작하게 내려오는 걸

똑똑히 봤고 말이지…… 그러니까 그 사람은 간밤에 아델하고 같이 있었던 거라고. 비르지니는 일주일에 두 번씩 만나는 어떤 남자가 생겼거든. 그런데 꺼림칙한 게 한 가지 있는데 말이지, 그 여자들은 방 하나에서 같이 지내거든. 방 하나에, 침대를 들여놓는 알코브*도 하나뿐이야. 그러니 어젯밤 비르지니가 어디서 잤는지 도통 모를 노릇이야."

잠시 얘기를 중단한 관리인 여인은 뒤를 돌아보면서 목소리를 낮추어 소곤거렸다.

"저 인정머리 없는 여자는 지금 새댁이 우는 걸 보면서 즐거워하고 있다고. 빨래 같은 건 여기로 새댁을 보러 오기 위한 핑계일 뿐이라니까. 내 말이 틀리면 내 열 손가락에 장을 지져도 좋아. 그 두 연놈을 도망시켜놓고는, 새댁이 어떤 얼굴을 하고 있는지 그것들한테 얘기해주려고 온 게 분명하단 말이지."

그 말에 제르베즈는 얼굴에서 두 손을 떼고 앞쪽을 바라보았다. 아낙네들 서넛에게 둘러싸인 채 자신을 뚫어지게 바라보면서 무슨 말인가를 속살거리는 비르지니를 보자 엄청난 분노가 치밀어 올랐다. 온몸을 부르르 떨면서 휙 돌아선 제르베즈는 몇 발자국 걸어가면서 바닥에서 무언가를 찾는 듯 두리번거렸다. 그리고 물이 가득한 양동이를 두 손으로 들어 올려 단번에 비워냈다.

"이년이 미쳤나!" 껑다리 비르지니가 소리쳤다.

하지만 비르지니는 잽싸게 뒤로 물러난 덕분에 신발 외에는 젖지

---

* 서양식 건축에서 벽면을 쑥 들어가게 만들어놓은 부분.

않았다. 그사이 조금 전부터 젊은 여인이 흐느끼는 것에 호기심이 한 껏 발동해 있던 세탁장의 여인네들은 두 여자의 다툼을 보기 위해 너 도나도 주위로 몰려들었다. 요기를 마친 여자들은 물통 위로 올라서 서 목을 길게 빼고 보았다. 손에 비누를 든 채로 달려온 여자들도 있 었다. 모두들 두 여자 주위를 둥글게 에워쌌다.

"이년이 정말 어떻게 된 거 아냐!" 비르지니가 또다시 외쳤다. "뭘 잘못 먹었나, 어디서 행패야 행패가!"

제르베즈는 턱을 앞으로 내민 채 파르르 떨리는 얼굴로 멈춰 섰다. 아직 파리식으로 말싸움을 하는 데 익숙지 않은 탓에 선뜻 대꾸할 말 이 생각나지 않았다. 그러는 사이 상대방은 고개를 치켜들고 계속 떠 들어댔다.

"뭐야! 시골에서 굴러먹는 게 더 이상 재미가 없어졌나보지. 열두 살도 되기 전부터 군인들 침낭 노릇을 했다면서? 다리 한 짝은 거기 다 놓고 왔나보네…… 그 짓을 하도 많이 해서 썩어 문드러져서 그런 거 아냐?……"

지켜보던 구경꾼들 사이에서 킥킥거리는 웃음소리가 들려왔다. 그 러자 더 의기양양해진 비르지니는 긴 허리를 곧추세우며 바짝 앞으로 다가가 더 큰 소리로 외쳤다.

"흥! 어디 앞으로 한번 나서보시지. 내가 정신이 번쩍 들게 해줄 테 니까! 어디 감히 이런 데서 시비를 걸고 지랄이야…… 내가 당신 따 위 하찮은 시골뜨기한테 신경이나 쓸 줄 알고! 내 털끝 하나라도 건드 리기만 해봐. 속곳을 확 뒤집어버릴 테니까. 그럼 참 볼만할 텐데. 어 디 내가 무슨 짓을 했는지 한번 말해보라지…… 말해봐, 내가 당신한테 뭔 짓을 했다는 거야, 대체?"

"경고하는데, 그만 지껄이는 게 좋을 거야." 제르베즈는 더듬더듬 말했다. "내가 무슨 말을 하는지 잘 알잖아…… 난 어젯밤에 내 남편이 누구랑 있었는지 다 알아…… 그러니까 그 주둥아리를 당장 닥치는 게 좋을 거야. 안 그럼 내 손으로 널 죽여버리고 말 테니까."

"남편이라고! 하하! 이거야말로 정말 웃기는 이야기군!…… 고고한 부인께 남편이라! 대체 어느 남편을 말하는 건지!…… 그 남자가 당신을 버린 게 내 탓은 아니지. 난 당신한테서 그 남자를 훔친 적이 없거든. 못 믿겠으면 어디 한번 뒤져보시든가…… 진실을 말해줄까? 당신은 그 남자를 숨 막히게 했던 거야! 당신 같은 여자한테는 너무나 아까운 남자였지…… 그런데 그 사람 목에 개목걸이라도 매달아놓았나? 이 여자 남편을 본 사람 있나요?…… 찾아주시는 분께는 후한 상금이 있답니다……"

또다시 웃음이 터졌다. 제르베즈는 들릴락 말락 한 목소리로 여전히 혼잣말처럼 중얼거렸다.

"알잖아, 당신은 알고 있잖아…… 당신 동생이 그랬다는 걸. 내가 가만두지 않을 거야. 죽여버릴 거야, 당신 동생을……"

"그래, 그럼 내 동생한테 가서 직접 따져보시든가." 비르지니는 또다시 이죽거렸다. "아하! 내 동생이 그랬단 말이지! 그럴 수도 있겠지. 갠 당신 같은 여자하곤 비교도 안 되게 매력적이니까…… 그런데 그게 나랑 무슨 상관이지? 그것 때문에 내가 여기서 빨래도 맘대로 하지 못하란 법이 있나? 그러니까 이제 알았으면 그만 꺼져주시지. 당신 같은 여자랑은 상종하기도 싫으니까!"

비르지니는 자신이 뱉어낸 욕설에 취한 듯 흥에 겨워 방망이를 대여섯 번 정도 두드리더니 또다시 제르베즈를 향해 장광설을 늘어놓기 시작했다. 그렇게 잠시 쉬었다가 다시 떠들어대기를 세 번이나 반복했다.

"그래! 맞아, 내 동생이 맞아. 그래서 이젠 만족해?⋯⋯ 두 사람은 서로 아주 죽고 못 산다고. 둘이 얼마나 알콩달콩 잘 지내는지 당신이 봤어야 하는데!⋯⋯ 그런데 당신은 그 남자한테 사생아들하고 함께 버림을 받았으니 참으로 신세 처량하게 됐지 뭐야! 얼굴에 새카만 더께가 덕지덕지 앉은 저 꼬맹이들 말이지! 그중 하나는 어떤 헌병의 씨라고 하던데, 내 말이 틀려? 게다가 파리에 올 때 짐을 줄이려고 애를 셋이나 지워버렸다면서⋯⋯ 이건 다 당신 남편이라는 랑티에 그 사람이 해준 얘기야. 아참! 이 말도 꼭 전해줘야겠네. 그 사람은 이젠 볼품없는 당신 몸뚱어리가 꼴도 보기 싫다던데!"

"이 나쁜 년! 망할 년! 재수 없는 년 같으니라고!" 제르베즈는 온몸을 부르르 떨면서 악에 받쳐 소리를 마구 질러댔다.

그러면서 뒤로 돌아 또다시 바닥에서 무언가를 찾는 듯 두리번거렸다. 그러다가 조그만 물통을 발견하자, 거꾸로 뒤집어서는 그 속에 든 파란색 염료를 비르지니의 얼굴에 부어버렸다.

"이년이 실성을 했나! 내 원피스를 다 버려놓았잖아!" 비르지니는 한쪽 어깨가 흠뻑 젖고 왼쪽 손이 파랗게 물든 채로 길길이 날뛰었다. "기다려, 이 창녀 같은 계집!"

그녀 역시 양동이를 집어 제르베즈를 향해 물을 퍼부었다. 왁자지껄한 싸움이 벌어졌다. 두 여자는 각자 물이 가득 든 양동이를 들고

와서는 서로의 머리에 대고 물을 부어댔다. 한바탕 물세례가 있을 때마다 번갈아 추임새가 따라왔다. 제르베즈도 이젠 말싸움에서 밀리지 않았다.

"자! 이 더러운 계집!…… 이거나 받아라. 길길이 날뛰는 네 엉덩이를 식혀줄 테니까."

"아! 이 망할 년이 어디서 함부로 주둥아리를 놀리고 지랄이야! 이건 더러운 네 몸뚱어리를 위한 거다. 어디 평생 처음으로 한번 제대로 씻어보시지."

"좋아, 그래, 이번엔 내가 너를 씻겨주지, 이 꺽다리 말라깽이 갈보 년아!"

"자, 여기 또 간다!…… 이걸로 이도 헹구고 단장을 해서 오늘 밤 벨옴* 가 모퉁이에서 남자들한테 꼬랑지를 흔들어보시지."

두 여자는 급기야 수돗물을 받아 양동이를 채우기 시작했다. 물이 가득 차기를 기다리는 동안에도 두 여자는 서로에게 끊임없이 욕설을 퍼부어댔다. 처음에 던진 양동이는 서로를 거의 맞히지 못했다. 하지만 두 사람 모두 차츰 요령을 터득해갔다. 맨 처음 얼굴 한가득 물세례를 받은 것은 비르지니였다. 그녀의 목으로 들어간 물은 등줄기를 타고 흘러내려 원피스 아래로 주르륵 빠져나갔다. 그녀가 미처 정신을 차리지 못하고 얼떨떨해 있을 때 두번째 양동이가 측면에서 공격해왔다. 물이 왼쪽 귀를 세차게 때리자 틀어 올린 머리가 길게 흘러내렸다. 제르베즈는 처음에는 다리부터 기습을 받아 신발을 가득 채운

---

* '잘생긴 남자'라는 뜻. 비르지니는 거리 이름과 상황이 절묘하게 맞아떨어지는 말장난을 하는 중이다.

48

물이 허벅지까지 튀어 올랐다. 그다음 두 번은 허리까지 흠뻑 젖었다. 그러다가 이내 더 이상 젖지 않은 데를 찾을 수 없을 지경에 이르렀다. 두 여자는 머리부터 발끝까지 흠뻑 젖어 코르사주*는 등에, 치마는 엉덩이에 찰싹 달라붙어버렸다. 그러자 빈약한 몸매를 그대로 드러낸 채 뻣뻣해진 몸을 덜덜 떨고 있는 두 여자의 온몸에서 물이 줄줄 흘러내렸다. 마치 폭우 속 우산 같은 꼴이었다.

"어휴, 저 꼴들 좀 봐. 꼭 물에 빠진 생쥐 같잖아!" 여인네들 중 누군가가 거친 목소리로 말했다.

세탁장은 엄청난 열기로 가득 찼다. 격렬하게 싸우는 두 여자를 지켜보던 여인네들은 튀어 오르는 물을 피하기 위해 한 발 뒤로 물러섰다. 세차게 양동이를 비워내는 소리 속에서 박수 소리와 걸쭉한 농담이 오갔다. 두 여자는 발목까지 잠길 정도로 물이 흥건히 고인 바닥을 첨벙첨벙 걸어 다녔다. 그러다가 비르지니는 비열하게도 누군가 남겨놓은 뜨거운 비눗물이 담긴 양동이를 집어 제르베즈에게로 쏟아부었다. 날카로운 비명이 세탁장 전체로 울려 퍼졌다. 화상을 입은 줄 알았던 제르베즈는 다행히 왼쪽 발만 가볍게 데었을 뿐이었다. 고통으로 인해 더욱더 격분한 그녀는 이번에는 물도 채우지 않은 빈 양동이를 비르지니의 다리를 겨냥해 힘껏 던졌다.

그 광경을 지켜보던 여인네들이 한꺼번에 한마디씩 뱉어내기 시작했다.

"다리가 부러진 것 같아!"

---

* 몸에 꼭 맞는 의상의 허리 윗부분.

"당연하지! 저 여잔 이쪽 여자를 뜨거운 물에 삶아버릴 뻔했는걸!"

"따지고 보면 나라도 저 젊은 금발 여자처럼 했을 거야. 자기 남편을 뺏긴 게 맞는다면 말이지."

보슈 부인은 두 팔을 위로 치켜들면서 긴 한숨을 내쉬었다. 그리고 조심스럽게 두 물통 사이로 몸을 피했다. 겁에 질린 클로드와 에티엔은 제르베즈의 옷자락을 부여잡은 채 흐느끼면서 엄마! 엄마! 하고 외쳐댔다. 하지만 그 소리는 울음소리에 파묻혀 입 밖으로 나오지 못했다. 보슈 부인은 비르지니가 바닥으로 넘어지자 황급히 달려가서는 제르베즈의 치맛자락을 붙잡고 끌어당겼다.

"이제, 제발 그만해요! 정신 좀 차리라고요…… 온몸의 피가 거꾸로 솟는 것 같단 말이오, 맙소사! 이런 끔찍한 싸움은 내 생전에 정말 처음 봤다니깐."

하지만 보슈 부인은 다시 뒤로 물러나 아이들과 함께 물통 사이로 피신해야 했다. 비르지니가 이번에는 제르베즈에게로 덤벼들어 목을 졸랐다. 제르베즈는 거세게 몸을 흔들어 빠져나온 다음, 그 반격으로 상대방의 머리채를 잡고 매달렸다. 머리를 통째로 뽑아버릴 기세였다. 이번에는 욕이나 악다구니 없이 조용한, 그러나 치열한 싸움이 전개되었다. 두 여자는 육박전을 벌이면서 손바닥을 펴거나 구부려 서로의 얼굴을 공격했고, 손에 닿는 것은 닥치는 대로 꼬집고 할퀴었다. 껑다리 갈색 머리 여자의 붉은색 리본과 파란색 머리망도 뜯겨져 나갔다. 옷의 목 부분이 찢어지면서 어깻죽지가 훤히 드러나 보였다. 제르베즈는 자신도 모르는 사이에 하얀색 웃옷의 소매가 떨어져 나가면서 슈미즈가 찢어져 허리의 맨살이 드러났다. 찢어진 천 조각은 어디론가 사라져버리고 보이지 않았다. 먼저 피를 보인 것은 제르베즈였다. 입가에서 턱 아래까지 길게 할퀴인 상처 세 군데에서 피가 흘러내렸다. 그녀는 눈을 다칠까봐 두려운 마음에 얼굴을 공격당할 때마다 눈을 감았다. 비르지니는 아직 피를 흘리지는 않았다. 제르베즈는 그녀의 귀를 붙잡을 기회를 노렸다. 그러다가 비르지니의 배 모양 노란색 유리 귀걸이 한 짝이 손끝에 잡히자 그대로 세게 잡아당겼다. 찢어진 귓불에서 피가 주르륵 흘러내렸다.

"에구구, 저러다가 둘 다 죽겠네! 저 두 사람을 떼어놔야 해!" 싸우는 광경을 지켜보던 이들 중 몇몇이 이구동성으로 외쳤다.

세탁장의 여인네들이 점점 더 많이 모여들었다. 그녀들은 자연스럽게 두 편으로 갈려 있었다. 한 편은 마치 투견 경기를 관람하듯 두 여자를 부추겼다. 좀 더 소심한 편인 다른 여인네들은 진저리를 치며 고개를 돌렸다. 급기야 여인네들 모두가 가세한 싸움판이 벌어졌다. 여자들은 서로를 인정머리 없는 사람들, 아무짝에도 쓸모없는 사람들로 치부하며 드잡이를 했다. 맨살이 드러난 팔들이 격렬하게 오갔고, 누군가의 뺨을 때리는 소리가 여러 차례 들려왔다.

그사이 보슈 부인은 세탁장의 청년을 열심히 찾고 있었다.

"샤를! 샤를!…… 근데 이 총각은 대체 어딜 간 거야?"

그러다가 맨 앞줄에서 팔짱을 낀 채 한가롭게 구경을 하고 있는 그를 발견했다. 굵다란 목에 키가 크고 건장한 샤를은 휘둥그레진 눈으로 훤히 드러난 두 여자의 몸매를 감상하고 있었다. 젊은 금발 여인의 통통한 몸매가 그의 눈길을 끌었다. 슈미즈마저 찢어진다면 정말 볼만할 것 같았다!

"와! 저 딸기 같은 젖꼭지 좀 보게!" 샤를은 한 눈을 찡긋하면서 중얼거렸다.

"아니, 지금 대체 거기서 뭐 하는 건가!" 그를 알아본 보슈 부인이 소리쳤다. "이리로 와서 저 사람들을 좀 떼어놔주지 않고!…… 자넨 할 수 있잖아, 자넨!"

"아뇨! 난 사양하겠습니다! 여기 나만 있는 것도 아닌데요 뭘!" 그는 태연히 대꾸했다. "그러다가 지난번처럼 눈가를 긁히기라도 하면 어떡하라고요…… 난 그런 일을 하려고 여기 있는 것도 아닌걸요. 그런 것 말고도 할 일이 많은 몸이랍니다…… 그리고 너무 걱정 마세요! 피를 조금 흘리는 건 저 부인네들에게도 나쁠 게 없을 테니까요. 열을 좀 식혀줄 겁니다."

그러자 관리인 여인은 경찰관에게 알리러 가겠다고 경고했다. 하지만 흐릿한 눈빛에 가냘픈 체격의 세탁장 여주인은 그런 생각에 단호하게 반대하면서 거듭 말했다.

"안 돼요, 그건 절대로 안 돼요. 그랬다가는 우리 세탁장 평판이 나빠진다고요."

두 여자는 바닥에서 엎치락뒤치락하면서 싸움을 계속했다. 그러다가 갑자기 비르지니가 꿇어앉더니 빨랫방망이를 집어 들고 휘둘렀다. 그녀는 쉬어버린 목소리로 헐떡거리면서 외쳤다.

"이 개 같은 년, 각오해! 네 더러운 옷을 작살내줄 테니까!"

제르베즈도 잽싸게 손을 뻗어 방망이를 집어 곤봉처럼 치켜들었다. 그녀의 목소리 역시 쉴 대로 쉬어 있었다.

"오! 어디 한판 해보자 이거지…… 네 더러운 몸뚱어리를 이리로 내밀어보시지. 걸레로 만들어줄 테니까!"

두 여자는 한동안 꿇어앉은 자세로 서로를 위협했다. 두 사람 모두 땀과 물로 범벅이 된 얼굴에 머리카락이 달라붙은 모습으로 가쁜 숨을 몰아쉬었다. 곳곳이 엉망이 되고 부어오른 몸으로 서로를 주시하고 호흡을 가다듬으면서 기회를 엿보았다. 먼저 공격을 시작한 것은 제르베즈였다. 그녀의 방망이는 비르지니의 어깨를 스치고 지나갔다. 제르베즈는 상대의 반격을 피해 옆으로 몸을 옮겼다. 비르지니의 방망이는 제르베즈의 옆구리를 아슬아슬하게 스치고 지나갔다. 두 여자는 빨래하는 아낙네가 옷을 두드리듯 박자를 맞추어 서로에게 거침없는 방망이질을 가했다. 서로의 몸이 부딪칠 때는 물통을 두드리는 것 같은 둔탁한 소리가 들렸다.

주변의 여인네들은 더 이상 웃지 않았다. 일부는 구역질이 날 것 같다면서 가버렸다. 남아 있던 다른 이들은 목을 길게 뺀 채, 잔인한 취향이 엿보이는 눈빛으로 싸우는 광경을 계속 지켜보았다. 그러면서 두 싸움꾼 여인들의 기개에 은근히 감탄을 하기도 했다. 보슈 부인은 클로드와 에티엔을 다른 곳으로 데리고 갔다. 세탁장의 반대쪽 끝에서, 두 빨랫방망이가 부딪치는 낭랑한 소리에 아이들의 울음소리가 뒤섞여 들려왔다.

그때 제르베즈가 갑자기 외마디 비명을 질렀다. 비르지니가 맨살이 드러난 그녀의 팔뚝을 방망이로 힘껏 내리쳤던 것이다. 벌건 자국이 커다랗게 생기더니 그 부분이 즉시 부풀어 올랐다. 그녀는 비르지니를 향해 돌진했다. 상대를 단번에 때려눕힐 기세였다.

"아이고, 이제 그만! 둘 다 제발 그만 좀 해요!" 누군가 소리쳤다.

하지만 제르베즈의 험악한 표정에 그 누구도 감히 가까이 갈 엄두를 내지 못했다. 그녀는 젖 먹던 힘까지 발휘해서 비르지니의 허리를 움켜잡았다. 그리고 타일 바닥에 비르지니의 얼굴을 갖다 댄 다음, 허리를 위로 추켜올리게 했다. 비르지니의 격렬한 반항에도 불구하고 제르베즈는 그녀의 치마와 페티코트를 훌러덩 걷어 올렸다. 그러자 속바지가 나타났다. 제르베즈는 속바지 틈으로 손을 집어넣고 단번에 바지를 벗겨내 비르지니의 엉덩이와 허벅지를 모두가 볼 수 있게 했다. 그리고 몽둥이를 치켜들고 내려치기 시작했다. 오래전 그녀가 일하던 세탁소의 여주인이 플라상의 비오른 강가에서 주둔군의 옷가지를 세탁할 때처럼 힘차게. 방망이는 철퍼덕철퍼덕 소리를 내며 젊은 여인의 속살을 두드렸다. 한 번씩 내리칠 때마다 새하얀 피부에 붉은색 띠가 생겨났다.

"오! 오! 이럴 수가!" 눈이 동그래진 샤를은 감탄을 금치 못하면서 중얼거렸다.

구경꾼들 사이에서 다시 웃음이 터져 나왔다. 이내 누군가 또다시 "그만! 이제 그만!"을 외쳤다. 하지만 제르베즈는 아무것도 듣지 못하는 것처럼 몸을 숙인 채 하던 일을 계속해나갔다. 마치 성한 곳을 한 군데도 남겨두지 않겠다는 생각에 사로잡힌 듯 보였다. 그녀는 더러운 계집이 흠씬 두들겨 맞으면서 수치심에 휩싸이길 바랐다. 그러면서 한껏 흥이 오른 듯 고향에서 빨래할 때 부르던 노래를 읊조리기 시작했다.

"철썩! 철썩! 마르고는 빨래를 하고 있다네…… 철썩! 철썩! 방망이를 두드린다네…… 철썩! 철썩! 그녀의 마음을 씻어내고 있다네…… 철썩! 철썩! 고통으로 새까맣게 타버린……"

그리고 잠시 멈추었다가 다시 흥얼거리기 시작했다.

"이건 네년 것, 이건 네년 동생년 것, 그리고 이건 랑티에 그 놈팡이 것이다…… 그 연놈들을 만나면 이걸 몽땅 전해주렴…… 자, 각오해! 다시 시작할 테니까. 이건 놈팡이 랑티에 것, 요건 네년 동생년 것, 이건 네년 것…… 철썩! 철썩! 마르고는 빨래를 하고 있다네…… 철썩! 철썩! 방망이를 두드린다네……"

급기야 그녀의 손에서 비르지니를 구해내야만 했다. 얼굴이 눈물범벅이 된 채 붉으락푸르락해진 껑다리 갈색 머리 여인은 옷가지를 부리나케 챙겨 들고 눈 깜빡할 사이에 그곳을 떠났다. 마침내 제르베즈가 승리를 거둔 것이었다. 그녀는 소매가 떨어져 나간 웃옷을 바로 입고 치마끈을 다시 잘 묶었다. 팔에서 심한 통증이 느껴지자 보슈 부인에게 자신의 빨랫감을 어깨에 걸쳐달라고 부탁했다. 관리인 여인은 싸움 얘기를 하며 놀란 심경을 전하고는 제르베즈의 몸을 살펴보려고 했다.

"어디가 부러진 게 분명해요…… 내가 소리를 들었다니까……"

하지만 속히 그곳을 뜨고 싶은 생각뿐이었던 제르베즈는 앞치마를 두른 채 그녀를 에워싸고 수선을 피우는 아낙네들의 연민과 찬사의 말에는 아무런 대꾸도 하지 않았다. 빨랫감을 다 챙긴 그녀는 아이들이 기다리고 있는 입구로 향했다.

"두 시간이니까 2수예요." 어느새 부스로 돌아가 있던 세탁장 여주인이 그녀를 멈춰 세우고는 말했다.

2수라고? 반쯤 넋이 나간 제르베즈는 왜 자리 값을 내야 하는지조차 이해할 수 없었지만 주인의 요구대로 2수를 지불했다. 그녀는 어깨에 둘러멘, 여전히 물이 줄줄 흐르는 빨랫감의 무게 때문에 다리를 심하게 절었다. 팔꿈치에는 멍이 시퍼렇게 들고, 뺨에는 피가 흐르는 채 양손에 에티엔과 클로드를 잡고 발을 질질 끌면서 걸어가야 했다. 얼굴이 눈물범벅이 된 아이들은 아직 충격에서 벗어나지 못했다.

그녀의 등 뒤로 세탁장은 수문 같은 요란한 소리를 내며 다시 예의 활기를 되찾아갔다. 제르베즈와 비르지니의 요란한 한판 싸움 덕분에 흥이 난 여인네들은 빵과 포도주를 먹고 마신 다음, 더 힘차게 방망이를 두드리기 시작했다. 일렬로 늘어선 물통 주위로 꼭두각시처럼 각진 옆모습의 여인네들이 어깨가 한쪽으로 처지고 등이 굽은 채 또다시 분주하게 움직였다. 그러다가 급작스럽게 몸을 앞뒤로 움직이는 모습들이 경첩을 연상케 했다. 세탁장의 한쪽 끝에서 다른 쪽 끝까지 아낙네들의 수다가 길게 이어졌다. 꾸르륵거리며 흘러내리는 물소리에 여자들의 목소리와 웃음소리, 걸쭉한 농담이 뒤섞였다. 수도꼭지는 끊임없이 물을 뱉어냈고, 양동이에서는 물이 튀었고, 내리치는 방망이 아래로는 개울을 이룬 물이 흘러갔다. 오후가 되자 오랜 방망이질로 인해 점차 피로가 쌓여갔다. 거대한 공간을 꽉 채운 증기는 차츰 적갈색을 띠어갔다. 찢어진 차양 틈 사이로 들어온 황금빛 원통 같은 햇살만이 증기의 장막에 둥그런 구멍을 냈다. 미지근하게 데워진 공기에서는 비누 냄새가 풀풀 풍겼다. 어느 순간, 너른 공간 전체가 새하얀 증기로 가득 찼다. 빨랫감을 삶는, 구리로 만든 거대한 통의 뚜껑이 나사 모양의 중앙 축을 따라 위로 올라온 때문이었다. 벽돌 구조물 속에 단단히 박혀 있는 구리통의 벌어진 입구에서 들척지근한 잿물 냄새가 밴 수증기가 회오리처럼 뿜어져 나왔다. 그동안 옆에서는 탈수기가 작동하고 있었다. 무쇠로 만든 원통이 돌아가는 동안 통 속에 든 빨랫감에서 빠져나온 물이 밖으로 배출되었다. 탈수기의 강철로 된 두 팔이 숨을 헐떡거리며 증기를 내뿜자 세탁장이 더 심하게 들썩거리는 듯했다.

봉쾨르 여관이 있는 골목 어귀에 들어선 제르베즈의 눈에서 왈칵 눈물이 솟구쳤다. 좁고 어두컴컴한 골목에는 담벼락을 따라 시궁창 물이 흘렀다. 거기서 풍겨 나오는 악취가 랑티에와 함께 그곳에서 보낸 지난 보름을 떠올리게 했다. 빈곤한 삶과 다툼의 연속일 뿐인 보름이었다. 이제 와서 그 기억을 떠올리는 것은 쓰라린 회한을 안겨줄 뿐이었다. 또다시 깊은 절망감이 몰려왔다.

햇살이 가득한 방은 창문이 활짝 열린 채 텅 비어 있었다. 눈부신 햇살과 공중에 떠다니며 춤추는 황금빛 먼지들이 시커먼 천장과 벽지가 찢어진 벽들을 더 초라해 보이게 했다. 방 안에는 이제 아무것도 남아 있지 않았다. 벽난로 위에 박힌 못에 끈처럼 가늘게 꼬여 있는 여성용 숄 하나가 걸려 있을 뿐이었다. 방 한가운데로 밀려난 아이들 침대 뒤로 보이는 서랍장도 모두 열린 채 휑하니 비어 있었다. 랑티에는 세수를 하고, 카드 상자에 들어 있던 얼마 남지 않은 포마드를 모두 발라버렸다. 대야에 남아 있는 물에는 그의 손에서 묻어 나온 기름이 떠다녔다. 그는 하나도 빼놓지 않고 남김없이 가져가버렸다. 그때까지 그의 트렁크가 차지하고 있던 구석 자리가 뻥 뚫린 것처럼 느껴졌다. 창문 고리에 걸려 있던 조그맣고 둥근 거울도 사라지고 없었다. 그녀는 직감적으로 뒤로 돌아 벽난로 위를 보았다. 랑티에는 전당표

마저 모두 가져가버렸던 것이다. 짝이 맞지 않는 두 개의 아연도금 촛대 사이에 놓여 있던 연분홍빛 종이 뭉치는 더 이상 그 자리에 없었다.

제르베즈는 의자 등받이에 젖은 옷들을 걸쳐놓았다. 그리고 멍하니 서 있다가 몸을 돌려 가구들을 다시 찬찬히 살펴보았다. 너무나 큰 충격에 눈물마저 말라버린 듯했다. 그녀에게 남은 돈이라고는 세탁비로 남겨둔 4수 중 1수가 전부였다. 그사이에 마음이 진정된 에티엔과 클로드가 웃는 소리에 제르베즈는 창가로 가서 두 팔로 아이들의 머리를 감싸 안았다. 그렇게, 바로 그날 아침, 노동자들과 파리의 거대한 일터가 깨어나는 것을 지켜보았던 그곳에서 회색빛 도로를 바라보면서 잠시 자신을 잊고자 했다. 그 시각, 세관의 담벼락 뒤쪽 도시 위로는, 분주한 일상으로 인해 달구어진 도로에서 뜨거운 복사열이 뿜어져 나왔다. 제르베즈는 바로 저 용광로 같은 뜨거운 길바닥 위로 두 아이와 함께 내팽개쳐진 것이었다. 그녀는 크나큰 두려움에 사로잡혀 외곽 도로의 오른쪽 끝과 왼쪽 끝을 번갈아 바라보았다. 이제 그녀의 삶은 바로 저곳, 도살장과 병원 사이의 공간에 달려 있다는 예감과 함께.

2

그로부터 3주가 지난 어느 화창한 날 열한시 반경, 제르베즈와 함
석공 쿠포는 콜롱브 영감네 주점에서 함께 브랜디에 절인 자두를 먹
고 있었다. 보도에서 담배를 피우던 쿠포는 길을 건너던 그녀를 억지
로 주점으로 끌고 들어갔다. 세탁물을 받아 가지고 오던 길인 제르베
즈는 커다란 사각의 빨래 바구니를 함석으로 된 조그만 테이블 뒤쪽
에 내려놓았다.

콜롱브 영감의 주점은 푸아소니에 가와 로슈슈아르 로가 만나는 모
퉁이에 자리 잡고 있었다. 간판에는 주점 이름 대신, 달랑 증류주라는
글씨 하나만이 파란색으로 길게 간판을 꽉 채우고 있었다. 입구에는
윗부분이 잘린 반쪽짜리 나무 술통에 먼지가 뽀얗게 앉은 협죽도가
심겨 있었다. 안으로 들어서면 왼쪽으로 유리잔과 꼭지가 달린 물통,

주석으로 된 계량기 등이 늘어서 있는 널찍한 카운터가 보였다. 널따란 홀에는 옅은 노랑에 니스 칠이 더해져 반들거리는 커다란 술통들이 장식처럼 빙 둘러서 있었다. 술통에 달린 구리로 된 둥근 고리와 마개가 반짝거렸다. 위쪽에 달린 선반에는 술병과 과일을 보관해둔 병을 위시해 온갖 종류의 병이 잘 정렬되어 벽을 가려주었다. 그러면서 카운터 뒤쪽에 달린 거울에 밝은 녹황색과 엷은 금색, 부드러운 적갈색 색조들을 비추었다. 하지만 이 주점의 명물은 무엇보다 떡갈나무로 된 난간 뒤쪽에 있는 증류기였다. 조그만 뒷마당에는 작동하는 모습을 술꾼들이 지켜볼 수 있도록 유리를 씌워놓은 증류기가 설치돼 있었다. 입구가 기다란 구불구불한 나선관이 땅속에 묻혀 있는 증류기는 얼큰하게 술에 취한 노동자들을 꿈꾸게 하는 악마의 부엌과도 같았다.

점심시간인 그 시각에는 주점은 텅 비어 있었다. 마흔 살의 뚱뚱한 콜롱브 영감은 가디건을 입고 있었다. 그는 4수어치의 증류주를 사러온 열 살가량의 조그만 계집아이의 컵에 술을 따라주었다. 열려 있는 문으로 들어온 햇살이 흡연자들이 뱉은 침으로 언제나 축축하게 젖어있는 마룻바닥을 보송하게 말려주었다. 카운터와 술통들, 홀 전체에서 술 냄새와 알코올 증기가 배어 나와 햇살 속에 떠다니는 먼지에 두께와 취기를 더해주었다.

그사이 쿠포는 담배 한 개비를 더 피워 물었다. 헐렁한 작업복을 옷위에 걸친 채 파란색 천으로 된 챙 달린 조그만 모자를 쓴 그는 말쑥한 외모에 새하얀 이를 드러내고 활짝 웃는 모습이 매력적인 남자였다. 아래턱이 살짝 튀어나오고 약간 납작코이긴 했지만, 아름다운 밤색 눈에 사람 좋아 보이는 밝은 얼굴이었다. 곱슬곱슬한 숱 많은 머리는 늘 가지런히 세워져 있었다. 또한 스물여섯 살의 나이에 걸맞은, 아직은 부드러운 피부를 간직하고 있었다. 그의 맞은편에서는, 머리에는 아무것도 쓰지 않은 채 검은색 오를레앙스*로 된 카라코**를 입은 제르베즈가 손가락 끝으로 꼭지를 잡고 자두를 열심히 먹고 있었다. 그들은 도로와 가까운 카운터 앞쪽에 술통들과 나란히 놓여 있는 네 개의 테이블 중 첫번째 테이블에 앉아 있었다.

함석공 쿠포는 담배에 불을 붙인 다음, 테이블 위에 팔꿈치를 올려놓고 얼굴을 바짝 앞으로 내민 채 잠시 아무 말 없이 젊은 여인을 응시했다. 금발에 귀염성 있게 생긴 제르베즈의 섬세한 도자기 같은 피부가 그날따라 뽀얀 우윳빛으로 더욱더 투명해 보였다. 쿠포는 그들 사이에 이미 충분히 얘기가 오간 사실을 은연중에 언급하면서 목소리를 낮추어 물었다.

"그래서요, 싫다는 겁니까? 정말 안 되겠어요?"

"오! 물론 안 되죠, 쿠포 씨." 제르베즈는 미소를 지으며 차분하게 대답했다. "설마 여기서 그런 얘길 하려는 건 아니겠죠. 분별 있게 행동하겠다고 약속했잖아요…… 이럴 줄 알았다면 여기로 따라 들어오지도 않았을 거예요."

그러자 쿠포는 더 이상 아무 얘기도 하지 않고, 대담한 애정을 노골적으로 드러내 보이면서 아주 가까이에서 그녀를 계속 뚫어지게 바라보았다. 그는 특히 언제나 젖어 있는 것 같은 그녀의 옅은 장밋빛 입

---

* 면사 또는 견사와 양모를 섞어 짠 영국산 직물.
** 짧은 기장이 특징인 여성용 작업복 웃옷.

에 푹 빠져 있었다. 그녀가 미소를 지을 때면 선명한 붉은빛을 띤 입술이 무척이나 매력적으로 느껴졌다. 하지만 그녀는 완강한 태도를 조금도 굽히지 않은 채 언제나 평온하면서도 다정한 모습으로 그를 대했다. 잠시 침묵이 흐른 후 제르베즈가 다시 말했다.

"정말로 진지하게 생각하고 하는 얘기는 아니겠지요, 설마. 난 이미 팍 삭은 여자라고요. 게다가 내게는 여덟 살짜리 아들이 있다는 걸 잘 알잖아요…… 그런데 우리가 뭘 할 수 있겠어요?"

"물론! 남들이 하는 것과 똑같은 것을 하죠!" 쿠포는 눈을 끔뻑이면서 나지막하게 대답했다.

하지만 제르베즈는 짜증스럽다는 몸짓으로 쏘아붙였다.

"아! 그쪽은 아직도 그런 게 재밌을 거라고 생각해요? 아직 결혼생활을 해보지 않아서 그럴 수도 있겠지만요…… 아뇨, 쿠포 씨, 난 할 일이 많은 몸이에요. 시시덕거리면서 시간 때우는 짓 같은 건 아무짝에도 소용없다고요. 아시겠어요! 난 집에 나만 기다리는 아이가 둘이나 있어요. 아이 둘이 얼마나 큰 입인지 아세요! 그런데 남자랑 신선놀음이나 하면서 어떻게 아이들을 먹여 살리겠어요?…… 그리고 분명히 말하지만, 난 이번 일로 대가를 톡톡히 치렀다고 생각해요. 이제 남자라면 아주 지긋지긋하다고요. 이젠 그 누구하고도 사랑 같은 건 하고 싶지 않단 말이에요."

제르베즈는 언짢아하는 기색조차 없이 아주 냉정하고 차분하게 자신의 생각을 얘기했다. 마치 섬세한 세탁물을 다루면서, 숄에 녹말풀을 먹이면 안 되는 이유를 설명하는 것처럼. 제르베즈의 그런 생각은 오랜 숙고 끝에 확고하게 굳어진 것이었다.

쿠포는 그녀 앞에서 또다시 마음이 약해지는 것을 느끼면서 거듭 자신의 심경을 털어놓았다.

"당신 때문에 정말 미치겠어요. 당신은 날 미치게 만든다고요⋯⋯"

"그래요, 그런 것 같군요. 그 점에 대해서는 정말 죄송하게 생각해요, 쿠포 씨⋯⋯ 하지만 당신한테 상처를 주고 싶진 않아요. 나도 웃으면서 즐겁게 살았으면 좋겠어요. 진심으로! 그렇다면 그땐 다른 누구도 아닌 당신하고 함께할 거예요. 당신은 친절하고 좋은 사람 같으니까요. 우린 서로 잘 어울릴 것 같지 않아요? 얼마든지 함께 재밌게 살 수도 있을 거예요. 내가 혼자 고고한 척하는 여자도 아니고, 그런 일이 절대 일어나지 않을 거라고는 말 못 해요⋯⋯ 다만, 그런 게 다 무슨 소용 있겠어요? 내가 그러고 싶지가 않은데 말이죠. 내가 포코니에 부인의 세탁소에서 일하기 시작한 지 이제 꼭 보름째예요. 내 아이들은 학교에 다니고요. 난 일자리가 있다는 것만으로도 만족해요⋯⋯ 그렇잖아요? 그러니까 지금 이대로 살아가는 게 서로에게 가장 좋다고요."

그러면서 제르베즈는 빨래 바구니를 집으려고 몸을 숙였다.

"당신 때문에 얘기를 너무 많이 한 것 같아요. 주인 아주머니가 기다리실 거예요⋯⋯ 그러니까 나 말고 다른 여자를 찾아보세요, 쿠포 씨! 나보다 더 예쁘고, 나처럼 먹여 살릴 아이들이 없는 홀가분한 여자 말이에요."

쿠포는 거울 속에 박혀 있는 괘종시계를 바라보았다. 그리고 소리를 치면서 그녀를 다시 자리에 앉혔다.

"조금만 더 있어봐요, 제발! 아직 열한시 삼십오분밖에 안 됐잖아요…… 난 아직 이십오 분이나 남았어요…… 내가 뭐 나쁜 짓이라도 할까봐 겁나서 그래요? 여기 우리 사이엔 이렇게 테이블이 가로놓여 있는데…… 나하고 얘기 조금 하는 것조차 꺼릴 정도로 내가 싫은 겁니까?"

제르베즈는 그의 기분을 거스르지 않기 위해 다시 빨래 바구니를 내려놓았다. 그리고 그와 함께 좋은 친구로서 이런저런 얘기를 나누었다. 그녀는 세탁물을 가지러 가기 전에 미리 점심을 먹어두었다. 그는 그날 제르베즈가 지나는 길목을 지키고 섰다가 그녀와 얘기를 하려고 수프와 쇠고기를 서둘러 먹어치운 터였다. 제르베즈는 그의 말에 상냥하게 대꾸하면서 창가에 늘어선 과일주 병들 사이로 거리의 움직임을 지켜보았다. 점심시간이 되자 엄청난 인파가 거리로 쏟아져 나왔다. 촘촘히 붙어 있는 건물들 사이의 양쪽 보도는 발걸음을 재촉하거나 팔을 건들거리면서 걸어가는 사람, 서로 팔꿈치를 부딪치며 지나가는 사람들로 붐볐다. 늦게까지 일해야 했던 노동자들은 허기로 인해 일그러진 표정으로 성큼성큼 차도를 건너 맞은편의 빵집으로 들어갔다. 잠시 후, 빵 한 덩어리를 팔 아래에 끼고 다시 밖으로 나온 그들은 건물 세 개를 지나 보 아 되 테트 식당으로 가서 늘 먹던 6수짜리 메뉴를 주문했다. 빵집 옆에 있는 과일 가게에서는 감자튀김과 파슬리를 곁들인 홍합을 팔고 있었다. 긴 앞치마를 두른 여성 노동자들은 줄을 서서 기다려 콘 모양의 봉지에 담은 감자튀김과 찻잔 모양의 그릇에 담은 홍합을 받아갔다. 머리에 아무것도 쓰지 않은 예쁘장한 젊은 여성들이 순무를 사 가는 모습도 보였다. 좀 더 몸을 숙이자 사람들로 북적거리는 돼지고기 전문점에서 기름종이에 싼 커틀릿과 소시지 또는 뜨거운 순대 한 조각을 손에 들고 나오는 아이들이 눈에 들어왔다. 그사이 허름한 식당에서 서둘러 식사를 마친 몇몇 노동자들이 무리를 지어 어슬렁거리면서 시커먼 진흙으로 더러워진 도로를 내려오고 있었다. 그들은 여전히 북적이는 사람들 사이를 유유자적하게 걸어가면서 음식으로 부른 배를 두 손으로 두드려 보였다.

콜롱브 영감의 주점 입구에서 한 무리의 남자들이 멈춰 섰다.

"어이, 비바라그리야드*, 독한 걸로 한 잔 살 생각 없나?" 누군가 거친 목소리로 물었다.

안으로 들어선 다섯 남자는 카운터 앞으로 가서 버티고 섰다.

"아! 이런 우라질 영감탱이 같으니라고!" 조금 전의 그 목소리가 다시 외쳤다. "우리한테 예전 잔을 내놔, 성에 차지도 않는 호두 껍데기 같은 잔 말고. 진짜 잔을 내놓으란 말이야!"

콜롱브 영감은 아무 말 없이 조용히 술을 따라주었다. 세 명의 노동자로 이루어진 또 다른 무리가 안으로 들어섰다. 길모퉁이에 차츰 모여들기 시작한 작업복을 입은 남자들이 주점 앞에서 잠시 머뭇거리다가는 마침내 회색빛 먼지가 내려앉은 두 그루의 협죽도 사이로 문을 밀고 들어왔다.

"당신네 남자들은 정말 이상해요! 왜 그런 것들만 생각하는지 모르겠어요!" 제르베즈가 쿠포를 향해 불만스럽게 말했다. "그래요, 어쩌면 그를 사랑했는지도 몰라요…… 하지만 그가 날 어떻게 배신했는지 생각만 해도……"

---

* '술꾼'이라는 뜻.

그들은 랑티에 얘기를 하고 있었다. 제르베즈는 그 일이 있은 후 그를 다시 보지 못했다. 다만 모자 공장을 차린다는 글라시에르의 친구 집에서 비르지니의 동생과 함께 살고 있을 거라고 짐작할 뿐이었다. 게다가 그녀는 그를 찾아다닐 마음이 전혀 없었다. 처음에는 절망감에 사로잡혀 물에 빠져 죽어버릴까 생각한 적도 있었다. 하지만 지금은 생각을 고쳐먹었다. 모든 게 그가 있을 때보다 더 나아졌기 때문이다. 계속 그와 함께 살았더라면 아이들을 제대로 키울 수 없었을 게 뻔했다. 그는 돈을 잡아먹는 괴물과도 같은 남자였다. 그가 클로드와 에티엔을 보러 온다면 문전박대를 할 생각은 없었다. 하지만 그녀 자신의 손끝 하나라도 건드린다면, 그녀는 스스로를 갈기갈기 찢어버리고 말 터였다. 몹시 확고한 삶의 계획이 있는 여자인 제르베즈는 단호하게 자신의 생각을 얘기했다. 반면 쿠포는 그녀를 차지하고 싶은 욕망을 포기하지 못한 채 대담하고 외설스러운 이야기를 계속 늘어놓았다. 랑티에에 관해서도 매우 적나라한 질문들을 했지만, 새하얀 이를 드러내면서 매우 유쾌하게 얘기하는 그의 모습에 제르베즈는 언짢은 생각이 들지는 않았다.

"혹시 당신이 무서워서 도망간 건 아닌가요? 오! 당신은 정말 무서운 여자 같아요! 사람들을 닥치는 대로 두들겨 패잖아요."

제르베즈의 길게 이어지는 웃음소리가 그의 말을 중단시켰다. 어쨌거나 그의 말이 전혀 틀린 것은 아니었다. 그녀는 꺽다리 비르지니를 제대로 혼내주었으니까. 아마도 그 당시 기분이라면 아무 잘못 없는 사람의 목이라도 조를 수 있었을 것이다. 그녀는 더 큰 소리로 웃기 시작했다. 사람들 앞에서 모든 걸 다 드러낸 데 절망한 비르지니가 동

66

네를 떠났다는 말을 쿠포한테 전해 들었기 때문이다. 하지만 제르베즈의 얼굴은 아이 같은 천진함을 간직하고 있었다. 그녀는 포동포동한 손을 앞으로 내밀면서 자신은 파리 한 마리도 죽이지 못하는 여자임을 거듭 강조했다. 그러면서 자신이 살아오면서 당한 만큼 되돌려준 것뿐이라고 해명했다. 그리고 플라상에서 보낸 어린 시절에 관해 얘기하기 시작했다. 그녀는 결코 남자 뒤를 쫓아다니는 부류의 여자가 아니었다. 그러기는커녕 오히려 남자를 귀찮게 여겼다. 그러다가 열네 살에 랑티에가 그녀를 취했을 때 그녀는 그것이 잘못되었다는 생각을 하지 않았다. 그는 스스로를 그녀의 남편이라고 불렀고, 그녀는 자신들이 결혼생활을 하는 것으로 믿었기 때문이다. 그녀의 유일한 잘못이라면, 마음이 여려서 모든 사람들을 좋아하고, 후에 자신에게 온갖 고통을 안겨준 사람들에게 애정을 쏟아부었다는 사실이었다. 그러니까 그녀는 한 남자를 좋아할 때는 어리석은 짓 같은 건 생각하지 않았다. 오직 둘이 함께 아주 행복하게 사는 꿈만을 꾸었다. 그러자 쿠포는 그녀의 두 아이를 들먹이며 그들이 그냥 생겨난 것은 아니지 않느냐고 빈정거렸다. 제르베즈는 그의 손가락을 살짝 때리면서 덧붙였다. 자기는 다른 여자들이 해오던 것을 따라서 했을 뿐이라고. 하지만 그렇다고 해서 여자들이 언제나 그런 것만을 생각한다고 믿어서는 안 될 터였다. 여자들은 가정을 생각해서 하루 종일 집에서 죽도록 일만 하다가 밤이면 몹시 지쳐서 다른 생각을 하기가 힘들기 때문이다. 게다가 그녀는 일밖에 모르던 그녀의 어머니를 많이 닮아 있었다. 20여 년 동안 그녀의 아버지 마카르에게 가축처럼 부림을 당하다 고통스럽게 죽어간 어머니였다. 제르베즈는 아직 날씬한 편이었지만,

그녀의 어머니는 지나는 길에 어깨로 문이라도 부술 수 있을 만큼 건장한 체격의 여성이었다. 그런 차이에도 불구하고 사람들을 몹시 좋아한다는 점에서 그녀는 어머니를 빼닮았다. 심지어 다리를 약간 저는 것조차 불쌍한 어머니한테서 기인한 것이었다. 그녀의 아버지는 걸핏하면 어머니에게 폭행을 가했다. 어머니는 아버지가 술이 억병으로 취해 돌아온 밤이면 팔다리가 부러질 정도의 거친 애정 행각을 벌이곤 했다는 얘기를 제르베즈에게 수없이 들려주었다. 그녀 역시 그런 날 밤에 만들어진 게 분명했다. 다리 한 짝이 덜 발달된 채로.

"오! 그런 건 아무 상관 없어요. 눈에 잘 띄지도 않는걸요." 쿠포는 그녀의 기분을 맞춰주려고 애썼다.

제르베즈는 고개를 설레설레 흔들었다. 그의 말과는 달리 누구라도 그 사실을 알 수 있음을 잘 알고 있는 터였다. 마흔 살쯤이면 아마 주저앉게 될지도 모르는 일이었다. 그녀는 경쾌하게 웃으며 그에게 다정한 어조로 말했다.

"다리를 저는 여자를 좋아하다니 취향이 참 독특하시군요."

그러자 쿠포는 팔꿈치를 여전히 테이블 위에 올려놓은 채 얼굴을 더 바짝 들이밀었다. 그리고 그녀를 취하게 만들려는 듯 대담하게 찬사를 늘어놓았다. 제르베즈는 달콤한 그의 목소리에 기분이 좋아졌지만 유혹에 넘어가지 않으려고 애쓰면서 고개를 저었다. 그러면서 창밖으로 시선을 향한 채 또다시 늘어나는 인파를 흥미롭게 지켜보았다. 이젠 비어버린 상점들에서 비질을 하는 광경이 보였다. 과일 가게에서는 마지막으로 감자튀김을 만들었던 프라이팬을 거두어들이고 있었다. 돼지고기 전문점의 주인 또한 카운터에 흩어져 있는 접시들을 정리했다. 식당들에서는 점심식사를 마친 노동자 무리가 한꺼번에 거리로 쏟아져 나왔다. 수염이 덥수룩한 건장한 사내들이 서로 손바닥을 부딪치면서 개구쟁이들처럼 장난을 쳤다. 징을 박은 커다란 신발로 요란한 소리를 내며 도로에서 미끄러지면서 도로에 생채기를 내기도 했다. 어떤 이들은 두 손을 주머니에 찔러 넣은 채, 해를 바라보며 눈을 껌뻑거리다 진지한 표정으로 담배를 피워 물었다. 열린 문들에서 쏟아져 나온 노동자들은 느릿하게 흘러가는 물결처럼 보도와 차도 위를, 마차가 다니는 길 한가운데를 어슬렁거렸다. 내리쬐는 금빛 태양으로 인해 그들이 입고 있는 다양한 작업복들의 빛깔이 바래 보였다. 멀리서 점심시간이 끝났음을 알리는 공장의 종소리가 울려 퍼졌다. 하지만 그들은 서두르지 않고 다시 파이프를 피워 물었다. 그러다 술집 주인들의 호객 소리에 잠시 몸을 움츠린 채 머뭇거리더니 결국은 발을 질질 끌면서 다시 일터로 향했다. 제르베즈는 그중에서 세 명의 노동자를 흥미로운 눈으로 좇았다. 키가 큰 남자 하나와 체구가 자그만 나머지 둘이 열 걸음 정도를 걷고 나면 그때마다 뒤를 흘끔흘끔 돌아보았다. 그리고 마침내 거리를 내려와서는 곧장 콜롱브 영감의 주점으로 향했다.

"그러면 그렇지!" 제르베즈는 나지막하게 중얼거렸다. "저 남자들은 천성이 게으른 게 틀림없어요!"

"저런, 저 키 큰 남자는 내가 아는 사람이에요. 메보트라고, 내 동료죠." 쿠포가 말했다.

어느새 주점은 술꾼들로 가득 찼다. 거친 목소리로 나직하고 걸쭉하게 오가던 웅얼거림을 깨뜨리는 시끄러운 소리가 여기저기서 들려왔다. 때로 누군가가 카운터를 주먹으로 내리치는 바람에 술잔들이 서로 부딪치면서 쨍그랑 소리가 나기도 했다. 술꾼들은 두 손을 배 위에 올려놓거나 뒷짐을 진 채 옹기종기 모여 서 있었다. 술통들 가까이에는 콜롱브 영감에게 술을 주문할 차례를 십오 분씩이나 기다리고 있는 무리가 보였다.

"아니, 이게 누구야! 그 도도한 우리의 카데카시스가 아니신가!" 메보트는 쿠포의 어깨를 거칠게 툭툭 두드리면서 소리쳤다. "종이로만 담배를 피우고, 항상 쫙 빼입고 다니는 멋쟁이 양반이시지!…… 그러니까 숙녀에게 달콤한 걸 대접하면서 환심을 사고 싶은 거로군!"

"이봐! 날 그냥 내버려두라고!" 쿠포는 인상을 찌푸리면서 쏘아붙였다.

하지만 사내는 계속 이죽거렸다.

"염병할! 꽤나 잘난 척하는군, 신사 양반…… 그런다고 상놈이 양반 되는 건 아니라고, 젠장!"

그는 탐욕스러운 눈길로 제르베즈를 뚫어지게 바라보더니 제자리로 되돌아갔다. 그녀는 약간 겁을 먹고 자신도 모르게 뒤로 물러섰다. 술 냄새가 가득 밴 공기에 파이프 담배 연기와 술꾼들의 역겨운 냄새가 뒤섞였다. 제르베즈는 질식할 것처럼 기침을 해댔다.

"아! 정말 술 같은 걸 왜 마시는지 모르겠어요!" 제르베즈가 나지막한 목소리로 말했다.

그러면서 그녀는 오래전 플라상에서 어머니와 아니스 술*을 함께

---

* 미나릿과 식물인 아니스의 향을 착향시킨 술로 압생트 대신에 흔히 마신다.

마신 적이 있음을 고백했다. 하지만 그 일로 죽을 뻔했던 후로는 술이라면 진저리가 난다고 덧붙였다. 이젠 쳐다보기도 싫을 정도였다.

"여기요, 자두는 다 먹었어요." 그녀는 자신의 잔을 가리키면서 말했다. "하지만 시럽은 남길게요. 먹으면 몸에 안 좋을 것 같아서요."

쿠포 역시 브랜디를 물처럼 마셔대는 사람들을 이해하지 못했다. 가끔씩 오래 묵은 자두주 같은 것을 마시는 일은 그리 해가 되지 않았다. 하지만 싸구려 독주나 압생트 같은 것들과는 영원히 작별이었다. 그래서는 안 되었기 때문이다. 이미 술에 얼큰히 취한 동료들이 아무리 부추겨도 그는 술집 문 앞에서 완강히 버티곤 했다. 그와 마찬가지로 함석공이었던 아버지 쿠포는 술에 취한 채 코크나르 가 25번지의 빗물받이 홈통을 수리하다가 아래로 떨어지는 바람에 도로에 머리가 박살이 나 죽었다. 그 후 그는 코크나르 가의 그곳을 지날 때마다 술집 주인이 제공하는 공짜 술을 마시느니 차라리 개울물을 마시겠다고 다짐하곤 했다. 그는 결론짓듯 이렇게 말했다.

"우리 일을 하려면 튼튼한 두 다리가 필수거든요."

제르베즈는 빨래 바구니를 다시 집어 들었다. 하지만 바로 자리에서 일어나지 않고, 바구니를 무릎 위에 올려놓은 채 그대로 멍하니 앉아 있었다. 마치 젊은 남자의 달콤한 말이 그녀에게 삶에 대한 아득한 생각들을 일깨우기라도 한 것처럼 꿈속에 잠긴 듯 보였다. 그리고 여전히 차분한 얼굴로 천천히 속내를 털어놓기 시작했다.

"난 말이죠, 욕심이 많은 여자가 아니랍니다. 별로 바라는 게 없어요…… 내 꿈은 별 탈 없이 일하면서 언제나 배불리 빵을 먹고, 지친 몸을 누일 깨끗한 방 한 칸을 갖는 게 전부랍니다. 침대, 식탁 그리고 의자 두 개, 그거면 충분해요…… 내 아이들을 제대로 키울 수만 있다면, 그래서 좋은 시민으로 만들 수만 있다면 말이죠…… 또 하나 더 바라는 게 있다면, 그건 맞지 않고 사는 거예요. 내가 만약 다시 결혼을 한다면 말이죠. 그래요, 다시는 맞으면서 살고 싶지 않아요…… 그게 다예요, 정말 그게 다라고요……"

제르베즈는 자신이 진정으로 원하는 게 무언지 자문해보았지만 더이상 절실한 것이 생각나지 않았다. 그리고 잠시 머뭇거리다가 이렇게 덧붙였다.

"그래요, 자기 집 침대에서 죽고 싶다는 바람 정도는 누구나 가질 수 있는 거니까요…… 난 지금까지 죽도록 고생만 해서 그런지 적어도 죽을 때는 내 집 침대에서 죽을 수 있기를 바라거든요."

그러면서 그녀는 자리에서 일어났다. 그녀의 바람에 적극적으로 동의를 표시한 쿠포 역시 시간이 신경 쓰인 듯 먼저 일어나 있었다. 하지만 그들은 곧장 밖으로 나가지 않았다. 제르베즈는 뒷마당에 유리로 씌워놓은, 붉은색 구리로 만든 거대한 증류기를 구경하고 싶어 했다. 그러자 쿠포는 그녀를 따라가 투명한 알코올이 계속해서 가늘게 흘러나오는 거대한 증류기를 보여주고, 기계의 여러 곳을 가리켜가며 작동법을 설명해주었다. 기이하게 생긴 용기들과 코일처럼 둥글게 감겨 있는 수많은 금속관들이 달린 증류기는 음울한 모습을 하고 있었다. 연기 한 줄기도 새어 나오지 않았고, 숨소리나 지하에서 코 고는 소리도 들리지 않았다. 마치 강력한 힘을 지녔으면서도 말이 없는 침울한 일꾼이 대낮에 밤일을 하는 것만 같았다. 그사이 메보트는 동료두 사람과 함께 떡갈나무 난간에 팔꿈치를 기댄 채 카운터에 자리가 나기를 기다리고 있었다. 그는 애정 어린 눈빛으로 증류기를 응시하면서 고개를 끄덕이더니 기름칠이 덜 된 도르래 같은 소리로 웃어젖혔다. 오, 맙소사! 얼마나 고마운 기계인가 말이야! 구리로 된 뚱뚱한 기계의 배 속에는 일주일간 목을 축여줄 술이 들어 있었다. 증류기의 구불구불한 나선관의 끝을 잇새에 끼워 넣고, 아직 뜨거운 알코올을 가득 부어 발꿈치까지 작은 개울물처럼 흘러가게 할 수만 있다면! 오, 맙소사! 그렇다면 여기서 꿈쩍도 않고 머물러 있을 텐데. 저 쫀쫀한 콜롱브 영감의 골무만 한 작은 잔 같은 건 치워버리고 배 터지게 실컷 술을 마셔댈 수 있을 텐데! 메보트의 동료들은 저 무식하게 생긴 놈이 입담 하나는 알아줘야 한다고 감탄하면서 히죽거렸다. 증류기는 밖으로 드러나는 불꽃도, 번쩍거리는 광택도 없이 은은하게 빛나며 알코올 방울들을 은밀하게 밖으로 흘려보냈다. 마치 느릿하지만 고집스럽게 흘러가다가 마침내 홀을 가득 메워버리는 샘물처럼. 그리하여 바깥의 도로에까지 퍼져 나가 파리라는 거대한 도시마저 삼켜버리고 마는, 영원히 마르지 않는 샘물처럼. 그런 상상을 하던 제르베즈는 전율을 느끼면서 뒤로 물러섰다. 그리고 애써 미소를 지어 보이며 중얼거렸다.

"바보같이 들릴지 모르지만, 난 이 기계가 무서워요…… 난 술이 무섭거든요……"

그러고는 자신이 늘 마음에 담고 있는 완벽한 행복에 대한 얘기로 다시 돌아갔다.

"안 그래요? 그렇게 사는 게 훨씬 더 좋지 않겠어요? 열심히 일하면서 배불리 빵을 먹고, 몸을 누일 수 있는 방 한 칸을 장만하고, 아이들을 잘 키우고, 자신의 침대에서 죽는 삶 말이에요……"

"그리고 맞지 않고 사는 것도요." 쿠포는 경쾌한 어조로 덧붙였다. "난 당신을 절대 때리지 않을 거예요, 절대로요, 제르베즈 부인…… 그러니까 그런 걱정은 할 필요 없어요. 난 결코 술을 마시지 않거든요. 그리고 당신을 아주 많이 사랑하고요…… 그러니까 오늘 밤에 우리 둘이 오붓한 시간을 가져보자고요."

제르베즈가 빨래 바구니를 앞으로 내민 채 남자들 사이를 뚫고 앞으로 나아가고 있을 때, 쿠포는 그녀의 목덜미에 대고 조그맣게 속삭였다. 하지만 그녀는 여전히 고갯짓으로 반복해서 거절 의사를 밝혔다. 그러면서도 뒤를 돌아보며 그에게 미소를 지어 보였다. 그가 술을 입에 대지 않는다는 사실이 기쁜 듯했다. 물론 다시는 남자와 같이 살지 않겠다고 스스로에게 맹세하지만 않았다면 그의 구애를 받아들였을 것이다. 그들은 마침내 문을 지나 밖으로 나갔다. 그들 뒤로, 콜롱브 영감의 주점은 여전히 붐볐고, 사내들의 거친 목소리와 싸구려 독주 냄새는 주점 밖 거리까지 풍겨 나왔다. 메보트는 콜롱브 영감이 자신의 잔을 반밖에 채우지 않았다고 비난하면서 그를 사기꾼 취급했다. 그러면서 자신은 건장한 체격에 선한 마음을 가진 호인이라며 자화자찬을 늘어놓았다. 아! 이런 제기랄! 주인이 뭐라고 하건 알게 뭐람! 메보트는 일터로 돌아갈 생각이 없었다. 오늘은 한껏 여유를 부리고 싶었다. 그는 동료 두 사람에게 생드니 시문 부근에 있는 술꾼들의 천국 **프티 보놈 키 투스***로 가자고 제안했다. 그곳에서는 물을 섞지 않

---

* '기침하는 꼬마 신사'라는 뜻.

은 순수한 독주를 마실 수 있었다.

"아! 이제야 숨을 제대로 쉴 수 있을 것 같군요." 거리로 나선 제르베즈가 말했다. "자 그럼! 안녕히 가세요, 그리고 감사해요, 쿠포 씨…… 난 빨리 가봐야 해서요."

그녀는 대로를 따라갈 참이었다. 하지만 그는 그녀의 손을 잡고 놓아주지 않은 채 채근했다.

"그러지 말고 나하고 같이 한 바퀴 돌아가자니까요. 구트도르 가로 통과해서 가면 되잖아요. 그런다고 시간이 더 많이 걸리진 않을 거예요…… 작업장에 가기 전에 누님 집에 들러야 하거든요…… 그러고 나서 같이 가도록 해요."

제르베즈는 결국 그의 제안을 받아들였다. 그들은 팔짱을 끼지는 않고 나란히 서서 푸아소니에 가를 천천히 거슬러 올라갔다. 그러는 동안 쿠포는 자신의 가족에 관한 얘기를 들려주었다. 조끼를 만드는 재단사였던 쿠포의 엄마는 침침해진 눈 때문에 지금은 남의 집에서 허드렛일을 해주며 근근이 살아갔다. 그녀는 지난달 3일에 예순두 살이 되었다. 그는 삼남매 중 막내였다. 큰누이인 르라 부인은 서른여섯 살의 과부로 바티뇰의 무안 가에서 살면서 조화 직공으로 일했다. 서른 살인 작은누이는 사슬 제조공으로 일하는 냉소적 성격의 로리외라는 남자와 결혼했다. 그는 지금 구트도르 가에 사는 작은누이를 보러 가는 길이었다. 그녀는 길 왼쪽에 있는 커다란 노동자용 공동아파트에서 살았다. 그는 저녁에는 그녀의 집에서 함께 식사를 했다. 그러는 게 세 사람 모두에게 경제적이었기 때문이다. 그날 저녁에는 자신을 기다리지 말라는 얘기를 하러 가는 참이었다. 친구에게 초대를 받았기 때문이다.

쿠포의 얘기를 듣던 제르베즈는 중간에 그의 말을 끊고는 미소를 띤 채 물었다.

"그런데 사람들이 왜 당신을 카데카시스라고 부르나요, 쿠포 씨?"

"아, 그건 동료들이 붙여준 별명이랍니다. 그들이 날 억지로 술집으로 데리고 가면 난 항상 카시스를 마시곤 하거든요…… 그래도 메보트보다는 카데카시스*가 더 낫잖아요, 안 그래요?"

"오, 물론이죠, 전혀 이상하지 않아요. 카데카시스란 이름 말예요."

제르베즈는 그의 일에 관해 이것저것 물어보았다. 그는 여전히 입시세관 담벼락 뒤쪽의 신축 병원 공사장에서 일하고 있었다. 일감은 부족하지 않았다. 그는 적어도 1년간은 그 공사장을 떠나지 않을 것이었다. 그곳에는 그의 손길을 기다리는 홈통이 얼마든지 넘쳐났다!

"그거 알아요, 거기 지붕 위에 올라가면 당신이 있는 봉쾨르 여관이 보이거든요…… 어제는 당신이 창가에 있는 걸 보고 손을 뻗어 흔들었는데 당신은 보지 못한 것 같더군요."

구트도르 가를 100여 걸음쯤 걸어갔을 때 쿠포는 걸음을 멈추고 고개를 치켜들며 말했다.

"여깁니다…… 난 여기서 조금 더 떨어진 곳에서 태어났죠, 22번지에서요…… 이 건물은 벽돌을 정말 많이 써서 지었답니다! 내부는 병영처럼 널찍하고요!"

제르베즈는 턱을 치켜들고 아파트 정면을 살펴보았다. 공동아파트

---

* '메보트'는 '술을 잘 마시는 사람', '카데카시스'는 '카시스 주를 마시는 아랫사람'이라는 뜻.

의 도로에 면한 쪽은 모두 여섯 개 층으로 이루어져 있었다. 각 층마다 열다섯 개의 창문이 일렬로 나 있고, 검은색 덧창들의 나무판이 깨져 있어 거대한 벽면은 폐허 같은 느낌을 주었다. 맨 아래층에는 상점 네 개가 들어서 있었다. 정문 오른쪽으로는 지저분해 보이는 널찍한 식당이, 왼쪽으로는 석탄 가게와 바느질 도구상, 그리고 우산 가게가 자리 잡고 있었다. 양쪽으로 빈약해 보이는 나지막하고 조그만 집들이 바짝 붙어 있어 상대적으로 아파트 건물이 더 커 보였다. 빗물에 부식되고 잘게 부서져버린 모르타르 블록을 닮은 사각의 아파트는 맑게 갠 하늘을 배경으로 이웃 건물들의 지붕 위로 우뚝 솟아 있었다. 아무런 장식도 없는 거대한 정육면체를 연상시키는 건물은 초벽을 바르지 않은 옆구리가 그대로 드러나 있었다. 교도소 담벼락처럼 길게 이어진 진흙 빛깔의 벽에 울퉁불퉁 삐져나온 돌들은 마치 노쇠한 짐승들이 허공을 향해 벌린 아가리처럼 보였다. 하지만 무엇보다 제르베즈의 눈길을 끈 것은 천장이 둥근 아파트 입구였다. 안쪽 깊숙이 이어지는 아치형 입구는 그 높이가 건물의 3층에 이르렀다. 반대쪽 끝에서 너른 안뜰에서 새어 나오는 희끄무레한 빛이 보였다. 도로처럼 포석이 깔린 아파트 입구 한가운데에 파여 있는 작은 도랑에는 아주 연한 분홍빛 물이 흐르고 있었다.

"들어오세요, 아무도 안 잡아먹으니까." 쿠포가 말했다.

제르베즈는 길에서 그를 기다리려고 했지만 어쩔 수 없이 아파트 입구 오른쪽에 위치한 관리실 앞에까지 들어갔다. 그곳에서 또다시 눈을 들어 주변을 살펴보았다. 안쪽으로는 한가운데에 있는 너른 사각의 뜰을 중심으로 똑같이 생긴 건물 네 동이 사방으로 빙 둘러서 있었다. 모두 7층 건물이었다. 쇠시리라고는 없이 바닥에서 슬레이트 지붕까지 밋밋하게 올라간 잿빛 담벼락은 지붕에서 떨어지는 빗물로 인해 여기저기 얼룩이 진 채 누렇게 삭아 있었다. 오직 수직 홈통만이 각 층에 연결돼 있으면서, 입을 벌리고 있는 홈통의 입구에서 묻어난 쇠의 녹이 건물 벽에 누런 흔적을 남겨놓았다. 덧문이 없는 창문들은 혼탁한 바닷물을 연상시키는 청록색 유리창을 그대로 드러내었다. 열려 있는 몇몇 창문들에는 파란색 체크무늬 매트리스가 기대어 햇볕을 쬐고 있었다. 또 다른 창문들에 쳐진 빨랫줄에는 온 식구의 옷가지가 널려 있었다. 남자 셔츠와 여자 캐미솔, 아이들의 짧은 바지가 보였다. 4층에는 똥이 범벅이 된 기저귀가 그대로 널려 있었다. 위에서 아래로 내려올수록 비좁은 집들의 세간이 바깥으로 비집고 나와 있어, 열려 있는 모든 틈으로 빈곤의 흔적이 엿보였다. 각 동의 맨 아래층 입구에는 석회 벽에 문틀조차 없는 좁다란 높은 문이 붙어 있었다. 현관에는 여기저기 갈라진 틈이 보였고, 안쪽으로는 쇠로 된 난간이 달린 지저분한 계단이 위로 향하고 있었다. 동마다 하나씩 나 있는 계단에는 각각 A, B, C, D로 표기가 되어 있었다. 각 동 아래층에는 커다란 작업장들이 자리 잡고 있었다. 먼지가 두껍게 내려앉은 시커먼 유리문은 닫혀 있었다. 열쇠업자의 대장간은 바깥에까지 뜨거운 열기를 내뿜었다. 좀 더 떨어진 곳에서는 소목장(小木匠)의 대패질 소리가 들려왔다. 관리실 가까이 있는 염색업자의 작업장에서는 연분홍빛으로 물든 물을 아파트 입구에 난 도랑으로 콸콸 흘려보내고 있었다. 색색의 물웅덩이와 대팻밥, 석탄재 등으로 더러워진 뜰의 가장자리와 포석의 갈라진 틈에서는 잡초들이 자랐다. 햇빛이 환하게 비치는 건물의 안뜰은 햇빛이 비치는 방향에 따라 두 부분으로 나뉜 듯 보였다. 그늘 쪽에서는, 급수장의 수도꼭지에서 지속적으로 흘러나오는 물로 인해 항상 축축함이 느껴지는 가운데, 조그만 암탉 세 마리가 더러운 발로 벌레를 찾으려고 바닥을 쪼고 있었다. 제르베즈는 천천히 시선을 7층에서 바닥으로 향했다가는 다시 위쪽으로 향하면서 그 거대한 규모에 놀라움을 금치 못했다. 마치 살아 움직이는 유기체의 한가운데, 도시의 심장 속에 들어와 있는 느낌이 들었다. 살아 있는 거인 같은 건물은 그녀의 흥미를 불러일으켰다.

"누굴 찾아오셨소?" 관리실 문 앞에 나타난 관리인이 호기심 어린 표정으로 물었다.

제르베즈는 누군가를 기다리고 있다고 대답하고는 도로를 향해 돌아섰다. 하지만 쿠포가 아직 나타나지 않자 무언가에 이끌린 듯 다시 건물 안쪽을 살펴보았다. 건물은 소박한 매력이 넘쳐나는 곳이었다. 창문에 널려 있는 누더기 같은 옷가지 속에서는 삶의 활기가 느껴졌다. 화분에 심겨 있는 꽃무, 새장 속 카나리아가 지저귀는 소리, 어두운 구석에서 둥근 별처럼 빛나는 면도용 거울. 아래층에서는 목수가 규칙적인 대패질 소리에 맞춰 노래를 부르고 있었다. 열쇠업자의 작업장에서는 박자에 맞춰 내리치는 망치 소리가 투명한 종소리처럼 커다랗게 울려 퍼졌다. 열려 있는 창문들에서는 언뜻 엿보이는 빈곤의 얼굴 뒤로 땟국이 흐르는 아이들이 천진하게 웃는 모습이 보였다. 차분한 옆모습의 여인네들은 몸을 숙인 채 바느질에 열중하고 있었다. 점심식사 후에 다시 시작된 일상의 풍경이었다. 남정네들이 모두 일터로 떠나 비어버린 방과 함께 아파트 전체가 또다시 평화로운 정적 속으로 빠져들었다. 오직 매일같이 변함없이 작업장에서 들려오는 연장 소리와 노랫가락만이 몇 시간씩 이어지면서 그 정적을 방해했다. 다만 안뜰은 다소 습해 보였다. 제르베즈가 그곳에서 살게 된다면 햇볕이 잘 드는 쪽을 택할 것 같았다. 그녀는 대여섯 걸음 앞으로 나아가 가난한 집들에서 풍겨 나오는 퀴퀴한 냄새를 한껏 들이마셨다. 해묵은 먼지와 온갖 더러운 것들에서 풍겨 나오는 역한 냄새였다. 하지만 다른 냄새를 압도하는 시큼한 염료 냄새로 인해 봉쾨르 여관에서 보다는 훨씬 더 참을 만한 것 같았다. 그러는 사이 제르베즈는 이미 자신의 창문을 점찍어놓았다. 강낭콩이 심긴 조그만 화분이 놓여 있는 왼쪽 구석 창가였다. 화분에 꽂아놓은 지지대를 타고 오르는 가느다란 강낭콩 줄기가 그녀의 눈길을 끌었다.

"많이 기다렸죠?" 쿠포는 어느새 그녀 바로 옆에 와 있었다. "누님 집에서 저녁을 같이 먹지 못할 때는 잔소리가 심하다니까요. 게다가 오늘은 누님이 송아지 고기를 사놓았다지 뭡니까."

제르베즈가 약간 놀란 표정으로 몸을 움찔하자, 그 역시 그녀의 시선을 따라가면서 얘기를 계속했다.

"아파트를 살펴보고 있었나보군요. 위층부터 아래층까지 모두 꽉 꽉 차 있다니까요. 세입자가 300명은 족히 될 겁니다…… 난 말이죠, 가구를 장만하면 조그만 방을 하나 얻고 싶어요…… 여기서 살면 좋을 것 같지 않아요?"

"네, 좋을 것 같아요." 제르베즈가 조그맣게 대답했다. "내가 살던 플라상에는 이렇게 사람이 많질 않았거든요…… 저길 보세요. 예쁘지 않나요, 5층의 저 창문요. 강낭콩 화분이 놓여 있는."

쿠포는 또다시 그녀에게 자신의 청을 받아들일 것인지를 집요하게 물었다. 침대를 장만하면 이곳에 방을 얻을 수 있을 거라면서. 그러자 제르베즈는 서둘러 그곳을 떠나면서 그에게 어리석은 짓을 다시 시작하지 말라고 부탁했다. 건물이 무너지는 한이 있어도 그와 함께 한 이불을 덮고 잘 일은 없을 터였다. 하지만 그녀는 포코니에 부인의 세탁소 앞에서 쿠포에게 잠시 자신의 손을 잡도록 허락했다, 순수한 친구로서.

그로부터 한 달간 제르베즈와 함석공 쿠포 사이에는 우호적인 관계가 지속되었다. 그는 제르베즈가 매우 용감한 여성이라고 생각했다. 그녀는 온 힘을 다해 죽어라고 일하면서도 아이들을 정성껏 돌보았고, 저녁이면 또다시 온갖 종류의 천을 꿰맸다. 세상에는 지저분하기 이를 데 없으면서, 할 줄 아는 거라고는 먹고 노는 것밖엔 모르는 여자들도 많았다. 그런데 이런 행운이 있을 수가! 제르베즈는 그런 여자들하고는 전혀 다른, 인생을 무척이나 진지하게 살아가는 여자였다. 그가 그런 말을 할 때마다 그녀는 겸손하게 웃으면서 거절하곤 했다. 유감스럽게도 그녀가 언제나 현명하게 처신했던 것은 아니었다. 그녀는 열네 살 때 첫아이를 낳은 사실을 언급했다. 과거에 어머니와 아니스 술통을 비워낸 이야기도 되풀이했다. 그런 경험들이 그녀에게 약간의 깨달음을 주었던 것이다, 그뿐이었다. 사람들은 그녀의 의지가 강하다고 믿었다. 하지만 사실 그녀는 심성이 매우 여린 여자였다. 그래서 누군가를 아프게 하는 게 두려운 나머지 상황에 이끌려 다닌 적이 많았다. 그녀가 바라는 것이 있다면, 그건 올바른 사회에서 사는 것이었다. 그렇지 못한 사회는 몽둥이로 머리를 박살 내듯 순식간에 여자를 망가뜨릴 수 있기 때문이었다. 그녀는 미래를 생각할 때마다 식은땀이 났고, 자신이 마치 공중으로 던져졌다가 떨어지면서 포석의 튀어나온 모양에 따라 앞뒤가 결정되는 1수짜리 동전 같다는 생각이 들었다. 또한 그동안 살아오면서 보고 겪은 것들, 어린 시절의 나쁜 기억들이 그녀에게 쓰라린 교훈을 안겨주었다. 쿠포는 제르베즈의 그런 비관적인 생각을 웃어넘기면서 그녀에게 용기를 북돋아주고자 했다. 그러면서 그녀의 엉덩이를 꼬집으려 하자 제르베즈는 그를 밀쳐내면서 손바닥으로 그의 손을 때렸다. 쿠포는 웃으면서, 약해 보이는 여자치고는 결코 만만한 상대가 아니라고 소리쳤다. 농담하기 좋아하는 낙천적인 성격의 그는 미래를 걱정하는 법이 없었다. 하루하루 지내면 그뿐이었다! 그가 잠자리와 먹을 것을 걱정하는 일 따위는 결코 없을 터였다. 물을 흐리는 다수의 술주정뱅이들을 제외하고는 동네가 깨끗했고 제르베즈의 마음에도 들었다. 게다가 그는 나쁜 사람이 아니었다. 지극히 분별 있는 말을 하기도 했고, 여자의 마음을 사로잡을 줄도 알았다. 머리는 옆쪽으로 꼼꼼하게 가르마를 탔고, 보기 좋은 넥타이를 맸으며, 일요일에는 윤이 나는 구두를 신었다. 또한 원숭이 같은 영리함과 대담함, 파리 노동자들에게 전형적인 밉살스럽지 않은 오만함과 말주변을 지닌 아직 젊고 매력적인 남자였다.

그들은 봉쾨르 여관에서 서로에게 많은 도움을 주는 사이로 발전해 갔다. 쿠포는 제르베즈를 위해 우유를 받아다주었고, 장을 대신 봐주거나 세탁물 바구니를 들어주기도 했다. 저녁에 그가 먼저 일터에서 돌아올 때는 종종 외곽 도로에서 아이들을 산책시키기도 했다. 제르베즈는 그의 친절에 보답하기 위해 그가 머물고 있는 조그만 지붕 밑

방으로 올라가 그의 옷들을 살펴보면서 작업복에 단추를 달거나 웃옷을 수선해주기도 했다. 그렇게 그들 사이에는 깊은 유대감이 형성되어갔다. 제르베즈는 그와 함께 있을 때는 조금도 지루한 줄을 몰랐다. 그는 그녀에게는 아직도 새롭기만 한, 파리 교외의 온갖 흥미로운 이야깃거리를 들려주며 그녀를 즐겁게 해주었다. 그러면서 그는 그녀의 치맛자락에 몸이 닿을 때마다 점점 더 커져가는 그녀를 향한 욕망으로 어쩔 줄을 몰랐다. 그는 이제 몸이 달아오를 대로 달아올라 있었다! 그것은 그를 점점 더 힘들게 했다. 겉으로는 여전히 웃고 있었지만, 배 속에 마치 돌덩이가 짓누르고 있는 것처럼 답답했고 숨 쉬기가 힘들었다. 그는 더 이상 즐겁지가 않았다. 그리고 그러는 자신이 한심해 보일 줄 알면서도 그녀를 볼 때마다 이렇게 소리치지 않을 수가 없었다. "대체 언제쯤?" 제르베즈는 그가 무슨 얘기를 하려는지 잘 알고 있었다. 그리고 그에게 아무것도 약속하지 않았다. 그러자 그는 그녀를 난처하게 만들려고 마치 그녀의 집으로 이사라도 하려는 듯 실내화를 손에 들고 찾아가기도 했다. 하지만 그녀는 농담으로 받아넘겼고, 그의 끊임없는 지분덕거림에도 한 번도 얼굴을 붉히는 일 없이 잘 지냈다. 거칠게 굴지만 않는다면 그의 모든 것을 받아주면서. 꼭 한 번, 강제로 키스를 하려던 그의 머리카락을 뽑은 일을 제외하고는 그에게 화를 낸 적도 없었다.

6월이 얼마 남지 않았을 즈음 쿠포는 평소의 활기를 잃은 듯 보였다. 갑자기 예민해지고 말이 없어졌다. 자신을 바라보는 그의 수상쩍은 시선에 불안해진 제르베즈는 밤에 방문 앞에 바리케이드를 쳤다. 일요일에서 화요일까지 꼼짝도 않던 쿠포는 화요일 밤 열한시경 느닷없이 그녀의 방문을 두드렸다. 제르베즈는 그에게 문을 열어줄 생각이 없었다. 하지만 더할 나위 없이 다정한, 떨리는 듯한 그의 목소리에 마음이 약해져 문 앞에 밀어두었던 서랍장을 치우고 문을 열어주었다. 방 안으로 들어오는 그는 어디가 아픈 사람처럼 보였다. 파리한 낯빛에 눈이 벌겠고 얼굴에는 반점마저 생겨나 있었다. 그는 선 채로 고개를 설레설레 흔들며 말을 더듬거렸다. 아니, 그런 게 아니었다. 그는 아픈 게 아니었다. 꼭대기의 자기 방에서 두 시간 전부터 울고 있었던 것이다. 마치 어린아이처럼, 다른 사람들이 들을까봐 베개를 입에 문 채로. 사흘 전부터는 밤에 잠도 제대로 이루지 못했다. 더 이상 이렇게 지낼 수는 없었다.

"부디 내 말 좀 들어주세요, 제르베즈 부인." 그는 금방이라도 다시 눈물이 쏟아질 것 같은 눈으로 목이 메어 말했다. "이젠 그만 끝낼 때가 되지 않았나요, 그렇지 않나요?…… 우린 결혼해야만 해요. 난 그래야겠어요, 반드시."

제르베즈는 몹시 놀란 듯 보였다. 그러나 이내 매우 엄숙한 표정을 지어 보였다.

"오! 쿠포 씨." 그녀는 혼잣말처럼 나지막하게 말했다. "대체 무슨 생각을 하는 건가요? 난 결코 이런 걸 원하지 않았어요, 잘 아시잖아요…… 난 그럴 수 없어요, 절대로…… 오! 아뇨, 안 돼요, 이건 아주 중요한 문제예요. 이젠 정말 잘 생각해보셔야 해요, 제발."

하지만 쿠포는 절대로 흔들리지 않을 것 같은 단호한 표정으로 계속해서 고개를 저었다. 생각이라면 이미 오랫동안 충분히 한 터였다. 그가 내려온 것은 밤에 제대로 잠을 이루기 위해서였다. 그녀가 설마 자신을 그냥 올려 보내서 또다시 울게 만들지는 않을 거라고 믿으면서! 그녀가 그러마고 대답해주기만 하면 더 이상 그녀를 괴롭힐 일은 없을 것이며, 그녀 역시 편안히 잠들 수 있을 터였다. 그가 지금 원하는 것은 그러겠다는 대답을 듣는 것뿐이었다. 애기는 다음 날 다시 하면 되었다.

"물론 난 이런 식으로 승낙을 할 수는 없어요." 제르베즈도 뜻을 굽히지 않고 완강히 버텼다. "나중에 당신이 나 때문에 바보짓을 했다고 원망하는 건 싫거든요…… 제 말을 들으셔야 해요, 쿠포 씨, 이렇게 억지를 부리면 곤란해요. 당신은 나에 대한 감정이 어떤 건지 스스로도 잘 모르고 있다고요. 내가 장담하는데요, 아마 일주일만 못 봐도 금세 날 잊어버릴걸요. 남자들은 종종 하룻밤을 위해 결혼을 하죠, 첫날밤을 위해서 말예요. 그런 다음 여러 밤이 지나고 시간이 더 흐르면서 평생 함께 산다고 생각하면, 그때부터 문제가 생기기 시작하는 거죠…… 여기 앉으세요, 지금 당장 애기를 좀 해야 할 것 같으니까요."

그리하여 그들은 어두컴컴한 방 안에서 새벽 한시까지 자신들의 결혼 문제에 관한 애기를 나누었다. 촛불은 심지를 자르는 것을 깜빡 잊어버린 바람에 그을음을 내며 흐릿하게 타오르고 있었다. 베개 하나에 나란히 머리를 맞댄 채 새근새근 잠들어 있는 두 아이, 클로드와 에티엔을 깨우지 않으려고 목소리를 낮추어 소곤소곤 애기했다. 제르베즈는 결국엔 언제나 아이들 애기로 돌아오면서 쿠포에게 아이들을 가리켰다. 아이들은 그녀가 쿠포에게 주는 별난 지참금이 될 것이며, 그녀는 그에게 두 아이 문제로 부담을 지울 생각이 결코 없었다. 또한 그가 세상 사람들 보기를 부끄러워할 것이 두렵기도 했다. 그들이 결혼한다면 동네 사람들이 뭐라고들 하겠는가? 그녀가 이미 다른 남자와 동거했다는 사실을 모두가 다 아는 마당에. 그런데 그가 떠난 지 두 달도 채 안 돼서 다른 남자와 결혼한다면 다들 수군거리며 입방아를 찧을 게 불 보듯 뻔했다. 이 모든 타당한 이유에도 쿠포는 어깨를 으쓱해 보일 뿐이었다. 그는 동네 사람들 생각 같은 것은 개의치 않았다! 그는 남의 일에 이러쿵저러쿵 참견하는 것은 딱 질색이었다. 무엇보다 그럼으로써 자신을 더럽히는 것이 두려웠기 때문이다! 그렇다! 그래, 그녀는 랑티에와 동거했다. 하지만 그게 어쨌단 말인가? 그녀는 방종한 여자가 아니었다. 수많은 여자들, 돈 많고 한가한 여자들이 그렇듯이 남자들을 집 안으로 끌어들일 여자도 아니었다. 시간이 가면 아이들은 자랄 것이며, 힘을 합쳐 잘 키우면 될 터였다! 그는 어디에서도 그녀만큼 용기 있고 선하며 장점으로 넘치는 여자를 결코 만나지 못할 터였다. 게다가 반드시 그런 것들 때문만은 아니었다. 그녀가 길바닥에서 굴러다니며 살아가는, 못생기고 게으르고 역겨운, 게다가 코흘리개 아이들이 줄줄이 달린 여자라고 해도 아무 상관 없었다. 중요한 것은 그가 그녀를 원한다는 사실이었다.

"그래요, 난 당신을 원한다고요." 쿠포는 주먹으로 무릎을 내려치면서 거듭 말했다. "아시겠어요, 난 당신을 갖고 싶단 말입니다…… 그보다 더 중요한 게 뭐죠?"

제르베즈는 점차 마음이 약해지는 것을 느꼈다. 불현듯 엄습하는 욕망 앞에서 마음과 감정이 스스로를 배신하려 하고 있었다. 그녀는 이제 두 손을 치마 위로 늘어뜨리고 얼굴에는 온화함을 가득 머금은 채 그에게 소극적인 저항을 하고 있을 따름이었다. 6월의 아름다운 밤의 여신이 살짝 열려 있는 창문 틈새로 뜨거운 숨결을 불어넣어 기다란 심지를 붉게 태우고 있는 촛불을 살며시 흔들었다. 대로에 드러누운 술주정뱅이가 어린아이처럼 훌쩍거리는 소리만이 모두가 잠든 동네의 깊은 정적을 깨웠다. 먼 곳의 어느 레스토랑에서는 늦게까지 이어진 결혼식 피로연에서 바이올린 연주자가 대중적인 춤곡을 연주하는 소리가 들려왔다. 날카롭고 투명한 음악이 마치 하모니카 소리처럼 밤하늘로 맑게 울려 퍼졌다. 쿠포는 더 이상 반박할 말이 없는 듯 엷은 미소를 띤 채 침묵을 지키고 있는 젊은 여인의 두 손을 덥석 잡아 자기 앞으로 끌어당겼다. 제르베즈는 그동안 스스로 그토록 경계해왔던 자신의 모습을 보았다. 그의 말에 설득당하고 감동받아 그를 아프게 하는 것이 두려운 나머지 더 이상 그를 밀어낼 수가 없었던 것이다. 하지만 함석공은 그녀가 자신을 허락했다는 사실을 미처 알아차리지 못했다. 단지 그녀의 손목을 으스러지도록 세게 움켜쥐는 것으로 그녀를 갖고 싶은 갈망을 표현했을 뿐이다. 두 남녀는 그런 경미한 고통을 통해서라도 열망을 가라앉히고 싶은 듯 동시에 한숨을 내쉬었다.

"승낙하는 거죠, 그렇죠?" 그가 물었다.

"정말 끈질기시군요! 꼭 듣길 원하세요? 좋아요, 네…… 맙소사, 우린 지금 엄청난 실수를 하고 있는 건지도 몰라요."

그러자 단번에 자리를 박차고 일어난 그는 그녀의 허리를 껴안은 채 얼굴 아무 데나 거칠게 키스를 했다. 그러다가 요란한 소리가 나자 그녀보다 먼저 불안해하면서 클로드와 에티엔을 바라보았다. 그리고 문을 향해 조심스럽게 걸어가면서 목소리를 낮추어 말했다.

"쉿! 이제 그만 가봐야겠어요. 아이들을 깨우면 안 되니까요……
내일 봐요."

그가 다시 자기 방으로 올라가자 제르베즈는 아직 흥분이 채 가라
앉지 않아 떨리는 몸으로 한 시간 가까이 침대 가에 앉아 있었다. 그
녀는 쿠포의 배려에 깊은 감동을 받았다. 그가 참으로 믿을 만한 남자
라는 생각이 들었다. 그녀는 잠시 동안 이제 모든 게 끝났다고 생각했
다. 그가 여기서 자신과 함께 자고 가리라 믿었던 것이다. 창문 아래
쪽에서는, 술주정뱅이가 길을 잃어버린 짐승처럼 더 거친 신음을 냈
다. 멀리서 춤곡을 연주하던 바이올린 소리는 더 이상 들리지 않았다.

그 후 며칠간 쿠포는 제르베즈에게 구트도르 가에 사는 그의 누이
의 집을 함께 방문하자고 채근했다. 무척 소심한 그녀는 로리외 부부
를 만나는 것에 몹시 겁을 먹고 있었다. 그녀는 쿠포가 그들 부부를
은근히 두려워하고 있음을 이미 간파했다. 그가 자신의 작은누이에게
의존해 살아가는 건 물론 아니었다. 그의 어머니는 기꺼이 결혼을 허
락할 것이었다. 그녀는 아들의 뜻을 거스르는 적이 결코 없었다. 다만
그들 가족 중에서 로리외 부부는 하루에 10프랑씩을 버는 사람들로서
특별한 지위를 부여받았다. 그로 인해 그들이 누리는 권위는 대단한
것이었다. 쿠포는 그들이 아내를 받아들이지 않는다면 감히 결혼할
용기를 내지 못할 것이었다.

"그분들한테 당신 얘기를 했어요, 우리가 결혼할 거라는 계획도요.
맙소사! 당신은 정말 어린아이 같군요! 오늘 저녁에 나하고 같이 가
요…… 내가 지난번에 미리 얘기했죠? 누님이 좀 뻣뻣하게 대할 수도
있어요. 로리외 매형도 마찬가지고요. 사실 그분들 기분이 좀 상해 있

거든요. 내가 결혼하면 더 이상 자기들하고 같이 저녁을 먹지 않을 거
고, 그럼 이제 돈을 아낄 수 없을 테니까요. 하지만 신경 쓸 거 없어
요, 그런다고 당신을 문전박대하진 못할 테니까…… 날 위해 같이 가
줘요, 꼭 그래야만 해요."

그런 말들은 제르베즈에게 더 큰 두려움을 안겨주었다. 하지만 토
요일 저녁이 되자, 그녀는 그의 뜻을 따르기로 마음먹었다. 여덟시 반
이 되자 쿠포가 그녀를 데리러 왔다. 그녀는 검정 드레스에 노란색 종
려나무 무늬가 박힌 섬세한 모직 숄, 그리고 가느다란 레이스가 달린
흰색 보닛을 썼다. 일하기 시작한 6주 전부터 숄을 살 돈 7프랑과 보
닛을 살 돈 2프랑 50상팀을 따로 모아두었다. 드레스는 예전에 입던
것을 세탁해서 수선했다.

"그분들이 우리를 기다리고 있어요." 그들이 푸아소니에 가를 돌아
가는 동안 쿠포가 말했다. "오! 두 사람도 내가 결혼한다는 데 차츰
익숙해지기 시작했답니다. 오늘 저녁엔 내게 아주 상냥하게 대하던걸
요…… 그리고 아직 금으로 사슬을 만드는 걸 보지 못했다면 이참에
구경하는 것도 재미있을 거예요. 마침 월요일까지 마쳐야 할 급한 주
문 건이 있다고 하더라고요."

"집에 금이 있나요?"

"그럼요! 벽에도 있고, 바닥에도 있고, 사방이 금 천진걸요."

그사이 그들은 천장이 둥근 입구를 지나 안뜰을 가로질러 갔다. 로
리외 부부는 B동 7층에 살고 있었다. 쿠포는 제르베즈에게 난간을 꼭
잡고 놓지 말라고 소리쳤다. 그녀는 아래위가 뻥 뚫린 채로 높다랗게
이어지는 나선형의 계단을 올려다보았다. 한 층 걸러 계단마다 가스

등 세 개가 불을 밝히고 있었다. 가장 위쪽에 걸려 있는 등은 캄캄한 하늘에서 깜빡거리는 별처럼 보였다. 다른 두 개의 등은 끝없이 이어지는 나선형 계단을 따라 길게 기이한 모양의 빛을 비추었다.

"와!" 1층 층계참에 이르자 쿠포가 소리쳤다. "양파 수프 냄새가 기막히군. 어디서 양파 수프를 먹고 있는 게 분명해요."

과연 난간과 계단에 기름때가 묻어 있고, 벽 여기저기에 회반죽이 드러난 B동 계단에서 강한 음식 냄새가 진동했다. 각 층계참에서 안쪽으로 길게 이어지는 복도마다 시끌벅적한 소리와 함께 손잡이에 손때가 묻은 노란색 문들이 열려 있는 게 보였다. 창문가에 있는 싱크대에서 나는 축축하고 역한 냄새에 조리 중인 양파의 톡 쏘는 냄새가 뒤섞여 풍겨 나왔다. 맨 아래층에서 7층에 이르기까지 식기 소리와 냄비 씻는 소리, 눌어붙은 스튜 냄비를 숟가락으로 긁는 소리 등이 들려왔다. 제르베즈가 2층의 열린 문틈 사이로 흘끗 들여다보자, 두 남자가 식사를 물린 후 방수천이 깔린 식탁 앞에 앉아 파이프 담배를 피우면서 격렬한 논쟁을 벌이는 모습이 눈에 들어왔다. 문 앞에는 제도사라는 글씨가 커다랗게 쓰여 있었다. 아래층보다 좀 더 조용한 3층과 4층에서는 요람을 흔드는 소리와 숨죽인 아이의 울음소리, 거친 목소리의 여인이 웅얼거리는 소리에 뒤섞인 흐르는 물소리가 문틈 사이로 새어 나왔다. 문에 못으로 고정한 팻말에는 **고드롱 부인, 소모(梳毛)*** **직공**이라고 쓰여 있었다. 좀 더 떨어진 곳에서는 마디니에, 판지 제조업자라는 팻말도 보였다. 5층으로 올라가자 부부 싸움을 하는 소리가 들

---

* 양모의 짧은 섬유는 없애고 긴 섬유만 골라 가지런하게 하는 일.

려왔다. 쿵쿵거리며 바닥을 울리는 발소리와 가구들이 쓰러지는 소리
와 함께 엄청난 욕설과 구타가 오갔다. 그 와중에도 맞은편에 사는 이
웃들은 환기를 위해 문을 활짝 열어둔 채 평온하게 카드놀이를 했다.
6층에 이르자 제르베즈는 가쁜 숨을 몰아쉬었다. 그녀는 높은 곳에
올라가는 일에 익숙하지 않았다. 빙빙 돌아가는 벽과 끝없이 이어지
는 집들로 인해 현기증이 났다. 게다가 한 가족이 층계참을 가로막고
있었다. 남자가 층계참에 놓인 싱크대 옆의 조그만 점토 화덕 위에서
접시를 닦는 동안, 여자는 난간에 기댄 채 아이를 씻기며 재울 준비를
하고 있었다. 쿠포는 제르베즈에게 길을 계속 가라고 재촉했다. 이제
거의 다 왔다. 마침내 7층에 도착하자 그는 뒤를 돌아보며 그녀에게
힘을 실어주려고 미소를 지었다. 제르베즈는 고개를 들고 아래층에서
부터 들려오던 가냘픈 목소리가 어디서 나는지를 찾았다. 다른 소음
을 압도하는 맑고 날카로운 목소리였다. 그것은 지붕 밑 다락방에서
13수짜리 인형에 옷을 입히는 일을 하는 자그마한 노파의 노랫소리였
다. 그 순간 키가 큰 젊은 여성이 이웃에 붙어 있는 방으로 양동이를
들고 들어갔다. 열린 문 사이로 웃통을 벗은 남자가 흐트러진 침대에
누워 뒹굴뒹굴하는 모습이 언뜻 눈에 띄었다. 다시 문이 닫히자, 문
위에 **클레망스 양, 다림질장**이라고 적힌 팻말이 붙어 있는 게 보였다.
맨 꼭대기 층에 이르자, 제르베즈는 숨이 가쁘고 다리 힘이 풀려 난간
아래를 내려다보고 싶다는 생각이 들었다. 이젠 7층에 이르는 좁다란
수직 공간의 맨 아래쪽에 있는 가스등이 별처럼 빛났다. 제르베즈는
심연의 가장자리에서 아래를 굽어보는 것처럼 위태로워 보였다. 건물
에서 바글거리며 서로 부대끼고 살아가는 수많은 사람들의 삶과 온갖

냄새가 뜨거운 열기와 함께 그런 그녀의 얼굴을 한꺼번에 강타하는 듯했다.

"아직도 도착하질 못했다니. 오! 이건 뭐 어디 여행이라도 가는 것 같군!"

쿠포는 왼쪽으로 난 긴 복도로 접어들었다. 그리고 두 번을 연속해서 돌았다. 처음에는 왼쪽, 그다음에는 오른쪽으로. 계속 이어지는 복도는 두 갈래로 갈라지면서 점점 더 좁아졌다. 벽은 금이 갔고 초벽이 벗겨져 있었다. 가스등의 불빛도 점점 더 희미해져갔다. 마치 교도소나 수도원에서처럼 일렬로 죽 늘어선 똑같은 모양의 문들은 대부분 활짝 열려 있었다. 뜨거운 6월의 밤이 발하는 불그레한 빛으로 가득 찬 내부는 빈곤함과 노동으로 찌든 속사정을 훤히 드러내 보여주었다. 그들은 마침내 완전히 어두워진 복도 끝에 이르렀다.

"여기예요." 쿠포가 말했다. "조심해요! 벽을 잘 잡아요. 계단이 세 개 있거든요."

제르베즈는 어둠 속에서 조심스럽게 열 걸음 정도를 더 나아갔다. 계단 세 개가 발에 닿는 것을 느끼자 개수를 세었다. 복도 끝에 이르자 쿠포는 노크를 하지 않고 문을 밀었다. 바둑판무늬 바닥 위로 환한 빛이 펼쳐졌다. 그들은 안으로 들어갔다.

방은 무척 비좁았다. 마치 터널이나 복도의 연장인 것처럼 보였다. 위로 걷어 올려 끈으로 고정한 빛바랜 모직 커튼이 그 터널을 둘로 나누었다. 한쪽에는 망사르드* 천장 아래 구석으로 밀어 넣은 침대와 저

---

* 채광창이 달린 이중 경사면 지붕.

녁식사 끝에 아직 온기가 남아 있는 무쇠 난로, 의자 두 개, 식탁, 그리고 침대와 문 사이에 끼워 넣으려고 돌출된 장식을 잘라낸 찬장이 있었다. 다른 한쪽에는 작업실이 있었다. 작업실 구석에는 좁다란 화덕과 풀무가, 오른쪽으로는 고철들이 굴러다니는 선반 아래로 벽에 고정된 바이스가 있었다. 왼쪽으로는 창가에 집게와 절단기, 기름때로 더러워진 미세한 톱 등이 놓여 있는 아주 조그만 작업대가 보였다.

"우리 왔어요!" 쿠포는 모직 커튼이 있는 곳까지 나아가면서 외쳤다. 하지만 아무런 인기척도 느껴지지 않았다. 금이 가득한 곳으로 들어간다는 생각에 들뜨고 흥분한 제르베즈는 쿠포의 뒤에 선 채 말을 더듬거리면서 인사하듯 고개를 계속 끄덕였다. 작업대 위에서 환한 빛을 퍼뜨리는 램프와, 화덕에서 벌겋게 불타는 숯불은 그녀를 더욱더 당황스럽게 했다. 그리고 마침내 로리외 부인을 볼 수 있었다. 작은 키에 다부진 체격, 다갈색 머리의 그녀는 커다란 집게를 든 짧은 팔에 온 힘을 실어 바이스에 고정된 다이스 철판*의 구멍들 속으로 검은색 철사를 통과시키고 있었다. 마찬가지로 자그만 체격의 로리외는 아내보다 어깨가 빈약해 보였다. 그는 마치 원숭이같이 날렵한 몸짓으로 펜치 끝을 사용해, 마디진 손가락에 가려 보이지도 않는 아주 미세한 무언가를 다루고 있었다. 먼저 고개를 든 것은 남편이었다. 얼마 남아 있지 않은 머리칼에, 오래된 밀랍처럼 누렇게 뜬 갸름한 얼굴은 그를 병자처럼 보이게 했다.

"아! 왔군요, 반가워요, 잘 왔어요!" 그가 조그맣게 말했다. "그런

---

* 철판에 뚫린 여러 개의 작은 구멍을 통해 철사를 뽑아내는 기구.

데 보다시피 좀 바빠서…… 작업실엔 들어오면 안 됩니다. 일에 방해가 되거든요. 미안하지만 방에서 좀 기다려줘요."

그는 또다시 고개를 숙인 채 작업에 몰두했다. 물이 들어 있는 구(球)형의 기구에서 반사된 빛이 그의 얼굴을 푸르스름하게 물들였다. 램프에서 나온 빛은 기구를 통과해 그가 만들고 있는 작품에 둥근 빛줄기를 쏘아 보냈다.

"의자를 갖다놓고 앉아서 기다려!" 이번에는 로리외 부인이 소리쳤다. "네가 말하던 그 여자를 데리고 온 거니? 잘했다, 잘했어!"

그녀는 철사를 둥글게 만 다음 화덕으로 가져갔다. 그리고 커다란 나무 부채로 숯불을 피워 다시 달군 다음, 다이스 철판의 마지막 구멍 속으로 통과시켰다.

쿠포는 의자를 가져다가 커튼으로 경계가 나뉘는 곳에 제르베즈를 앉혔다. 방이 몹시 좁은 탓에 옆에 나란히 앉을 수 없었던 그는 바로 뒤에 앉아 몸을 숙인 채 그녀의 목덜미에 대고 로리외 부부의 작업에 대해 설명해주었다. 로리외 부부의 특이한 환대 방식과 자신을 바라보는 그들의 비딱한 시선에 당혹감을 느낀 제르베즈는 귀가 윙윙거려 그의 말이 잘 들리지 않았다. 그러면서 로리외 부인이 서른 살치고는 무척 늙어 보인다는 생각을 했다. 외모는 까칠해 보였고, 앞이 풀어헤쳐진 캐미솔에 흘러내린 칙칙한 다갈색 머리가 지저분했다. 그녀와 겨우 한 살 차이인 남편은 노인처럼 늙어 보였다. 얄팍한 입술은 그의 고약한 성격을 드러내주었다. 그는 웃통을 벗은 채로 맨발에 닳아빠진 실내화를 신고 있었다. 무엇보다 제르베즈를 실망시킨 것은 작업실의 협소함과 더께가 내려앉은 지저분한 벽, 녹슨 도구들, 온갖 더러운 것이 사방에 널려 있는 고철상을 연상시키는 광경이었다. 게다가 실내는 찜통을 방불케 했다. 로리외의 창백한 얼굴로 굵은 땀방울이 흘러내렸다. 로리외 부인이 캐미솔을 벗자, 두 팔과 축 늘어진 가슴에 착 달라붙은 슈미즈가 그대로 노출되었다.

"그런데 금은 어디 있나요?" 제르베즈가 나지막이 물었다.

그녀의 불안한 시선은 구석 곳곳을 향했다. 그러면서 온갖 더러운 것들 가운데서 그녀가 꿈꾸었던 화려함을 찾았다.

그러자 쿠포는 웃음을 터뜨렸다.

"금요? 자, 여기 있잖아요. 저기도 있고. 여기 당신 발밑에도!"

그는 누이가 작업하고 있는 가늘어진 철사와, 바이스 근처의 벽에 걸린 또 다른 철사 꾸러미를 가리켰다. 평범한 철사 뭉치와 다를 바 없어 보이는 것들이었다. 쿠포는 바닥을 기어가 작업실 바닥을 덮고 있는 나무 깔개 아래서 무언가를 주워 왔다. 녹슨 바늘 끝을 닮은 쇳조각이었다. 제르베즈는 그에게 쏘아붙였다. 이건 금이 아니잖아요, 금일 리가 없어요. 그냥 쇠처럼 생긴 거무스름한 금속일 뿐이라고요. 쿠포는 조각을 깨물어 이에 남아 있는 반짝이는 흔적을 보여주어야만 했다. 그리고 그녀에게 다시 설명했다. 고용주들이 가늘게 만든 합금을 건네주면 사슬 제조공들은 다이스 철판에 그것을 통과시켜 원하는 굵기를 얻어냈다. 또한 그 작업이 진행되는 동안 금속이 부러지는 것을 방지하려면 금속을 대여섯 번 정도 불에 달구어야만 했다. 오! 그일을 제대로 해내려면 완력이 좋아야 하고, 숙련된 기술이 필요함은 물론이다! 그의 누이는 남편이 기침을 한다는 이유로 다이스 철판에 손대는 것을 허락하지 않았다. 그녀는 그 일에 안성맞춤인 굉장한 팔을 지녔다. 쿠포는 누이가 금을 머리카락만큼 가늘게 뽑아내는 것을 본 적이 있었다.

그사이 갑자기 발작적으로 기침을 하던 로리외는 스툴 위로 쓰러지듯 주저앉았다. 기침을 하는 중에 그는 질식할 것 같은 목소리로, 여전히 제르베즈를 쳐다보지 않은 채 혼잣말처럼 말했다.

"난 콜론을 만들어요."

쿠포는 제르베즈를 자리에서 일어나게 했다. 원한다면 가까이 가서 작업하는 광경을 지켜볼 수 있었다. 사슬 제조공은 툴툴거리면서 승낙했다. 그는 아내가 작업해놓은 철사를 강철로 된 아주 가느다란 원통형 막대에 휘감았다. 그런 다음 톱으로 살짝 힘을 주면서 막대를 따라 감긴 철사를 자르면 수많은 둥근 고리가 생겨났다. 그다음에는 용접 작업이 그를 기다리고 있었다. 그는 고리들을 커다란 숯 덩어리 위에 올려놓았다. 그러고 나서 옆에 놓인 깨진 병의 바닥에 담긴 붕사한 방울을 숯 덩어리 위로 떨어뜨렸다. 그리고 재빨리 용접기의 수평 불꽃으로 고리들을 벌겋게 달구었다. 그렇게 100여 개의 고리가 준비되면, 그는 또다시 그의 손때가 묻어 반들반들해진 조그만 판자에 몸을 기댄 채 미세한 작업을 시작했다. 고리를 집게로 구부린 다음 한쪽을 꼭 잡은 채, 이미 작업을 마친 위쪽 고리에 끼워 넣고 송곳으로 다시 그것을 벌렸다. 그렇게 규칙적이고 지속적으로 작업을 해나가는 동안 고리들이 줄줄이 연결되면서 제르베즈의 눈앞에서 점차 사슬이 길게 모습을 드러냈다. 그녀가 그 과정을 제대로 파악하거나 따라갈 겨를조차 없었다.

"이게 바로 콜론이라는 거예요." 쿠포가 설명했다. "사슬에는 자즈롱, 포르사, 구르메트, 코르드가 있죠. 이건 콜론이라고 하고요. 로리외 매형은 콜론만 만들어요."

로리외는 만족스러워하며 히죽거렸다. 그는 검은 손톱 사이에 가려 보이지 않는 고리들을 집게로 계속 조이면서 소리쳤다.

"내 얘기 듣고 놀라지 말라고, 카데카시스!…… 오늘 아침에 계산을 해보았거든. 내가 이 일을 시작한 게 열두 살이었어, 자네도 알지? 그런데 말이지! 오늘까지 내가 만든 콜론의 길이가 얼마나 되는지 아나?"

그는 창백한 얼굴을 치켜든 채 벌게진 눈을 깜빡거렸다.

"자그마치 8천 미터라고, 굉장하지 않나! 20리란 말일세!…… 엥! 20리에 달하는 콜론 사슬이라니! 이 동네 여자들의 목을 몽땅 휘감고도 남는 길이지…… 그리고 앞으로 얼마든지 더 길게 만들 수도 있고. 난 파리와 베르사유 사이 거리만큼의 사슬을 만들 생각이야."

몹시 실망한 제르베즈는 이 모든 게 지극히 추하다는 생각을 하며 다시 자리로 가서 앉았다. 그러면서도 로리외 부부의 비위를 맞추려고 억지 미소를 지어 보였다. 무엇보다 그녀를 불편하게 한 것은, 그들이 그녀의 결혼 문제에 관해 아무런 언급도 하지 않는다는 사실이었다. 그것은 그녀에게는 그 무엇보다 중요한 문제이며, 그녀가 이곳까지 그들을 찾아온 이유이기도 했다. 로리외 부부는 그녀를 쿠포가 데려온 호기심 많은 이방인쯤으로 취급했다. 마침내 그들 사이에 대화가 시작되었지만, 그것은 건물의 세입자들에 관한 것이었다. 로리외 부인은 동생한테 올라오는 길에 5층 사람들이 싸우는 소리를 듣지 못했는지 물었다. 베나르 부부는 매일같이 치열한 부부 싸움을 벌였다. 남자는 매일 곤드레만드레 취한 채로 돌아왔다. 여자 역시 문제가 있었다. 그녀는 상스러운 소리를 서슴없이 뱉어내며 악을 썼다. 그런 다음 그들은 2층의 제도사에 관한 얘기로 넘어갔다. 키가 큰 보드캥이란 남자는 빚에 치여 사는 허풍쟁이에다 골초였다. 게다가 수시로 동료들과 언쟁을 벌였다. 마디니에의 판지 제조 작업장은 파산 직전이었다. 그는 어제도 또다시 두 명의 일꾼을 해고했다. 파산하는 것이 그에게는 차라리 축복이었다. 작업장 운영에 돈을 탕진해 아이들이 헐벗고 다닐 지경이었기 때문이다. 소모 직공인 고드롱 부인은 자기 매트리스를 특별한 방식으로 손질하는 듯했다, 또다시 임신한 것을 보면. 그녀 나이에 임신을 하는 것은 지극히 남세스러운 일이었다. 건물주는 얼마 전에 6층에 사는 코케 부부에게 방을 비워달라는 통고를 했다. 그들은 무려 세 분기 치 집세가 밀려 있었다. 게다가 층계참에 화덕을 피우는 일이 잦았다. 지난 토요일에만 해도, 인형을 갖다주려고 내려왔던 7층에 사는 노처녀 르망주 양 덕분에 어린 랭게를로가 화상을 입을 뻔했던 걸 간신히 모면했다. 다림질장이 클레망스 양은 기분 내키는 대로 살아가는 여자였다. 하지만 그녀를 비난할 수는 없었다. 그녀는 동물을 사랑하는 따뜻한 마음을 가진 여자였다. 아! 그런 좋은 여자가 뭇 남자들과 어울리는 건 참으로 안타까운 일이 아닐 수 없었다! 밤거리에서 아무 때나 그녀를 마주칠 수 있을 정도였다.

"자, 여기 하나 더 있어." 로리외는 점심식사 이후로 작업한 사슬마디를 아내에게 건네주면서 말했다. "이제 마무리 작업을 해도 될 것 같아."

그러면서 자기식의 유머를 쉽사리 포기하지 않는 사람 특유의 고집스러움을 드러내며 덧붙였다.

"또다시 1미터하고 40센티미터나 해냈어…… 베르사유에 좀 더 가까워졌다고."

그사이 로리외 부인은 마지막으로 다이스 철판에 통과시킨 사슬을 다시 불에 달구었다. 그런 다음 긴 손잡이가 달린 조그만 놋쇠 냄비에 가득 채운 묽은 산에 사슬을 담가 화덕에 데웠다. 또다시 쿠포에게 채근당한 제르베즈는 작업의 마지막 과정을 지켜보아야만 했다. 세척이 끝난 사슬은 적갈색으로 변해 있었다. 이제 모든 작업이 끝나고 제품을 인도하는 일만 남았다.

"이렇게 대충 마무리 작업이 끝난 채로 넘기면 연마공들이 천으로 윤을 내요." 쿠포가 또다시 설명했다.

제르베즈는 더 이상 참기가 힘들었다. 점점 더 뜨거워지는 열기 탓에 숨이 턱턱 막혔다. 조금만 바람이 불어도 감기가 걸리는 로리외 때문에 문을 꼭꼭 닫아놓았기 때문이다. 게다가 아무도 그들의 결혼에 관한 얘기를 꺼내지 않았다. 그녀가 쿠포의 옷자락을 살며시 잡아당기자 그는 그 의미를 이해했다. 그 역시 그들의 의도적 침묵에 기분이 상했고 당혹감을 느끼던 터였다.

"그럼 우린 이만 갈게요. 일하시는 데 방해가 되는 것 같아서요."

그는 그들이 무슨 말인가를 해주기를 기다리면서 잠시 그 자리에서 머뭇거렸다. 그러다가 마침내 자신이 먼저 얘기를 꺼내기로 마음먹었다.

"저기 말이죠, 우린 매형만 믿을게요. 제 아내의 증인이 되어주시는 걸로요."

그러자 사슬 제조공은 고개를 들어 새삼 놀란 척을 하며 히죽거렸다. 그의 아내도 다이스 철판을 내려놓고 작업실 한가운데로 와서 버티고 섰다.

"그러니까 결혼 얘기가 사실이었군." 로리외가 중얼거렸다. "이 친구 카데카시스는 농담을 워낙 진담처럼 얘기해서 말이지."

"아! 그래요, 부인이 바로 그 여자였군요." 이번에는 그의 아내가 제르베즈를 뚫어지게 쳐다보면서 말했다. "맙소사! 우리가 두 사람한테 해줄 충고가 있나, 우리야 뭐…… 사실 결혼 얘기는 좀 놀랍긴 했지만. 뭐 두 사람이 서로 좋다면야 어쩌겠어. 혹시라도 잘 안 되면 자기 자신을 탓하면 되니까, 그럼 되는 거야. 사실 이런 결혼이 성공한다는 게 쉽진 않으니까, 아주 드문 일이지, 아주……"

로리외 부인은 마지막 몇 마디를 느릿하게 힘주어 말하면서 고개를 주억거렸다. 그러면서 젊은 여인의 피붓결과 알몸을 살펴보기라도 하는 것처럼 그녀의 얼굴에서 손과 발로 차례로 시선을 옮겼다. 자신의 기대 이상인 그녀를 보며 약간 놀라는 눈치였다.

"어쨌거나 내 동생은 자기가 원하는 인생을 살 수 있는 거니까." 로리외 부인은 처음보다 더 쌀쌀맞게 느껴지는 어조로 얘기를 계속했다. "물론 가족이야 더 나은 혼처를 기대한 게 사실이지만…… 누구나 바라는 게 있기 마련이니까. 하지만 뭐 인생이란 게 우리 계획대로만 흘러가지는 않잖아요…… 무엇보다 난 다투는 건 딱 질색인 사람이거든요. 동생이 정말 이상한 여자를 데리고 왔더라도 난 이렇게 말했을 거예요. '그 여자와 결혼해도 좋으니까 날 성가시게 하지만 마'라고…… 동생은 그동안 여기서 우리하고 잘 지냈거든요. 이만하면 적당히 살도 쪘고, 누가 봐도 굶지 않았다는 걸 바로 알 수 있을 테니까. 언제나 금방 끓인 따뜻한 수프를 먹을 수 있었고…… 그런데 로리외, 당신은 이 부인이 테레즈를 좀 닮았다는 생각 안 들어요? 왜 있잖아요, 폐결핵으로 죽은 맞은편 집 여자 말이에요."

"맞아, 그러고 보니 좀 닮은 것 같군." 사슬 제조공은 고개를 끄덕였다.

"그리고 아이가 둘 있다고 했죠. 아! 그 문제에 관해서는 동생한테 이렇게 말했어요. '넌 어떻게 아이가 둘 딸린 여자와 결혼할 생각을 했는지 정말 이해가 안 가는구나……' 그렇다고 언짢아하면 안 돼요. 내가 동생 편을 드는 건 지극히 당연하니까…… 그런데 건강이 별로 좋아 보이진 않는군요…… 안 그래요, 로리외? 부인이 썩 건강해 보이진 않죠?"

"그래, 아닌 것 같군, 건강해 보이진 않아."

그들은 그녀의 다리를 대놓고 들먹이진 않았다. 하지만 그들의 비딱한 시선과 비죽거리는 입술에서 그들이 그 사실을 언급하고 있음을 알 수 있었다. 제르베즈는 노란색 종려나무 무늬가 박힌 얇은 숄을 두 손으로 꼭 쥐고 그들 앞에 선 채 마치 재판관 앞에서처럼 단음절로 대답했다. 힘들어하는 그녀를 본 쿠포는 더 이상 참지 못하고 소리쳤다.

"지금 대체 무슨 말을 하는 거예요…… 그런 얼토당토않은 말이 어디 있어요, 그런다고 달라질 건 하나도 없다고요. 결혼식은 7월 29일 토요일에 할 거예요. 달력 보고 이미 날짜 따져봤어요. 괜찮으시겠어요? 그날 아무 문제 없나요?"

"오! 우린 아무 때나 상관없단다. 그리고 우리에게 허락을 구할 필요는 없다…… 네 매형이 증인 서는 걸 반대할 생각은 없으니까. 난 분란을 일으키고 싶지 않거든."

고개를 숙인 채 망연하게 서 있던 제르베즈는 작업실 바닥에 깔려 있는 마름모꼴 무늬의 나무 널 틈새를 무심코 발가락 끝으로 쑤셨다. 발가락을 도로 빼면서 무언가를 망가뜨렸을까봐 우려돼 몸을 굽혀 손으로 바닥을 더듬었다. 그러자 로리외가 서둘러 램프를 가지고 가까이 다가왔다. 그리고 의심스러운 눈초리로 그녀의 손가락들을 살펴보았다.

"조심해야 합니다. 조그만 금 부스러기가 신발 아래 달라붙을 수가 있거든요. 자기도 모르는 새 금을 가져가버리는 거죠."

그것은 굉장히 중요한 문제였다. 고용주들은 단 1밀리그램의 낭비도 허용하지 않았다. 그는 작업대 위에 남아 있는 금 조각들을 쓸어 모으는 토끼 발처럼 생긴 솔과, 무릎에 펼쳐놓고 그것들을 모아 담는 가죽 앞치마를 보여주었다. 그들은 일주일에 두 번씩 작업실을 꼼꼼히 비로 쓸어냈다. 쓰레기를 한데 모아 불태운 다음 재를 걸러내면, 그 속에서 한 달에 25 내지 30프랑어치의 금을 찾아낼 수 있었다.

로리외 부인은 제르베즈의 신발에서 눈을 떼지 않은 채 상냥한 미소를 지어 보이면서 중얼거렸다.

"기분 나쁘게 생각할 것 없어요. 신발 바닥을 확인해보는 것뿐인데 뭘."

제르베즈는 얼굴이 화끈거리는 것을 느끼면서 다시 의자에 앉아 두 발을 든 채 아무것도 없음을 확인시켜주어야 했다. 쿠포는 문을 열고 퉁명스럽게 외쳤다. "안녕히 계세요!" 그리고 복도에서 제르베즈를 불렀다. 그녀는 그를 따라나서기 전에 예의를 갖추어 더듬거리며 인사를 했다. 다시 만날 수 있기를, 그리고 앞으로 서로 잘 지낼 수 있기를 바란다는 말과 함께. 하지만 로리외 부부는 어느새 어두컴컴한 굴 같은 작업실 구석으로 돌아가 다시 일을 시작한 터였다. 용광로의 뜨거운 열기 속에서 하얗게 타들어가는 마지막 숯불처럼 조그만 화덕이 빛을 발하고 있었다. 슈미즈의 어깨끈 한쪽은 아래로 흘러내리고 화덕의 불빛을 받아 피부가 벌겋게 된 채, 부인은 새로운 금속 실을 뽑아냈다. 한 번씩 힘을 줄 때마다 목이 부풀어 오르면서 마치 가는 끈처럼 보이는 근육이 씰룩거렸다. 남편은 물이 들어 있는 구형의 기구에서 반사된 푸르스름한 빛 속에서 몸을 숙인 채 새로운 작업을 시작했다. 고리를 집게로 구부린 다음 옆을 꼭 잡고, 이미 작업을 마친 위쪽 고리에 끼워 넣고 송곳으로 다시 그것을 벌렸다. 한순간도 허비하는 게 아까워 얼굴에 흘러내린 땀을 닦을 생각도 하지 않은 채, 기계적으로 똑같은 일을 끝없이 반복했다.

복도를 지나 7층의 층계참으로 나선 제르베즈는 눈물이 그렁한 눈으로 참았던 말을 뱉어냈다.

"우리 앞날이 그리 순탄할 것 같진 않군요."

쿠포는 몹시 화가 난 얼굴로 고개를 마구 흔들었다. 로리외는 오늘 밤 일을 반드시 후회하게 될 것이었다. 세상에 그런 구두쇠가 어디 있나! 그깟 하찮은 금 부스러기를 누가 훔쳐 간다고! 이 모든 건 로리외의 지독한 구두쇠 기질 때문이었다. 게다가 그의 누이라는 여자는, 그가 고작 저녁 한 끼에 4수를 아끼기 위해 평생 결혼도 하지 않고 살거라고 믿었단 말인가? 어쨌거나 그는 7월 29일 결혼식을 감행할 것이었다. 그들이 어떻게 생각하건 중요하지 않았다!

하지만 제르베즈는 계단을 내려오는 동안 여전히 돌덩이가 짓누르는 것 같은 무거운 마음으로 왠지 모르는 두려움에 사로잡힌 채, 점점 커지는 난간의 그림자를 불안한 시선으로 좇았다. 그 시각, 텅 비어버린 계단은 깊이 잠들어 있었다. 오직 불꽃이 잦아든 3층의 가스등만이 심연 같은 암흑의 끝자락에서 야간등처럼 미미한 불빛을 비추고 있었다. 닫혀 있는 문들 뒤로, 저녁식사를 마치자마자 곧바로 잠자리에 든 지친 노동자들의 잠든 모습이 보이면서 무거운 정적이 느껴졌다. 하지만 다림질장이 여자의 방에서는 조용한 웃음소리가 새어 나왔다. 노처녀 르망주 양의 방에서도 조그만 가위로 13수짜리 얇은 인형옷을 자르는 소리와 함께 열쇠구멍으로 희미한 빛이 새어 나왔다. 아래층의 고드롱 부인 집에서는 여전히 칭얼대는 아이의 울음소리가 들려왔다. 사방을 차분히 감싸는 암흑 같은 정적 속에서, 층계참에 놓인 싱크대에서는 고약한 냄새가 더욱더 짙게 풍겨 나왔다.

안뜰로 나온 쿠포가 관리인에게 노래하는 듯한 목소리로 문을 열어줄 것을 청하는 동안, 제르베즈는 마지막으로 아파트를 돌아보았다. 달빛이 가려진 하늘 아래 보이는 공동아파트는 이전보다 훨씬 더 커 보였다. 벽의 칠이 벗겨진 흔적과 삭은 얼룩들이 어둠에 씻겨 나간 것 같은 회색빛 정면이 옆으로 늘어나고 위로 솟구쳐 보였다. 낮에 햇볕에 널어놓았던 누더기 같은 옷들이 사라진 지금, 건물의 정면은 더 단조롭고 휑해 보였다. 닫혀 있는 창문들은 잠들어 있었다. 아직 환하게 불이 켜져 있는 몇몇 창문은 마치 눈을 뜬 채 어느 구석들을 몰래 훔쳐보고 있는 듯했다. 각 동의 현관 위로 여섯 개 층의 층계참에 위아래로 일렬로 나 있는 창문들이 희미한 불빛으로 하얗게 밝혀진 채 좁다란 빛의 기둥을 이루고 있었다. 3층의 판지 제조 작업장에서 새어 나온 램프의 빛이 안뜰의 포석 위로 노르스름한 흔적을 길게 남기면서, 1층의 작업장들을 감싼 어둠을 갈라놓았다. 그 어둠 속의 축축한 구석에서는 제대로 잠기지 않은 급수장의 수도꼭지에서 물방울이 조금씩 흘러나오는 맑은 소리가 밤의 정적에 리듬을 부여했다. 그 순간, 그녀를 굽어보던 아파트가 갑자기 덮치기라도 한 것처럼 양쪽 어깨에 얼음장처럼 차가운 기운이 느껴졌다. 그것은 그녀를 집요하게 따라다니는, 어린아이의 그것처럼 유치한 두려움이었다. 제르베즈는 나중에 그때를 돌이켜 생각하면서 미소를 지었다.

"조심해요!" 쿠포가 소리쳤다.

제르베즈는 그곳에서 나오기 위해 염색업자의 작업장에서 흘러나온 물웅덩이를 뛰어넘어야 했다. 그날 물웅덩이는 푸른빛을 띠었다. 한여름의 하늘처럼 그윽한 쪽빛이었다. 그 위로, 관리실의 조그만 야간등에서 비치는 불빛이 별처럼 반짝거렸다.

3

제르베즈는 결혼식을 원하지 않았다. 무엇 때문에 돈을 낭비한단 말인가? 게다가 부끄럽다는 생각을 떨쳐버리기가 힘들었다. 그런 마당에 굳이 온 동네에 결혼 사실을 떠벌릴 필요가 없을 것 같았다. 하지만 쿠포는 생각이 달랐다. 이런 식으로, 다 같이 모여 밥 한 끼 먹지 않고 결혼할 수는 없다며 고집을 부렸다. 그는 동네 사람들 생각 같은 건 전혀 개의치 않았다! 오! 그렇다고 거창한 것을 원하는 것은 아니었다. 단지 비싸지 않은 식당으로 조촐한 저녁을 먹으러 가기 전 오후에 동네를 한 바퀴 돌며 산책이나 할 생각이었다. 물론 디저트를 먹는 동안의 음악도, 여인네들의 엉덩이를 들썩거리게 할 클라리넷 연주도 준비하지 않을 것이었다. 가볍게 건배하면서 한두 잔 마신 다음 각자 집으로 돌아가 편안하게 잠자리에 드는 것으로 마무리할 생각이었다.

쿠포는 장난과 농담을 섞어가면서 추태를 보이는 일 같은 건 결코 벌이지 않겠다고 맹세한 후에야 겨우 제르베즈의 동의를 얻어냈다. 그러면서 하객들이 술에 취하는 일이 없도록 잘 살피겠다고 거듭 다짐했다. 그리고 샤펠 로의 오귀스트가 운영하는 물랭 다르장*에 일인당 100수짜리 식사를 예약했다. 세 그루의 아카시아가 있는 뒤뜰에 조그만 야외 무도장이 마련돼 있는 그리 비싸지 않은 주점이었다. 그곳의 2층 방에서 식사를 한다면 근사한 시간을 보낼 수 있을 터였다. 그는 열흘 동안 작은누이가 사는 구트도르 가의 건물에서 결혼식 하객을 모집했다. 마디니에 씨, 르망주 양, 고드롱 부인과 그녀의 남편. 그리고 제르베즈에게 자신의 동료인 비비라그리야드와 메보트 두 사람을 초대해도 좋다는 허락을 받아냈다. 메보트가 술을 지나치게 좋아하는 건 사실이었다. 하지만 그는 엄청난 식욕 덕분에 야외 회식 자리에 빼놓지 않고 초대받았다. 밑 빠진 독처럼 앉은 자리에서 12파운드의 빵을 순식간에 먹어치우는 그를 보며 놀라는 식당 주인의 얼굴을 보는 게 무엇보다 즐거웠기 때문이다. 제르베즈는 자신의 고용주인 포코니에 부인과 보슈 부부를 초대하기로 약속했다. 그들 모두 매우 점잖은 사람들이었다. 하객은 모두 합쳐 열다섯 명이 될 것 같았다. 그 정도면 충분했다. 너무 많으면 언제나 다툼으로 끝난다는 걸 익히 봐온 터였다.

그런데 문제는 쿠포에게 돈이 한 푼도 없다는 사실이었다. 허세까지는 부리지 않더라도 위신을 잃을 수는 없었다. 그는 자신의 고용주

---

* '은 방앗간' 또는 '돈 방앗간'이라는 뜻.

에게 50프랑을 빌렸다. 그 돈으로 우선 결혼반지를 구입했다. 로리외에게 부탁해 원래 12프랑짜리 금반지를 9프랑의 공장도 가격으로 구매할 수 있었다. 그런 다음 미라 가의 양복점에서 프록코트와 바지 그리고 조끼를 주문했다. 그러면서 선금을 25프랑만 지불했다. 에나멜가죽 구두와 모자는 아직 쓸 만했다. 그와 제르베즈의 회식 비용으로 10프랑을 떼어놓자 단돈 6프랑이 남았다. 아이들 몫은 공짜였다. 6프랑은 빈자를 위한 제단에서 미사를 드릴 때 지불해야 했다. 그는 물론 성직자들을 좋아하지 않았다. 그의 돈이 없어도 얼마든지 목을 축일 수 있는 탐욕스러운 이들에게 피 같은 6프랑을 바칠 생각을 하니 가슴이 찢어지는 것 같았다. 하지만 미사가 빠진 결혼은 제대로 된 결혼이라고 말할 수 없었다. 그는 교회로 직접 흥정을 하러 가서 한 시간 동안 조그만 체격의 노신부와 담판을 지었다. 꾀죄죄한 수단을 입은 노신부는 과일 가게 주인처럼 도둑 심보를 지닌 듯했다. 쿠포는 그에게 한 방 먹이고 싶은 마음을 애써 억눌러야 했다. 그리고 노신부에게 그의 가게에서는 중고 미사를 취급하지 않느냐고 물었다. 사람 좋은 부부에게 꼭 알맞은, 하지만 너무 낡아빠지지는 않은 것으로. 작달막한 노신부는 하느님은 그의 결혼을 축복해주고 싶은 생각이 별로 들지 않을 거라고 투덜대면서도 5프랑에 미사를 허락했다. 무려 20수를 절약할 수 있었던 것이다. 이제 쿠포에게 남은 돈이라고는 20수가 전부였다.

제르베즈 역시 기본적인 격식은 갖추고 싶어 했다. 결혼이 결정되자마자 계획을 세워 저녁에 추가로 더 일하면서 30프랑을 따로 모아두었다. 그녀는 포부르 푸아소니에르 가에서 눈여겨봐둔 13프랑짜리 조그만 실크 케이프를 무척이나 갖고 싶어 했다. 더불어 포코니에 부인의 세탁소에서 일하다 세상을 떠난 한 세탁부의 남편에게 10프랑을 주고 산 짙은 청색 모직 드레스를 몸에 맞게 수선을 해두었다. 남아 있는 7프랑으로는 보닛에 꽂을 장미 한 송이와 면장갑, 맏이 클로드에게 신길 구두 한 켤레를 샀다. 다행히도 두 아이 셔츠는 따로 장만하지 않아도 되었다. 그녀는 나흘 밤을 지새우면서 옷가지를 모두 세탁했고, 스타킹과 슈미즈에 난 아주 작은 흠까지 모두 손질해두었다.

마침내 디데이 전날인 금요일 저녁, 제르베즈와 쿠포는 일터에서 돌아온 후에도 밤 열한시까지 더 일을 해야만 했다. 그런 다음 각자 자기 방에서 잠자리에 들기 전에 한 시간가량 제르베즈의 방에서 함께 얘기를 나누었다. 그들은 힘든 일을 잘 치러냈다는 만족감을 드러냈다. 동네 사람들의 이목 같은 것에는 아랑곳하지 않겠다는 애초의 결심에도 불구하고 막상 진지하게 결혼 준비에 임하다보니 진이 빠져버린 터였다. 서로에게 잘 자라는 인사를 나눌 즈음에는 눈꺼풀이 저절로 감기는 것 같았다. 하지만 그들은 안도의 한숨을 크게 내쉬었다. 이제 모든 게 다 준비가 된 셈이었다. 쿠포는 마디니에 씨와 비바라그 리야드에게, 제르베즈는 로리외와 보슈에게 증인이 되어줄 것을 부탁해놓았다. 이제 그들 여섯 명만 단출하게 시청과 교회로 가서 결혼식을 올리면 되었다. 그 외의 구경꾼들은 필요치 않았다. 신랑의 두 누이는 집에 있겠다고 선언했다. 어차피 그녀들이 꼭 있어야 할 필요는 없었다. 다만 쿠포의 엄마만이 먼저 가서 구석에 숨어 있겠다고 하면서 눈물을 보였다. 그들은 그녀를 꼭 데려가겠다고 약속했다. 한시에 열릴 피로연을 위해서는 모두들 물랭 다르장에서 모이기로 약속돼 있었다. 식욕을 돋우기 위해 거기서 생드니 들판으로 가벼운 산책을 떠날 예정이었다. 갈 때는 기차를 이용하고 돌아올 때는 대로를 따라 걷기로 얘기돼 있었다. 모든 게 순조로워 보였다. 진탕 먹고 마시는 놀자판이 아닌, 적당한 선에서 가볍게 웃고 즐길 수 있는 파티가 될 것으로 기대되었다.

토요일 아침에 옷을 입던 쿠포는 그가 가진 20수짜리 동전을 떠올리면서 불안감에 사로잡혔다. 아무래도 저녁식사를 하기 전에 증인들에게 포도주 한 잔과 햄 한 조각이라도 대접해야겠다는 생각이 머리를 스쳐갔던 것이다. 게다가 어쩌면 예상치 못했던 비용이 발생할지도 모르는 일이었다. 어쨌거나 20수로는 턱없이 부족할 것 같았다. 그는 아이들을 저녁식사 시간에 맞춰 데리고 오기로 한 보슈 부인에게 클로드와 에티엔을 데려다준 후에 구트도르 가로 서둘러 달려갔다. 매형인 로리외에게 아예 10프랑을 빌리기 위해서였다. 이런 젠장, 그의 말에 인상을 찌푸릴 로리외를 떠올리자 목에 가시가 걸린 느낌이었다. 로리외는 잠시 구시렁거리면서 기분 나쁜 웃음을 지어 보이더니 그에게 100수짜리 동전 두 개를 건네주었다. 쿠포는 누이가 조그맣게 중얼거리는 소리를 들을 수 있었다. "시작부터 참 꼴좋다."

시청에서의 결혼식은 열시 반으로 예정돼 있었다. 화창한 여름날의 햇볕이 도로를 뜨겁게 달구고 있는 날이었다. 신랑 신부와 쿠포의 엄마 그리고 증인 네 사람은 사람들의 시선을 끌지 않기 위해 두 패로 나뉘어 걸어갔다. 제르베즈는 맨 앞에서 로리외의 팔짱을 끼고 걸어갔다. 마디니에 씨는 쿠포의 엄마를 에스코트했다. 스무 걸음 정도 떨어진 반대편 보도에서는 쿠포와 보슈 그리고 비비라그리야드가 걸어갔다. 세 남자는 검은색 프록코트를 입고 등을 구부린 채 두 팔을 건들거리면서 걸었다. 보슈는 노란색 바지를 입었다. 비비라그리야드는 셔츠 차림으로 조끼는 입지 않았다. 목 위쪽까지 단추를 채운 셔츠 끝으로 끈처럼 둥글게 말린 넥타이가 비집고 나와 있었다. 마디니에 씨만이 정식으로 예복을 갖춰 입었다. 끝 부분이 사각으로 재단된 연미복을 입은 그가 초록색 숄을 걸치고 붉은색 리본이 달린 검정 보닛을 쓴 뚱뚱한 쿠포의 엄마와 함께 걸어가는 모습에 지나가던 행인들이 걸음을 멈추고 지켜보았다. 짙은 청색 드레스를 입고, 폭이 좁은 케이프로 어깨를 꼭꼭 여민 채 걸어가는 제르베즈는 매우 다정스럽고 즐거워 보였다. 그녀는 뜨거운 날씨에도 불구하고 포대 자루 같은 외투를 걸친 로리외의 비아냥거림조차 유쾌하게 받아넘겼다. 때로 길모퉁이에 이르러서는 고개를 살짝 돌려 새 양복을 입고 불편해하는 쿠포를 향해 엷은 미소를 날리기도 했다. 내리비치는 햇빛 속에서 그의 양복이 반짝반짝 빛났다.

그들은 천천히 걸어갔음에도 예정된 시간보다 삼십 분이나 일찍 시청에 도착했다. 게다가 시장이 늦게 나타나는 바람에 열한시가 다 돼서야 그들 차례가 돌아왔다. 그들은 홀의 구석에 놓인 의자에 앉아 기다리는 동안, 높은 천장과 장식이 없는 간결한 벽을 두리번거리며 무슨 말인가를 소곤거렸다. 사환이 지나갈 때마다 지나치게 예의를 갖추며 의자를 뒤로 빼곤 했다. 그러면서 나지막한 소리로 시장을 한심한 작자라고 비난했다. 시장은 분명 금발 정부의 집에서 통풍 증세가 있는 관절에 마사지를 받고 있거나, 자기 현장(懸章)을 먹어치워버려서 나타나지 못하는 건지도 모른다고 쑥덕거렸다. 하지만 시장이 모습을 드러내자 그들은 정중히 자리에서 일어났다. 그리고 지시에 따라 다시 자리에 앉았다. 그때부터 그들은 세 건의 부르주아식 결혼식을 지켜보아야만 했다. 새하얀 드레스를 입은 신부들과 곱슬곱슬한 머리의 소녀들, 분홍빛 허리띠를 두른 들러리 처녀들, 한껏 성장(盛裝)을 한 채 기품 있는 태도로 끝없이 지나가는 신사 숙녀 들의 행렬을 넋을 잃고 쳐다보았다. 그들 순서가 되었을 때 그들은 하마터면 결혼식을 치르지 못할 뻔했다. 비비라그리야드가 보이지 않았던 것이다. 보슈는 아래층 광장에서 씩씩거리며 파이프 담배를 피우고 있는 그를 찾아냈다. 이런 시답잖은 곳에서 크림색 장갑을 끼지 않았다고 사람을 무시하다니, 이 얼마나 괘씸한 일인가! 곧이어 기본적인 절차와 법전 낭독, 질문, 서류에 서명하기 등이 너무나 날림으로 진행되는 바람에 그들은 결혼식 절반을 도둑맞은 기분으로 서로를 마주 보았다. 제르베즈는 감격에 겨워 곧 울음이 터져 나올 것 같은 얼굴로 손수건으로 입술을 지그시 눌렀다. 쿠포의 엄마는 눈물을 펑펑 쏟아냈다. 그들은 모두 호적부에 얼굴을 바짝 갖다 댄 채 서툰 글씨로 커다랗게 각자의 이름을 적어 넣었다. 글을 쓸 줄 모르는 신랑만이 이름 대신 십자가를 그려 넣었다. 그들은 가난한 사람들을 위해 각자 4수씩을 헌금했다. 사환이 쿠포에게 결혼증명서를 갖다주자, 제르베즈는 팔꿈치로 그에게 신호를 보내 5수를 더 내게 했다.

시청에서 교회까지 이어지는 길은 산책하기에 안성맞춤이었다. 가는 도중에 남자들은 맥주를, 쿠포의 엄마와 제르베즈는 카시스에 물을 섞어 마셨다. 그런 다음 그들은 그림자 하나 없이 햇빛이 수직으로 내리비치는 기나긴 거리를 따라가야 했다. 텅 빈 교회 한가운데서 교회지기가 그들을 기다리고 있었다. 교회지기는 예정보다 늦게 도착한 일행에게 종교를 무시하는 거냐고 쏘아붙이면서 그들을 조그만 예배당으로 안내했다. 잠시 후 허기로 인해 핼쑥해 보이는 사제가 못마땅하다는 표정으로 성큼성큼 걸어왔다. 그의 앞에서는 꾀죄죄한 중백의를 걸친 복사(服事)가 종종걸음을 치고 있었다. 사제는 미사 집전을 서두르면서, 신랑 신부와 증인들을 흘끗거리며 라틴어를 우물거리다가는 돌아보고, 몸을 숙이고, 두 팔을 뻗는 동작들을 눈 깜짝할 새에 해치웠다. 제단 앞에 선 신랑 신부는 언제 무릎을 꿇고 일어나고 다시 앉아야 하는지를 몰라 당혹스러워하면서 복사의 신호를 기다렸다. 증인들은 경건한 자세로 내내 선 채로 의식을 지켜보았다. 쿠포의 엄마는 또다시 복받치는 눈물을 참지 못한 채 이웃 여자에게서 빌려온 미사전서에 얼굴을 파묻고 울었다. 그사이 정오를 알리는 종소리가 울렸다. 마지막 미사가 끝나자, 교회는 성구(聖具) 관리인들의 발소리와 의자를 제자리에 갖다놓는 소리로 소란스러워지기 시작했다. 축제를 위해 주 제단을 준비하는 듯, 벽걸이 천을 못으로 박는 실내장식업자들의 망치 소리가 요란하게 울려 퍼졌다. 외따로 떨어진 예배당 안쪽에서는 교회지기가 비질을 하면서 먼지를 날리고 있는 와중에, 무뚝뚝한 표정의 사제가 고개를 숙인 제르베즈와 쿠포의 머리 위로 주름진 손을 재빨리 움직였다. 마치 선한 신이 자리를 비운 틈을 타 진지한 두 건의 미사 사이에 날림으로 그들을 결혼시키려는 듯한 느낌이 들었다. 마침내 하객과 신랑 신부는 제의실에서 또다시 호적부에 서명을 하고 햇볕이 내리쬐는 예배당 입구로 나섰다. 제르베즈는 의식을 전속력으로 해치우느라 숨이 차는 듯 그 자리에서 한동안 멍하니 서 있었다.

"휴! 이제 다 끝났군." 쿠포는 애써 어색한 웃음을 지어 보였다.

그는 이 모든 게 전혀 즐겁지가 않다는 듯 몸을 좌우로 비틀어 보였다. 그러면서 덧붙였다.

"그래도 다행이군! 시간을 질질 끌지 않아서 말이지. 이렇게 순식간에 끝나는 것을…… 이건 뭐 치과랑 똑같잖아. 아얏 하고 소리를 지를 시간조차 없으니 말이야! 말하자면 무통 결혼식인 셈이군."

"그래, 맞아, 아주 기막힌 솜씨야." 로리외가 빈정거리면서 맞장구를 쳤다. "오 분 만에 후다닥 해치우고는 평생을 살라고 하는 거지…… 아! 불쌍한 카데카시스!"

증인들은 우쭐한 표정을 짓고 있는 함석공의 어깨를 두드렸다. 그러는 사이 제르베즈는 눈가가 촉촉이 젖은 채 미소를 지으며 쿠포의 엄마를 포옹했다. 그리고 말을 채 잇지 못하는 노부인에게 다정한 말을 건넸다.

"걱정하지 마세요, 제가 최선을 다할게요. 저 때문에 문제가 생길 일은 없을 거예요. 결코, 절대로요. 전 반드시 행복해지고 말 거거든요…… 어쨌거나 이젠 됐잖아요? 저 사람과 제가 힘을 합쳐서 잘 사는 일만 남은 거예요."

그런 다음 모두 함께 곧바로 물랭 다르장으로 향했다. 쿠포는 이제 아내가 된 제르베즈의 팔짱을 꼈다. 두 사람은 일행보다 200여 걸음을 앞장선 채 깔깔 웃으면서 쏜살같이 달려갔다. 그들의 눈에는 거리의 건물과 행인도, 거리를 달리는 마차도 보이지 않았다. 파리 교외의 시끄러운 소음이 마치 종소리처럼 귓전에 울려 퍼졌다. 마침내 예약해놓은 식당에 도착하자 쿠포는 즉시 포도주 2리터와 빵 그리고 햄 서너 조각을 주문했다. 그들은 유리창이 달린 아래층의 조그만 방에서 접시도 식탁보도 준비돼 있지 않은 상태로 간단한 요기를 했다. 보슈와 비비라그리야드가 왕성한 식욕을 드러내자 쿠포는 포도주 1리터와 브리 치즈 한 조각을 추가로 주문했다. 아직 흥분이 채 가라앉지 않은 쿠포의 엄마는 음식에 손도 대지 않았다. 목이 엄청나게 말랐던 제르베즈는 포도주를 살짝 탄 물을 여러 잔 들이켰다.

"이건 내가 낼게요." 쿠포는 재빨리 카운터로 가서 4프랑 5수를 지불했다.

한시가 되자 하객들이 차례로 모습을 나타냈다. 첫번째로 도착한 사람은 포코니에 부인이었다. 넉넉한 몸집에 아직 왕년의 미모를 간직하고 있는 그녀는 베이지색 꽃무늬 드레스에 분홍빛 스카프, 꽃으로 풍성하게 장식한 보닛을 쓰고 있었다. 그다음에는 바람이 불면 날아갈 것 같은 가냘픈 몸매의 르망주 양이 잠자리에서조차 벗지 않을 것 같은 검정 드레스 차림으로 고드롱 부부와 함께 등장했다. 덩치가 크고 난폭하게 생긴 고드롱이 움직일 때마다 입고 있는 갈색 재킷이 찢어질 것만 같았다. 고드롱 부인은 임신으로 배가 거대하게 부풀어 있었는데, 선명한 보랏빛 치마 때문에 배가 한층 두드러져 보였다. 쿠포는 하객들에게 메보트를 기다릴 필요가 없음을 알렸다. 그는 생드니로 향하는 길 중간에서 나머지 하객과 합류할 예정이었다.

"맙소사!" 르라 부인이 안으로 들어서면서 외쳤다. "한바탕 소나기가 올 것 같아! 볼만하겠는걸!"

그러면서 그녀는 주점 입구로 일행을 불러내, 파리 남쪽에서 빠른 속도로 몰려오는 새까만 비구름을 가리켰다. 쿠포의 큰누이인 르라 부인은 콧소리를 내는 남성적인 용모의 여성으로 키가 크고 비쩍 말랐다. 헐렁한 적갈색 드레스 차림의 그녀는 길게 늘어진 드레스의 술장식 때문에 물속에서 막 나온 앙상한 푸들을 연상케 했다. 르라 부인은 우산을 몽둥이처럼 휘두르며 얘기를 계속했다.

"말도 마요. 도로 위에서 어찌나 뜨거운 열기가 올라오는지…… 얼굴 가까이서 불을 피워대는 것 같더라니까."

그러자 모두들 한참 전부터 폭풍우가 몰려올 것 같았다며 너도나도 앞다투어 얘기했다. 마디니에 씨는 교회에서 나오면서부터 무슨 일이 일어날지 이미 예감했다. 로리외는 새벽 세시부터 발의 티눈 때문에 잠을 이룰 수 없었다. 모두가 조만간 비가 오리라는 것을 알고 있었다. 벌써 사흘 전부터 찌는 듯한 찜통더위가 계속되었던 것이다.

"오! 엄청 쏟아질 것 같은데요." 문간에서 불안한 눈빛으로 하늘을 올려다보던 쿠포 역시 같은 말을 반복했다. "이제 작은누님만 오면 됩니다. 그럼 바로 떠날 수 있어요."

과연 로리외 부인은 한참 뒤에야 그곳에 나타났다. 르라 부인이 그녀와 함께 오려고 그녀의 집에 들렀지만 그제야 코르셋을 입고 있는 로리외 부인 때문에 말다툼을 벌였다. 르라 부인은 동생 쿠포의 귀에 대고 속삭였다.

"그래서 그냥 나 혼자 먼저 왔어. 지금쯤 엄청나게 열이 올라 있을 거야!…… 두고 보렴!"

하객들은 아직 십오 분 정도를 더 기다려야만 했다. 카운터에서 한잔하려는 사람들 틈에서 이리 치이고 저리 치이면서 발을 동동 굴렀다. 보슈나 포코니에 부인, 비비라그리야드는 가끔씩 일행에서 벗어나 길가로 가서 하늘을 올려다보기도 했다. 아직 비는 한 방울도 내리지 않았다. 날이 점점 어두워지면서, 땅 위를 스치듯 낮게 불어오는 바람이 하얀색 먼지로 이루어진 작은 소용돌이를 일으켰다. 르망주양은 첫번째 천둥소리가 들리자마자 성호를 그었다. 모두의 시선이 거울 위쪽에 걸려 있는 괘종시계로 향했다. 벌써 한시 사십분이었다.

"자 이제 출발하죠!" 쿠포가 외쳤다. "천사들이 눈물을 흘리는 것 같군요."

비를 동반한 돌풍이 거리를 휩쓸자 여자들은 양손으로 치맛자락을 부여잡은 채 사방으로 뛰어다녔다. 그 첫번째 소나기 세례 속에서 마침내 로리외 부인이 모습을 드러냈다. 몹시 역정이 난 얼굴로 숨을 헐떡거리면서 입구에 서서 접히지 않는 우산과 씨름을 했다.

"이런 건 난생처음이야!" 그녀는 흥분을 감추지 못한 채 말을 더듬거렸다. "집을 나서자마자 비가 내리기 시작한 거야. 다시 집으로 올라가 옷을 벗고 싶더라니. 진작 그랬어야 했는데…… 아! 정말 근사한 결혼식이지 뭐야! 내가 분명히 얘기했지, 모든 걸 다음 주 토요일로 연기하자고. 내 말을 안 들어서 비가 오는 거라고. 잘됐어! 아주 잘됐어! 아예 하늘이 왕창 무너져 내렸으면 좋겠군!"

쿠포는 누이를 진정시키고자 했다. 하지만 그녀는 그의 말문을 막아버렸다. 옷을 버리면 그가 배상해줄 것도 아니었으니까. 검정 실크 드레스 차림의 로리외 부인은 숨 쉬는 것조차 불편해 보였다. 코르사주가 너무 꼭 끼어서 단춧구멍이 늘어났고 어깨조차 제대로 펼 수 없었다. 게다가 몸에 꼭 붙게 재단된 치마가 허벅지를 지나치게 조이는 바람에 발을 아주 조금씩 떼어가며 걸어야 했다. 하지만 그곳에 있던 여자들은 입을 꼭 다문 채 감탄 어린 표정으로 그녀의 차림새를 눈여겨보았다. 로리외 부인은 쿠포의 엄마 옆에 앉아 있던 제르베즈에게는 눈길조차 주지 않은 채 로리외에게 손수건을 달라고 했다. 그리고 식당 구석으로 가서는 실크 드레스 위로 굴러다니는 물방울들을 꼼꼼히 닦아냈다.

그사이 소나기는 어느새 그쳤다. 날이 점점 어두워지면서 밤이 찾아온 듯 보였다. 가끔씩 번쩍이는 번개가 납빛 밤을 가르고 지나갔다. 비비라그리야드는 히죽거리면서 또다시 한바탕 비가 쏟아질 게 분명하다고 거듭 얘기했다. 그때 엄청나게 큰 소리와 함께 번개가 내리치면서, 삼십여 분간 하늘에 구멍이라도 뚫린 것처럼 비가 퍼붓기 시작했다. 천둥소리도 끊임없이 들려왔다. 남자들은 문간에 선 채 빗물이 만들어내는 회색빛 장막과 넘쳐흐르는 개울물, 철벅거리는 물웅덩이에서 튀어 올라 사방으로 흩어지는 물보라를 응시했다. 여자들은 겁에 질린 채 자리에 앉아 두 손을 눈으로 가져갔다. 그들은 두려움으로 목이 메어 더 이상 아무 말도 하지 못했다. 보슈는 천둥소리를 두고, 천국의 성 베드로가 재채기를 하는 것 같다며 농담을 시도했다. 하지만 아무도 그의 말에 반응을 보이지 않았다. 그러다가 천둥소리가 점차 뜸하게 들리면서 희미해지자 하객들은 다시 부산스럽게 움직이기 시작했다. 폭풍우가 친 것에 역정을 내고 욕설을 퍼부으며 하늘에 대고 주먹을 휘둘렀다. 이젠 잿빛 하늘에서 가느다란 빗줄기가 줄기차게 쏟아져 내렸다.

"벌써 두시가 지났다고요." 로리외 부인이 소리쳤다. "여기서 이렇게 밤을 지새울 수는 없잖아요!"

르망주 양이 비록 성벽의 해자(垓子) 부근에서 멈추는 한이 있더라
도 예정대로 산책을 해야 한다고 주장하자 나머지 하객 모두가 이구
동성으로 반대 의견을 내놓았다. 길도 엉망일 테고 가다가 풀 위에 앉
아 쉴 수도 없을 터였다. 그리고 비가 아직 그친 게 아니었다. 어쩌면
또다시 한바탕 퍼부을지도 모르는 일이었다. 온몸이 흠뻑 젖은 채 태
연하게 빗속을 걸어가는 노동자를 눈으로 좇던 쿠포는 혼잣말처럼 중
얼거렸다.

"그 멍청한 메보트가 생드니로 가는 길에서 우릴 기다리고 있다면
적어도 일사병에 걸릴 일은 없겠군."

그 말에 모두들 웃음을 터뜨렸다. 하지만 시간이 감에 따라 분위기
가 점점 더 가라앉았다. 다들 진이 빠져버린 것 같았다. 무언가를 해
야만 했다. 저녁식사 때까지 서로의 얼굴만 쳐다보고 있을 수는 없는
노릇이었다. 그리하여 고집스럽게 내리는 소나기 앞에서 그들은 십오
분간 각자 머리를 쥐어짰다. 비비라그리야드는 카드놀이를 추천했다.
장난기 있고 음험한 기질의 보슈는 아주 재미있는 게임을 안다면서
진실게임을 하자고 제안했다. 고드롱 부인은 클리낭쿠르 가로 양파
타르트를 먹으러 가고 싶어 했다. 르라 부인은 서로 재미있는 이야기
를 들려주는 게 어떻겠냐고 했다. 고드롱은 전혀 지루하지 않았기 때
문에 그곳에서 계속 머물러도 상관이 없었다. 다만 당장 식사를 하자
고 요구했다. 새로운 제안이 나올 때마다 논의와 다툼이 반복되었다.
그럴 수는 없어요, 그랬다간 다들 잠들어버리고 말 거라고요, 우리가
애들도 아닌데. 무슨 얘긴가를 하고 싶었던 로리외는 아주 간단한 것

을 생각해냈다. 외곽 도로를 따라 페르라셰즈 묘지까지 산책을 하는 것이었다. 시간이 되면 안으로 들어가 엘로이즈와 아벨라르*의 무덤도 볼 수 있을 것이었다. 그러자 그때까지 억지로 참고 있던 로리외 부인이 마침내 폭발하고 말았다. 당장 집으로 가버리고 말겠어! 그게 그녀가 하려는 것이었다. 다들 지금 장난하는 건가? 이렇게 술집에나 갇혀 있으려고 잔뜩 신경 써서 차려입고 한바탕 비까지 맞은 줄 아는가 말이다. 아니, 절대로 그럴 수는 없었다. 그녀는 이런 하객 놀음 따위는 더 이상 하고 싶지 않았다. 차라리 집으로 돌아가는 게 훨씬 더 나을 터였다. 쿠포와 로리외는 문을 가로막아야 했다. 그녀는 계속 소리쳤다.

"당장 비키지들 못해! 난 가겠다니까!"

로리외가 간신히 그녀를 진정시키고 나자, 쿠포는 여전히 한구석에서 시어머니와 포코니에 부인과 조용히 담소를 나누고 있는 제르베즈에게로 다가가 말했다.

"왜 당신은 아무 제안도 하지 않는 거죠, 어째서!" 그는 아직 아내에게 편하게 말을 놓지 못했다.

"오! 난 아무래도 상관없으니까요." 그녀는 웃으면서 대답했다. "난 까다로운 사람이 아니거든요. 여기 있든 다른 데를 가든 아무 상관 없어요. 난 지금 이대로도 아주 좋거든요. 더 바라는 것도 없고요."

제르베즈는 과연 평온한 기쁨을 누리는 이의 환한 얼굴을 하고 있었다. 하객들이 그곳에 모여든 이후, 언쟁에는 끼어들지 않은 채 여전

---

* 이루어질 수 없는 사랑과 그들이 남긴 편지들로 유명한 12세기의 전설적인 연인들.

히 흥분이 가시지 않은 나지막한 목소리로 한 사람 한 사람에게 번갈아가며 차분히 얘기했다. 폭풍우가 치는 동안에는, 어둠을 가르며 내리치는 번개를 잠자코 응시했다. 순간적으로 번쩍이는 빛 속에서 아주 먼 미래에 닥쳐올 중요한 사건을 보고 있는 듯했다.

마디니에 씨 역시 그때까지 아무런 의견도 내놓지 않았다. 그는 고용주로서의 위엄을 나타내려는 듯 양복 자락을 양쪽으로 벌린 채 카운터에 몸을 기대고 있었다. 그러다가 여유롭게 침을 뱉더니 커다란 눈을 굴리면서 말했다.

"그럼 이젠! 박물관엘 가는 건 어떨지……"

그는 턱을 어루만지고는 눈을 깜빡거리면서 좌중을 둘러보았다.

"거기 가면 고대 유물과 초상화, 그림 등이 많이 있지요. 아주 유익할 겁니다…… 어쩌면 다들 잘 모를 수도 있겠군요. 오! 어쨌거나 적어도 한 번은 가볼 만한 곳입니다."

하객들은 서로 눈치를 살피며 망설였다. 아니, 제르베즈는 그게 뭔지 잘 알지 못했다. 포코니에 부인과 보슈, 다른 이들도 마찬가지였다. 쿠포는 언젠가 일요일에 한 번 가본 적이 있긴 했지만 이젠 기억도 잘 나지 않았다. 다들 머뭇거리고 있을 때, 평소에 마디니에 씨를 높이 평가하던 로리외 부인은 그의 제안이 아주 적절하고 바람직하다며 맞장구를 쳤다. 기왕 하루를 할애하면서 옷까지 차려입은 터이니 유익하게 어딘가를 방문하는 게 좋지 않겠냐는 것이었다. 모두들 그녀의 말에 고개를 끄덕였다. 아직 비가 조금씩 내리고 있어서 일행은 식당 주인에게 우산을 빌려야 했다. 손님들이 놓고 간 파란색, 초록색, 밤색의 낡은 우산들이었다. 그런 다음 다 함께 박물관으로 향했다.

일행은 오른쪽으로 돌아 포부르 생드니 가를 내려가 파리를 향해 걸어갔다. 또다시 앞장을 선 쿠포와 제르베즈는 다른 사람들과 멀찌 감치 떨어져서 뛰어가다시피 걸음을 재촉했다. 마디니에 씨는 이번에는 로리외 부인을 에스코트했다. 쿠포의 엄마는 아픈 다리 때문에 식당에 남아 있기로 했다. 그들 뒤로는 로리외와 르라 부인, 보슈와 포코니에 부인, 비비라그리야드와 르망주 양, 그리고 고드롱 부부 순으로 짝을 맞추어 걸어갔다. 모두 열두 명이었다. 그들의 행렬은 행인들에게 흥미로운 구경거리를 제공해주었다.

"오! 이 결혼은 우리와는 아무 상관 없어요, 정말이라니까요." 로리외 부인이 마디니에 씨에게 애써 해명했다. "우린 동생이 어디서 저런 여자를 데려왔는지도 몰라요. 아니, 어쩌면 너무 잘 알아서 문제죠. 하지만 우리가 그런 걸 왈가왈부할 수는 없잖아요, 안 그래요?…… 결혼반지도 내 남편이 사줬다니까요. 오늘 아침에는 글쎄, 아침에 눈을 뜨자마자 결혼 비용으로 10프랑을 빌려줘야 했고요. 그 돈이 없었다면 아무것도 못 했을 거라고요…… 자기 결혼식에 친척 한 사람도 초대하지 않는 신부라니 이게 말이 되느냐고요! 파리에 돼지고기 전문점에서 일하는 언니*가 있다더니, 대체 왜 초대하지 않은 거죠?"

그녀는 하던 얘기를 멈추고는 보도의 경사로 인해 발을 심하게 저는 제르베즈를 가리켰다.

"저 여자를 좀 보세요! 저 꼴을 좀 보시라고요!…… 오! 어쩌다가 저런 방방**하고 결혼을 했는지!"

---

* '루공마카르 총서'의 세번째 작품 『파리의 배』에 나오는 리자 크뉘 마카르를 가리킨다.

방방이라는 말은 순식간에 일행들 사이로 퍼져 나갔다. 로리외는 히죽거리면서 앞으로는 제르베즈를 그렇게 불러야 한다고 주장했다. 하지만 포코니에 부인은 제르베즈를 비웃는 것은 잘못이라면서 그녀를 두둔하고 나섰다. 그러면서 그녀는 항상 깔끔하고, 자신이 맡은 일을 그 누구보다 열심히 해낸다는 사실을 강조했다. 언제나 외설적으로 빗대어 얘기하기를 즐기는 르라 부인은 제르베즈의 다리를 '사랑의 핀'*이라고 지칭했다. 그리고 그런 걸 좋아하는 남자들이 많다고 덧붙였지만 그 이유를 자세히 설명하려고 하지는 않았다.

생드니 가를 벗어난 하객들은 대로를 건너갔다. 넘쳐나는 마차들 앞에서 잠시 기다렸다가는, 폭풍우로 인해 흐르는 진흙탕으로 변해버린 차도로 나섰다. 그들은 바로 직전에 다시 소나기가 쏟아지는 바람에 우산을 막 펼쳐 든 터였다. 남자들의 손에서 흔들리는 낡은 우산 아래서 여자들은 드레스 자락을 두 손으로 걷어 올려야 했다. 행렬의 간격이 벌어지면서, 하객들은 양쪽 보도 사이의 진흙탕을 힘겹게 헤쳐 나갔다. 그때 지나가던 불량스러운 청년 둘이 그 광경을 보고 소리쳤다. "여기 아주 볼만한 구경거리가 있어요!" 그러자 길을 가던 행인들이 달려왔다. 상점 주인들도 흥미롭다는 표정으로 진열창 뒤에서 발돋움을 하고 바깥을 살폈다. 대로 주위의 축축한 회색빛을 배경으로 쌍을 지어 걸어가던 하객 행렬은 붐비는 군중이 지켜보는 가운데 알록달록한 색의 향연을 펼쳐 보였다. 제르베즈의 짙은 청색 드레스, 포코니에 부인의 베이지색 꽃무늬 드레스, 보슈의 카나리아 빛깔을

** 절름발이를 가리키는 프랑스 속어.
* 볼링 등의 경기에서 공을 굴려 넘어뜨리는 핀을 가리킨다.

닮은 노란색 바지. 성장을 한 하객들의 뻣뻣한 몸짓이 쿠포의 반짝이는 프록코트와 마디니에 씨의 사각 연미복을 마치 카니발 복장처럼 보이게 했다. 한편 로리외 부인의 우아한 옷차림과 르라 부인의 술 장식, 르망주 양의 닳아 해진 치마로 이루어진 다양한 패션은 낡은 옷들로 호사스레 치장한 가난한 이들의 모습을 차례로 보여주었다. 구경꾼들의 눈을 무엇보다 즐겁게 해준 것은 남자들이 쓴 모자였다. 옷장에 오랫동안 넣어둔 탓에 퇴색해버린 코믹한 모양의 낡은 모자들이었다. 높거나 나팔처럼 벌어져 있거나 끝이 뾰족한 우스꽝스러운 모양들에, 말려 올라가 있거나 납작하거나 너무 크거나 너무 좁은 독특한 챙이 달린 모자들이었다. 모여든 사람들을 더 웃게 만든 것은 마치 퍼레이드를 마무리하듯 짙은 보라색 드레스 차림으로 행렬의 맨 끝에서 걸어오던 소모 직공 고드롱 부인의 툭 튀어나온 거대한 배였다. 그사이 하객 일행은 군중의 시선을 받는 데 우쭐해져서는 여유롭게 농담을 받아치면서 걸음을 재촉할 생각을 전혀 하지 않았다.

"저길 봐! 신부야!" 불량 청년 중 하나가 고드롱 부인을 가리키면서 말했다. "오! 맙소사! 저걸 어째, 엄청나게 큰 씨를 삼켰나봐!"

그러자 모두들 웃음을 터뜨렸다. 비비라그리야드는 뒤를 돌아보며 청년의 말이 틀린 건 아니라고 응수했다. 그 말에 고드롱 부인은 우쭐해하면서 더욱더 큰 소리로 웃어젖혔다. 그건 전혀 부끄러운 일이 아니었다. 오히려 그 반대였다. 그녀를 선망의 눈초리로 바라보며 지나가는 여자들이 많았던 것이다.

그들은 이제 클레리 가로 접어들었다. 그런 다음 마유 가를 따라갔다. 빅투아르 광장에 이르러서는 잠시 멈춰 서야 했다. 신부의 왼쪽 구두끈이 풀렸기 때문이다. 루이 14세의 조각상 아래에서 그녀가 다시 끈을 묶는 동안, 하객 커플들은 그녀 뒤로 바짝 붙어선 채 언뜻 보이는 그녀의 장딴지를 두고 농담을 주고받았다. 그들은 크루아데프티 상 가를 따라 내려와 마침내 루브르에 도착했다.

마디니에 씨는 앞장을 서겠다고 공손히 자청하고 나섰다. 이곳은 매우 커서 길을 잃어버릴 수도 있었다. 게다가 그는 좋은 곳들을 많이 알고 있었다. 무척 지적인 한 예술가 청년과 함께 이곳에 종종 와보았기 때문이다. 청년은 그 재능을 인정받아, 유명한 판지 제조 작업장에서는 청년한테 사들인 그림으로 상자를 장식하기도 했다. 일행은 아래층의 아시리아 박물관으로 들어서는 순간 가볍게 몸을 떨었다. 맙소사! 여긴 포도주 저장고로 쓰면 딱 좋겠군. 일행은 천천히 앞으로 나아갔다. 턱을 치켜든 채 눈을 깜빡거리면서 거대한 석상들 사이를 걸어갔다. 근엄한 포즈로 침묵을 지키고 있는 검은색 대리석 신들, 고양이와 여인을 반씩 섞어놓은 것 같은 기괴한 모습의 동물들이 양쪽으로 늘어서 있었다. 데스마스크를 연상케 하는 그들의 얼굴에서는 가느다란 코와 부풀어 오른 입술이 두드러져 보였다. 하객들의 눈에는 이 모든 게 무척 흉측해 보일 뿐이었다. 오늘날에는 돌을 그보다 훨씬 더 잘 다룰 수 있다. 페니키아 문자로 쓰인 글 앞에서는 모두들 눈이 휘둥그레졌다. 이런 복잡한 글자를 읽을 수 있는 사람은 아무도 없을 터였다. 그때 이미 로리외 부인과 2층의 층계참으로 올라가 있던 마디니에 씨가 반구형 천장 아래서 그들을 소리쳐 불렀다.

"이리들 오세요. 그런 건 아무것도 아닙니다…… 2층을 봐야 해요."

아무 장식도 없는 계단의 엄격함이 그들을 숙연하게 했다. 거기에 더하여, 금빛 술 장식이 달린 제복에 붉은색 조끼를 걸친 채 층계참에서 그들을 기다린 듯한 멋진 경비의 모습이 감동을 더해주었다. 하객 일행은 경건한 마음으로 가능한 한 소리를 내지 않으면서 조심스럽게 프랑스 갤러리로 들어섰다.

그들은 액자들의 금빛을 눈 속에 가득 머금은 채 잇달아 붙어 있는 조그만 살롱들을 차례로 지나갔다. 하지만 수많은 그림을 자세히 살펴보지는 못하고 그 앞을 빠르게 지나쳤을 뿐이다. 제대로 이해하려면 그림 하나당 한 시간은 족히 잡아야 할 듯싶었다. 세상에, 무슨 그림이 이렇게나 많담! 끝도 없이 이어질 것만 같았다. 돈도 꽤 될 듯했다. 끝 부분에 이르자 마디니에 씨가 갑자기 그들을 멈춰 서게 했다. 〈메두사 호의 뗏목〉이라는 그림 앞이었다. 그는 그들에게 그림의 주제를 설명했다. 모두들 깊은 인상을 받은 채 아무 말 없이 그의 말에 귀를 기울였다. 다시 움직이기 시작했을 때 보슈는 전반적 느낌을 요약해 말했다. "정말 굉장한걸!"

아폴론 갤러리에서 무엇보다 하객들을 감탄하게 만든 것은 그곳의 바닥이었다. 장의자의 다리가 비치는 바닥은 거울처럼 투명하게 빛났다. 르망주 양은 마치 물 위를 걷는 듯한 느낌이 들어 눈을 감았다. 모두들 고드롱 부인에게 조심조심 발을 떼어놓으라며 주의를 주었다. 마디니에 씨는 일행에게 천장을 장식하고 있는 금박과 그림을 보여주고 싶어 했다. 하지만 목이 뻐근하게 아팠고, 뭐가 뭔지 잘 구분이 되지 않았다. 그는 살롱 카레로 들어가기 전에 창문 하나를 가리키며 말했다.

"저기가 샤를 9세가 민중을 향해 총을 발포한 발코니입니다."*

그러면서 행렬의 끄트머리를 살피더니 손짓으로 살롱 카레 한가운데서 멈춰 서라고 지시했다. 그는 마치 교회에 와 있는 것처럼 나지막한 목소리로 이곳에는 걸작들만 모여 있다고 설명했다. 일행은 살롱을 한 바퀴 둘러보았다. 제르베즈는 〈가나의 혼인 잔치〉가 무엇에 관한 그림인지를 물어보았다. 액자에 그림의 주제를 적어놓지 않은 게 도무지 마음에 들지 않았다. 〈모나리자〉 앞에 멈춰 선 쿠포는 그림 속 여인이 그의 숙모 중 한 사람과 닮았다고 생각했다. 보슈와 비비라그 리야드는 벌거벗은 여인들의 모습을 흘끗거리면서 히죽댔다. 그중에서도 그들의 눈길을 가장 끈 것은 안티오페의 허벅지였다. 행렬의 맨 끝에 있던 고드롱 부부는 스페인 화가 무리요의 〈성모마리아〉 앞에 이르자 무지와 감동이 동시에 드러나는 눈빛으로 한동안 그림 앞에 머물러 있었다. 남편은 입을 헤벌리고, 아내는 배에 손을 올려놓은 채.

살롱을 한 바퀴 둘러보는 것이 끝나자 마디니에 씨는 그림 감상을 다시 시작하자고 제안했다. 충분히 그럴 만한 가치가 있었기 때문이다. 그는 실크 드레스를 입은 로리외 부인에게 각별히 신경을 썼다. 그녀가 그에게 질문할 때마다 당당한 태도로 진지하게 답변을 해주었다. 그녀는 티치아노의 그림 속 정부의 머리색이 자신의 다갈색 머리와 닮았다고 생각하며 그림에 관심을 보였다. 그러자 마디니에 씨는 그림 속 여인이 앙리 4세의 정부였던 라 벨 페로니에르라고 설명했

---

* 샤를 9세는 1572년 8월 24일 성 바르톨로메의 축일에 수만 명의 신교도를 학살했다.

다. 또한 그녀의 이야기를 다룬 연극이 랑비귀 극장*에서 공연되기도
했다고 덧붙였다.

그런 다음 하객 일행은 이탈리아 화파와 플랑드르 화파의 작품이
전시된 기다란 갤러리로 발걸음을 옮겼다. 여전히 계속 이어지는 그
림들, 또 그림들, 여러 성인(聖人)들과 의미를 알 수 없는 기이한 표
정의 남자와 여자 들, 온통 시커멓게 칠해진 풍경들, 노랗게 변해버린
동물들, 강렬하고 요란한 색채들로 이루어진 인간과 사물의 뒤엉킴,
그 모든 것에 머리가 지끈지끈 아파왔다. 이제 마디니에 씨는 아무 말
도 하지 않은 채 천천히 행렬을 이끌었다. 그들은 목을 길게 빼고 시
선을 위로 향한 채 일렬로 늘어서서 그를 뒤따랐다. 수세기 동안 이어
져 내려온 예술과 고대인들의 섬세한 소박함, 베네치아인들의 화려함
과 네덜란드인들의 풍성하고 빛나는 삶이 그들의 무지를 드러내는 어
리둥절한 눈빛 앞에서 차례로 지나갔다. 하지만 무엇보다 그들의 흥
미를 끈 것은 관람객들 사이에 작업대를 설치해놓고 거리낌 없이 그
림을 베끼고 있는 모사가들이었다. 그중에서도 커다란 사다리 위에
올라가 거대한 화폭에 담긴 부드러운 빛깔의 하늘에 도료용 붓을 놀
리고 있는 한 노부인의 모습은 그들에게 특별한 인상을 심어주었다.
그사이 결혼식 하객들이 루브르를 방문 중이라는 소문이 점차 퍼져
나갔다. 얼굴 가득 미소를 머금은 화가들이 앞다투어 달려왔다. 호기
심 가득한 구경꾼들은 일찌감치 장의자에 자리를 잡고 앉아 편안하게
행렬을 구경했다. 경비들은 입을 꼭 다문 채 무언가 재치 있는 한마디

---

* 주로 멜로드라마를 상연했던 극장으로, 1879년에 연극으로 각색된 〈목로주점〉이 상연
돼 대성공을 거두었다.

를 날리고 싶은 걸 애써 참는 듯 보였다. 그사이 이미 지치고 긴장이 풀려 정중함을 상실한 하객들은 소리가 울리는 바닥 위로 징을 박은 구두를 질질 끌거나 쿵쿵거리며 요란한 소리를 냈다. 경건함과 티 없는 청결함이 지배하는 갤러리 한가운데서 고삐 풀린 무리처럼 소란을 피우고 있었던 것이다.

마디니에 씨는 효과를 배가시키기 위해 아무 말도 하지 않고 곧바로 루벤스의 〈케르메스〉를 향해 갔다. 그 앞에서도 그는 여전히 아무 말도 하지 않은 채 음탕함이 묻어나는 짓궂은 눈짓으로 그림을 가리켰다. 그러자 가까이 가서 그림을 들여다본 여자들이 조그만 소리로 비명을 질렀다. 얼굴이 벌게진 채 돌아선 남정네들은 여인네들을 붙잡고 농담을 하면서 그림 속의 외설스러운 요소를 열거하기 시작했다.

"어디 한번 볼까!" 보슈가 떠벌리기 시작했다. "이건 돈 좀 되겠는걸. 여기 구토를 하는 친구가 하나 있군. 저기 저 남자는 민들레에 물을 주고 있고. 그리고 저기, 오! 저 사내는…… 이거 아주 재밌는 그림일세!"

"이제 그만 다른 곳으로 가죠." 마디니에 씨는 사람들이 자기가 원했던 반응을 보이자 우쭐해하면서 말했다. "여긴 더 이상 볼 게 없습니다."

그들은 왔던 길을 되돌아가 또다시 살롱 카레와 아폴론 갤러리를 지나갔다. 르라 부인과 르망주 양은 다리가 후들거린다며 불평을 늘어놓았다. 하지만 마디니에 씨는 로리외 부부에게 고대의 보석들을 보여주고자 했다. 그것은 바로 옆의 조그만 방 안쪽에 있었다. 눈을 감고도 찾아갈 수 있는 곳이었다. 하지만 길을 잘못 드는 바람에 그들은 일고여덟 군데의 방을 헤매고 다녀야 했다. 휑하니 냉기가 감도는 방들에는 깨진 도기와 흉측하게 생긴 작은 조각상들이 무수히 늘어서 있는 삭막한 진열창만이 덩그러니 놓여 있을 뿐이었다. 하객들은 스산한 기운에 몸을 떨면서 지루해 어쩔 줄 몰라 했다. 그러면서 문을 찾다가 데생을 보관해둔 방들을 통과하게 되었다. 그들은 또다시 지루한 행진을 계속해야만 했다. 진열창 아래와 벽을 따라 길게, 무언가를 휘갈겨 쓴 종이가 잔뜩 쌓여 있는 방들이 끝없이 이어졌다. 당황한 마디니에 씨는 길을 잃어버렸다는 사실을 인정하려고 들지 않았다. 그러다가 계단이 나오자 일행을 위층으로 올라가게 했다. 이번에는 다양한 기구와 대포, 모형도, 장난감 크기의 배들이 전시된 해양박물관 한가운데로 들어섰다. 그곳을 통과해 십오 분여를 걸어가자 또 다른 계단이 나타났다. 계단을 내려가자 또다시 데생이 쌓여 있는 방이 나타났다. 그러자 그들은 절망감에 사로잡혀 발길 닿는 대로 이곳저곳을 헤매기 시작했다. 마디니에 씨는 이마의 땀을 훔치면서, 박물관 측이 출입문들을 제멋대로 바꿔놓은 탓이라며 마구 화를 냈다. 하객 일행은 여전히 짝을 맞추어 줄지어 선 채 그의 뒤를 따랐다. 경비와 관람객들은 놀란 눈으로 그들이 지나가는 모습을 지켜보았다. 이십 분도 채 되지 않아 또다시 살롱 카레와 프랑스 갤러리, 동양의 조그만 신들이 잠들어 있는 진열창을 따라 행진하는 하객들과 마주친 때문이었다. 그들은 결코 그곳을 벗어나지 못할 듯 보였다. 모두들 다리에 힘이 빠지고 자포자기 상태가 되면서 웅성거리기 시작했다. 그 와중에 고드롱 부인의 배는 뒷전으로 밀려나 있었다.

"폐관 시간입니다! 폐관합니다!" 경비들의 힘찬 목소리가 울려 퍼졌다.

하객들은 하마터면 그대로 안에 갇힐 뻔했다. 경비 한 사람이 앞장서서 입구까지 안내해야만 했다. 마침내 루브르의 뜰로 나와 휴대품 보관소에서 우산을 찾아 들자 모두들 안도의 한숨을 내쉬었다. 마디니에 씨는 평정을 되찾았다. 왼쪽으로 돌지 않았던 것이 그의 실수였다. 이제야 보석들이 왼쪽에 있다는 사실이 기억났던 것이다. 어쨌거나 모두들 이런 구경을 했다는 데 만족한 척했다.

그때 오후 네시를 알리는 종이 울렸다. 저녁식사 시간까지는 아직 두 시간이 더 남아 있었다. 그들은 산책을 하며 시간을 죽이기로 했다. 기진맥진한 여자들은 어딘가에 앉아 쉬기를 원했다. 하지만 아무도 한잔 사겠다는 얘기를 꺼내지 않자 다시 강둑을 따라 걷기 시작했다. 그러다가 또다시 소나기가 세차게 쏟아지자 우산을 썼음에도 불구하고 여자들의 옷차림이 엉망이 되었다. 빗방울에 실크 드레스가 젖을 때마다 가슴이 쓰렸던 로리외 부인은 퐁 루아얄 다리 아래로 가서 비를 피하자고 제안했다. 싫다면 혼자라도 가겠다고 으름장을 놓았다. 그리하여 다 함께 퐁 루아얄 다리 아래로 향했다. 모두들 그곳이 마음에 들었다. 그야말로 멋진 생각이 아닐 수 없었다! 여인네들은 포석 위에 손수건을 깔고 편안히 자리를 잡고 앉았다. 그리고 시커먼 강물이 흘러가는 모습을 바라보면서 마치 시골에라도 온 것처럼 무릎을 벌린 채 돌들 틈에서 자라는 풀을 뜯었다. 장난기가 발동한 남자들은 메아리를 일으키려고 앞에 있는 다리의 아치를 향해 있는 힘껏 소리를 질러댔다. 보슈와 비비라그리야드는 허공에 대고 큰 소리로 "이 바보 멍청아!"라고 욕을 한 다음 메아리가 되돌아오자 즐거워하며 박

장대소를 했다. 그러다가 목이 쉬자 납작한 자갈을 주워 물수제비를
떴다. 그사이 소나기가 그쳤지만 그곳이 마음에 든 일행은 자리를 뜰
생각을 하지 않았다. 센 강에는 소용돌이가 일어 불안정해 보이는 물
속에 잠시 동안 한 무더기의 쓰레기가 머물러 있었다. 그리고 이내 기
름 층과 낡은 병마개와 야채 껍질 등이 강물에 쓸려 내려갔다. 다리
아래로 흐르는 강물은 아치의 그림자로 인해 한층 어두운 색조를 띠
었다. 다리 위에서 승합마차와 삯마차가 뒤섞여 분주하게 오가는 모
습은 도시의 혼잡스러움을 잘 보여주었다. 하지만 다리 아래에 있는
그들의 눈에는 마치 구덩이 아래에서 올려다볼 때처럼 마차의 오른쪽
과 왼쪽 지붕밖에 보이지 않았다. 르망주 양은 이곳이 1817년경에 어
떤 남자와 자주 갔던 마른 강가의 한구석을 많이 닮았다고 말하며 한
숨을 내쉬었다. 여기에 나무들만 있다면 말이다. 그녀는 아직 그를 잊
지 못한 듯했다.

　그사이 마디니에 씨는 모두에게 출발 신호를 보냈다. 그들은 튀일
리 공원을 가로질러 갔다. 굴렁쇠와 공을 가지고 놀던 아이들 사이를
통과하는 동안 한 쌍씩 짝을 맞춰 가던 행렬이 흐트러지기도 했다. 방
돔 광장에 도착해 다 함께 기둥을 바라보는 동안, 마디니에 씨는 여인
네들에게 흥미로운 제안을 했다. 기둥 위로 올라가 파리를 내려다보자
는 것이었다. 모두들 그의 제안에 귀가 솔깃했다. 좋아요, 좋아, 반드
시 올라가야 해요, 아주 재밌을 것 같아요. 그것은 땅에서 떨어져본 적
이 없는 사람들에게는 더욱더 매력적인 제안이었다.

　"그런데 방방이 저길 올라갈 수 있을지 모르겠군요, 저 부실한 다
리로 말이죠!" 로리외 부인이 중얼거렸다.

"난 꼭 올라갈 거예요." 이번에 르라 부인이 얘기했다. "하지만 내 뒤에 절대로 남자가 있으면 안 돼요."

그리고 다 함께 기둥을 올라갔다. 열두 명이 일렬로 늘어서서, 벽을 붙잡고 낡은 계단에 부딪혀가면서 비좁은 나선형의 통로를 오르기 시작했다. 그러다가 더 이상 아무것도 보이지 않게 되자 여기저기서 웃음이 터져 나왔다. 여인네들은 조그만 소리로 비명을 질러댔다. 남자들이 간질이면서 다리를 꼬집었기 때문이다. 하지만 그걸 사실대로 얘기할 수는 없는 노릇이었다! 그냥 생쥐가 그랬다고 믿는 척했다. 게다가 괜히 호들갑을 떨 필요는 없었다. 그들은 무례를 범하지 않으려면 어디서 멈춰야 하는지를 잘 알고 있었다. 그러다가 보슈가 우스운 얘기를 하자 모두들 입에서 입으로 그것을 전달했다. 그들은 고드롱 부인이 오다가 멈춰 섰기라도 한 것처럼 그녀의 이름을 불렀다. 그러면서 고드롱 부인의 배가 통과할 수 있는지를 물었다. 한번 상상해보라고요! 만약 그녀의 배가 통로에 끼여 올라가지도 내려가지도 못하는 상황에 처하면 모두 여기 갇혀버리게 되잖아요. 그들은 임신한 여인의 배를 두고 농담을 하면서 기둥이 흔들릴 정도로 웃어젖혔다. 그러자 잔뜩 발동이 걸린 보슈는 이 굴뚝 같은 곳에서 이대로 늙어버리는 건 아닌지, 이렇게 한없이 가다가 천국으로 곧장 올라가게 되는 건 아닌지 하며 계속 우스갯소리를 늘어놓았다. 그러다가 기둥이 흔들리는 것 같다면서 여인네들을 겁주었다. 그사이 쿠포는 아무 말도 하지 않았다. 제르베즈의 뒤에 바짝 붙어 그녀의 허리를 꼭 붙잡고 있던 그는 그녀가 자신에게 몸을 내맡기고 있음을 느낄 수 있었다. 갑자기 빛이 있는 곳으로 다시 나오게 되었을 때, 그는 그녀의 목에 키스를 하던 중이었다.

"맙소사! 정말 두 눈 뜨고 못 봐주겠군. 어디 한번 계속 해보시지, 둘 다!" 로리외 부인은 무척 불쾌하다는 얼굴로 쏘아붙였다.

비비라그리야드 역시 몹시 부아가 치민 듯 혼잣말처럼 계속 웅얼거렸다.

"뒤에서 어찌나 바스락거리던지! 그 바람에 계단이 몇 갠지 제대로 세지도 못했다고."

마디니에 씨는 어느새 테라스로 내려서서 눈앞에 보이는 기념물들을 가리켰다. 포코니에 부인과 르망주 양은 계단에서 절대로 나오려고 하지 않았다. 도로가 아래쪽에 있다는 사실만으로도 피가 얼어붙는 것 같았기 때문이다. 두 여자는 조그만 문틈으로 바깥을 흘끗거리는 것만으로도 만족했다. 좀 더 대담한 르라 부인은 청동으로 된 돔에 몸을 바짝 붙인 채 좁다란 테라스를 한 바퀴 돌아보았다. 어쨌거나 자칫 한 발만 잘못 내디디면 끝이라는 생각은 엄청난 스릴을 느끼게 해주었다. 맙소사, 떨어지는 상상만으로도 몸이 떨렸다! 남자들은 해쓱해진 얼굴로 광장을 바라보았다. 공중에 붕 뜬 기분이었다. 온몸에 식은땀이 흐르는 것 같았다. 마디니에 씨는 눈을 들어 앞쪽으로 아주 먼 곳을 바라보라고 충고했다. 그럼 현기증이 덜 느껴졌다. 그는 계속해서 손가락으로 기념물들을 가리켰다. 앵발리드, 팡테옹, 노트르담, 생자크 탑, 몽마르트르 언덕. 로리외 부인은 자신들이 식사를 하기로 한 샤펠 로의 물랭 다르장이 어디 있는지 궁금해했다. 그들은 십여 분 동안 찾아보면서 서로 티격태격하기도 했다. 저마다 각기 다른 곳을 예의 식당이 있는 곳이라고 주장했다. 눈앞에 펼쳐진 파리는 멀리 아득

하게 보이는 푸르스름한 배경 속에 거대한 회색빛 도시의 위용을 과
시하면서, 수많은 지붕 아래 깊은 골짜기처럼 나 있는 골목길들을 드
러내 보여주었다. 강의 우안은 해를 가린 구릿빛 구름 아래 어둠에 잠
겨 있었다. 그러다 금빛 술 장식이 달린 것 같은 구름 가장자리에서
한 줄기 강렬한 햇살이 비치자 좌안에 있는 수천 개의 진열창이 금가
루를 뿌린 듯 일제히 반짝거렸다. 내리비치는 햇빛을 받아 환해진 도
시의 한 자락이 폭풍우로 씻겨 나간 청명한 하늘을 배경으로 우뚝 돋
보였다.

"서로 싸움이나 하자고 여기까지 올라온 건 아니란 말이지." 짜증
이 있는 대로 난 보슈는 씩씩거리면서 다시 계단으로 내려갔다.

모두들 뿌루퉁한 얼굴로 자신들의 발소리에 귀를 기울이며 말없이
계단을 내려갔다. 아래에 도착하자 마디니에 씨가 입장료를 지불하고
자 했다. 하지만 쿠포는 손사래를 치며 관리인에게 서둘러 24수를 지
불했다. 일인당 2수씩이었다. 시곗바늘은 다섯시 반을 가리켰다. 이
제 서둘러 돌아가야 했다. 하객들은 대로와 포부르 푸아소니에르 가
를 거쳐 갔다. 쿠포는 산책을 이렇게 끝낼 수는 없다면서 모두를 주점
으로 끌고 들어가 베르무트를 한 잔씩 대접했다.

저녁식사는 여섯시로 예정돼 있었다. 물랭 다르장에서는 이십 분
전부터 하객들을 기다리고 있었다. 관리실을 같은 건물에 사는 아는
부인에게 맡기고 온 보슈 부인은 2층 방에 차려진 식탁 앞에서 쿠포
의 엄마와 담소를 나누고 있었다. 보슈 부인이 데리고 온 클로드와 에
티엔은 식탁 아래와 뒤죽박죽 놓여 있는 의자들 사이를 누비며 장난
을 쳤다. 방 안으로 들어오면서 아이들을 발견한 제르베즈는 아이들

을 무릎 위에 앉혀놓고 쓰다듬으면서 여기저기에 애정 어린 입맞춤을 퍼부었다.

"아이들이 얌전히 굴었나요?" 제르베즈가 보슈 부인에게 물었다. "혹시 부인을 많이 힘들게 하진 않았는지 모르겠군요."

보슈 부인이 웃으며 아이들이 한나절 동안 저질렀던 말썽들을 수다스럽게 열거하는 동안, 제르베즈는 또다시 아이들을 품에 꼭 안은 채 사랑스러워 어쩔 줄 모르겠다는 얼굴을 했다.

"애가 둘이나 딸린 여자랑 결혼한 쿠포 놈이 병신이지." 방의 구석에 자리를 잡고 앉아 있던 로리외 부인이 다른 두 여자를 돌아보며 수군거렸다.

제르베즈는 아침나절의 온화하고 평온한 모습을 여전히 간직하고 있었다. 하지만 산책을 나선 후로는 생각에 잠긴 듯 차분한 표정으로 남편과 로리외 부부를 번갈아 바라보면서 때로 슬픈 표정을 지었다. 누이 앞에서 비겁해지곤 하는 쿠포의 모습을 새삼 확인했기 때문이다. 바로 전날까지만 해도 그는 독설을 퍼부으며 앞으로 그들이 자신을 함부로 대하는 것을 절대로 용납하지 않겠다고 맹세를 하다시피 했다. 하지만 그들 앞에 서면 그들의 입에서 무슨 말이 나올지를 살피는 아첨꾼 같은 모습을 보이곤 했다. 그들이 언짢아하는 기미라도 보이면 어쩔 줄을 몰라 전전긍긍했다. 그 사실만으로도 그녀는 자신들의 미래에 대한 불안감을 느끼지 않을 수 없었다.

아직 모습을 드러내지 않은 메보트를 제외하고는 이젠 모두가 참석해 있었다.

"아! 이런 빌어먹을!" 쿠포가 소리쳤다. "이제 다들 자리에 앉자고요. 그 친구는 곧 나타날 겁니다. 코가 사냥개 코라서 멀리서도 음식 냄새를 기막히게 맡거든요…… 그나저나 생드니 가에서 우릴 계속 기다렸다면 혼자 꽤나 즐거운 시간을 보냈겠는데요!"

한껏 흥이 난 하객들은 의자 소리를 요란하게 내면서 식탁에 자리를 잡고 앉았다. 제르베즈는 로리외와 마디니에 씨 사이에, 쿠포는 포코니에 부인과 로리외 부인 사이에 앉았다. 다른 하객들은 자기 마음에 드는 자리에 앉으면 되었다. 자리를 지정해주다보면 질투와 다툼으로 끝나는 일이 잦았기 때문이다. 보슈는 르라 부인 곁에, 비비라그리야드는 르망주 양과 고드롱 부인 사이에 끼어 앉았다. 식탁 맨 끝에 자리 잡은 보슈 부인과 쿠포의 엄마는 아이들을 돌보면서, 고기를 자르고 마실 것을 따라주는 일을 맡았다. 무엇보다 포도주는 자제시키기로 했다.

"누가 식사 기도 할 사람 없소?" 여인네들이 얼룩이 묻지 않도록 식탁보 아래에서 치마를 매만지는 동안 보슈가 좌중을 향해 물었다.

하지만 로리외 부인은 그런 농담을 좋아하지 않았다. 그들은 거의 식어버린 버미첼리* 포타주를 후루룩 소리와 함께 순식간에 먹어치웠다. 몸에 꼭 끼는 꾀죄죄한 웃옷을 입은 웨이터 두 명이 빛바랜 흰색 앞치마를 두른 채 서빙을 했다. 아카시아 뜰 쪽으로 면한 네 개의 창문에서 햇살이 가득 들어왔다. 폭풍우에 깨끗하게 씻겨 나간, 아직은 무더운 하루의 끝자락이었다. 아직 젖어 있는 뒤뜰의 나무들이 희부연 방을 초록으로 물들였다. 퀴퀴한 냄새가 옅게 밴 식탁보 위로 나뭇

---

* 스파게티와 비슷한 매우 얇고 둥근 파스타.

잎 그림자가 춤을 추었다. 식탁 양 끝에는 파리똥이 잔뜩 묻은 거울이 걸려 있어 식탁이 끝없이 길어 보였다. 누렇게 변해버린 두툼한 식기에는 칼에 긁힌 자국에 개수대의 물이 남긴 기름때가 그대로 검게 남아 있었다. 웨이터가 주방에서 음식을 가지고 올라올 때마다 구석에 있는 문이 앞뒤로 흔들리면서 기름이 탄 자극적인 냄새가 풍겨왔다.

"이러다 한꺼번에 입을 여는 일은 없도록 합시다." 모두들 접시에 코를 박은 채 아무 말도 하지 않자 보슈가 주의를 주듯 말했다.

웨이터들이 나눠주는 고기완자 투르트* 두 판을 눈으로 좇으면서 포도주 첫 잔을 마시고 있을 때 요란한 소리와 함께 메보트가 등장했다.

"이런 제길! 천하의 사기꾼들 같으니라고. 당신들 모두 죽었어!" 그는 고래고래 소리를 질렀다. "나를 무려 세 시간씩이나 길바닥에서 기다리게 하다니. 경관이 나한테 신분증까지 요구했다고…… 어떻게 친구한테 이런 비열한 짓거리를 할 수 있지, 엥! 적어도 심부름꾼을 시켜서 마차라도 빌려 보냈어야지. 아! 이건 절대 농담이 아닌데, 정말 장난이 아니었다고. 비가 어찌나 많이 쏟아지던지 주머니 속까지 물이 가득 찼다니깐…… 아마 튀김을 할 수 있을 만큼 생선을 잡고도 남았을 거라고."

그러자 모두들 재밌어죽겠다는 듯 포복절도했다. 무식하고 거친 메보트는 이미 거나하게 취해 있었다. 혼자서 벌써 포도주 2리터를 비워낸 후였다. 그의 팔다리를 흠뻑 젖게 만든 폭풍우를 이겨낼 방법은 그것밖엔 없었다.

---

* 아래와 위, 양쪽에 반죽을 올리고 속을 채운 파이의 일종.

"어이! 지고팽* 백작!" 쿠포가 메보트를 불렀다. "저기 고드롱 부인 옆으로 가서 앉게나. 보라고, 우리 모두가 자넬 기다렸다니까."

오! 그에겐 조금 늦게 시작하는 것쯤은 전혀 문제가 되지 않았다. 먹는 것이라면 그를 따라갈 사람이 없을 터였다. 그는 포타주 세 그릇과 버미첼리 세 접시를 주문했다. 그리고 그 속에 커다란 빵 조각을 잘라 넣었다. 그런 다음 투르트를 공략하자 모두들 그의 왕성한 식욕에 경탄을 금치 못했다. 게걸스럽게 먹는 저 모양새라니! 당황한 웨이터들은 일렬로 늘어선 채, 한입에 먹을 수 있도록 잘게 자른 빵을 그에게 전달했다. 하지만 그는 그것으로 만족하지 못하고 빵을 통째로 그의 옆에 놓아두라고 요구했다. 마침내 몹시 불안한 얼굴을 한 식당 주인이 문간에 잠시 모습을 드러냈다. 식당 주인이 나타나기를 기다리던 하객들은 또다시 배꼽이 빠져라 자지러지게 웃어댔다. 가엾은 식당 주인은 말문이 막혀버린 듯했다! 저 메보트는 정말 굉장한 친구가 아닌가! 한번은 정오에 종이 열두 번 울리는 동안, 삶은 달걀 열두 개와 포도주 열두 잔을 해치운 적도 있었다! 그런 능력을 가진 사람을 만나기란 결코 쉬운 일이 아니었다. 르망주 양은 음식을 삼키는 그의 모습을 촉촉해진 눈으로 바라보았다. 거의 존경심에 가까운 놀라움을 표현할 말을 찾던 마디니에 씨는 메보트가 비범한 능력을 가진 인물임을 선언했다.

잠시 침묵이 흐른 후, 웨이터가 샐러드 볼처럼 움푹 들어간 커다란 접시에 담긴 토끼고기 프리카세**를 식탁 위에 올려놓았다. 짓궂은

* '가느다란 다리'라는 뜻.
** 고기와 야채를 볶은 다음 크림소스를 넣어 만든 스튜의 일종.

농담을 즐기는 쿠포가 서슴지 않고 한 방을 날렸다.

"이봐, 웨이터, 이거 혹시 도둑고양이 고기 아닌가…… 아직 고양이 울음소리가 들리는 것 같단 말이지."

과연 접시에서 꼭 고양이 울음소리 같은 것이 희미하게 들려왔다. 쿠포는 입술을 움직이지 않은 채 목구멍으로만 소리를 낼 줄 알았다. 그는 그런 능력으로 사교 모임에서 확실한 성공을 보장받았다. 그런 이유로 그는 외식을 할 때마다 프리카세를 빼놓은 적이 없었다. 그러고 나서는 가르랑거리는 소리를 냈다. 여인네들은 냅킨으로 얼굴을 닦아야 했다. 너무 정신없이 웃어젖힌 때문이었다.

포코니에 부인은 머리 부위를 요구했다. 그녀는 머리만 먹었다. 르망주 양은 베이컨이라면 사족을 못 썼다. 보슈가 자신은 노릇하게 잘 익은 어린 양파를 좋아한다고 하자 르라 부인이 입술을 씰룩거리면서 조그맣게 중얼거렸다.

"물론 그렇겠죠."

비쩍 마르고 무뚝뚝한 성격의 르라 부인은 언제나 변함없는 단조로운 노동자의 삶을 살고 있었다. 남편이 세상을 떠난 후로 남자를 집에 들여놓은 적이 없으면서 음란한 것에 강박적인 관심을 보였고, 언제나 외설스러운 은유를 포함한 이중적 의미가 담긴 말을 입에 달고 살았다. 하지만 그 의미가 지나치게 깊은 탓에 그녀 자신만이 알 수 있는 말들이었다. 보슈가 그녀를 향해 몸을 숙이면서 귀엣말로 조용히 무슨 의미로 그렇게 대꾸했는지 말해달라고 하자, 르라 부인은 설명을 시도했다.

"그러니까 어린 양파라는 건…… 됐어요, 그만두는 게 좋겠어요."

이제 하객들의 대화는 진지한 방향으로 흘러갔다. 저마다 자기가 하는 일에 관해 얘기했다. 마디니에 씨는 판지 제조업을 극찬했다. 그 일을 하는 사람 중에는 진정한 예술가가 존재했다. 그러면서 화려함의 극치를 보여주는 것으로, 자신이 훤히 꿰고 있는 다양한 모델의 새해 선물 포장용 상자를 예로 들었다. 하지만 로리외는 판지 제조업자의 말에 냉소적 웃음을 지어 보였다. 그는 자신이 금 세공을 한다는 사실에 엄청난 자부심을 느끼고 있었다. 마치 그의 손가락과 온몸에서 금이 빛나고 있다고 생각하는 듯했다. 또한 옛적에는 보석 세공업자들이 검을 차고 다녔다고 얘기하곤 했다. 그러면서 자신도 누군지 모르는 베르나르 팔리시*라는 인물을 언급했다. 한편 쿠포는 그의 동료가 만든 걸작 풍향계에 대한 찬사를 늘어놓았다. 그것은 기둥과 꽃다발, 그리고 과일 바구니와 깃발 모양으로 이루어져 있었다. 단지 함석을 잘라내 용접한 것만으로 실제와 거의 똑같이 만들어냈던 것이다. 르라 부인은 비비라그리야드에게 장미 줄기를 만드는 법을 설명하느라 뼈마디가 앙상한 손가락 사이로 칼자루를 자유자재로 놀리고 있었다. 그러는 동안 목소리들의 톤이 올라가면서 서로 부딪쳤다. 어수선한 웅성거림 속에서 포코니에 부인의 날카로운 목소리가 들려왔다. 그녀는 자신이 부리는 세탁부들에 대한 불평을 늘어놓는 중이었다. 어제 또다시 시트 한 쌍을 태워먹은 방정치 못한 젊은 수습생을 욕하고 있었다.

"아무리 그래봤자 금은 금이란 말이오." 로리외는 식탁을 주먹으로

---

* 1567년 왕실 도공이 된 프랑스의 유명한 도자기 장인.

내리치면서 소리쳤다.

그러자 모두들 그의 말에 수긍하며 침묵을 지키는 가운데, 르망주 양만이 높고 가냘픈 목소리로 얘기를 계속했다.

"그리고 치마를 걷어 올려서는 그 안을 꿰매는 거죠…… 머리에는 보닛을 고정하는 핀을 꽂고요…… 그럼 다 된 거예요. 그걸 하나에 13수씩 받고 판답니다."

그녀는 메보트에게 자신이 만드는 인형에 대해 설명하는 중이었다. 그는 턱을 마치 맷돌처럼 느릿하게 움직이고 있었다. 그녀의 말에는 귀를 기울이지 않은 채 고개를 끄덕이면서, 손대지 않은 음식들을 웨이터들이 가져가지 못하도록 살피는 중이었다. 그들은 국물이 있는 프리캉도*와 껍질콩을 먹었다. 이번에는 구운 고기와 기름기 없는 통닭 두 마리가 나왔다. 통닭 접시 밑에는 오븐에 익힌 물냉이가 깔려 있었다. 밖에서는 아카시아의 높다란 가지 위로 햇살이 잦아들고 있었다. 방 안의 푸르스름한 빛은 포도주와 소스로 얼룩진 식탁에서 올라오는 김이 더해져 더욱더 짙어 보였다. 식탁 위에는 식기가 뒤죽박죽 섞여 있었다. 웨이터들은 지저분한 접시와 빈 술병을 벽을 따라 길게 늘어놓았다. 그것들은 식탁보에서 곧바로 쓸어낸 쓰레기 같아 보였다. 날이 무척 더운 탓에 남자들은 프록코트를 벗고 셔츠 바람으로 식사를 계속했다.

"보슈 부인, 아이들에게 너무 많이 먹이지 마세요." 별로 말이 없던 제르베즈가 멀리서 클로드와 에티엔을 살피며 말했다.

---

* 송아지고기에 베이컨을 끼워 넣어 찌거나 구운 요리.

그러다가 자리에서 일어나 아이들이 앉아 있는 의자 뒤로 가서 선 채 잠시 얘기를 나누었다. 아이들은 아무 생각이 없는 터라 하루 종일 주는 대로 다 받아먹었다. 그녀 자신도 닭가슴살을 덜어주었다. 하지만 쿠포의 엄마는 오늘 하루만큼은 배탈이 나도 괜찮지 않겠냐며 여유로운 태도를 보였다. 보슈 부인은 목소리를 낮추어 자기 남편이 르라 부인의 무릎을 꼬집었다면서 씩씩거렸다. 오! 그는 여자들의 치맛자락만 쫓아다니는 엉큼한 남자였다. 그녀는 분명 그의 손이 테이블 아래쪽으로 사라지는 것을 보았다. 맹세하건대 또다시 그런 짓을 한다면 그의 얼굴에 물병을 던져버리고 말 것이었다. 그녀는 충분히 그럴 수 있는 여자였다.

좌중이 침묵하는 가운데 마디니에 씨는 이제 정치를 논했다.

"5월 31일에 공포된 법령은 우리 프랑스의 수치입니다. 이젠 최소한 2년을 한곳에 머물러야만 해요.* 그 때문에 300만 명의 시민이 선거인 명부에서 사라졌습니다…… 보나파르트 대통령조차 몹시 화를 냈다더군요. 그는 민중을 사랑하니까요. 이미 그 사실을 입증하기도 했고 말이죠."

마디니에 씨는 공화주의자였다. 하지만 그는 대통령을 존중했다. 100년에 한 번 나올까 말까 한 대통령의 백부** 때문이었다. 그러자 비비라그리야드가 화를 냈다. 엘리제 궁에서 일한 적이 있는 그는 지

---

* 1850년 5월 31일 의회는 투표를 하려면 최소 3년간 한 선거구에 거주해야 한다는 선거법을 통과시켰다. 이 선거법은 일자리를 찾아 거처를 수시로 옮기는 수많은 노동자의 투표권을 앗아갔다.
** 나폴레옹 보나파르트 1세를 이른다.

금 앞에서 메보트를 보는 것처럼 가까이서 보나파르트를 본 적이 있었다. 그런데 그 망할 대통령이란 작자는 경찰 끄나풀을 연상케 했다. 그 작자가 리옹 쪽을 한 바퀴 돌아볼 예정이었다. 그러다가 어디 시궁창에 미끄러져서 목이라도 부러진다면 그보다 더 속 시원한 일이 없을 것 같았다. 대화가 점점 더 험악한 방향으로 흘러가고 있어서 쿠포가 끼어들어야 했다.

"자자, 이제 그만들 하시죠! 정치 문제 따위로 그렇게 열을 올리다니 아직 순진하시군요!…… 정치는 웃기는 농담 같은 거라고요! 그런 게 대체 우리한테 무슨 의미가 있죠?…… 하루에 5프랑씩 벌어서 지금처럼 먹고 자게만 해준다면, 누가 왕이나 황제가 되든지 아무 상관 없지 않나요?…… 어쨌거나 정치라는 건 웃기는 짓거리일 뿐이란 말입니다!"

로리외는 그의 말에 수긍하듯 고개를 끄덕였다. 그는 샹보르 백작*이 태어난 날과 같은 날인 1820년 9월 29일에 태어났다. 그런 우연의 일치는 그에게 매우 의미심장하게 느껴졌고, 그로 인해 왕의 프랑스로의 귀환과 자신의 개인적 운명 사이에 어떤 연관성이 있는 것은 아닌지 막연한 몽상에 잠긴 적도 있었다. 그는 자신의 바람을 분명하게 얘기하진 않았지만, 무언가 아주 좋은 일이 생길지도 모른다는 생각을 은연중에 내비쳤다. 그러면서 실제로 이루어지기에는 터무니없어 보이는 바람이 실현되는 날을 늘 "왕이 돌아오는 날"로 미루곤 했다.

"그리고 어느 날 저녁에 실제로 샹보르 백작을 본 적도 있고 말이

---

* 1830년 7월 혁명으로 퇴위한 샤를 10세의 손자로 부르봉 왕가의 마지막 상속인. 7월 혁명 이후 프랑스에서 추방되었다.

죠……"

그러자 모두들 일제히 그를 돌아보았다.

"사실입니다. 짤막한 외투를 입고 있었는데, 몸집이 컸고 호인처럼 보이더군요…… 난 그날 샤펠 로에서 가구상을 하는 친구 페키뇨 집엘 들렀었지요…… 그런데 상보르 백작이 전날 놓고 간 우산을 찾으러 온 겁니다. 백작은 이렇게 딱 한마디만 했어요. '내 우산을 좀 돌려주시겠소?' 맙소사! 그래요, 정말 그분이었다니까요. 페키뇨가 명예를 걸고 맹세했단 말입니다."

그들 중 그 누구도 의문을 제기하지 않았다. 이제 디저트를 먹을 시간이었다. 웨이터들이 요란한 소리를 내며 식기를 치웠다. 그때까지 우아한 귀족 부인처럼 아주 조신하게 행동하던 로리외 부인의 입에서 느닷없이 거친 욕설이 튀어나왔다. "야, 이 병신 같은 놈아, 눈을 어디다 두고 다니는 거야!" 접시를 치우던 웨이터 하나가 그녀의 목에 축축한 무언가를 흘린 때문이었다. 그녀의 실크 드레스에는 분명 얼룩이 졌을 터였다. 그러나 마디니에 씨가 그녀의 등을 살펴보고는 아무것도 묻지 않았음을 거듭 확인해주었다. 이제 식탁 한가운데는 샐러드 볼에 담긴 달걀 푸딩이 놓여 있었다. 그 양옆으로는 치즈와 과일 접시가 각각 놓여 있었다. 단단하게 익은 달걀흰자가 노란색 커스터드 크림 위에 눈처럼 동동 떠 있는 달걀 푸딩은 그들에게 경건함마저 불러일으켰다. 그들은 전혀 예기치 못한 품격을 맛보았던 것이다. 그때까지도 메보트는 여전히 먹기를 멈추지 않았다. 그는 빵을 더 주문하고, 치즈 두 접시를 깨끗이 비워냈다. 그런 다음 달걀 푸딩이 담긴 샐러드 볼을 달라고 해서는 수프를 먹을 때처럼 그 속에 커다란 빵 조각을 담가 먹었다.

"정말 굉장하군요." 마디니에 씨는 또다시 감탄사를 연발했다.

그런 다음 남자들은 파이프 담배를 피우러 자리에서 일어났다. 그들은 잠시 메보트 뒤에 서서 그의 어깨를 두드리며 괜찮은지 물었다. 비비라그리야드는 그를 의자와 함께 들어 올리는 시늉을 했다. 그런데, 오, 맙소사! 그 대단한 친구는 그새 무게가 두 배는 더 늘어난 듯했다. 쿠포는 자신의 동료는 이제 겨우 시작했을 뿐이며, 그는 이런 식으로 밤새 빵을 먹을 것이라고 떠벌렸다. 그 말을 들은 웨이터는 아연실색하며 자리를 떠났다. 조금 전부터 내려가 있다가 다시 올라온 보슈는 아래층에서 본 주인의 표정에 대해 설명했다. 카운터를 지키고 있는 주인은 얼굴이 새하얗게 질려 있었고, 당황한 그의 부인은 아직 빵집이 열려 있는지 보러 갔다. 심지어 식당에서 키우는 고양이까지 파산한 것 같은 표정을 짓고 있었다. 이건 정말 무척이나 희귀한 구경거리가 아닐 수 없었다. 이 정도면 저녁식사 값을 지불할 충분한 가치가 있었다. 이젠 뭐든지 집어삼키는 대단한 메보트를 빼놓고는 회식을 생각할 수도 없을 정도였다. 파이프를 입에 문 남자들은 부럽다는 시선으로 그를 바라보았다. 그 정도로 먹어치우려면 엄청나게 강한 체력이 뒷받침되어야 함은 자명하니까!

"난 절대로 당신 같은 남자를 먹여 살리는 일 따윈 하지 않을 거예요." 고드롱 부인이 말했다. "오! 절대로, 맙소사!"

"이런, 아름다우신 부인, 농이 지나친 것 같군요." 메보트는 그녀의 배를 비딱한 시선으로 바라보며 응수했다. "부인이 나보다 훨씬 더 많이 먹어치운 것 같은데요, 뭘."

그러자 모두들 박수를 치며 '브라보'를 외쳤다. 기막히게 재치 있는 답변이었다. 어느새 날이 어두워지자 담배 연기가 자욱한 방 안에는 가스등 세 개가 희미하게 불을 밝히고 있었다. 웨이터들은 커피와 코냑을 나눠준 다음 마지막으로 남아 있던 지저분한 접시들을 거두어 갔다. 뒤뜰에 있는 세 그루의 아카시아 나무 아래에서는 어느새 시작된 댄스파티가 흥을 더해갔다. 시끄러운 코넷과 바이올린 소리에, 후덥지근한 밤의 열기 속에서 다소 불협화음처럼 들리는 여인네들의 웃음소리가 뒤섞였다.

"화주를 만들어 마시는 게 어때!" 메보트가 소리쳤다. "브랜디 2리터에 레몬은 많이 넣고 설탕은 조금만 넣어서 말이지!"

하지만 맞은편에서 불안한 표정을 짓고 있는 제르베즈를 본 쿠포는 자리에서 일어나면서 술은 그만 마시자고 선언했다. 이미 모두 합쳐 25리터의 포도주를 비워낸 후였다. 아이들까지 세면 각자 1리터 반씩을 해치운 셈이었다. 그것만으로도 이미 충분했다. 허세나 체면 따위는 따지지 않는 화기애애한 분위기 속에서 다 함께 즐겁게 식사를 마칠 수 있었다. 친구들과 가족끼리 서로를 존중하면서 조촐한 결혼 피로연을 치르고자 했기 때문이다. 모든 게 근사했고 모두가 즐거운 시간을 보낼 수 있었다. 그런데 이제 와서 술에 취한 추한 모습을 보여서는 안 될 터였다. 무엇보다 숙녀들을 존중한다면 더욱더 그래서는 안 되었다. 마지막으로 그가 가장 하고 싶은 말은 다음과 같았다. 그들은 곤드레만드레가 될 때까지 술을 마시기 위해서가 아니라, 신랑 신부를 축복하는 의미로 건배를 하기 위해서 이곳에 모였다는 사실을 잊어서는 안 되었다. 함석공은 한 문장이 끝날 때마다 가슴에 손을 올려놓으면서 진심 어린 목소리로 호소하듯 얘기했다. 그의 짤막한 연설은 로리외와 마디니에 씨의 열렬한 지지를 받았다. 하지만 이미 취기가 잔뜩 오른 네 남자, 보슈, 고드롱, 비비라그리야드 그리고 특히 메보트는 빈정거리듯 웃으면서, 자기네는 바짝 마른 목구멍을 반드시 축여야만 한다고 단호히 말했다.

"목이 마른 사람은 목이 마른 거고, 목이 마르지 않은 사람은 목이 마르지 않은 거라고." 메보트가 쿠포를 향해 대들듯 쏘아붙였다. "이제부터는 화주를 주문할 거네⋯⋯ 우린 아무한테도 강요하지 않는단 말이지. 고상한 사람들은 설탕물이나 주문하면 되겠구먼."

그리고 쿠포가 또다시 설교를 늘어놓으려 하자 자리에서 일어나 있던 메보트는 자신의 엉덩이를 두들기면서 소리쳤다.

"이봐! 이거나 먹으라고!⋯⋯ 웨이터, 오래 묵은 브랜디 좀 가져오게!"

그러자 쿠포는 더 이상 관여하지 않는 대신 식사비는 당장 계산하라고 요구했다. 분쟁을 피하기 위함이었다. 점잖은 사람들에게 술주정뱅이를 위한 비용까지 치르게 할 수는 없었다. 그러자 그 즉시 문제가 발생했다. 메보트는 한참 동안 주머니를 뒤진 끝에 3프랑 7수밖에 찾아내지 못했다. 그러니까 왜 그를 생드니로 가는 길바닥에서 한참 동안이나 기다리게 했단 말인가? 그대로 물에 빠져 죽을 수는 없었으므로 100수짜리 동전을 헐어 술을 마셨던 것이다. 그건 그의 잘못이 아니었다! 그는 다음 날 담뱃값으로 쓸 7수를 남겨두고 3프랑만을 내놓았다. 열이 뻗친 쿠포가 그를 한 대 치려고 하자 겁을 집어먹은 제르베즈는 쿠포의 외투를 잡아당기면서 극구 만류했다. 쿠포는 하는 수 없이 로리외에게 모자라는 2프랑을 빌리기로 했다. 로리외는 일단 거절했다가 아내의 눈을 피해 몰래 돈을 빌려주었다. 그녀는 그것을 결코 용납하지 않을 테니까.

그 사이 마디니에 씨는 하객들 사이로 접시를 돌렸다. 홀로 참석했던 르라 부인과 포코니에 부인, 르망주 양이 먼저 조용히 100수짜리 동전을 내려놓았다. 그러자 남자들끼리 구석으로 가서 계산을 했다. 하객은 모두 열다섯 명이었다. 따라서 모두 75프랑이 되어야 했다. 접시에 75프랑이 모이자 남자들은 웨이터들의 팁으로 각자 5수씩을 더했다. 그들은 십오 분여를 꿍꿍거린 후에야 모두가 납득할 만한 결론을 이끌어낼 수 있었다.

하지만 마디니에 씨가 계산을 하기 위해 식당 주인을 불렀을 때, 모두들 뒤통수를 한 대 얻어맞은 듯 멍한 얼굴로 서로를 바라보았다. 주인이 미소를 띤 채 돈이 턱없이 부족하다고 얘기했기 때문이다. 그는 추가 비용이 발생했다고 덧붙여 말했다. '추가 비용'이라는 말에 모두들 불같이 화를 내자 그는 상세 항목을 열거하기 시작했다. 애초에 합의된 20리터가 아닌, 모두 25리터의 포도주, 디저트가 다소 부족하다고 생각해서 그가 추가한 달걀 푸딩, 그리고 혹시 럼주를 원하는 사람이 있을 경우를 대비해 커피에 곁들여 낸 럼주 한 병이었다. 그러자 모두들 격분하여 소리치기 시작했다. 문제 해결을 책임지겠다고 나선 쿠포는 조목조목 따져나갔다. 그는 처음부터 20리터라고 얘기한 적이 없었다. 달걀 푸딩은 당연히 디저트에 포함되어야 했다. 주인이 자기 임의대로 추가한 것까지 지불할 수는 없었다. 럼주는 계산서를 불리기 위한 눈속임이나 다름없었다. 아무도 의식하지 못하는 새에 슬그머니 메뉴에 끼워 넣은 것이었으니까.

"럼주는 커피 쟁반에 함께 있었소." 그는 큰 소리로 외쳤다. "그러니까 당연히 커피에 포함되어야 하는 거요…… 이제 좀 꺼져주겠소. 이 돈을 가져가든지 말든지 마음대로 하시오. 우리가 이 거지 같은 식당에 다시 발을 들여놓는 날엔 벼락을 맞아 죽을 거요!"

"6프랑을 더 주셔야 합니다." 주인은 버티고 서서 거듭 말했다. "6프랑을 더 주셔야 한다고요…… 게다가 저 남자분이 먹은 빵 세 덩어리는 계산에 포함되지도 않았단 말입니다!"

모두들 잔뜩 열이 오른 표정으로 쿠포를 둘러싼 채 거친 몸짓을 하며 목멘 소리로 요란하게 떠들어댔다. 게다가 그때까지 입을 다물고 있던 여인네들까지 가세해 한 푼도 더 줄 수 없다면서 목청을 높이기 시작했다. 아, 정말 기막히게 멋진 결혼식이군! 아주 즐거워서 눈물이 다 나려고 하네! 르망주 양은 다시는 이런 초대에 응하지 않겠다고 맹세했다! 포코니에 부인은 제대로 먹지도 못했다. 집에서는 40수만 가지고도 소박하지만 맛난 음식을 배불리 먹을 수 있었다. 몹시 못마땅한 표정을 짓고 있던 고드롱 부인은 식탁 끝으로 밀려난 채, 옆 사람에 대한 배려라고는 눈곱만큼도 없는 메보트 같은 남자 옆자리에 앉게 된 데 대해 불평을 격하게 늘어놓았다. 어쨌거나 이런 식의 피로연이 좋게 끝날 리는 없었다. 결혼식에 하객이 와주길 바란다면 제대로 격식을 갖추어 초대를 해야만 하는 것이다! 창가의 쿠포 엄마 옆자리로 피신해 있던 제르베즈는 여기저기서 터져 나오는 불평에도 불구하고 대꾸할 말을 찾지 못했다. 이 모든 책망과 힐난의 말은 결국 그녀 자신에게로 향하고 있음을 잘 알고 있었기 때문이다.

마침내 마디니에 씨는 식당 주인과 함께 아래층으로 내려갔다. 곧이어 두 사람이 옥신각신하는 소리가 들려오고 삼십 분쯤 지나자 마디니에 씨가 다시 올라왔다. 그는 주인에게 3프랑을 더 주는 것으로 합의를 보았다고 알렸다. 하지만 하객들은 몹시 짜증스럽고 불쾌한 심경을 드러내면서 추가 비용 문제를 계속 언급했다. 거기다가 보슈 부인의 격한 행동 탓에 소란이 더해갔다. 계속 남편을 주시하고 있던 그녀는 남편이 구석에서 르라 부인의 허리를 꼬집는 것을 보았다. 그러자 그를 향해 있는 힘껏 던진 물병이 벽에 부딪히면서 박살이 났다.

"부인의 남편은 확실히 재단사가 맞는 것 같군요." 키가 큰 과부 르라 부인이 입을 씰룩거리면서 의미심장한 말을 던졌다. "여자들 치맛자락을 쫓아다니는 재주가 아주 탁월한 것 같으니 말이죠…… 하지만 내가 테이블 아래에서 그를 호되게 걷어찼으니 너무 염려하지 마세요."

파티는 엉망이 되었고, 분위기는 점점 더 험악해졌다. 마디니에 씨는 노래를 부르자고 제안했다. 하지만 목소리가 좋은 비비라그리야드는 어느새 사라지고 보이지 않았다. 창가에 팔꿈치를 괴고 있던 르망주 양은 아카시아 아래에서 머리에 아무것도 쓰지 않은 뚱뚱한 처녀와 펄쩍펄쩍 뛰듯 춤을 추고 있는 그를 발견했다. 모두들 코넷과 바이올린 두 대가 연주하는 〈겨자 상인〉에 맞춰 손뼉을 치면서 시골풍으로 카드리유를 추었다. 그러자 모두들 우르르 밖으로 몰려 나갔다. 메보트와 고드롱 부부가 서둘러 내려갔고, 곧이어 보슈도 슬그머니 자취를 감추었다. 창문 너머 나뭇잎 사이로 쌍쌍이 짝을 지어 빙글빙글 돌고 있는 남녀가 보였다. 나뭇가지에 걸려 있는 초롱 불빛에 비친 나뭇잎들이 선명하고 인위적인 초록빛을 띠었다. 엄청난 열기에 짓눌린 밤은 숨소리조차 내지 않은 채 잠들어 있었다. 2층 방에서는 로리외와 마디니에 씨 사이에 진지한 대화가 오갔다. 그사이 여인네들은 분을 삭일 겸 드레스에 얼룩이 묻지나 않았는지 살펴보았다.

르라 부인의 술 장식은 커피에 젖었던 게 분명했다. 포코니에 부인의 베이지색 드레스에는 소스가 잔뜩 묻어 있었다. 의자에서 떨어져 내린 쿠포 엄마의 녹색 숄은 둘둘 말려 짓밟힌 채로 구석에서 발견되었다. 그중에서도 가장 열이 올라 있는 사람은 로리외 부인이었다. 그녀는 자신의 등에 얼룩이 묻었다고 계속 주장했다. 아무리 아니라고 해도 소용없었다. 그녀는 직감으로 그것을 감지했다. 그리고 거울 앞에서 몸을 비틀어 확인하다가 마침내 얼룩을 찾아내고는 버럭 소리를 질렀다.

"내가 뭐라고 했어요? 여기 닭고기 국물이 묻었잖아요. 웨이터한테 드레스 값을 변상시키고 말겠어요. 아니면 소송을 하든지…… 아! 이거야말로 정말 완벽한 하루군. 집에서 잠이나 자는 게 훨씬 나을 뻔했어…… 난 당장 가버릴 거야. 이런 뭣 같은 결혼식은 정말 처음이라니까!"

화가 머리끝까지 난 로리외 부인은 구두 뒤축으로 계단을 쿵쿵 울리면서 그 자리를 떠났다. 로리외는 즉시 그녀를 뒤쫓아갔다. 하지만 그가 얻어낸 것은, 함께 떠나겠다면 길에서 오 분만 기다려주겠다는 최후통첩뿐이었다. 그녀는 자신이 원했던 대로 폭풍우가 그친 후에 즉시 떠났어야 했다면서 씩씩거렸다. 언젠가는 쿠포에게 이를 되갚아주고 말 것이었다. 쿠포는 누이가 몹시 화가 났음을 알고는 불안한 얼

굴로 어쩔 줄 몰라 했다. 그러자 제르베즈는 그의 입장이 난처해질까
봐 즉시 집으로 돌아가는 데 동의했다. 그리고 서둘러 모두와 작별인
사를 나누었다. 마디니에 씨는 쿠포의 엄마를 다시 집까지 모시고 가
기로 했다. 클로드와 에티엔은 신혼부부의 첫날밤을 위해 보슈 부인
이 자기 집으로 데리고 가서 재우기로 했다. 아이들의 엄마는 마음을
놓아도 되었다. 아이들은 달걀 푸딩을 과하게 먹은 후유증으로 의자
에 앉아서 졸고 있었다. 신랑 신부가 다른 일행을 남겨둔 채 로리외와
함께 서둘러 그곳을 떠날 때 아래층의 무도장에서는 그들 일행과 다
른 일행 사이에 다툼이 벌어졌다. 한 젊은 여성을 번갈아가며 껴안고
희롱하던 보슈와 메보트는 그녀와 함께 온 두 군인에게 그녀를 되돌
려 보내기를 거부했다. 그러면서 코넷과 바이올린 두 대가 폴카 곡
〈진주〉를 소란스레 연주해대는 가운데 모두 혼을 내주겠다고 으름장
을 놓았다.
　이제 겨우 열한시였다. 샤펠 로와 구트도르 가는 보름에 한 번씩 돌
아오는 급여일이 토요일과 겹치면서 술꾼들의 흥청망청한 분위기로
온통 시끌벅적했다. 로리외 부인은 물랭 다르장에서 스무 걸음 정도
떨어진 가로등 아래서 일행을 기다리고 있었다. 다짜고짜 로리외의
팔짱을 낀 그녀는 앞장을 서서 뒤도 돌아보지 않고 걸음을 재촉했다.
제르베즈와 쿠포는 가쁜 숨을 몰아쉬며 그들을 뒤따라갔다. 때로 길
에 쓰러져 대자로 누워 있는 술주정뱅이를 피하기 위해 차도로 내려
서야 했다. 로리외는 상황을 수습하고자 뒤를 돌아보며 말했다.
　"우리가 여관 앞까지 함께 가줄게요."
　하지만 로리외 부인은 봉쾨르 여관 같은 불결한 곳에서 첫날밤을

보낸다는 건 말도 안 된다면서 언성을 높였다. 결혼을 연기하고 돈을 조금이라도 모아 가구를 장만한 다음에 자기 집에서 첫날밤을 보냈어야 하는 게 아닌가? 오! 공기도 잘 통하지 않는, 한 달에 10프랑짜리 좁아터진 다락방에서 보내는 첫날밤이 참으로 좋기도 하겠군!

"그 방에서는 벌써 짐을 뺐어요. 꼭대기 방에서 첫날밤을 보내지는 않을 거라고요." 쿠포는 소심하게 대꾸했다. "좀 더 큰 이 사람 방에서 지내기로 했거든요."

그 말에 로리외 부인은 자제심을 잃고는 휙 돌아서서 소리를 질렀다.

"아, 정말 기가 막히는군! 지금 방방의 방에서 잘 거라고 했니?"

그 말에 제르베즈의 얼굴이 새하얗게 질렸다. 난생처음으로 대놓고 들은 별명이 그녀의 얼굴을 세차게 후려치는 듯했다. 그녀는 자신의 시누이가 하고 싶었던 얘기가 뭔지 잘 알고 있었다. 방방의 방은 그녀가 예전 남자 랑티에와 한 달 동안 동거를 했던 곳이었다. 그녀의 남루한 과거의 삶의 흔적이 아직 곳곳에 남아 있는 곳이었다. 하지만 로리외 부인의 속뜻을 미처 간파하지 못한 쿠포는 단지 제르베즈의 별명에 유감을 표명할 뿐이었다.

"엄연한 이름을 놔두고 남의 별명을 부르는 건 옳지 않다고 생각해요." 그는 언짢은 표정을 지으며 말했다. "누님은 동네 사람들이 누님을 암소 꼬리라고 부르는 걸 아는지 모르겠군요. 누님 머리 때문에 말이죠. 누님도 사람들이 누님을 그런 식으로 부르면 당연히 기분이 좋지 않겠죠, 안 그래요?…… 그리고 우리가 왜 2층 방에서 자면 안 된다는 거죠? 오늘 밤은 아이들도 없고 우린 거기서도 충분히 행복하다고요."

로리외 부인은 더 이상 아무 말도 덧붙이지 않았다. 암소 꼬리라는 별명에 자존심이 몹시 상한 듯, 또다시 아무 말 없이 쌀쌀맞은 표정을 지었다. 쿠포는 제르베즈의 마음을 달래주려고 다정하게 그녀의 팔을 꼭 쥐었다. 그러면서 그녀에게 귓속말로, 자신들은 그의 주머니에서 딸랑거리는 큰 동전 세 개와 작은 동전 하나를 합친 달랑 7수로 신혼살림을 시작하는 거라고 얘기하면서 그녀를 미소 짓게 하는 데 성공했다. 봉쾨르 여관에 도착하자 일행은 서로 어색하기 그지없는 표정으로 작별인사를 했다. 쿠포가 그렇게 바보같이 굴지 말라고 하면서 그들을 서로에게로 떠밀었을 때, 한 주정뱅이가 오른쪽으로 지나치려다가 갑자기 왼쪽으로 몸을 틀면서 두 여자 사이로 끼어들었다.

"이런, 이게 누구야! 바주즈 영감이잖아!" 로리외가 말했다. "오늘 아주 고주망태가 되도록 술을 마셨군."

겁을 집어먹은 제르베즈는 여관 문에 바짝 몸을 붙이고 기대섰다. 장의사 조수로 일하는 쉰 살가량의 바주즈 영감은 진흙투성이의 검정 바지에, 후크 단추를 어깨에서 채우는 검정 외투를 걸치고 있었다. 그의 검정 가죽 모자는 어디서 떨어뜨린 듯 납작하게 찌부러져 있었다.

"오, 겁내지 마요, 나쁜 사람은 아니니까." 로리외는 얘기를 계속했다. "우리 이웃에 사는 노인입니다. 우리 집 복도 세번째 방에 살죠…… 그런데 저 영감네 장의사가 이 꼴을 보면 참 좋아하겠군!"

한편 바주즈 영감은 자신을 두려워하는 젊은 여인을 보고 기분이 상한 듯 더듬더듬 말했다.

"뭐가 문제인 거요, 엥! 우린 아무도 잡아먹지 않는다고요…… 이봐요, 젊은 처자, 나도 다른 사람들하고 똑같단 말이오. 물론 내가 오늘 좀 많이 마시긴 했지만! 일을 제대로 하려면 목구멍에도 기름칠을 해야 하는 법이거든. 당신이나 여기 당신 친구들 중에 600파운드나 나가는 시신을 5층에서 길바닥으로 옮길 수 있는 사람은 아무도 없을 거요. 우리 단둘이서 그 일을 해냈단 말이지, 뼈 하나도 부러뜨리지 않고…… 난 말이지, 재밌는 사람들이 좋아."

하지만 제르베즈는 마구 울어버리고 싶은 충동에 사로잡혀 문간 쪽으로 더욱더 몸을 움츠렸다. 왠지 모를 두려움이 소박한 기쁨으로 가득 찼던 그녀의 평온한 하루를 망가뜨렸다. 그녀는 이제 시누이에게 작별인사를 할 생각은 까맣게 잊은 채 쿠포에게 주정뱅이 영감을 쫓아버려달라고 애원했다. 그러자 바주즈 영감은 여전히 비틀거리면서 철학자적 초연함이 가득한 몸짓으로 중얼거렸다.

"그런다고 피할 수 있는 게 아니라오, 아름다운 부인…… 그대도 언젠가는 죽는 걸 다행으로 여기게 될 거요…… 아무렴, 난 죽음이 데려간다면 오히려 고맙다고 할 여인네들을 아주 많이 알고 있거든."

로리외가 그를 데려가려고 하자 바주즈 영감은 뒤를 돌아보았다. 그리고 딸꾹질을 하며 웅얼거리듯 마지막 한마디를 덧붙이는 것을 잊지 않았다.

"죽는다는 건 말이지…… 내 말을 명심하시오…… 죽으면 모든 게 끝이라오."

4

그들은 4년 동안 열심히 일했다. 동네에서 제르베즈와 쿠포는 조용
히 화목하게 살아가는 성실한 부부로 알려졌다. 일요일에는 생투앙
쪽으로 함께 산책을 나갔다. 여자는 포코니에 부인의 세탁소에서 하
루에 열두 시간을 일하면서도 집을 항상 청결하게 유지했으며, 아침
저녁으로 거르지 않고 식구들의 먹을거리를 챙겼다. 남자는 술도 마
시지 않고 보름마다 꼬박꼬박 급여를 집으로 가져왔으며, 잠자리에
들기 전에 창가에서 파이프 담배를 피우며 숨을 돌리곤 했다. 그들은
동네에서 모범적인 부부로 칭송이 자자했다. 두 사람이 버는 돈을 합
치면 하루에 9프랑 가까이 되기 때문에 사람들은 그들이 적지 않은
돈을 저축할 것으로 짐작했다.

하지만 그들 부부는, 특히 결혼 초기에는 수지를 맞추기 위해 무진

애를 써야만 했다. 결혼을 하려고 200프랑의 빚을 졌기 때문이다. 그러면서 봉쾨르 여관에서의 생활에 염증을 느끼기 시작했다. 수상쩍은 사람들이 수시로 드나드는 그곳을 혐오하면서, 자신들이 애지중지할 수 있는 가구를 갖춘 자신들만의 집에서 사는 꿈을 꾸었다. 그들은 자신들에게 필요한 돈을 수없이 되풀이해 계산해보았다. 대략 350프랑 정도가 필요했다. 당장 살 집과 가구를 마련하고, 냄비나 작은 프라이팬이라도 갖추려면 말이다. 2년 내에 그렇게 많은 돈을 모아야 한다는 사실에 절망감을 느끼고 있을 무렵 그들에게 뜻밖의 행운이 찾아왔다. 플라상에 사는 한 노신사가 장남인 클로드를 그곳의 중학교에 보내고 싶다는 뜻을 전해온 것이었다. 그림 수집가인 특이한 노신사의 관대한 제안이었다. 그는 예전에 클로드가 휘갈겨 그린 사람들의 모습에 깊은 인상을 받은 터였다.[*] 그러지 않아도 클로드 앞으로 이미 적지 않은 돈이 들어가던 차였다. 이제 막내 에티엔만을 양육하게 된 그들이 350프랑을 모으는 데는 7개월하고 보름밖에 걸리지 않았다. 마침내 벨옴 가의 중고 가구상에서 가구를 장만하던 날, 그들은 형언할 수 없는 기쁨으로 감격에 겨워 외곽 도로를 따라 산책을 하고 집으로 돌아왔다. 가구는 침대와 협탁, 상판이 대리석으로 된 서랍장, 옷장, 방수천이 깔린 둥근 식탁, 의자 여섯 개로 모두가 오래된 마호가니로 만든 것들이었다. 게다가 거의 새것이나 다름없는 침구와 리넨 제품, 취사용 기구도 있었다. 자신들의 소유가 된 이 모든 것은 동네에서 안정된 삶을 살아가는 사람들 사이에서 어느 정도 인정을 받게

---

[*] 클로드는 '루공마카르 총서'의 열네번째 작품인 『작품』의 주인공으로, 화가로 등장한다.

해주는 진지하고도 결정적인 입문 의식과도 같았다.

두 달 전부터 그들은 거처를 구하는 문제로 고심해왔다. 처음에는 구트도르 가에 위치한 공동아파트의 방 하나에 세를 들고자 했다. 하지만 빈방이 하나도 없어 그들의 오랜 꿈을 포기해야만 했다. 솔직히 말하면 제르베즈는 내심 별로 실망하지 않았다. 로리외 부부와 이웃해 살아야 한다는 사실이 한편으로는 두려웠기 때문이다. 그들은 하는 수 없이 다른 곳을 알아보았다. 쿠포는 현명하게도 포코니에 부인의 세탁소에서 멀리 떨어져 있지 않은 곳에서 살자고 고집했다. 제르베즈가 필요할 때는 언제라도 훌쩍 집에 들를 수 있게 하려는 배려에서였다. 그리고 마침내 그들은 뇌브드라구트도르 가에서 조그만 곁방과 부엌이 딸린 커다란 방을 얻을 수 있었다. 세탁소가 거의 마주 보이는 곳이었다. 계단이 몹시 가파른 아담한 2층짜리 주택 위층에는 방 두 개가 마주 보고 있는데, 그중 하나에 세를 들었던 것이다. 아래층에는 마차 임대업자가 살고 있어서, 길을 따라 길게 난 너른 뜰의 창고에 마차들을 보관해두었다. 제르베즈는 마치 시골 마을에 온 듯한 느낌을 주는 그 집에 매혹되고 말았다. 붙어 있는 이웃도 없고 숙덕공론이나 구설수에 오를까봐 걱정할 일도 없는, 플라상의 성벽 뒤쪽의 조그만 시골길을 떠올리게 하는 평온함이 깃든 곳이었다. 또한 운이 얼마나 좋은지 세탁소 작업대에서 다림질을 하면서 목을 조금만 길게 빼면 자신의 집 창문을 볼 수도 있었다.

그들은 집세를 내는 날짜에 맞추어 4월에 이사했다. 당시 제르베즈는 임신 8개월이었다. 하지만 그녀는 자신이 일할 수 있도록 아기가 도와주는 것 같다면서 미소를 짓는 의연함을 보여주었다. 배 속에서 아기의 조그만 손이 자라는 걸 느끼며 힘이 솟는 듯했다. 쿠포가 그녀를 조금이라도 쉬게 하려고 억지로 자리에 눕힐 때도 말을 듣지 않았다! 몸이 좀 더 무거워지면 그때 쉬어도 늦지 않을 터였다. 이제 곧 한 입이 더 늘게 생긴 마당에 지금보다 열심히 일해도 모자랄 판이었다. 남편이 가구를 옮기는 것을 도와주기 전에 집을 청소해놓는 건 그녀의 몫이었다. 어머니가 자식을 돌보듯 정성껏 가구를 닦는 그녀의 모습에서는 종교적인 경건함마저 느껴졌다. 그녀는 가구에 긁힌 자국이 조금만 있어도 몹시 가슴 아파했다. 비질을 하다가 가구에 부딪히면 자신이 얻어맞기라도 한 것처럼 그 자리에 멈춰 서서 어쩔 줄 몰라 했다. 그중에서도 그녀가 가장 아꼈던 것은 서랍장이었다. 우아하면서도 견고했고, 엄숙해 보이는 그 무엇이 느껴졌기 때문이다. 그녀가 감히 입 밖으로 꺼내지 못했던 간절한 소망 하나는 대리석 상판 한가운데에 괘종시계를 걸어놓는 것이었다. 정말 근사하게 어울릴 것 같았다. 곧 태어날 아이만 아니었더라면 아마도 어떻게든 그것을 사고야 말았을 것이다. 하지만 그 일은 좀 더 나중으로 미뤄야 한다고 생각하자 입에서 긴 한숨이 새어 나왔다.

부부는 새로운 집에서 행복한 나날을 보냈다. 에티엔의 침대가 자리 잡은 작은방에는 아직 아기 침대를 들여놓을 수 있는 여유 공간이 남아 있었다. 부엌은 손바닥만큼 작고 칠흑같이 어두웠다. 하지만 문을 열어놓으면 충분히 잘 보였다. 게다가 제르베즈는 서른 명의 식사를 준비하는 게 아니었다. 식구들을 위한 스튜를 끓일 수 있는 공간만 있으면 충분했다. 큰방은 그들 부부의 자존심이었다. 그들은 아침에 눈을 뜨자마자 알코브에 흰색 옥양목 커튼을 쳤다. 그러면 방은 그 즉시 식당으로 변했다. 한가운데에 식탁이 있고, 옷장과 서랍장이 양쪽에서 마주 보도록 놓여 있었다. 하루에 15수어치의 석탄을 소비하는 벽난로는 막아버리고 더 이상 사용하지 않았다. 몹시 추운 날에는 대리석 상판 위에 놓여 있는 조그만 무쇠 난로가 7수어치만큼 그들의 몸을 덥혀주었다. 쿠포는 나중에 더 잘 꾸미겠다고 다짐하면서 정성껏 벽을 장식했다. 손에 지휘봉을 든 채 대포와 쏟아지는 포탄 사이를 누비고 다니는 프랑스의 원수를 그린 그림이 거울을 대신했다. 서랍장 위에는, 예전에 성수반으로 쓰였던 성냥 보관용 금빛 자기 양옆으로 가족사진이 두 줄로 나란히 정렬돼 있었다. 옷장의 돋을새김 장식 위로는 파스칼과 베랑제*의 흉상이 나란히 한 쌍을 이루고 있었다. 하나는 엄숙한 표정을, 다른 하나는 미소를 짓고 있었다. 마치 가까이 놓인 뻐꾸기시계의 똑딱 소리에 귀를 기울이고 있는 듯했다. 정말 아름다운 방이었다.

"여기 집세가 얼마쯤 될 것 같아요?" 제르베즈는 집을 찾아오는 사람들마다 붙잡고 똑같은 질문을 해댔다.

그리고 그들이 집세를 지나치게 높게 추정할 경우에는, 그처럼 적은 비용으로 그토록 자리를 잘 잡은 데 우쭐해져서는 의기양양하게 소리치곤 했다.

"150프랑이랍니다, 그게 다예요!…… 어때요! 거저나 마찬가지 아닌가요!"

그들은 뇌브드라구트도르 가에서 대체적으로 만족스러운 삶을 살

---

* 피에르장 드 베랑제. 19세기 프랑스의 시인이자 샹송 작사가로 정치적 풍자시와 가사를 썼다.

아갔다. 제르베즈는 집과 포코니에 부인의 세탁소를 시계추처럼 오갔다. 쿠포는 이젠 아래층으로 내려가 문간에서 파이프 담배를 피웠다. 보도가 따로 없이 움푹 파인 도로는 오르막길이었다. 구트도르 가로 면해 있는 위쪽으로는 유리창이 더러운 음침한 상점들이 보였다. 구둣방, 통 제조소, 불결해 보이는 식료품점과 파산해 수주 전부터 덧문이 닫힌 채 덕지덕지 벽보로 뒤덮인 포도주 가게 등이 다닥다닥 붙어 있었다. 도로의 반대편, 파리 방향으로는 5층짜리 건물들이 하늘을 가로막고 있었다. 그 아래층에는 세탁소들이 빈틈없이 들어서 있었다. 소도시풍 이발소의 초록색 진열창에는 반들반들 잘 닦인 구리 접시들이 가지런히 놓여 있었고, 거기서 반사되는 강렬한 빛이 밋밋하기 그지없는 구역에 흥겨움을 선사해주었다. 이발소는 가발 제조를 겸하고 있어 진열창에는 부드러운 색조의 플라스크가 가득 들어차 있었다. 하지만 거리를 바라보는 이들에게 진정한 즐거움을 느끼게 해주는 곳은 그 중간 구역이었다. 그곳에서는 건물들의 수가 점점 적어지고 층이 점점 낮아지면서 공기와 햇볕이 아래까지 통했다. 마차 대여업자의 보관소, 그 옆에 붙어 있는 탄산수 제조 공장과 맞은편의 공동세탁장 등은 자유롭게 숨 쉴 수 있는 조용하고 너른 공간을 확보하고 있었다. 공동세탁장에서 새어 나오는 빨래하는 여인네들의 아득한 목소리와 증기기관의 규칙적인 숨소리가 그 정적을 더욱더 두드러지게 했다. 움푹 파인 지형과 칙칙한 담벼락들 사이로 깊숙이 난 비좁은 골목길들은 어느 조그만 시골 마을을 연상케 했다. 이따금씩 지나가는 사람들이 세탁장에서 끊임없이 흘러나오는 비눗물 도랑을 건너뛰는 모습을 지켜보던 쿠포는 다섯 살 무렵 그의 숙부가 데리고 갔던 어떤 곳을 떠올렸다. 새로 이사 간 집에서 제르베즈의 마음에 가장 든 것은 창문 왼쪽으로 보이는 뜰의 아카시아 나무였다. 가지 하나가 길게 뻗어 있을 뿐인 나무는 얼마 되지 않는 잎새의 푸른빛만으로도 거리 전체에 생기를 불어넣어주기에 충분했다.

제르베즈가 출산을 한 것은 4월의 마지막 날이었다. 오후 네시경 포코니에 부인의 세탁소에서 커튼 한 쌍을 다림질하고 있을 때 진통이 느껴지기 시작했다. 하지만 그녀는 즉시 그곳을 떠나지 않고 의자 위에서 몸을 비틀면서 다림질을 계속했다. 그러자 통증이 다소 가라앉는 것 같았다. 제르베즈는 커튼을 빨리 끝내야 한다면서 고집스럽게 매달렸다. 어쩌면 단순한 복통일지도 모르지 않는가. 아무것도 아닌 일 가지고 수선을 떨 필요는 없었다. 하지만 이번에는 남자 셔츠를 다림질하려던 순간 얼굴이 백지장처럼 새하얗게 변했다. 즉시 세탁소를 나온 제르베즈는 배를 움켜쥐고 도로를 가로질러 갔다. 같이 일하는 세탁부가 벽에 기댄 채 곧 쓰러질 것처럼 보이는 제르베즈를 부축하려 했지만 그녀는 괜찮다면서 사양했다. 그 대신 옆 동네 샤르보니에르 가에 사는 산파를 불러달라고 부탁했다. 어쨌거나 집에 불이 난 것은 아니었으니까. 어쩌면 이런 상태가 밤새 지속될지도 모르는 일이었다. 그녀는 집으로 돌아가 쿠포의 저녁식사를 준비해야만 했다. 그런 다음 옷도 벗지 않고 그대로 침대에 누워 잠시 쉴 수 있을 거라고 생각했다. 하지만 계단을 오르는 동안 격렬한 통증에 사로잡힌 그녀는 계단 중간에 그대로 주저앉고 말았다. 그리고 비명을 지르지 않기 위해 두 주먹으로 입을 꽉 틀어막았다. 혹시라도 소리를 듣고 남자들이 달려온다면 그처럼 수치스러운 일은 없을 테니 말이다. 통증이 조금 잦아들자 그녀는 틀림없이 자신이 잘못 생각한 것이라고 안도하면서 문을 열고 안으로 들어갔다. 그날 저녁 메뉴는 양고기 갈비 끝부분으로 끓인 스튜였다. 감자 껍질을 벗길 때만 해도 아직 별문제가 없었다. 그러다가 프라이팬에서 갈비가 노릇하게 익을 무렵 또다시 식은땀과 통증이 엄습했다. 그녀는 굵은 눈물방울로 흐릿해진 눈으로 화덕 앞에서 발을 동동 구르면서 그레이비소스를 저었다. 아이를 낳는 것이 쿠포를 굶길 이유는 아니지 않은가? 마침내 재로 덮인 불 위에서 스튜가 뭉근하게 끓기 시작했다. 이제 방으로 간 제르베즈는 간신히 식탁 한쪽 끝에 식기를 준비해놓을 수 있었다. 포도주병도 재빨리 꺼내놓아야 했다. 그러고 나자 더 이상 침대까지 갈 기운조차 남아 있지 않아 그대로 바닥에 주저앉은 채 부엌의 깔개 위에서 해산을 했다. 그로부터 십오 분 후에 도착한 산파는 그 자리에서 뒤처리를 했다.

그러는 동안 함석공은 병원에서 일하고 있었다. 제르베즈는 남편이 신경 쓰지 않도록 출산 사실을 알리지 못하게 했다. 일곱시에 쿠포가 집에 돌아왔을 때, 몹시 해쓱한 얼굴의 그녀는 이불로 몸을 꽁꽁 싸맨 채 침대에 누워 있었다. 숄에 감싸인 갓난아기는 엄마의 다리 아래쪽에서 울고 있었다.

"오, 이런! 당신 혼자 얼마나 힘들었을까!" 쿠포는 제르베즈에게 입맞춤을 하며 위로의 말을 건넸다. "그런데 난 그런 줄도 모르고 한 시간 전까지만 해도 시시덕거리고 있었으니. 당신은 산통으로 괴로워하고 있었는데!…… 그런데 당신 많이 아프진 않았지. 재채기 한 번 하는 사이에 쑥 하고 아일 낳은 거겠지."

제르베즈는 엷은 미소를 지어 보이며 나지막이 속삭였다.

"딸이에요."

"오, 그거 정말 반가운 소식이군!" 쿠포는 그녀의 기운을 북돋아주려고 너스레를 떨었다. "그러잖아도 딸을 주문했는데!…… 엥! 이렇게 소원 성취를 하다니! 당신은 내가 원하는 건 뭐든지 다 들어주는 건가?"

그러면서 아이를 안고 계속 떠들어댔다.

"어디 보자, 이 못생긴 꼬마 아가씨!…… 얼굴이 이렇게 까맣고 조그맣다니. 하지만 곧 하얘질 테니 걱정하지 말라고. 조신해야 한다, 남자들 뒤꽁무니나 쫓아다니지 말고. 바른 사람으로 자라나야 해, 네 아빠와 엄마처럼."

제르베즈는 매우 진지한 표정으로 갓난쟁이 딸을 바라보았다. 커다랗게 뜬 그녀의 눈에 서서히 슬픔의 그림자가 드리웠다. 제르베즈는 고개를 가로저었다. 그녀는 아이가 아들이기를 바랐다. 남자들은 어떻게든 살아가게 돼 있으며, 이 파리라는 도시에서 여자만큼 많은 위험에 노출돼 있지는 않기 때문이다. 산파는 쿠포의 품에서 아이를 빼앗아 가면서 제르베즈에게도 말하는 것을 금지했다. 이렇게 수선을 떨면 산모한테 좋을 게 없었다. 쿠포는 엄마와 로리외 부부에게 알려야 한다고 말했다. 하지만 일단 배가 몹시 고팠으므로 먼저 저녁을 먹어야 했다. 산모는 남편이 손수 저녁을 차려 먹는 것을 지켜보는 게 못내 가슴 아팠다. 그는 부엌으로 가서 오목한 접시에 스튜를 담는 수고를 해야 하고, 그런 다음에는 빵을 어디 두었는지 몰라 찾아야만 할 터였다. 제르베즈는 산파의 금지령에도 불구하고 침대에서 몸을 뒤척이면서 끌탕했다. 식사를 미리 차려놓지 못한 것도 후회스러웠다. 마치 방망이로 후려치듯 강력한 산통이 그녀를 바닥으로 쓰러뜨린 때문이었다. 불쌍한 남편은 자신은 제대로 챙겨 먹지도 못하는데 그녀가 편히 쉬고 있어서 언짢을지도 몰랐다. 감자가 충분히 익긴 했을까? 소금을 제대로 넣었는지조차 기억나지 않았다.

"제발 얘기 좀 그만하라니까요!" 산파가 그녀를 향해 소리쳤다.

"오! 그런다고 이 사람을 말리진 못할걸요!" 쿠포는 입에 먹을 것을 가득 넣은 채 말했다. "아마도 부인이 여기 없으면 당장이라도 일어나서 내 빵을 잘라주고도 남을 사람이니까…… 그러니까 당신도 제발 좀 얌전히 누워 있으라고, 이 바보 같은 여자야! 몸을 생각해야지, 그러다가 적어도 보름은 누워 있게 될지도 모른다고…… 그런데 당신이 만든 스튜가 아주 맛있군. 부인도 함께 좀 드실래요?"

산파는 스튜 대신 포도주를 한잔 마시고 싶어 했다. 불쌍한 여인이 바닥 깔개 위에서 아이를 낳은 것을 보고 충격을 받은 때문이었다. 마침내 쿠포는 다른 가족들에게 소식을 알리려고 집을 나섰다. 삼십 분 후 그는 엄마와 로리외 부부, 그리고 그들의 집에서 만난 르라 부인과 함께 돌아왔다. 젊은 부부의 윤택해진 삶 앞에서 로리외 부부는 상냥하기 그지없는 태도로 제르베즈를 향한 과장된 칭송을 아끼지 않았다. 그러면서도 마치 결정적 판단을 유보하려는 듯 턱을 까딱거리거나 눈을 깜박이는 식의 제한적 몸짓을 해 보였다. 어쨌거나 그들은 진작부터 쿠포 부부가 이렇게 살 줄 알았다. 다만 온 동네 사람들의 생각을 거스를 수 없었던 것뿐이다.

"내가 다들 함께 모시고 왔어!" 쿠포가 변명하듯 소리쳤다. "나도 어쩔 수 없었다고! 모두들 당신을 보고 싶어 해서…… 한 마디도 하지 마, 당신은 그럴 권리가 없으니까. 모두들 그냥 여기서 당신을 조용히 바라보기만 할 거라고. 다른 건 전혀 신경 쓰지 않고 말이지. 안 그래요, 다들?…… 그사이 나는 커피를 끓여서 대접해야지, 아주 근사하게!"

그리고 그는 부엌으로 사라졌다. 쿠포의 엄마는 제르베즈의 볼에 입맞춤을 하고 나서 아이의 크기에 감탄해 마지않았다. 다른 두 여자도 마찬가지로 제르베즈의 볼에 열렬히 입맞춤을 퍼부었다. 그런 다음 세 여자 모두 침대 앞에 선 채 서로 감탄사를 섞어가면서 온갖 별스러운 해산 과정에 대한 얘기를 주저리주저리 늘어놓았다. 그리고 그 모든 것이 이빨 하나 뽑는 것만큼이나 대수롭지 않은 일이라고 결론짓듯 말했다. 요리조리 아이를 살펴보던 르라 부인은 아이가 지극히 정상임을 선언했다. 그리고 어떤 저의가 느껴지는 말로 훗날 굉장한 여자가 되겠다고 덧붙였다. 그러더니 아이의 머리가 좀 튀어나온 것 같아 둥글게 만들어줘야 한다면서 살짝 주무르는 바람에 아이가 자지러지게 울음을 터뜨렸다. 그러자 로리외 부인이 화를 내며 언니에게서 아기를 낚아채듯 빼앗았다. 이처럼 연약한 머리를 가진 아이를 그처럼 함부로 다루면서 온갖 추잡한 말을 늘어놓다니, 더 이상은 봐줄 수가 없었다. 그런 다음 그녀는 아이가 누굴 닮았는지 확인하려고 아이의 생김새를 찬찬히 뜯어보았다. 여인네들 뒤에서 목을 길게 빼고 들여다보던 로리외는 아이가 쿠포를 전혀 닮지 않았다고 자신 있게 얘기했다. 어쩌면 코를 약간 닮았을지도. 하지만 그것조차 확실치 않았다! 엄마를 많이 닮긴 했지만 눈은 확연히 달랐다. 아이의 눈은 가족 중 그 누구와도 닮지 않은 게 확실했다.

그사이 쿠포는 아직 다시 나타나지 않았다. 부엌에서 화덕과 커피포트와 씨름하는 소리가 들려왔다. 제르베즈는 불안해서 미칠 것만 같았다. 커피를 끓이는 건 남자가 할 일이 아니었다. 그녀는 산파의 단호한 쉿! 소리에도 아랑곳없이 쿠포를 향해 어떻게 해야 하는지를 큰 소리로 읊어댔다.

"제발 저 여자 입 좀 다물게 해줘요!" 쿠포는 손에 커피포트를 들고 방으로 들어오면서 말했다. "뭐가 문젠데! 도무지 왜 저렇게 성가시게 구는지 모르겠다니까! 잔소리를 안 하고는 못 배기는 사람처럼…… 커피를 그냥 물컵에 마셔도 괜찮겠죠? 찻잔을 아직 못 샀거든요."

그들은 식탁 주위에 둘러앉았다. 쿠포는 자신이 직접 커피를 따라주려 했다. 기막히게 강한 향이 풍겨 나왔다. 하찮은 싸구려 차 따위와는 비교가 안 되었다. 산파는 커피를 홀짝홀짝 마신 후 그곳을 떠났다. 모든 게 순조로워 보였고, 더 이상은 산파가 필요하지 않았다. 혹시라도 밤에 문제가 생기면 날이 밝는 대로 연락하면 될 터였다. 산파가 아직 계단을 다 내려가지도 않았을 때, 로리외는 먹을 것만 축내는 아무짝에도 쓸모없는 여자라고 그녀를 비난했다. 커피에 설탕을 네 덩어리나 넣었고, 혼자서 해산하게 내버려둔 값으로 15프랑을 요구한 때문이었다. 하지만 쿠포는 산파를 옹호했다. 그는 기꺼이 15프랑을 지불했다. 어쨌거나 그녀와 같은 여성들은 공부하는 데 젊음을 바치지 않았는가. 따라서 비싼 수고비를 요구할 권리가 충분히 있었다. 그런 다음 로리외는 르라 부인과 언쟁을 벌였다. 그는 아들을 낳으려면 침대 머리를 북쪽으로 돌려놓아야 한다고 주장했다. 그러자 르라 부인은 어깨를 으쓱하면서 그건 유치한 발상이라고 빈정거렸다. 그녀의 주장대로 아들을 얻으려면 아내한테는 알리지 않은 채 햇볕이 내리쬘 때 꺾은 싱싱한 쐐기풀 한 줌을 매트리스 아래에 감춰놓아야 했다. 그들은 식탁을 침대 가까이로 밀어놓았다. 점차 엄청난 피로감에 사로잡힌 제르베즈는 고개를 옆으로 돌린 채 밤 열시까지 바보 같은 미소를 지어 보이며 깨어 있어야 했다. 그녀는 보고 듣기만 할 뿐, 어떤 몸짓이나 얘기를 시도할 기운조차 남아 있지 않았다. 마치 죽어 있는 듯한 느낌이 들었다. 아주 감미로운 죽음이었다. 그렇게 죽어 있으면서 다른 이들이 살아 있는 모습을 행복하게 바라보고 있는 것만 같았다. 때로 그들의 시끌벅적한 목소리 사이로 아이의 가냘픈 울음소리가 들려왔다. 그들은 전날 샤펠 로 반대쪽 끝에 있는 봉퓌 가에서 일어난 살인 사건에 대해 지칠 줄 모르고 떠들어댔다.

모두들 집으로 돌아갈 시간이 다가오자 세례에 대한 얘기가 나왔다. 로리외 부부는 아기의 대부와 대모가 되겠다고 승낙했다. 사실은 그다지 내켜하진 않았지만, 만약 다른 사람들에게 부탁했더라면 야릇한 표정을 지어 보였을 게 분명했다. 쿠포는 딸이 왜 세례를 받아야 하는지를 이해하지 못했다. 그렇다고 딸아이에게 1년에 만 파운드씩 연금이 들어올 것도 아니지 않은가. 게다가 자칫하면 아이가 감기에 걸릴 수도 있었다. 어쨌거나 성직자들과는 만날 일이 적을수록 좋았다. 쿠포 엄마는 그런 그를 이교도라고 비난했다. 그러자 로리외 부부는 자신들은 비록 교회에서 영성체를 받지는 않았지만 그래도 종교가 있다면서 우쭐해했다.

"두 사람만 괜찮다면 이번 일요일이 좋겠군요." 로리외가 말했다.

제르베즈가 고개를 끄덕이자 모두들 몸을 잘 추스르라는 주문과 함께 그녀의 볼에 입맞춤을 했다. 아이에게도 작별인사를 했다. 각자 애써 억지 미소를 띤 채, 몸을 가늘게 떠는 조그만 아이를 굽어보며 아이가 알아듣기라도 하는 양 다정한 말들을 건넸다. 그들은 아이를 나나*라고 불렀다. 그것은 아이의 대모인 로리외 부인, 안나의 어린 시절 애칭이었다.

"잘 자라, 나나야…… 그렇지, 나나, 착한 딸이 되어야 한다……"

마침내 그들이 떠나자 쿠포는 의자를 침대에 바싹 붙이고는 제르베즈의 손을 꼭 잡은 채 파이프 담배를 마저 피웠다. 그는 여전히 흥분이 가라앉지 않은 듯, 천천히 연기를 내뿜으며 혼잣말하듯 긴 얘기를 쏟아냈다.

"괜찮아? 당신 많이 힘들었지? 하지만 다들 오겠다는 걸 막을 수가 없더라고. 어쨌거나 우리한테 관심을 보여준다는 거니까…… 하지만 그래도 우리끼리 있는 게 편하지, 안 그래? 난 당신하고 이렇게 단둘이 있는 게 좋거든. 시간이 정말 안 가는 것 같더라고!…… 불쌍한 당신! 얼마나 아팠을까! 요 조그만 것들은 자기들이 세상에 나올 때 엄마가 얼마나 아픈지 전혀 짐작도 못 하겠지만. 정말 배를 둘로 가르는 것처럼 아플 거야…… 어디가 제일 아픈지 말만 해, 내가 다 낫게 해줄 테니까……"

그는 제르베즈의 등으로 커다란 손을 조심스럽게 밀어 넣은 다음

---

* '루공마카르 총서'의 아홉번째 작품인 『나나』의 주인공이다.

자기 앞으로 끌어당겼다. 그리고 여전히 출산의 후유증에 시달리는 아내를 향한 연민에 사로잡힌 순박한 남자의 몸짓으로 시트에 덮인 그녀의 배에 키스를 했다. 그러면서 자신이 그녀를 아프게 하는 건 아닌지 물었다. 그는 아내의 배에 호호 입김을 불어 그녀를 낫게 해주고 싶었다. 제르베즈는 그런 남편을 보며 지극한 행복감을 느꼈다. 그리고 자신은 이제 전혀 아프지 않다고 대답했다. 다만 가능한 한 빨리 자리를 털고 일어날 수 있기만을 바랐다. 이제 이렇게 팔짱을 낀 채 무위도식하고 있을 수는 없었다. 하지만 그는 그녀를 안심시켰다. 설마 그가 어린 딸의 입 하나 책임지지 못할 거라고 생각하는 건가? 만약 그녀에게만 아이를 떠맡긴다면 그처럼 비겁한 일이 어디 있겠는가. 그는 아이만 내지를 줄 안다고 장땡이라고는 생각지 않았다. 중요한 건 제대로 양육하는 것이었다.

그날 밤 그는 한숨도 자지 못했다. 난로의 불이 꺼지지 않도록 살피면서, 매시간 일어나 아기에게 미지근한 설탕물을 먹여야 했다. 그러면서도 평소대로 아침 일찍 일터로 떠났다. 심지어 점심도 거른 채 시청으로 가서 새로 태어난 딸의 출생신고를 했다. 그사이 연락을 받은 보슈 부인은 낮 동안 제르베즈를 돌보기 위해 달려왔다. 하지만 열 시간가량 잠을 푹 자고 난 제르베즈는 하루 종일 침대에 누워 있어서 온몸이 쑤시는 것 같다면서 구시렁거렸다. 그녀를 일어나지 못하게 한다면 아마 진짜 병이 날지도 몰랐다. 저녁에 쿠포가 일을 마치고 돌아오자 그녀는 힘들었던 일들을 털어놓았다. 물론 그녀는 보슈 부인을 믿었다. 하지만 낯선 사람이 자신의 방에 머물면서 서랍들을 열어보고 물건에 손대는 것을 지켜보는 건 정말 미치도록 싫었다. 다음 날

장을 보고 돌아온 관리인 여인은 자리에서 일어나 옷을 입고 청소를
한 후 남편 저녁을 준비하고 있는 제르베즈를 발견했다. 그녀는 절대
로 다시 자리에 누우려 하지 않았다. 사람들이 그런 그녀를 비웃어도
아무 상관 없었다! 드러누워 죽는 시늉을 하는 것은 우아한 여인네들
한테나 어울리는 것이다. 부자가 아닌 사람에게는 그럴 여유가 없었
다. 해산하고 사흘이 지난 후, 제르베즈는 포코니에 부인의 세탁소에
서 화덕의 뜨거운 열기에 비지땀을 흘리면서 다리미를 두드려가며 페
티코트를 다렸다.

　토요일 저녁, 로리외 부인은 대모로서 선물을 가지고 왔다. 35수를
주고 산 보닛과 주름이 잡히고 조그만 레이스가 달린 세례용 드레스
였다. 오래 진열돼 있어서 빛깔이 바랬다는 이유로 6프랑만 주고 산
옷이었다. 다음 날 로리외는 대부로서 산모에게 6파운드의 설탕을 선
물했다. 그들로서는 도리를 최대한 다한 셈이었다. 심지어 그날 저녁,
식사에 초대받아 쿠포의 집에 오면서도 그들은 빈손으로 나타나지 않
았다. 남편은 병에 든 고급 포도주를 양쪽 팔에 한 병씩 끼고 왔고, 아
내는 클리냥쿠르 가의 유명한 빵집에서 산 커다란 플랑* 한 판을 가지
고 왔다. 다만 그들 부부가 자신들의 관대함을 온 동네에 떠벌리고 다
녔다는 것이 문제라면 문제였다. 그들은 무려 20프랑 가까운 돈을 썼
다. 그 소문을 들은 제르베즈는 기가 막혀서 할 말을 잊고 말았다. 그
리고 앞으로 다시는 그들의 선심을 진심으로 받아들이지 않겠다고 다
짐했다.

---

* 패스트리 속에 커스터드를 넣고 구운 프랑스 정통 타르트의 일종.

바로 그 세례식 날 저녁식사를 하면서 쿠포 부부는 층계참 맞은편에 사는 이웃과 긴밀한 사이가 되었다. 조그만 주택 2층의 또 다른 방에는 두 사람이 세 들어 살고 있었다. 그들은 구제라는 성을 가진 모자였다. 그때까지는 서로 계단이나 길에서 마주칠 때마다 인사만 주고받는 사이였다. 어머니나 아들 모두 다소 무뚝뚝하고 사교성이 없는 편이었다. 그런데 제르베즈가 해산한 다음 날, 그 어머니가 물 한 양동이를 올려다준 친절을 베푼 터라 모자를 식사에 초대하는 게 당연하다고 생각했다. 게다가 제르베즈는 그들이 무척 좋은 사람들이라고 생각했다. 그리고 식사를 하는 중에 자연스럽게 서로에 대해 알게 되었다.

구제 모자는 북쪽 지방 출신이었다. 어머니는 레이스 수선공이었다. 대장장이인 아들은 볼트를 만드는 공장에서 일했다. 그들은 5년 전부터 층계참의 맞은편 방에서 살았다. 그들의 평온해 보이는 조용한 삶 뒤에는 과거의 비극이 숨겨져 있었다. 그들이 릴에서 살 때, 술에 취해 인사불성이 된 구제의 아버지가 쇠막대로 동료를 때려죽이고는 감옥에서 손수건으로 목을 매 자살했던 것이다. 그 일이 있은 후 파리로 이사 온 과부와 아들은 그 비극이 항상 자신들을 짓누르고 있음을 느끼면서, 엄격하고 올곧은 생활과 변함없는 상냥함과 용기로 속죄하는 마음으로 살아갔다. 심지어 자신들이 다른 사람들보다 좀더 낫다고 생각하면서 자신들의 그런 삶에 약간의 자부심마저 느꼈다. 평온해 보이는 창백한 얼굴의 구제 부인은 항상 검은색 옷만 입었고, 수녀를 연상시키는 머리싸개를 이마 주위에 두르고 다녀 점잖은 중년 부인의 위엄을 풍겼다. 레이스의 창백한 빛깔과 그녀의 손끝에서 이루어지는 세심한 작업이 그녀에게 어떤 평정심을 불어넣어주는 듯했다. 스물세 살의 청년 구제는 헤라클레스처럼 힘이 세고 몸집이 컸으며, 발그레한 얼굴에 푸른 눈을 가진 멋진 남자였다. 그가 일하는 대장간의 동료들은 그의 아름다운 금빛 턱수염 때문에 그를 쾰도르* 라고 불렀다.

제르베즈는 즉시 구제 모자에게 큰 호감을 느꼈다. 처음으로 그들 집에 들어갔을 때 그녀는 그곳의 완벽한 청결함에 놀라지 않을 수 없었다. 그냥 척 봐도 알 수 있었다. 사방을 입김으로 후후 불어봐도 티끌 하나 날리지 않을 정도였다. 타일이 깔린 바닥은 거울처럼 반짝거렸다. 구제 부인은 제르베즈에게 아들 방을 구경시켜주었다. 마치 젊은 여자의 방처럼 아기자기하고 하얗게 꾸민 방이었다. 모슬린 커튼으로 장식된 조그만 철제 침대와 테이블 하나, 세면대, 벽에 걸린 조그만 책꽂이가 눈에 들어왔다. 그리고 벽의 위에서 아래까지 그림들이 가득 붙어 있었다. 못으로 네 귀퉁이를 박아놓은 채색화들, 삽화가 있는 신문에서 오려낸 듯한 온갖 종류의 인물화가 온통 벽을 장식하고 있었다. 구제 부인은 미소를 띤 얼굴로 자신의 아들은 몸집만 큰 아이라고 말했다. 저녁에는 독서를 하기에는 피곤하므로 대신 그림들을 바라보며 기분 전환을 했다. 제르베즈가 이웃과 함께 있느라 미처 의식하지 못하는 새에 한 시간이 후딱 지나가버리고 말았다. 구제 부인은 다시 창가에 앉아 둥근 자수틀 앞에서 작업을 시작했다. 레이스를 지탱하는 수백 개의 핀들이 제르베즈의 관심을 끌었다. 그곳에는

_____
* '황금빛 얼굴' 혹은 '황금빛 입'이라는 뜻.

구제 부인의 섬세한 작업으로 인해 경건함이 느껴지는 정적이 감돌았다. 제르베즈는 청결한 집에서 풍겨 나오는 기분 좋은 냄새를 들이마시며 한껏 행복감에 젖어들었다.

구제 모자는 알아갈수록 점점 더 배울 점이 많은 이웃이었다. 그들은 많은 시간을 열심히 일하면서 급여의 4분의 1 이상을 저축은행에 저금했다. 동네에서는 그들을 존중했고, 그들의 저축에 대해 얘기했다. 구제의 옷에는 구멍 하나 뚫려 있지 않았고, 작업복은 언제나 나무랄 데 없이 깨끗했다. 그는 무척 예의가 발랐고, 딱 벌어진 어깨에 어울리지 않게 다소 소심한 편이었다. 도로 끄트머리에서 일하는 세탁부들은 그가 수줍어하며 고개를 숙이고 지나가는 모습을 보면서 즐거워했다. 그는 그녀들의 입에서 나오는 거친 말을 좋아하지 않았다. 여인네들이 저속한 말을 내내 입에 달고 사는 것을 몹시 역겹게 생각했다. 그러던 어느 날 그가 취해서 집에 돌아온 적이 있었다. 그러자 구제 부인은 장황한 설교 대신 그를 아버지의 초상화 앞에 마주 세웠다. 오랫동안 서랍장 구석에 경건하게 감춰두었던 조악한 초상화였다. 그리고 그날 이후 그는 포도주를 아주 끊지는 못한 채 적당히 마시는 것으로 그쳤다. 노동자에게 포도주는 어느 정도 필요했기 때문이다. 그는 일요일에는 어머니와 팔짱을 끼고 함께 외출을 했다. 행선지는 주로 뱅센 숲 쪽이었다. 예전에는 연극을 보러 간 적도 있었다. 그는 어머니를 언제나 변함없이 극진히 사랑하면서 아직도 아주 어릴 적 말투로 그녀와 얘기하곤 했다. 다소 머리 회전이 느리지만 선한 심성을 지닌 그는 넓적한 사각형 얼굴과 거친 망치질로 단단해진 몸 때문에 커다란 동물을 연상케 했다.

그는 처음 며칠간은 제르베즈를 몹시 불편해했다. 그러다가 몇 주가 지나는 동안 차츰 그녀에게 익숙해져갔다. 그녀가 오는지 살피고 있다가는 짐을 올려다주기도 했고, 투박한 친근함을 드러내며 그녀를 누이처럼 대하기도 했다. 특별히 그녀를 위해 그림들을 오려다주기도 했다. 그러던 어느 날 아침, 노크를 하지 않고 문을 연 그는 상체를 반쯤 드러낸 채로 목을 씻고 있는 그녀를 발견했다. 그 후 그는 일주일간 제르베즈를 똑바로 쳐다보지 못했다. 그리하여 급기야 그녀까지 얼굴을 붉히게 만들었다.

카데카시스는 파리 노동자의 입담으로 끌도르가 바보 같다고 버릇처럼 말하곤 했다. 흥청망청 술을 마시고 길바닥에서 여자들에게 치근덕거리지 않는 건 물론 잘하는 일이다. 하지만 남자는 남자답게 굴어야 하는 법이다. 그러지 않으면 차라리 당장 치마를 두르는 편이 낫다. 쿠포는 제르베즈 앞에서도 구제를 놀려댔다. 그가 동네의 모든 여자에게 추파를 던진다고 하면서 짓궂게 비아냥거렸다. 그러면 풍채가 고적대장(鼓笛隊長)처럼 당당한 구제는 손사래를 치며 격렬히 부인했다. 하지만 그런 것들이 두 사람이 절친한 동료가 되는 것을 막진 못했다. 그들은 아침마다 서로를 불러내 함께 일터로 향했다. 일을 마친 후에는 귀가하기 전에 맥주를 한잔하기도 했다. 나나의 세례식 날 저녁 이후로 그들은 서로 편히 말을 놓기로 했다. 경어를 사용하는 것은 너무 장황하고 불편했기 때문이다. 그러던 어느 날, 끌도르가 카데카시스에게 평생 잊지 못할 특별한 도움을 주었다. 그 일이 일어나지 않았더라면 그들의 우정은 거기서 그쳤을지도 몰랐다. 12월 2일의 일이었다. 함석공 쿠포는 재미 삼아 소요 사태*를 구경하러 파리로 내려가보기로 했다. 그는 공화국이나 보나파르트 따위에는 관심도 없었다. 다만 화약과 총 쏘는 것이 흥미로웠을 뿐이다. 그날 그는 적절한 순간에 우연히 그곳에 나타난 대장장이 친구가 커다란 몸으로 그를 보호하면서 도망치게 해주지 않았더라면 꼼짝없이 바리케이드 뒤에 갇힐 뻔했다. 구제는 진지한 표정으로 포부르 푸아소니에르 가를 빠른 걸음으로 거슬러 올라갔다. 그는 정의와 모두의 행복이라는 이름으로 분별 있게 행동하는 공화파였다. 하지만 총을 쏘는 일 같은 건 하지 않았다. 그러면서 나름대로의 이유를 설명했다. 이제 민중은 부르주아의 이해(利害)를 위해 놀아나는 노리갯감 역할에는 진절머리가 나 있었다. 2월과 6월, 두 차례의 혁명**에서 뼈저린 교훈을 얻은 때문이었다. 푸아소니에 가의 꼭대기에 이르자 구제는 고개를 돌려 파리를 굽어보았다. 어쨌거나 지금 저 아래서 일어나는 일들은 옳지 못한 것이었다. 민중은 언젠가는 팔짱을 낀 채 구경만 했던 것을 후회하게 될 것이었다. 하지만 쿠포는 그런 일에 목숨을 바친다는 것은 너무나 어리석은 일이라며 냉소적인 반응을 보였다. 그것도 단지 아무짝에도 쓸모없이 밥이나 축내는 의회 의원들에게 일당 25프랑을 주기 위해서라니. 그날 저녁 쿠포 부부는 구제 모자를 저녁식사에 초대했다. 디저트를 먹을 차례가 되자 카데카시스와 필도르는 서로의 뺨에

---

* 프랑스 제2공화국 대통령 나폴레옹 보나파르트는 3세는 1851년 12월 2일 쿠데타를 일으켜 1852년 12월 2일 황제로 즉위했다.
** 1848년 2월 왕정이 종지부를 찍고 제2공화정이 수립되었다. 임시정부는 실업 구제책으로 국립작업장을 세웠으나 예산 부족으로 어려움을 겪었다. 이후 선거에서 승리한 부르주아 공화파는 국립작업장을 해산하기로 결정했다. 6월 국립작업장이 폐쇄되자 불만을 품은 노동자들은 시위를 벌였으나 정부에 의해 무참히 진압당했다.

열렬한 입맞춤을 퍼부었다. 이제 그들은 생사를 함께하는 친구가 되었던 것이다.

그로부터 3년간 층계참을 가운데 둔 두 가족의 삶은 별다른 사건 없이 흘러갔다. 제르베즈는 어린 딸을 키우는 데 작업 시간에서 일주일에 이틀 정도를 할애했을 뿐이다. 그녀는 숙련된 세탁부로 인정받으면서 하루에 3프랑까지 벌 수 있었다. 그리하여 이제 곧 여덟 살이 되는 에티엔을 샤르트르 가에 있는 조그만 기숙사에 넣기로 했다. 그리고 한 달에 100수를 지불했다. 부부는 두 아이를 키우면서도 매달 2, 30프랑씩을 저축은행에 저금했다. 그리고 저축이 600프랑에 이르자 제르베즈는 오랜 꿈을 되돌아보며 잠을 이루지 못했다. 그녀는 안주하고 싶었다. 자신만의 조그만 가게를 얻어 자신과 같은 세탁부들을 고용할 수 있기를 바랐다. 그를 위해 이미 모든 걸 따져보았다. 그렇게 계획대로 일이 잘되어나간다면 20년쯤 후에는 연금을 마련해 시골에 가서 여유롭게 살 수도 있을 것이었다. 하지만 그녀는 감히 시도할 용기를 내지 못했다. 그러면서 마땅한 가게가 나타날 때까지 시간을 두고 생각해보기로 했다. 저축은행에 있는 돈에 관해서는 염려할 게 없었다. 오히려 그 반대로 돈은 새끼를 치고 있었다. 3년이 지나는 동안 제르베즈는 자신의 소망 중 꼭 하나만을 이룰 수 있었다. 그토록 갖고 싶었던 괘종시계를 샀던 것이다. 자단으로 된 시계에는 나선형 진자와 금빛 구리로 된 추가 달려 있었다. 그것을 갖기 위해 1년간 월요일마다 20수씩 할부금을 지불해야만 했다. 그녀는 쿠포가 태엽을 감으려고 할 때마다 화를 냈다. 오직 그녀 자신만이 유리로 된 덮개를 벗기고 경건한 몸짓으로 진자의 먼지를 닦아낼 수 있었다. 마치 서랍장의 대리석 상판이 예배당으로 변모하기라도 한 것 같았다. 덮개 아래 시계추 뒤에는 저축은행 통장이 감춰져 있었다. 그녀는 종종 자신의 가게를 꿈꾸면서 문자반 앞에 멍하니 선 채 돌아가는 시곗바늘을 응시하곤 했다. 마음을 정하기 위해 어떤 특별하고 엄숙한 순간을 기다리는 듯한 표정으로.

쿠포 부부는 거의 매주 일요일마다 구제 모자와 함께 외출했다. 그것은 언제나 기분 좋은 야외 나들이로, 생투앙에서 생선 튀김을 먹거나 뱅센에서 토끼 요리를 먹기도 했다. 식사는 주로 식당에 딸린 작은 정원에서 조용히 치렀다. 적당히 갈증을 달랜 남자들은 취하는 일 없이 생생한 얼굴로 여자들을 에스코트하며 집으로 돌아왔다. 두 가족은 저녁에 잠자리에 들기 전에 모여 그날 쓴 비용을 계산해서 둘로 나눴다. 모자라거나 남는 잔돈으로 인한 다툼은 단 한 번도 일어나지 않았다. 로리외 부부는 구제 모자를 시샘했다. 그들로서는 카데카시스와 방방이 가족들을 놔두고 낯선 사람들하고 매일같이 어울리는 것이 몹시 못마땅했다. 정말 그랬다! 그들은 가족인 자신들을 완전히 무시했다! 이제 형편이 좀 나아졌다고 잘난 체하며 거드름을 피우는 꼴이라니! 동생이 자신에게서 멀어지는 것을 견디지 못한 로리외 부인은 또다시 제르베즈에 관한 험담을 토해내기 시작했다. 하지만 그녀와는 달리 제르베즈를 두둔하고 나선 르라 부인은 기발한 이야기까지 지어내며 그녀를 추어올렸다. 어느 날 저녁 대로에서 제르베즈가 자신에게 추근대는 남자들에게 마치 연극 속에서 튀어나온 여주인공처럼 거세게 따귀를 날렸다는 일화를 들려주기도 했다. 쿠포의 엄마는 모두를 화해시키려고 애썼다. 시력이 점점 더 나빠지는 탓에 청소부 일이

한 군데밖에 남아 있지 않았던 그녀로서는 자식들의 도움이 절실히 필요했다. 그녀는 그들이 번갈아가며 가끔씩 건네주는 100수만으로도 만족했다.

나나가 세 살이 되던 생일날 저녁, 집으로 돌아온 쿠포는 왠지 제르베즈가 평소와는 다르다는 생각이 들었다. 그녀는 아무 말도 하려 하지 않으면서 아무 일도 아니라고 둘러댔다. 하지만 식기를 거꾸로 놓고는 접시를 든 채 골똘히 생각에 잠긴 그녀를 보면서 쿠포는 솔직히 말하라고 채근했다.

"그래요, 말할게요!" 그녀는 마침내 속에 있는 말을 털어놓기 시작했다. "구트도르 가에 있는 조그만 바느질 도구상 자리를 세놓는대요…… 한 시간 전에 실을 사러 갔다가 알게 됐어요. 그래서 좀 혼란스러운 것뿐이에요."

예전에 그들이 살고 싶어 했던 바로 그 공동아파트 건물에 속해 있는 아주 깨끗한 가게였다. 가게 바로 뒤쪽으로는 방이 하나 딸려 있고, 그 양옆으로 그보다 작은 방이 두 개 더 붙어 있었다. 방들은 다소 작은 편이지만 그만하면 충분했고, 무엇보다 구조가 마음에 들었다. 다만 너무 비싼 게 흠이었다. 주인은 집세로 500프랑을 요구했다.

"그러니까 거길 구경하고 집세를 물어봤다는 거네?" 쿠포가 물었다.

"오! 그냥 호기심에서 물어본 것뿐이에요!" 그녀는 애써 무심한 척 대답했다. "여기저기 기웃거리다가 팻말이 붙어 있길래 들어가본 거죠. 부담 가질 필욘 없으니까…… 하지만 거긴 아무래도 너무 비싼 것 같아요. 내 가게를 연다는 게 잘하는 일인지도 모르겠고."

하지만 저녁식사가 끝나자 제르베즈는 또다시 가게 얘기를 꺼냈다.

신문 귀퉁이에 그곳을 그려놓고는 말이 점점 더 많아졌다. 구석구석의 크기를 가늠해보고, 마치 다음 날 당장이라도 그곳에 자신들의 가구를 들여놓을 것처럼 배치를 궁리했다. 아내가 가게를 간절히 원한다는 사실을 안 쿠포는 가게를 얻을 것을 적극 권했다. 500프랑 이하로는 어디에서도 그런 가게를 얻기 힘들 게 분명했다. 어쩌면 집세를 좀 낮출 수 있을지도 몰랐다. 다만 한 가지 염려되는 것은 로리외 부부와 한 건물에서 살아야 한다는 사실이었다. 그로 인해 그녀가 고통받게 될 것이 걱정될 뿐이었다. 하지만 제르베즈는 발끈하면서 자신은 아무도 미워하지 않는다고 얘기했다. 그녀의 간절한 소망은 로리외 부부조차 두둔하게 만들었다. 그들은 본래 나쁜 사람들이 아니니 서로 잘 지낼 수 있을 것이었다. 그런 다음 자리에 누운 쿠포는 이내 잠이 들어버렸다. 하지만 제르베즈는 마음속으로 새집을 어떻게 정돈할지 궁리하느라 한참 동안 잠을 이루지 못했다. 그러면서 여전히 그곳에 세를 들지 확실히 결정하지 못하고 있었다.

다음 날 혼자 남은 제르베즈는 괘종시계의 유리 덮개를 벗기고 저축은행 통장을 들여다보고 싶은 욕구를 더 이상 억누를 수가 없었다. 자신이 꿈꾸는 가게가 이 속에 들어 있다니, 지저분한 글씨로 가득한 때 묻은 종잇장 속에! 그녀는 일터로 떠나기 전에 구제 부인과 상의를 하러 갔다. 구제 부인은 가게를 열고자 하는 제르베즈의 계획을 적극 찬성하고 나섰다. 그녀의 남편처럼 술도 마시지 않는 좋은 남자와 함께라면 재산을 거덜 내지 않고 잘 꾸려나갈 수 있을 것이었다. 제르베즈는 심지어 점심시간을 이용해 로리외 부부의 의견을 구하러 그들 집에까지 올라갔다. 그녀는 가족들에게 무언가를 숨기는 것처럼 보이고 싶지 않았다. 로리외 부인은 엄청난 충격을 받았다. 뭐라고! 방방이 가게를 갖게 된다고! 그녀는 쓰라린 마음을 숨긴 채 더듬거리며 말했다. 그 사실에 무척 기뻐하는 모습을 보여줘야만 했다. 물론 가게는 그만하면 괜찮고, 제르베즈가 그곳을 얻고자 하는 건 잘하는 일이었다. 처음의 충격이 다소 지나가자 로리외 부인과 남편은 건물의 안뜰이 늘 습한 편이고, 아래층 방들에는 햇볕이 잘 들지 않는다는 점을 강조했다. 오! 게다가 류머티즘을 악화시키는 데는 그보다 더 좋은 곳이 없을 터였다. 어쨌거나 제르베즈가 가게를 얻기로 마음먹었다면 자신들의 충고 따위가 무슨 소용이 있겠는가. 결국엔 그녀의 뜻대로 되지 않겠는가?

그날 저녁 제르베즈는 마침내 웃으면서 솔직히 고백했다. 누군가가 가게를 얻지 못하게 한다면 그녀는 병이 날지도 몰랐다. 하지만 최종적으로 계약서에 서명하기 전에 쿠포가 함께 가서 집세를 좀 깎아주었으면 했다.

"그럼 내일 같이 가자고, 당신이 그토록 원한다면. 내일 저녁 여섯 시쯤 내가 일하는 곳으로 오도록 해, 나시옹 가에 있는 건물로 말이야. 그리고 같이 구트도르 가에 들렀다가 집으로 돌아오면 되겠네."

그 무렵 쿠포는 새로 지은 4층짜리 건물의 지붕을 마무리하는 중이었다. 공교롭게도 그날은 마지막 함석판을 깔기로 돼 있었다. 지붕이 거의 평평했기 때문에 두 개의 가대 위에 커다란 판자를 올려서 만든 작업대를 설치해놓고 일을 했다. 5월의 아름다운 석양이 굴뚝을 금빛으로 물들이고 있었다. 지붕 꼭대기에서 맑게 갠 하늘을 배경으로, 작업대 위로 몸을 숙인 함석공은 커다란 가위로 차분히 함석을 잘라냈다. 마치 바지를 재단하는 재단사를 떠올리게 하는 광경이었다. 바로 옆에 붙은 건물의 벽에 기대선 그의 조수는 열일곱 살밖에 되지 않은 호리호리한 금발의 청년이었다. 그는 풍로의 불이 꺼지지 않도록 커다란 풀무를 열심히 놀리고 있었다. 풀무질을 한 번 할 때마다 공중으로 불꽃이 타닥타닥 튀어 올랐다.

"이봐! 지도르, 인두를 얼른 불에 넣지 않고 뭐 하는 거야!" 쿠포가 소리를 질렀다.

조수는 햇볕 속에서 엷은 분홍빛으로 타오르는 숯불 속으로 납땜용 인두를 밀어 넣었다. 그리고 다시 풀무질을 시작했다. 쿠포의 손에는 마지막 함석판이 들려 있었다. 빗물받이 홈통 근처의 지붕 가장자리에 깔기로 돼 있는 것이었다. 그곳은 경사가 가팔랐고, 아래쪽으로는 그를 향해 아가리를 크게 벌린 구덩이 같은 도로가 보였다. 집에서처럼 천으로 된 슬리퍼를 신은 함석공은 〈어이! 사랑스러운 어린양들아〉를 흥얼거리며 발을 질질 끌면서 앞으로 나아갔다. 구덩이 앞의 경사진 곳에 이른 그는 미끄러지듯 주저앉아 한쪽 무릎을 굴뚝의 벽돌에 바짝 붙였다. 한쪽 다리는 지붕을 벗어나 도로 쪽으로 늘어져 있었다. 그는 게을러빠진 지도르를 부르기 위해 몸을 뒤로 젖히느라 벽돌 한 귀퉁이를 꼭 붙잡아야 했다. 저 아래쪽으로 내려다보이는 보도가 아득하게 느껴졌다.

"이 느려터진 굼벵이야!…… 얼른 인두를 달라니까! 하늘 좀 그만 올려다보고, 이 말라깽이 같으니라고! 그렇게 목을 빼고 올려다보면 하늘에서 참새구이라도 떨어질 줄 아는 거야 뭐야!"

하지만 지도르는 서두르지 않았다. 그는 이웃 건물들의 지붕과 파

리의 반대편 그르넬 로 쪽에서 올라오는 짙은 연기를 흥미롭게 바라
보았다. 어디선가 불이 난 게 분명했다. 그는 이내 납작 엎드린 채 지
붕 위를 기어 와 도로 위쪽으로 얼굴을 들이민 자세로 쿠포에게 인두
를 건네주었다. 그러자 함석공은 몸을 웅크리고 앉거나 곧추 세우기
도 하면서 함석판을 용접하기 시작했다. 그는 한쪽 엉덩이로 앉거나,
한 발 끝으로 서거나, 손가락 하나로 매달리면서도 언제나 균형을 유
지할 줄 알았다. 놀라운 침착함과 대담성으로 위험과 친숙해지면서
위험에 맞서는 법을 배운 듯했다. 그는 두려울 게 없었다. 두려워해야
하는 건 오히려 저 길바닥이었다. 파이프 담배를 입에 계속 물고 있던
그는 가끔씩 고개를 돌려 도로를 향해 여유롭게 침을 뱉었다.

"저게 누구야! 보슈 부인!" 그가 갑자기 소리쳤다. "안녕하세요! 보
슈 부인!"

그는 차도를 건너고 있는 관리인 여인을 알아보았다. 그녀 역시 고
개를 들어 그를 올려다보았다. 그리고 지붕과 보도 사이에서 대화가
오갔다. 보슈 부인은 앞치마 아래로 두 손을 찔러 넣은 채 위를 올려
다보았다. 쿠포는 이제 일어서서 왼팔을 굴뚝 연통 주위에 두른 채 아
래를 굽어보았다.

"혹시 제 집사람 못 보셨나요?" 그가 물었다.

"아뇨, 여기로 온다고 했나요?" 관리인 여인이 대답했다.

"절 데리러 오기로 했거든요…… 식구들은 다들 잘 계시죠?"

"네, 고마워요. 내가 제일 빌빌거린답니다, 보시다시피…… 난 지
금 양 다리를 사러 클리냥쿠르 가로 가는 길이에요. 물랭루즈 근처에
있는 푸줏간에서는 16수씩이나 달라지 뭐예요 글쎄."

그때 마차가 지나가는 바람에 그들은 목소리를 한층 높여야 했다. 너르고 인적이 드문 나시옹 가에서 그들이 목청을 높여 주고받는 대화는 조그만 노파 하나를 창가로 이끌어냈을 뿐이다. 노파는 창가에 팔꿈치를 괴고 몸을 기댄 채 맞은편 지붕 위에 있는 남자를 올려다보면서 굉장한 스릴을 느꼈다. 마치 머지않아 그가 아래로 추락하는 모습을 볼 수 있기를 기대하는 듯했다.

"이제 난 그만 가볼게요!" 보슈 부인은 또다시 소리를 질렀다. "일을 방해하고 싶진 않으니까요."

쿠포는 몸을 돌려 지도르가 건네는 인두를 받아 들었다. 그곳을 막 떠나려던 관리인 여인은 반대편 보도에서 나나의 손을 잡고 오는 제르베즈를 발견했다. 쿠포에게 그 사실을 알리려고 고개를 돌리는 순간 제르베즈가 달려와 그러지 못하도록 강력하게 만류했다. 제르베즈는 위에서 듣지 못하게 나지막한 목소리로 그녀가 평소에 느꼈던 두려움을 털어놓았다. 자신이 갑자기 나타나 남편이 놀라서 아래로 떨어지기라도 할까봐 늘 염려되었던 것이다. 그래서 4년 동안 일터로 그를 찾아간 적은 꼭 한 번밖에 없었다. 그리고 그날이 바로 두번째였다. 그녀는 차마 똑바로 바라볼 수가 없었다. 하늘과 땅 사이, 날아다니는 참새들조차 함부로 앉으려 하지 않는 그곳에서 위태롭게 일하는 자신의 남자를 보기만 해도 심장이 멎을 것 같았기 때문이다.

"사실 썩 유쾌하진 않을 것 같군요." 보슈 부인도 맞장구를 치며 중얼거렸다. "나야 뭐 남편이 재단사이니 그렇게 놀랄 일이야 없지만."

"있잖아요, 처음엔 하루 종일 끔찍한 생각만 했답니다. 머리가 깨져서 들것에 실려 가는 그이 모습이 눈에 어른거리면서요…… 지금은 그렇게까지 많이 생각하진 않지만요. 사람은 익숙해지기 마련이니까요. 어쨌거나 빵 값은 벌어야 하고요. 하지만 사실 엄청나게 비싼 빵 값을 치르는 셈이죠. 다른 사람들보다 백배는 더 위험한 일을 하니까요."

그러면서 그녀는 딸이 소리를 지르기라도 할까봐 아이를 치마로 감쌌다. 그리고 새하얗게 질린 얼굴로 자신도 모르게 위를 올려다보았다. 마침 그 순간 쿠포는 빗물받이 홈통 근처에서 함석판 맨 가장자리를 용접하고 있었다. 손이 끝에 닿지 않자 가능한 한 납작 엎드린 자세를 취했다. 그는 위험을 무릅썼다. 노동자의 여유로움과 신중함이 밴 느릿한 몸짓으로 움직이면서. 그러다가 어느 순간, 아무것도 잡지 않은 상태로 도로 위로 몸을 내밀었다. 제르베즈가 있는 아래쪽에서는, 세심한 손길에 의해 움직이는 납땜용 인두 아래로 용접기가 뿜어내는 새하얀 불꽃들이 지지직거리며 타는 게 보였다. 두려움에 숨죽인 채 그 광경을 지켜보던 제르베즈는 기도하듯 맞잡은 두 손을 자신도 모르게 위로 향했다. 그러다가 쿠포가 도로를 향해 마지막으로 한번 더 침을 뱉은 다음 천천히 다시 지붕 위로 올라가자 그제야 요란하게 숨을 내쉬었다.

"여태 날 몰래 지켜보고 있었단 말이지!" 제르베즈를 알아본 그가 유쾌한 목소리로 소리쳤다. "또 잔뜩 겁을 집어먹었군. 그렇지 않나요, 보슈 부인? 나한테 왔다는 말도 못 하고…… 조금만 더 기다리라고. 이제 십 분이면 되니까."

이제 굴뚝에 함석으로 된 덮개를 씌우는 일만이 남아 있었다. 그쯤은 눈 감고도 해치울 수 있었다. 두 여자는 보도에서 기다리는 동안 동네 사람들 얘기로 시간을 보냈다. 그러는 동안 그녀들은 나나가 도로 가의 배수로에서 조그만 물고기를 찾는다며 더러운 물속으로 들어가 옷을 더럽히지나 않는지 지켜보았다. 그러면서 여전히 지붕 위로 시선을 향하면서, 자신들은 얼마든지 기다려줄 수 있다는 듯 미소를 지으며 고개를 끄덕였다. 맞은편의 노파는 여전히 창문 앞을 떠나지 않은 채 지붕 위의 남자를 계속 주시했다. 마치 무언가를 기다리는 것처럼.

"근데 저 여잔 아까부터 뭘 저렇게 엿보는 거야, 기분 나쁜 할망구 같으니라고! 저 못생긴 얼굴로 말이지!" 보슈 부인은 인상을 찌푸리면서 말했다.

저 위에서는 함석공이 큰 소리로 노래를 부르고 있었다. "아! 딸기를 수확하는 즐거움이여!" 이제 그는 작업대 위로 몸을 숙인 채 예술가 같은 몸짓으로 함석을 잘랐다. 함석에 컴퍼스로 선을 그린 다음 둥글게 휘어진 가위로 커다란 부채 모양을 오려냈다. 그리고 그것을 망치로 살짝 두드려 뾰족한 버섯 모양으로 만들었다. 지도르는 풍로의 숯불에 다시 풀무질을 했다. 어느새 건물 뒤로 해가 뉘엿뉘엿 지고 있었다. 밝은 분홍빛을 띠던 태양은 색이 서서히 옅어지면서 연보랏빛으로 변해갔다. 하루 중 가장 평온한 그 시각, 투명한 하늘 전체를 배경으로 엄청나게 커 보이는 두 노동자의 실루엣이 어두운 사각의 작업대와 풀무의 기이한 윤곽과 함께 유난히 두드러져 보였다.

굴뚝 덮개를 다 잘라낸 쿠포는 또다시 조수를 향해 소리쳤다.

"지도르! 인두!"

하지만 지도르는 그새 어디론가 사라지고 보이지 않았다. 욕설을 퍼부으면서 두리번거리며 그를 찾던 함석공은 열려 있는 다락방 채광창에 대고 그의 이름을 불렀다. 그러다가 마침내 두 집 건너 지붕 위에 있는 그를 발견했다. 촐싹대기 좋아하는 어린 조수는 지붕 위를 거닐면서 주위를 살펴보고 있었다. 눈앞에 펼쳐진 거대한 파리의 전경 앞에서 그는 숱이 얼마 없는 금발을 바람에 흩날리면서 호기심과 감탄이 가득한 얼굴로 눈을 깜빡거렸다.

"맙소사, 지붕 꼭대기에서 산책이라니! 어디 소풍이라도 온 줄 아나보지!" 쿠포는 노발대발하며 소리쳤다. "자신이 베랑제쯤 되는 줄 아는 건가, 어디 멋들어진 시라도 한번 읊어보시지!…… 당장 인두를 대령하지 못해! 정말 어이가 없어서 말이 안 나오는군! 지붕 위에서 산책할 생각을 하다니! 아예 당장 애인이라도 데려와서 밀어라도 속삭여주지그래…… 당장 인두를 이리 주지 못해, 아무짝에도 쓸모없는 멍청한 놈 같으니라고!"

용접을 모두 마친 그는 제르베즈를 향해 소리쳤다.

"자, 이제 다 끝났어…… 곧 내려갈게."

그가 덮개를 씌우기로 돼 있던 연통은 지붕 한가운데에 있었다. 이제 마음이 편안해진 제르베즈는 미소를 띤 얼굴로 계속 그의 움직임을 눈으로 좇았다. 그때 아빠를 발견하고 갑자기 신이 난 나나가 조그만 손으로 손뼉을 쳐댔다. 아이는 위를 더 잘 올려다보려고 보도에 주저앉았다.

"아빠! 아빠!" 나나는 있는 힘껏 소리를 질렀다. "아빠! 여길 좀 봐요!"

딸을 좀 더 잘 보려고 몸을 숙이던 쿠포는 그만 발이 미끄러지고 말왔다. 그러자 갑자기, 어처구니없이, 마치 다리가 뒤엉켜버린 고양이처럼 균형을 잃고 경사진 지붕에서 구르기 시작했다. 그의 주위에는 붙잡을 게 아무것도 없었다.

"맙소사!" 그의 입에서 숨죽인 비명이 새어 나왔다.

그리고 추락이었다. 그의 몸은 부드러운 곡선을 그리며 두 번을 회전한 다음, 높은 곳에서 내던져진 빨랫감처럼 둔탁한 소리와 함께 도로 한복판으로 내동댕이쳐졌다.

두 팔을 위로 향한 채 충격으로 몸이 얼어붙은 제르베즈의 목에서 날카로운 비명이 터져 나왔다. 지나가던 행인들이 달려오고, 군중이 모여들었다. 충격으로 다리가 후들거리는 보슈 부인은 얼른 나나를 품에 안고 그 광경을 보지 못하도록 얼굴을 가렸다. 맞은편의 노파는 만족스러운 표정을 지으며 조용히 창문을 닫고 사라졌다.

쿠포는 네 남자에게 들려 푸아소니에 가 모퉁이에 있는 약국으로 옮겨졌다. 그곳에서 그는 사람들이 라리부아지에르 병원으로 들것을 가지러 간 동안 담요 위에 누운 채 한 시간가량을 머물러 있었다. 약사는 아직 숨을 쉬는 그를 보면서 연신 고개를 저었다. 제르베즈는 바닥에 꿇어앉은 채 하염없이 흐느꼈다. 반쯤 넋이 나간 상태로, 얼굴이 끊임없이 흐르는 눈물로 범벅이 돼 앞이 잘 보이지 않을 정도였다. 그녀는 무의식적으로 손을 내밀어 남편의 손발을 아주 살며시 더듬어보았다. 그러다가 만지지 말라는 약사의 지시에 따라 손을 거두었다가 이내 또다시 만져보곤 했다. 그의 몸이 아직 따뜻한지를 확인하면서 어떻게든 그에게 힘이 돼주고 싶은 마음에서였다. 마침내 들것이 도착해 사람들이 그를 병원으로 옮기려고 하자 그녀는 몸을 일으키며 단호하게 말했다.

"아뇨, 안 돼요. 병원은 안 돼요!······ 뇌브드라구트도르 가의 우리 집으로 갈 거예요."

그를 집에서 치료하면 돈이 아주 많이 든다고 아무리 얘기해도 소용이 없었다. 그녀는 뜻을 꺾지 않고 완강히 버텼다.*

"뇌브드라구트도르 가로 가세요. 내가 안내할게요. 대체 뭐가 문제죠? 난 돈이 있다고요······ 이 사람은 내 남편이잖아요, 그렇지 않나요? 이이는 내 남자예요, 내가 돌볼 거라고요."

하는 수 없이 그들은 쿠포를 집으로 데리고 갔다. 약국 앞으로 몰려든 군중 사이로 들것이 지나가자 동네 여인네들은 제르베즈에 관해 입방아를 찧기 시작했다. 저것 좀 봐, 다리를 절잖아. 하지만 정말 용감한 여자가 아닌가 말이야. 저 여잔 반드시 남편을 살려내고 말 거야. 병원에 가면 의사들이 상태가 안 좋은 환자들은 그냥 죽게 내버려둔다던데. 애써 살리려 하지 않고 말이지. 아직 놀란 가슴을 채 진정시키지 못한 보슈 부인은 나나를 자기 집으로 데려다놓고는 다시 돌아와 자신이 목격한 광경을 몇 번이고 되풀이해 얘기했다.

"내가 글쎄 양고기를 사러 가는 길이었는데, 그때 하필 여기서 미적거렸지 뭐예요. 그러다가 그 사람이 떨어지는 걸 보고 만 거예요. 그 꼬맹이 딸 때문이었다고요. 자기 딸을 보려다가 그만 쿵 하고! 오! 정말 끔찍했어요! 또다시 그런 걸 볼 일은 없었으면 좋겠군요. 정말이지 생각만 해도······ 근데 난 이만 양고기를 사러 가야 해서."

---

* 19세기의 가난한 하층민들은 병원에 대한 불신이 깊어 차라리 집에서 죽는 게 낫다고 생각할 정도였다.

그 후 일주일간 쿠포의 상태는 최악이었다. 가족과 이웃 모두 그가 어느 순간에 숨을 거두리라 예상했다. 왕진할 때마다 100수를 요구한 비싼 의사는 내상을 우려했다. 내상이라는 말은 모두에게 두려움을 불러일으켰고, 동네 사람들은 함석공이 충격으로 심장이 어긋난 게 분명하다고 수군거렸다. 오직 밤샘 간호로 얼굴이 해쓱해진 제르베즈만이 진지하고 단호한 표정으로 어깨를 으쓱해 보였을 뿐이다. 그녀의 남편은 오른쪽 다리가 부러졌다. 그건 모두가 다 아는 사실이었다. 하지만 바로잡을 수 있는 일이었다. 게다가 어긋난 심장 같은 것도 아무것도 아니었다. 그녀는 그의 심장을 제자리로 돌려놓을 수 있었다. 제르베즈는 그의 어긋난 심장을 바로잡는 법을 알고 있었다. 정성스러운 보살핌과 청결함 그리고 굳건한 애정이 필요했다. 그녀는 그 어떤 경우에도 흔들림이 없이 계속 그의 곁을 지키면서, 그가 열이 날 때는 그의 손을 잡는 것만으로도 그를 낫게 할 수 있으리라 믿었다. 그러면서 그런 자신의 확신에 대해 단 한 순간도 믿어 의심치 않았다. 일주일 내내 언제나 깨어 있는 모습으로, 말도 거의 하지 않은 채 오직 그를 낫게 하겠다는 고집만을 고수했다. 그녀에게는 아이들도, 거리도, 도시도 존재하지 않았다. 아흐레째 되던 날 저녁, 마침내 의사가 위험한 고비를 넘겼다는 진단을 내리자 제르베즈는 다리에 힘이 빠져 의자 위에 털썩 주저앉은 채 뜨거운 눈물을 쏟아냈다. 동시에 그동안 쌓였던 피로가 한꺼번에 몰려왔다. 그녀는 그날 밤에야 겨우 침대 아래쪽에 얼굴을 기댄 채 두어 시간 새우잠을 청하는 것을 자신에게 허용했다.

쿠포의 사고는 온 가족을 혼란에 빠뜨렸다. 쿠포의 엄마는 밤새 제르베즈와 함께 머물렀다. 하지만 저녁 아홉시가 되면 의자에 앉은 채로 잠들어버리곤 했다. 르라 부인은 일을 마친 후에는 매번 먼 길을 돌아와 동생의 안부를 물었다. 로리외 부부는 처음에는 하루에 두세 번씩 들여다보면서 자신들이 대신 밤을 새우겠다고 나서거나 제르베즈를 위해 안락의자를 가져다주기도 했다. 그러다가 이내 환자를 돌보는 방식을 놓고 서로 다투기 시작했다. 로리외 부인은 그동안 많은 이를 살려낸 전력이 있으니 이럴 때 어떻게 대처해야 하는지 잘 안다고 주장했다. 그런데 제르베즈가 자기를 밀어내면서 동생의 침대에서 떼어놓으려고 하는 것은 잘못이라고 비난했다. 물론 방방이 쿠포를 낫게 하려고 애쓰는 건 지극히 당연한 일이었다. 그녀가 나시옹 가로 그를 성가시게 하러 가지 않았더라면 그가 지붕에서 떨어지는 사고를 당하지는 않았을 테니까. 문제는 그녀처럼 환자를 돌보다가는 결국에는 그가 죽고 말 거라는 사실이었다.

쿠포가 위험에서 벗어났음을 확신한 제르베즈는 다른 이들의 시샘 어린 항의에 못 견뎌 그의 침대를 지키는 일을 그만두었다. 이제 다른 사람들이 남편을 죽게 할 거라는 염려는 하지 않아도 되었으므로 별다른 경계 없이 그들이 그에게 접근하는 것을 허용했다. 그러자 온 가족이 그들의 방에 자리를 잡았다. 회복 기간은 아주 길 것으로 예상되었다. 의사는 4개월을 얘기했다. 함석공이 오랫동안 잠자는 틈을 타 로리외 부부는 제르베즈를 어리석기 그지없는 여자로 몰아붙였다. 그들은 제르베즈에게 집에서 남편을 돌봄으로써 얻은 게 무언지 따져 물었다. 병원에 있었다면 두 배는 더 빨리 회복이 되었을 것이다. 로리외는 자신이 조금도 망설이지 않고 라리부아지에르 병원으로 가리라는 걸 보여주고 싶어 어디가 아프거나 다치기를 바라기까지 했다. 로리외 부인은 그곳에서 막 퇴원한 부인을 알고 있었다. 그런데 그녀는 병원에서 아침저녁으로 닭고기를 먹으며 지냈다. 로리외 부부는 집에서 넉 달 동안 요양하는 데 들어가는 비용을 스무 번도 더 넘게 따져보았다. 우선 일을 하지 못해 끊긴 수입과 왕진비, 약값, 그리고 환자를 위한 질 좋은 포도주와 익히지 않은 고기를 사는 비용을 모두 고려해야 했다. 쿠포 부부가 그동안 저축해놓은 돈만 축냈다면 그것만으로도 아주 다행으로 생각해야 할 것이었다. 하지만 그들은 결국 빚을 지고 말 게 분명했다. 오! 그건 로리외 부부 자신들과도 상관있는 일이었다. 무엇보다 환자를 집에서 돌본다는 명목으로 부자도 아닌 가족들에게 기댈 생각일랑 아예 해서는 안 될 터였다. 방방한테는 안된 일이지만 어쩌겠는가? 다른 사람들처럼 남편을 병원으로 데려갔으면 이런 사달은 나지 않았을 것을. 그녀는 자존심을 지킨 대가를 치르는 셈이었다.

어느 날 저녁 로리외 부인은 심술궂은 표정으로 제르베즈에게 불쑥 물었다.

"아참! 그 가게 말인데, 그건 언제 얻을 거지?"

"맞아, 관리인이 지금도 처남댁을 기다리던데." 로리외가 이죽거리면서 맞장구를 쳤다.

제르베즈는 아연실색한 채 아무런 대꾸도 하지 못했다. 가게 일은 까맣게 잊고 있었던 것이다. 그들은 이제 그녀의 가게가 영영 날아가 버렸다는 생각에 은연중 기뻐하는 듯했다. 과연 그날 저녁부터 그들은 틈만 나면 물거품이 돼버린 그녀의 꿈을 우스갯소리처럼 들먹였다. 누군가가 이룰 수 없는 꿈에 관해 얘기하면, 제르베즈가 도로에 면한 근사한 세탁소의 주인이 되는 날에는 그 꿈이 현실이 될 수도 있다고 얘기하면서 비아냥거렸다. 그런 다음에는 제르베즈의 뒤에서 조롱 섞인 웃음소리가 들려왔다. 제르베즈는 그렇게까지 끔찍한 가정을 하고 싶진 않았지만, 사실상 로리외 부부는 쿠포가 사고를 당한 것을 차라리 다행으로 생각하는 눈치였다. 그 때문에 제르베즈가 구트도르 가에서 세탁소를 열지 못하게 되었기 때문이다.

그러자 제르베즈는 웃으면서 자신이 남편의 치유를 위해 얼마나 기꺼이 돈을 쓰는지를 그들에게 보여주고자 했다. 또한 그들 앞에서 괘종시계 유리 덮개 아래에 감춰놓은 저축은행 통장을 꺼낼 때마다 애써 경쾌한 목소리로 얘기했다.

"잠시 나갔다 올게요, 가게를 얻으려고요."

제르베즈는 돈을 한꺼번에 찾으려고 하지 않았다. 서랍장에 많은 돈을 넣어두지 않기 위해 매번 100프랑씩만을 찾았다. 그러면서 마음속으로 막연하게 어떤 기적을 바랐다. 남편이 갑자기 자리를 털고 일어나 돈을 모두 써버리지 않아도 되기를. 제르베즈는 저축은행에 다녀올 때마다 조그만 종이쪽에 아직 남아 있는 돈의 액수를 적어놓았다. 비상금이 아무리 축이 나도 그녀는 언제나 차분한 얼굴로 평온한 미소를 지으며 잠식돼버린 저축에 대해 상세히 기록해나갔다. 어쨌거나 이 돈을 적절히 잘 쓸 수 있었다는 게 얼마나 다행한 일인가? 그들에게 불행이 닥친 순간에 필요한 돈을 가지고 있었다는 사실만으로도 크나큰 위안이 아닐 수 없었다. 그러면서 그녀는 일말의 아쉬움도 느끼지 않은 채 조심스럽게 괘종시계 유리 덮개 아래에 통장을 다시 넣어두었다.

쿠포가 누워 있는 동안 구제 모자는 제르베즈에게 많은 힘이 되어주었다. 구제 부인은 그녀를 위해 뭐든지 하고자 했다. 외출할 때면 어김없이 그녀에게 설탕이나 버터, 소금이 필요하지 않은지 물어보았다. 스튜를 끓이는 저녁이면 언제나 제일 먼저 그녀에게 한 그릇을 가져다주었다. 제르베즈가 너무 바빠 보이면 요리를 대신 하거나 설거지를 도와주기도 했다. 구제는 매일 아침 그녀의 양동이를 가져다가 푸아소니에 가의 공공급수장에서 물을 길어다주었다. 그러면 그녀는 2수를 절약할 수 있었다. 저녁식사 후에 식구들이 방을 차지하고 있지 않을 때는 구제 모자가 쿠포 부부와 함께 있어주었다. 열시가 될 때까지 두 시간가량 머무는 동안 대장장이는 파이프 담배를 피우면서 남편을 돌보는 제르베즈를 지켜보았다. 그는 저녁 내내 열 마디도 채 하지 않았다. 널찍한 어깨 사이에 희멀건 커다란 얼굴을 파묻은 채, 찻잔의 탕약을 조용히 찻숟가락으로 젓는 제르베즈의 모습을 지켜보면서 연민의 감정을 느꼈다. 그녀가 삐져나온 침대 시트를 안으로 집어 넣거나, 다정한 말로 쿠포를 위로할 때는 크나큰 감동을 받았다. 그는 지금까지 그녀처럼 용기 있고 의연한 여자를 한 번도 본 적이 없었다. 심지어 다리를 저는 것까지 매력적으로 보였다. 그 사실 때문에 그녀가 하루 종일 남편 곁을 지키는 것이 더 칭송받아 마땅하다고 생각되었다. 제르베즈는 식사할 때조차 십오 분도 채 자리에 앉아 있지 않았다. 끊임없이 약국을 오가고 더러운 것도 싫은 내색 하나 없이 처리하면서 모든 것이 이루어지는 방을 언제나 청결하고 깔끔하게 유지해나갔다. 그러면서도 불평 한 마디 없이 상냥함을 잃지 않았다. 너무 피곤해 눈을 뜬 채 서서 잠을 자면서도. 가구 위에 온갖 종류의 약이 널려 있는 가운데 자신의 남자를 진정으로 사랑하고 극진히 돌보는 제르베즈를 보면서 대장장이 구제는 무한한 애정을 느꼈다.

"좀 어때? 친구, 이제 좀 살 만한가?" 어느 날 그는 차차 나아가는 쿠포에게 말했다. "난 걱정하지 않았어, 자네가 일어날 줄 알았거든. 자네 부인은 천사가 분명해!"

구제는 결혼을 하기로 돼 있었다. 적어도 그의 어머니는 그와 아주 잘 어울리는 처자를 구해놓은 터였다. 구제의 어머니는 자신처럼 레이스 수선공인 신붓감과 아들이 꼭 결혼하기를 바랐다. 그는 어머니가 상심할까봐 그러마 했고, 9월 초로 결혼 날짜가 잡혀 있었다. 결혼 자금은 오래전부터 저축은행에 비축해놓았다. 하지만 제르베즈가 그 결혼을 언급하자 그는 고개를 저으면서 나지막한 목소리로 느릿하게 말했다.

"여자들이 모두 부인 같지는 않답니다, 쿠포 부인. 여자들이 모두 부인 같다면, 열 번이라도 더 결혼했을 겁니다."

두 달이 지나자 쿠포는 조금씩 몸을 움직이기 시작했다. 하지만 아직 멀리 가진 못하고, 제르베즈의 부축을 받아 침대에서 창가 사이를 오갈 수 있을 뿐이었다. 그는 오른쪽 다리를 스툴에 올려놓은 채 로리외 부부가 가져다준 안락의자에 앉아 창밖을 내다보았다. 겨울에 빙판길에서 미끄러져 다리가 부러진 사람들을 보면서 곧잘 농담을 하곤 하던 남자는 자신이 당한 사고에는 분노를 참지 못했다. 그에게는 그 사실을 철학적으로 받아들일 여유 같은 건 없었다. 쿠포는 침대에 누워 있는 두 달 동안 욕설을 뱉어내면서 주위 사람들에게 화풀이를 하곤 했다. 다리를 이렇게 뻣뻣하게 소시지처럼 꽁꽁 동여맨 채 내내 누워서 지내는 것은 살아 있는 거라고 할 수 없었다. 아! 그는 이제 천장을 훤히 꿰고 있었다. 알코브 귀퉁이에는 갈라진 틈이 있었다. 눈을 감고도 그릴 수 있을 정도였다. 안락의자에 앉을 수 있게 되자 또 다른 불평이 이어졌다. 대체 언제까지 여기서 이렇게 미라처럼 꼼짝하지 않고 갇혀 있어야 하지? 거리에는 볼거리도 없고 지나가는 사람들도 보이지 않았다. 집 안에서는 하루 종일 표백제 냄새가 풍겨 머리가 지끈거렸다. 이건 정말 아니었다. 하루하루가 지루해서 미칠 것만 같았다. 요즘 성벽 주위에서 무슨 일이 일어나는지 알 수만 있다면 수명을 10년이라도 떼어줄 수 있을 것 같았다. 그러면서 자신의 운명에 대해 울분을 토해내곤 했다. 이건 있을 수 없는 일이었다. 그처럼 성실한 노동자에겐 일어나서는 안 되는 사고였다. 그는 게으름뱅이도 술주정뱅이도 아니었다. 다른 사람에게 이런 일이 일어났다면 이해할 수도 있을 터였다.

"내 아버지 쿠포는 술에 취해 목이 부러져서 죽었어. 물론 잘됐다고 할 수는 없지만 그래도 납득할 수는 있었지…… 하지만 난 술을 입에 대기는커녕 밥도 먹지 않아서 배 속이 텅 빈 상태였다고. 그런데 아래로 굴러떨어지고 만 거야. 나나한테 웃어 보이려고 잠깐 몸을 돌린 순간에!…… 이건 너무 심하다고 생각하지 않아? 정말 신이 있다면 어떻게 내게 이런 일이 생기느냔 말이지. 난 절대로 받아들일 수 없어, 죽는 한이 있어도."

그리고 다시 걸을 수 있게 되자 그는 자신의 일에 대해 은밀한 적대감을 드러내기 시작했다. 그것은 고양이처럼 빗물받이 홈통을 따라다니면서 하루를 보내야 하는 역겹기 짝이 없는 일이었다. 영악한 부르주아들은 기피하는 일이었다! 사다리 위에서 목숨 걸고 일하기엔 너무나 비겁한 그들은 노동자들에게 그 일을 떠맡긴 채 벽난로 가에 앉아 편안하게 지내면 그만이었다. 가난한 사람들이야 어찌 되건 안중에도 없이. 심지어 그는 자기 집 지붕의 함석은 각자 알아서 씌우면 그만이라는 말까지 하기에 이르렀다. 당연한 얘기가 아닌가! 진정 공평해지려면 그렇게 해야 할 터였다. 빗물에 젖기 싫으면 지붕을 씌우면 되는 것이다. 그러면서 그는 좀 더 근사하고 덜 위험한 일, 예를 들면 고급 가구 세공 같은 일을 배우지 못한 것을 몹시 아쉬워했다. 그것 역시 그의 아버지의 잘못이었다. 아버지들은 대개 자식들에게 자신들처럼 살도록 강요하는 고질적인 습성이 있다.

쿠포는 두 달을 더 목발을 짚고 다녔다. 처음에는 거리로 내려와 문앞에서 파이프 담배를 피웠다. 그다음에는 외곽 도로까지 가서 어슬렁거리며 햇볕을 쬐거나 여러 시간 동안 벤치에 앉아 있기도 했다. 그는 오랫동안 한가롭게 바깥나들이를 하면서 평소의 유쾌함과 악동 같은 언변을 되찾은 듯 보였다. 그러면서 삶의 기쁨을 다시 찾은 것과 함께, 팔다리를 축 늘어뜨리고 온몸의 근육을 달콤한 무기력함에 내맡긴 채 무위도식하는 즐거움을 알아갔다. 그것은 회복기를 이용해 그의 몸속으로 슬그머니 파고 들어왔다. 마치 그를 기분 좋게 간질이면서 점차 마비시키는 게으름의 느릿한 승리와도 같이. 원기를 회복한 그는 냉소적 웃음을 띤 채 집으로 돌아오면서 삶이 아름답다고 느꼈다. 그러면서 앞으로도 죽 이렇게 살지 말란 법이 없지 않느냐고 생각했다. 이제 목발을 짚지 않고도 걸을 수 있게 되자 그는 예전 동료들을 만나러 좀 더 멀리 공사 현장으로 향했다. 그리고 신축 중인 건물 앞에서 팔짱을 끼고 선 채 이죽거리면서 고개를 저었다. 땀 흘리는 동료들을 향해 다리를 길게 뻗으면서 그렇게 열심히 일한 결과가 고작 이런 거냐며 비아냥거렸다. 그러면서 일에 대한 원한을 해소했다. 물론 그도 다시 일을 할 것이었다. 그래야만 했다. 하지만 그 시기는 가능한 한 늦을수록 좋을 터였다. 오! 너무 열성적으로 일할 필요가 없다는 사실 또한 쓰라린 경험을 통해 깨달은 것이었다. 게다가 조금 더 빈둥거리며 지내는 것 또한 나쁘지 않을 것 같았다!

쿠포는 지루한 오후 시간이면 로리외 부부의 집으로 올라갔다. 그들은 쿠포를 몹시 측은하게 여기면서 온갖 친절과 달콤한 말로 그의 환심을 사고자 했다. 그는 결혼 초 몇 년간은 제르베즈의 영향을 받아 그들과 거리를 두고 지냈다. 이제 그들은 그를 되찾고자 했다. 쿠포가 자신의 아내를 겁내는 것을 두고 농담을 하면서 그를 부추겼다. 그가 그토록 사내답지 못한 남자였단 말인가! 그러면서 용의주도하게도 제르베즈의 장점을 지나칠 정도로 떠벌렸다. 그들의 저의를 미처 간파하지 못한 쿠포는 제르베즈에게 누이가 그녀를 무척 아끼고 있다고 장담했다. 그러면서 누이에게 좀 더 호의적으로 대하라고 요구했다. 그들의 첫번째 부부 싸움은 어느 날 저녁 에티엔을 빌미로 시작되었다. 쿠포는 오후 시간을 로리외 부부 집에서 보내고 오는 길이었다. 저녁식사가 늦어 아이들이 배가 고프다며 보채고 있을 때 들어온 그는 느닷없이 에티엔의 뺨을 정확하게 후려갈겼다. 그런 다음 한 시간 동안 쉬지 않고 불평을 해댔다. 이 아이는 그의 자식이 아니었다. 그런데 왜 아이를 집에 두어야 하는지 알 수 없었다. 언젠가는 아이를 쫓아내고 말 것이었다. 그때까지 그는 에티엔에 관해 별다른 불평을 한 적이 없었다. 다음 날에는 자신의 권위를 들먹였다. 사흘 후부터는 아침저녁으로 아이의 엉덩이를 마구 발로 걷어찼다. 그리하여 그가 올라오는 소리가 나기만 하면 아이는 구제의 집으로 피신해야 했다. 구제의 어머니는 에티엔이 숙제를 할 수 있도록 구석에 테이블을 놓아주었다.

제르베즈는 이미 한참 전부터 다시 일을 시작했다. 이제 괘종시계의 유리 덮개를 벗겼다가 다시 씌우는 수고를 할 필요가 없었다. 그동안 저축한 돈이 바닥나버렸기 때문이다. 이제 열심히 일을 해야만 했다. 그사이 그녀 자신을 포함해서 부양해야 할 입이 모두 넷으로 늘어나 있었던 것이다. 그리고 제르베즈 혼자 그 모두를 먹여 살려야 했다. 사람들이 그런 그녀를 동정이라도 할라치면 그녀는 재빨리 쿠포를 두둔하고 나섰다. 생각해보라고요! 그가 그동안 얼마나 힘들었을지. 그러니까 성격이 다소 까다롭게 변한 것은 놀랄 일도 아니었다. 하지만 건강을 되찾으면 나아질 것이었다. 다른 이들이 그가 이제 아무런 문제가 없어 보인다고, 그러니까 다시 일터로 돌아갈 수 있을 거라고 넌지시 얘기할 때마다 그녀는 즉시 항변했다. 아니, 아직은 때가 아니에요! 그녀는 그가 또다시 자리보전하는 것을 원하지 않았다. 의사가 그에게 무슨 말을 했을지도 짐작할 수 있었다! 그에게 일을 하지 못하게 한 것은 바로 제르베즈 자신이었다. 그녀는 아침마다 그에게 서두르거나 무리하지 말라고 거듭 얘기했다. 심지어 그의 조끼 주머니에 20수짜리 동전을 슬쩍 넣어두기도 했다. 그리고 쿠포는 그것을 당연하게 여겼다. 그러면서 측은지심을 유발하려고 아내에게 온갖 종류의 고통을 호소했다. 6개월이 지난 후에도 그는 여전히 환자 신세를 면하지 못했다. 이젠 동료들이 일하는 것을 보러 갈 때면 기꺼이 그들과 함께 한잔하러 가기도 했다. 어쨌거나 그들은 바에서 유쾌한 시간을 보낼 수 있었다. 하지만 웃고 떠들면서 오 분 정도만 머물렀을 뿐이다. 그것을 부끄럽게 생각할 필요는 없었다. 오직 가식적인 사람들만 문간에서부터 목이 말라 죽겠다는 인상을 썼다. 생각해보면 예전에 그들이 그를 놀린 것은 당연한 일이었다. 포도주 한 잔으로 사람이 죽는 일은 없었다. 함석공은 가슴을 치면서 자신은 오직 포도주밖에 마시지 않는다고 맹세했다. 포도주 외에 브랜디 같은 독한 술을 마실 일은 결코 없을 것이었다. 포도주는 오래 살게 해주면서 아무도 곤란하게 하지 않고 취하게 하지도 않았다. 그는 빈둥거리고 노는 날이 거듭되면서 작업장에서 작업장으로, 술집에서 술집으로 전전하는 동안 억병으로 술에 취해 돌아오는 날이 잦아졌다. 그런 날이면 제르베즈는 머리가 무척 아프다는 핑계를 대면서 방문을 걸어 잠갔다. 구제 모자에게 남편의 취한 모습을 들키지 않기 위해서였다.

그사이 제르베즈는 점차 모든 의욕을 잃으면서 우울함 속으로 빠져들었다. 그러면서 여전히 주인이 정해지지 않은 예의 가게를 보러 아침저녁으로 구트도르 가로 향했다. 그곳에 이르면 나이에 맞지 않은 유치한 잘못을 저지르기라도 한 것처럼 남의 눈에 띄지 않게 몸을 숨기곤 했다. 가게 생각만으로도 머리가 돌아버릴 것만 같았다. 밤에는 불을 끄고 잠자리에 누워서도 눈을 뜬 채 가게 생각을 했다. 마치 금지된 쾌락을 즐기는 것만 같았다. 그러면서 또다시 계산을 해보았다. 임대료 250프랑과 세탁소 장비를 장만하고 설치하는 데 드는 150프랑, 보름 동안의 생활비 100프랑을 합치면 아무리 최소한으로 잡아도 500프랑은 있어야 했다. 그 얘기를 드러내놓고 하지 않는 이유는 쿠포의 사고로 저축을 털어먹은 사실을 아쉬워하는 것처럼 보일까봐 두려워한 때문이었다. 제르베즈는 얘기하는 도중에 종종 얼굴이 창백하게 변하곤 했다. 자칫 자신의 속내를 드러낼 뻔했기 때문이다. 그러다가 마치 해서는 안 될 나쁜 생각을 한 것처럼 당황하면서 얼른 다시 하던 얘기를 계속했다. 이젠 그렇게 큰돈을 모으려면 네댓 해는 죽도록 일해야만 했다. 그녀의 깊은 절망감은 즉시 세탁소를 열 수 없다는 데 있었다. 그랬다면 그녀는 쿠포에게 기대지 않고, 그가 다시 일을 하고 싶어질 때까지 몇 달이고 기다리면서 가정을 꾸려나갈 수 있을 터였다. 또한 때로 그가 몹시 기분 좋은 얼굴로 돌아와서는 그 무식한 메보트에게 술 한잔 샀다고 떠벌릴 때마다 내심 그녀를 사로잡았던 은밀한 두려움에서도 벗어난 채 미래를 설계해볼 수 있을 터였다.

제르베즈가 집에 혼자 있던 어느 날 저녁, 그녀를 보러 들렀던 구제는 평소처럼 바로 돌아가지 않고 계속 머물러 있었다. 그는 자리에 앉아 담배를 피우면서 그녀를 지켜보았다. 뭔가 진지하게 할 말이 있는 듯 보였다. 그러면서 어떻게 얘기를 꺼내야 할지 몰라 머뭇거리면서 계속 뜸을 들였다. 그렇게 한참을 침묵한 끝에 마침내 결심한 듯 입에서 파이프를 빼고는 단번에 말을 뱉어냈다.

"제르베즈 부인, 제가 돈을 좀 빌려드려도 되겠습니까?"

제르베즈는 몸을 숙인 채 서랍장의 서랍 속에서 먼지떨이를 찾던 중이었다. 그의 말에 몸을 일으킨 그녀는 얼굴이 화끈거리는 것을 느꼈다. 그러니까 아침마다 십 분 가까이 가게 앞에서 넋을 잃고 서 있는 자신의 모습을 그가 봤다는 말인가? 구제는 자신이 마치 모욕적인 제안이라도 한 것처럼 어색한 미소를 지어 보였다. 하지만 제르베즈는 단호하게 거절했다. 언제 갚을 수 있을지도 모르는 돈을 받을 수는 없었다. 게다가 그건 정말 너무나 큰돈이 아닌가. 그가 당혹스러운 표정을 지으며 계속 고집을 부리자 제르베즈는 결국 하고 싶었던 말을 내뱉고 말았다.

"하지만 당신 결혼은요? 결혼 자금으로 모아둔 돈을 쓸 수는 없잖아요, 어떻게 그러냐고요!"

"오! 그런 건 신경 쓰지 마세요." 이번에는 구제가 얼굴을 붉히면서 대답했다. "난 결혼 같은 건 더 이상 생각하지 않을 겁니다. 그건, 그저 한번 생각해본 것뿐이었어요…… 그리고 난 정말 부인한테 돈을 빌려주는 게 더 좋습니다."

그러자 그들은 동시에 고개를 숙였다. 두 사람 사이에 서로 말로 표현하지 않는 아주 애틋한 무언가가 느껴졌다. 그리고 제르베즈는 그의 제안을 받아들였다. 구제는 이미 어머니에게 그 사실을 알려놓은 터였다. 그들은 즉시 구제 부인과 얘기하기 위해 함께 층계참을 건너갔다. 구제 부인은 차분하고 진지한 얼굴로 자수틀을 굽어보며 다소 슬퍼 보이는 표정을 지었다. 그녀는 아들의 뜻을 거스르고 싶지 않았다. 그리고 자신이 꺼려하는 이유를 분명히 밝혔다. 쿠포는 지금 타락의 길로 접어들고 있었다. 그는 제르베즈의 세탁소를 분명 말아먹고 말 것이었다. 게다가 구제 부인은 쿠포가 회복기 동안 글 배우기를 거절한 것을 결코 용서할 수 없었다. 구제가 기꺼이 가르쳐주려고 했지만, 그는 지식은 세상을 좀먹을 뿐이라며 대장장이를 매몰차게 쫓아버렸다. 그 일은 두 사람을 거의 갈라놓다시피 했다. 그 후 그들은 각자 따로 놀았다. 하지만 자신의 큰아이의 애원하는 눈빛을 본 구제 부인은 제르베즈에게 따뜻하게 대해주었다. 그리고 마침내 그들 부부에게 500프랑을 빌려주는 것을 수락했다. 한 달에 20프랑씩 갚되 상환 기간은 필요한 만큼으로 정했다.

"그랬단 말이지! 그 대장장이 친구가 아무래도 당신한테 마음이 있는 모양이군." 그 일을 알게 된 쿠포는 요란하게 웃어젖혔다. "오! 하지만 뭐 내가 걱정할 일이야 있겠어, 그 친군 답답할 정도로 워낙 숙맥이니까…… 그 돈은 갚으면 되는 거고. 그런데 장담하건대 그런 친구는 사기꾼한테 걸리기라도 하면 십중팔구 당하고 말 거야."

바로 다음 날 쿠포 부부는 가게를 계약했다. 제르베즈는 뇌브 가와 구트도르 가 사이를 하루 종일 뛰어다녔다. 동네에서는 더 이상 발도 절지 않고 희색이 만면하여 날아갈 듯 뛰어다니는 그녀를 보면서 다리 수술을 받은 게 분명하다고 수군거렸다.

5

때마침 4월 계약 기간이 끝난 보슈 부부는 푸아소니에 가를 떠나 구트도르 가의 공동아파트 관리실로 거처를 막 옮긴 터였다. 또 이렇게 같은 곳에서 만나게 되다니 정말 운이 좋지 않은가! 뇌브 가의 자기 집에서 누구 눈치 볼 필요 없이 마음 편하게 지내던 제르베즈의 가장 큰 고민거리는 사사건건 고약한 관리인의 간섭을 받으며 살아야 한다는 것이었다. 조금만 물을 흘리거나 저녁에 문을 조금 세게 닫기만 해도 서로 언성을 높여야 했다. 관리인들은 정말 짜증나는 족속이었다! 하지만 보슈 부부라면 두 팔 들어 환영할 만했다. 서로 잘 알고 있고, 언제나 잘 어울릴 수 있을 테니까. 마치 가족처럼!

쿠포 부부가 임대차 계약서에 서명을 하러 가던 날, 제르베즈는 건물의 높다란 입구 아래를 지나면서 가슴이 벅차오르는 것을 느꼈다.

이제 그녀는 작은 도시처럼 거대한 아파트에서 살게 되는 것이었다. 계단과 복도로 이루어진, 끝없이 길게 이어진 통로가 교차하는 곳. 늘어선 창문마다 햇볕에 널어놓은 누더기들이 보이는 회색빛 정면과 예전에 광장이었던 희끄무레한 안뜰의 움푹 팬 포석들, 벽을 통해 전해지는 작업장의 소음은 그녀에게 커다란 마음의 동요를 일으켰다. 마침내 자신의 꿈에 가까이 다가섰다는 기쁨과, 실패하면 배고픔과의 엄청난 싸움에서 짓눌리고 말 거라는 두려움이 동시에 느껴졌다. 그러면서 가까이에서 건물의 숨결이 느껴지는 듯했다. 아래층 작업장 안쪽에서 열쇠 제조업자의 망치 두드리는 소리와 가구 세공인의 휘파람 소리 같은 대패질 소리가 들려오는 동안, 제르베즈는 자신이 매우 대담한 짓을 하고 있는 듯한 느낌이 들었다. 마치 덜컹거리며 움직이는 거대한 기계 한가운데로 뛰어든 것 같았다. 그날 염색업자의 작업장에서 흘러나와 아파트 입구 아래쪽으로 흐르는 물은 아주 밝고 부드러운 초록색이었다. 미소를 띤 채 그 위를 뛰어넘던 제르베즈는 그 빛깔 속에서 행복의 전조를 느꼈다.

건물 주인과의 만남은 보슈 부부의 관리실에서 이루어졌다. 페 가에서 대규모로 칼 판매상을 하는 마레스코 씨는 예전에는 거리에서 회전 숫돌을 돌리면서 칼을 갈던 사람이었다. 지금은 수백만 프랑의 재산을 지닌 부자라는 소문이 있었다. 그는 쉰다섯 살로, 몹시 여위고 강인해 보이는 남자였다. 웃옷에 언제나 리본처럼 생긴 훈장을 달고 다니면서 노동으로 단련된 커다란 손을 펼쳐 보이곤 했다. 그의 큰 즐거움 중 하나는 세입자들의 칼과 가위를 가지고 가서는 직접 날을 갈아다주는 것이었다. 거드름을 피우지 않는 것으로 평판이 난 그는 몇 시간이고 관리실의 어두컴컴한 구석에 앉아 셈을 하곤 했다. 그러면서 그곳에서 모든 일을 처리했다. 쿠포 부부가 보슈 부인의 기름때 묻은 테이블 앞에서 그를 처음 보았을 때, 그는 관리인한테 A동 3층에 사는 양재사 여자가 상스러운 말을 하며 집세 지불을 거절했다는 얘기를 보고받는 중이었다. 임대차 계약서에 서명하자 그는 함석공에게 악수를 청했다. 그는 노동자들을 좋아했다. 예전에는 그도 몹시 고생을 했다. 하지만 열심히 하다보면 안 되는 일이 없는 법이다. 그는 두 분기 치 임대료에 해당하는 250프랑을 세어 커다란 주머니에 찔러 넣고는, 자신의 지나온 삶을 들려주면서 훈장을 보여주었다.

그사이 제르베즈는 보슈 부부의 태도에 당혹스러움을 느꼈다. 그들은 내내 그녀를 모르는 사람처럼 대했다. 건물주 옆에 바짝 붙어 서서는 허리를 90도 각도로 구부린 채 그가 말을 할 때마다 민감한 반응을 보이면서 고개를 끄덕였다. 그러다가 갑자기 밖으로 뛰쳐나간 보슈 부인은 급수장 수도꼭지에서 흘러내린 물이 흥건하게 고인 웅덩이에서 물장난을 치는 아이들 한 무리를 쫓아버렸다. 그런 다음 긴치마 차림의 꼿꼿하고 엄격한 자세로 안뜰을 가로질러 돌아오는 동안, 건물이 제대로 굴러가는지를 확인하려는 듯 여유로운 시선으로 창문들을 둘러보았다. 그러면서 이제 300명의 세입자를 거느리게 된 자신이 얼마나 대단한 권위를 지녔는지를 보여주려는 듯 입술을 꼭 다물었다. 보슈는 또다시 3층의 양재사 얘기를 꺼냈다. 그리고 그녀를 내쫓아야 한다고 주장했다. 그는 권위가 위협받을까봐 염려하는 관리인으로서 위엄을 흉내 내면서 그녀가 집세를 얼마나 밀렸는지 따져보았다. 마레스코 씨는 내보내는 것에는 동의했다. 하지만 그는 적어도 한 달 반

정도는 더 기다려보고 싶어 했다. 사람들을 거리로 내쫓는 것은 인정머리 없는 처사였다. 그런다고 주머니에 돈이 들어오는 것도 아니지 않은가. 제르베즈는 혹시라도 집세를 못 내게 되는 불상사가 생긴다면 자신 역시 그렇게 거리로 쫓겨나지 않을까 하는 생각에 등골이 오싹해졌다. 음습하고 어두컴컴한 지하의 포도주 저장고를 떠올리게 하는 관리실에는 검은색 가구가 들어차 있었고 연기가 자욱했다. 오직 창문 앞에 놓인 재단사의 작업대 위쪽으로만 햇빛이 비칠 뿐이었다. 작업대 위에는 뒤집어서 다시 지어야 하는 낡은 프록코트가 놓여 있었다. 보슈 부부의 네 살배기 딸인 적갈색 머리의 꼬마 폴린은 바닥에 주저앉은 채 송아지고기가 익는 것을 다소곳이 지켜보고 있었다. 조그만 냄비에서 올라오는 자극적인 냄새에 도취된 채 마냥 즐거워했다.

마레스코 씨는 또다시 함석공에게 손을 내밀었다. 그 순간 쿠포는 마레스코 씨가 가게 수리에 대해 구두로 약속하면서 나중에 다시 얘기하자고 했던 사실을 상기시켰다. 그러자 집주인은 화를 냈다. 그는 약속한 게 아무것도 없었다. 게다가 가게를 수리해주는 법은 결코 없었다. 하지만 그는 쿠포 부부와 보슈와 함께 가게를 보러 가는 데는 동의했다. 영세한 바느질 도구상은 떠나면서 칸막이 선반과 카운터 같은 설비들을 모두 떼어 가버렸다. 휑하게 드러난 가게는 천장이 시커멨고, 여기저기 갈라진 틈이 보이는 벽에는 낡은 노란색 벽지 조각이 너덜거렸다. 그곳, 소리가 울리는 텅 빈 가게에서 격렬한 언쟁이 벌어졌다. 마레스코 씨는 가게를 꾸미는 것은 상인이 할 일이라고 목소리를 높였다. 상인들은 언제나 사방을 금으로 칠하기를 바라지만,

주인인 자신은 그런 요구에 응할 수 없었다. 그러면서 폐 가의 자신의 가게를 꾸미는 데는 2만 프랑이나 들었다고 얘기했다. 하지만 제르베즈는 여성의 고집스러움과 반박할 수 없는 논리로 자신의 주장을 반복했다. 사람이 사는 집에는 벽지를 발라야 하는 것이 아닌가? 가게를 집으로 생각하지 못할 이유가 없지 않은가? 그녀는 많은 것을 바라지 않았다. 단지 천장을 흰색으로 다시 칠하고 벽지를 새로 바르는 것만으로도 충분히 만족할 수 있었다.

그사이 보슈는 속을 알 수 없는 냉담한 표정으로 옆에 서 있었다. 한 마디 말도 하지 않은 채 얼굴을 돌려 허공을 올려다보았다. 쿠포가 아무리 그에게 눈짓을 해 보여도, 그는 주인에 대한 자신의 대단한 영향력을 남용하고 싶지 않다는 태도를 고수할 뿐이었다. 그러다가 마침내 미묘한 표정 변화와 함께 고개를 주억거리면서 희미한 웃음을 살짝 지어 보였다. 그러자 마레스코 씨는 잔뜩 역정이 난 불행한 얼굴로, 손에 들고 있던 금이라도 빼앗긴 수전노처럼 부르르 떨면서 열 손가락을 펴 들었다. 마침내 제르베즈에게 굴복한 그는 그녀가 벽지 값의 반을 부담한다는 조건으로 천장과 벽지를 다시 해주겠다고 약속했다. 그리고 더 이상 아무 얘기도 들으려고 하지 않고 재빨리 그곳을 떠났다.

그러자 쿠포 부부와 홀로 남게 된 보슈는 그들의 어깨를 툭툭 치면서 수다스럽게 얘기를 쏟아냈다. 어때? 아주 근사하게 해냈지 않은가! 그가 아니었다면 그들은 결코 벽지나 천장 수리 비용을 받아낼 수 없었을 것이다. 눈짓으로 그에게 의견을 구하던 주인이 그가 미소 짓는 걸 보고는 단번에 결정을 내린 것을 알고 있었는지? 사실 이건 자기들끼리 하는 얘기지만, 건물의 진정한 주인은 보슈인 셈이었다. 내보낼 세입자를 결정하고, 마음에 드는 사람에게 세를 내주고, 집세를 받아 보름 동안 서랍장 속에 보관해두는 것도 모두 그가 하는 일이었다. 그날 저녁 쿠포 부부는 보슈 부부에게 감사를 표하는 것이 예의라고 생각해 그들에게 포도주 2리터를 보냈다. 선물할 가치가 충분히 있었기 때문이다.

그다음 주 월요일부터 가게에서 일꾼들이 작업을 시작했다. 무엇보다 벽지를 고르는 것이 무척 어렵게 느껴졌다. 제르베즈는 벽을 환하고 경쾌하게 꾸며줄, 회색 바탕에 파란색 꽃무늬가 있는 벽지를 원했다. 보슈는 그녀에게 벽지를 고르러 함께 가달라고 제안했다. 그녀는 고르기만 하면 되었다. 그는 한 두루마리당 15수를 절대 넘기지 말라는 주인의 단호한 지시 사항을 염두에 두었다. 그들은 벽지 가게에서 한 시간가량을 머물렀다. 제르베즈는 사라사 천을 본떠 만든 18수짜리 아주 예쁜 벽지가 몹시 마음에 들었다. 다른 것들은 모두 끔찍하다면서 무척 낙담한 표정을 지어 보였다. 그러자 관리인이 양보를 하면서 절충안을 내놓았다. 두루마리 하나가 더 필요하다며 추가해서 계산하면 될 터였다. 돌아오는 길에 제르베즈는 폴린에게 줄 케이크를 샀다. 그녀는 은혜를 모르는 사람이 되고 싶지 않았다. 그들에게 잘 보여서 나쁠 게 없었다.

가게는 나흘 안에 수리를 끝낼 예정이었다. 그러나 작업은 3주나 걸렸다. 처음에는 벽의 페인트칠만 깨끗이 씻어내는 것으로 얘기가 돼 있었다. 하지만 본래 연분홍빛이었던 칠이 너무나 더럽고 칙칙해 보여서 제르베즈는 결국 노란색 터치를 가미한 엷은 청색으로 가게 전면을 다시 칠하기로 합의했다. 작업은 질질 시간을 끌며 마냥 이어졌다. 여전히 일을 하지 않고 있던 쿠포는 아침 일찍부터 와서는 작업이 잘돼가는지 살폈다. 보슈도 다시 단춧구멍을 만들어야 하는 바지나 프록코트를 내버려둔 채 와서는 일꾼들을 감시했다. 두 남자는 뒷짐을 진 채 일꾼들 앞에 버티고 서서는 담배를 피우고 침을 뱉어가면서 하루 종일 그들의 붓질 하나하나를 따지고 간섭했다. 못 하나 뽑는데도 길고 긴 고찰과 오랜 궁리가 필요했다. 사람 좋아 보이는 건장한 체격의 칠장이 두 명 또한 매 순간 사다리를 내려와 가게 한가운데에 버티고 선 채, 고개를 끄덕이거나 자신들이 시작한 일을 생각에 잠긴 눈빛으로 응시하면서 몇 시간이고 그들과 토론을 벌였다. 천장을 흰색으로 다시 칠하는 작업은 그런대로 빨리 마무리되었다. 하지만 벽을 칠하는 일은 언제 끝날지 기약할 수가 없었다. 칠은 도무지 마를 줄을 몰랐다. 아침 아홉시경 페인트통을 들고 나타난 칠장이들은 구석에 통을 내려놓고는 한번 흘끗 보더니 어디론가 사라져버렸다. 그리고 다시 나타나지 않았다. 점심을 먹으러 가거나, 옆 동네 미라 가로 허드렛일을 마저 하러 가기도 했다. 어떨 때는 쿠포가 무리를 이끌고 한잔하러 가기도 했다. 보슈와 칠장이들, 그리고 지나가던 옛날 동료 모두와 함께였다. 그렇게 그들은 불타는 오후를 보내곤 했다. 제르베즈는 피가 마르는 것 같았다. 그러다가 어느 날 갑자기 이틀 만에 모든 게 끝이 났다. 벽의 광칠을 끝낸 일꾼들은 벽지를 바르고, 온갖 쓰레기를 한꺼번에 비워냈다. 그들은 마치 놀이를 하듯 사다리 위에서 휘파람을 부르고 온 동네가 떠나가라 목청 높여 노래를 불러가면서 후다닥 마무리를 했다.

그들은 즉시 이사했다. 제르베즈는 처음 며칠간은 장을 보고 돌아오면서 길을 건널 때마다 어린아이처럼 행복감에 젖어들곤 했다. 그리하여 잠시 발길을 멈추고는 자신의 보금자리를 향해 미소를 지었다. 멀리서 보면, 길게 늘어선 칙칙한 상점들 가운데서 그녀의 가게가 가장 환하고 새것처럼 경쾌해 보였다. 엷은 청색으로 칠한 간판에는 노란색 글씨로 커다랗게 **최첨단** 세탁소라고 쓰여 있었다. 모슬린 커튼으로 안쪽을 막아놓은 진열창에는 천들의 순백색을 돋보이게 해주는 청색 벽지를 발라놓았다. 세탁물 견본으로는 남자 셔츠 몇 벌을 진열창에 진열해놓았고, 여성용 보닛은 장식용 턱 끈을 놋쇠 줄에 매달아 전시해놓았다. 제르베즈는 하늘과 닮은 색으로 꾸민 자신의 가게가 참으로 아름답다고 생각했다. 안으로 들어서서도 여전히 파란색 천지였다. 퐁파두르* 스타일의 사라사를 모방한 벽지는 나팔꽃이 달린 덩굴무늬가 돋보였다. 방의 3분의 2를 차지한 거대한 작업대에는 두꺼운 덮개를 씌우고, 다리를 가리기 위해 푸르스름한 나뭇잎 무늬가 커다랗게 새겨진 두툼하고 질긴 무명천을 옆으로 늘어뜨려놓았다. 제르베즈는 스툴에 앉아 만족스러운 표정을 지으며 가쁜 숨을 몰아쉬었다. 그녀는 청결한 아름다움으로 둘러싸인 데 행복해하면서 자신의 새로운 장비들을 사랑스럽게 바라보았다. 하지만 눈길은 언제나 그녀가 가장 아끼는 무쇠 난로로 향했다. 난로의 화상(火床) 주위로 비스듬하게 빙 둘러놓은 받침판 위에서는 동시에 열 개의 다리미를 달굴 수 있었다. 그녀는 서툴기 짝이 없는 수습생 계집아이가 골탄을 너무

---

* 프랑스 왕 루이 15세의 총희.

많이 넣어 난로가 터지지나 않을지 늘 두려워하면서 바닥에 꿇어앉아 난로 안을 살펴보곤 했다.

가게 뒤에 붙어 있는 거처는 그들 식구가 지내기엔 안성맞춤이었다. 쿠포 부부는 가게 바로 뒤에 붙은 가운데 방에서 잠을 자면서 그곳에서 요리와 식사를 모두 해결했다. 안쪽으로 난 문은 건물의 안뜰로 통했다. 나나의 침대가 놓여 있는 오른쪽 큰방은 둥근 천창으로 햇볕을 받아들였다. 에티엔은 바닥에 언제나 더러운 세탁물이 잔뜩 쌓여 있는 왼쪽 방을 사용했다. 그런데 꼭 한 가지 문제가 있었다. 항상 축축하게 젖어 있는 벽으로 인해 오후 세시경부터는 시야가 뿌옇게 흐려질 정도였다. 쿠포 부부는 처음에는 그 사실을 인정하려 하지 않았다.

그들의 새 가게는 단연 동네의 화젯거리가 되었다. 사람들은 쿠포 부부가 너무 욕심을 내서 곤경에 처하게 될 것이라고 수군거렸다. 과연 그들은 구제가 빌려준 500프랑을 세탁소를 꾸미는 데 모두 써버렸다. 애초에 계획했던 대로 보름간 쓸 생활비조차 남겨두지 못한 채. 제르베즈가 가게의 덧문을 처음 열던 날 아침, 지갑에는 단돈 6프랑밖에 남아 있지 않았다. 하지만 그녀는 걱정하지 않았다. 첫날부터 고객이 몰려오기 시작하면서 밝은 전망을 예고해주었기 때문이다. 그로부터 일주일이 지난 토요일 저녁, 제르베즈는 잠자리에 들기 전에 두 시간 동안 종이쪽지에 결산을 해나갔다. 그리고 쿠포를 깨워서는 환한 얼굴로, 앞으로 열심히만 해나간다면 얼마든지 돈을 긁어모을 수 있을 것이라고 얘기했다.

"나 원 정말 기가 막혀서!" 로리외 부인은 구트도르 가를 동네방네 누비면서 떠들고 다녔다. "멍청한 내 동생 놈이 이젠 별꼴을 다 겪고 살지 뭐예요!…… 방방이 바람을 피우는 게 분명하다고요. 정말 눈 뜨고 봐줄 수가 없다니까요. 하긴 그 여자한테 아주 잘 어울리는 짓거리이긴 하지만. 안 그래요?"

로리외 부부는 제르베즈와 완전히 갈라서버린 터였다. 우선 가게를 수리하는 동안 그들은 약이 올라 미쳐버릴 지경이었다. 멀리서 칠장이들이 보이기만 해도 반대편 보도로 건너가서는 이를 악문 채 자기들 집으로 올라갔다. 그런 하찮은 여자한테 파란색으로 꾸민 화려한 가게라니, 행실 바르게 살아가는 사람들의 기를 꺾어놓고도 남을 일이 아닌가! 그리고 이틀째 되는 날, 로리외 부인이 지나가는 찰나에 수습생 계집아이가 풀을 한 바가지 내다버린 일이 발생하자, 그녀는 또다시 온 동네를 돌아다니면서 올케가 일꾼들을 시켜 자기를 모욕했다고 독설을 퍼부어댔다. 그리하여 그들 사이의 모든 관계가 단절되기에 이르렀고, 그들은 길에서 마주칠 때마다 살벌한 시선으로 서로를 쏘아보곤 했다.

"그럼, 아주 멋지게 살고 있고말고!" 로리외 부인은 제르베즈에 대한 험담을 그칠 줄 몰랐다. "그 여자가 어디서 생긴 돈으로 그 망할 놈의 가게를 냈는지 내가 다 아는데 말이지! 그 대장장이 남자가 대줬다니까…… 그런데 그쪽도 알고 보면 글쎄 그런 콩가루 집안이 없더라고! 그 아비란 작자가 단두대에서 죽기 싫어서 칼로 자기 목을 찔러 죽었다지 아마? 아무튼 그렇고 그런 더럽기 짝이 없는 집구석이라니까!"

그녀는 공공연하게 제르베즈가 구제와 동침했다는 소문을 퍼뜨리고 다녔다. 심지어 어느 날 저녁 외곽 도로의 벤치에서 두 사람이 함께 있는 모습을 보았다는 거짓말까지 지어냈다. 그들의 관계를 상상하고, 올케가 느낄 즐거움에 대해 생각하면 분노가 치밀어 오르는 것 같았다. 아무도 집적대지 않는 못생긴 여자로서 어쩔 수 없이 정숙함을 지키고 있는 자신의 처지가 더욱더 화를 돋우는 가운데, 로리외 부인은 매일같이 스스로에게 이렇게 외쳐댔다.

"대체 저 여자가 나보다 잘난 게 뭐냐고, 절름발이 주제에 저렇게 남자들한테 사랑을 받다니! 그런데 왜 난 아무도 안 좋아하는 거지, 나는 왜!"

그리고 이웃들에게 온갖 허무맹랑한 소문을 끝없이 퍼뜨리고 다니면서 이야기의 처음과 끝을 꿰맞추기에 바빴다. 글쎄, 결혼식 날에도 그 여자 표정이 이상하더라니까! 오! 내가 워낙 냄새를 잘 맡는 편이거든. 로리외 부인 자신은 처음부터 이렇게 될 거라고 예상했다. 그런데 맙소사! 방방이 어쩌나 다정하게 구는지 그만 깜빡 속아 넘어가, 쿠포를 생각해서 자신들이 나나의 대부와 대모가 돼주기로 승낙해버린 것이다. 그런 세례식에 돈이 얼마나 많이 드는지 잘 알면서도. 그런데 지금 저 여자가 하는 꼴을 보라고요! 방방이 죽을 때가 돼서 물한 잔을 달라고 애원해도 그녀는 물론 절대로 줄 생각이 없었다. 오만 불손하고, 남자들한테 꼬리나 치는 방탕한 여자들은 딱 질색이었기 때문이다. 물론 나나가 대부와 대모를 보러 올라온다면 언제나 반갑게 맞아줄 것이다. 엄마가 죄를 지었다고 해서 아이까지 미워할 수는 없지 않겠는가? 쿠포는 다른 사람한테 물어보고 자시고 할 필요도 없었다. 쿠포와 같은 입장에 처한다면 어떤 남자라도 마누라 엉덩이를 차가운 물통 속에 빠뜨린 다음 힘껏 따귀를 갈겨버렸을 터였다. 하지만 그건 결국 그가 처리할 문제인 것이다. 다만 가족인 자기들에게는 최소한의 예의를 지킬 줄 알아야 하는 게 아닌가. 오, 하느님 맙소사! 만약 남편 로리외가 자신이 바람 피우는 장면을 목격하기라도 했다면 어떻게 됐을지 생각만 해도 끔찍했다. 그는 절대로 그냥 넘어가지 않았을 것이다. 아마도 그녀의 배에 가위를 냅다 꽂아버리고 말았을 것이다.

하지만 건물 내에서 일어나는 분쟁에 대해 엄격한 심판관 역할을 자처하는 보슈 부부는 로리외 부부를 비난하고 나섰다. 물론 로리외 부부는 평소에는 조용히 지내면서 하루 종일 열심히 일하고, 집세도 어김없이 날짜에 맞춰 내는 문제없는 부부였다. 하지만 아무리 그래도 이건 정말 아니었다. 그들의 터무니없는 질투는 보슈 부부를 분노케 했다. 게다가 그들처럼 인색하기 짝이 없는, 천하의 구두쇠 같은 사람들이! 그들은 사 가지고 온 포도주를 누가 뺏어 먹기라도 할까봐 몰래 감춘 채 올라가는 사람들이었다. 한마디로 역겨운 사람들이었다. 어느 날엔가는 제르베즈가 카시스 주와 탄산수를 보슈 부부네로 가지고 가서 함께 마시고 있을 때, 뻣뻣한 태도로 그곳을 지나가던 로리외 부인이 관리실 문 앞에 침을 뱉는 흉내를 낸 적이 있었다. 그날 이후 보슈 부인은 토요일에 계단과 복도를 청소할 때마다 쓰레기를 로리외 부부의 집 앞으로 몰아놓았다.

"정말 어이가 없군!" 로리외 부인은 흥분을 감추지 못하고 씩씩거렸다. "방방 저년이 이젠 저 식충이들한테 먹을 것까지 갖다 바친다 이거지! 그래, 원래 끼리끼리 노는 법이니까!…… 하지만 날 건드리기만 해보라고! 당장 집주인한테 일러바칠 테니까…… 어제만 해도 저 음흉한 보슈 영감탱이가 고드롱 부인의 치마에 엉덩이를 대고 문지르는 걸 이 두 눈으로 똑똑히 봤거든. 아이를 여섯이나 낳은 팍 삭은 여자한테 추근대다니, 제정신이냐고, 엥? 정말 추잡하기 짝이 없는 늙은이라니까!…… 한 번만 더 그런 짓을 했다가는 당장 마누라한테 일러버리고 말 거야. 여자한테 따귀라도 한번 맞아봐야 정신을 차릴지 모르겠지만…… 오호, 그거 아주 재밌는 구경거리가 되겠는걸!"

쿠포의 엄마는 두 부부와 여전히 왕래하며 지냈다. 예전보다 더 자주, 딸과 며느리 집에서 하루씩 번갈아가며 저녁식사를 함께 하면서 그들의 얘기에 귀를 기울였다. 르라 부인은 한동안 쿠포 부부의 집에 발길을 끊었다. 면도칼로 연인의 코를 자른 알제리 병사를 놓고 방방과 언쟁을 벌였기 때문이다. 르라 부인은 면도칼로 코를 자른 걸 무척 사랑스러운 행위라고 하면서 병사를 두둔했다. 그 이유는 밝히지 않은 채. 게다가 로리외 부인에게 방방이 열다섯 내지 스무 명의 사람들 앞에서 그녀를 거침없이 암소 꼬리라고 불렀다고 일러바침으로써 그녀의 분노를 더욱더 자극했다. 맙소사! 그래, 그래서 보슈 부부와 이웃들이 그녀를 암소 꼬리라고 부르기 시작했던 것이다.

제르베즈는 이 모든 소란에도 아랑곳없이 평온한 미소를 띤 채 세탁소 앞에 서서 다정한 고갯짓으로 동네 사람들에게 인사를 건넸다. 그녀는 다리미질을 하는 사이에 잠시 짬을 내서 가게 앞으로 나가 거리를 향해 미소 짓기를 좋아했다. 보도 한 자락이 자신에게 속해 있다는 가게 주인의 자부심으로 가슴이 부풀어 오른 채. 이제 구트도르 가와 인접한 거리, 그리고 온 동네가 그녀의 것이었다. 맨살이 드러난 팔에 흰색 캐미솔 차림의 제르베즈는 다림질의 열기 속에서 금발을 흩날리며 일하다가, 잠시 고개를 길게 빼고 도로 양쪽 끝을 번갈아 바라보았다. 그러면서 행인과 건물, 거리와 하늘을 한눈에 담고자 했다. 구트도르 가 왼쪽으로는 시골길을 연상시키는 한적하고 평화로워 보이는 골목에서 문간에 선 채 도란도란 얘기를 나누는 여인네들이 보였다. 제르베즈의 세탁소에서 오른쪽으로 얼마 떨어져 있지 않은 푸아소니에 가는 마차들의 부산스러운 행렬과 끊임없이 몰려드는 사람들로 늘 붐비면서 대중적 교차로의 역할을 톡톡히 해냈다. 그녀는 거리를 좋아했다. 울퉁불퉁한 커다란 포석에 움푹 팬 구덩이 탓에 덜컹거리는 짐수레들과, 좁다란 보도를 따라 서로 밀치며 종종걸음으로 걷다가는 가파른 자갈 포장길에서 주춤거리는 행인들을 구경하는 것을 즐겼다. 제르베즈의 세탁소 앞에 흐르는 3미터짜리 도랑은 그녀에겐 마치 살아 있는 기이한 강물처럼 거대해 보였다. 제르베즈는 그 도랑의 물이 아주 깨끗했으면 좋겠다고 생각했다. 염색업자의 작업장에서 흘러나오는 염료는 시커먼 진흙탕으로 둘러싸인 도랑을 매번 다른 빛깔로 섬세하게 물들였다. 제르베즈는 이번에는 주변의 상점들로 관심을 돌렸다. 커다란 식료품점의 진열대에는 코가 촘촘한 그물망에 든 마른 과일들이 놓여 있었다. 리넨 제품과 노동자들의 속옷, 양말 등을 파는 양품점에서는 팔다리를 벌려 걸어놓은 청색 작업복들이 바람이 살짝만 불어도 흔들리는 것이 눈에 띄었다. 과일 가게와 내장 가게에서는 카운터 안쪽에서 잘생긴 고양이들이 아주 평온하게 누운 채 가르랑거리는 게 보였다. 제르베즈의 이웃인 석탄 가게 여주인 비구루 부인은 그녀의 인사에 미소로 화답했다. 통통하고 작달막한 체격에 시커먼 얼굴과 반짝거리는 눈빛을 지닌 비구루 부인은 시골 오두 막집 같은 분위기를 내려고 적갈색 바탕에 장작들을 복잡하게 그려 넣은 진열창에 몸을 기댄 채 남정네들과 깔깔대고 노닥거리기를 좋아했다. 또 다른 이웃인 우산 가게의 퀴도르주 모녀는 결코 모습을 드러 내는 일이 없었다. 언제나 굳게 닫혀 있는 가게의 어두컴컴한 진열창에는 짙은 주황색으로 두껍게 코팅된 조그만 함석 양산 두 개가 장식 처럼 놓여 있었다. 제르베즈는 다시 일을 하기 전에 언제나 맞은편에 있는 커다란 흰색 담을 흘끗 보았다. 그곳에는 창문도 없이 커다란 마차 출입문이 나 있었다. 말에 매는 긴 막대를 위로 향한 짐마차와 손수레가 복잡하게 들어찬 뜰 사이로 대장간의 불꽃이 번쩍거리는 것을 언뜻 볼 수 있었다. 담벼락에는 부채꼴 모양으로 박아 넣은 편자들로 둘러싸인 **제철 공장**이라는 글씨가 커다랗게 쓰여 있었다. 하루 종일 작업대 위에서 망치 소리가 울려 퍼졌고, 불꽃의 광채가 안뜰의 희끄 무레한 그늘을 밝혀주었다. 제철 공장 담벼락 아래로 난 찬장만 한 공간 안쪽으로는 시계 수리점이 자리를 잡고 있었다. 그 양옆으로는 고철 가게와 감자튀김 가게가 보였다. 프록코트 차림의 말쑥한 신사인 시계 수리공은 아주 조그만 연장을 이용해 쉼 없이 시계를 수리했다. 그의 앞에 놓인 작업대의 유리판 아래에는 그의 손길을 기다리는 미세한 부속품들이 진열돼 있었다. 그의 뒤쪽에서는 칙칙한 빈곤함이 느껴지는 거리와 율동적인 부산함이 느껴지는 제철 공장을 배경으로, 두서너 타의 아주 조그만 뻐꾸기시계 추들이 동시에 흔들리면서 시간을 알려주었다.

동네 사람들은 제르베즈를 아주 괜찮은 여자로 여겼다. 물론 그녀에 대해 말이 많은 건 사실이었지만 그녀의 큰 눈과 조그만 입, 새하얀 이에 대해서는 이견이 없었다. 결론적으로 그녀는 금발 미인임엔 분명했다. 다리만 절지 않았더라면 아마 어디 내놓아도 손색이 없을 터였다. 이제 스물여덟 살이 된 제르베즈는 다소 살집이 올라 있었다. 가냘팠던 몸매는 두루뭉술하게 변했고, 느릿한 몸짓에서는 기분 좋은 여유로움이 느껴졌다. 이제 그녀는 다리미가 달구어지길 기다리는 동안 의자 가장자리에 멍하니 앉아 있는 일이 잦았다. 식탐의 기쁨이 밴 얼굴에 엷은 미소를 띤 채로. 그녀의 식탐은 모두가 아는 사실이었다. 하지만 그건 전혀 부끄러운 결점이 아니었다. 좋은 음식을 사 먹어도 될 만큼 벌면서 감자 껍질로 배를 채운다는 건 어리석은 일이 아닌가? 게다가 그녀는 언제나 열심히 죽어라고 일했다. 고객을 만족시키기 위해서라면 무엇이든 하면서. 일이 밀려 있을 때는 덧문을 닫아놓고 밤을 새우기까지 했다. 동네에서는 모두들 그녀가 운이 좋다고 얘기했다. 모든 것이 그녀에게 미소 짓는 것 같았다. 그녀는 건물 세입자들의 세탁을 도맡아 했다. 마디니에 씨와 르망주 양, 보슈 부부가 그녀의 단골이었다. 심지어 예전 고용주였던 포코니에 부인에게서 포부르 푸아소니에르 가에 사는 파리 귀부인들까지 빼앗아 고객으로 만들었다. 세탁소를 연 지 보름이 지나자 그녀는 조수 두 사람을 더 고용해야만 했다. 퓌투아 부인과 예전에 공동아파트 7층에 살던 키가 큰 클레망스가 그들이었다. 이제 제르베즈의 세탁소에는 조그맣고 못생긴 사팔뜨기 수습생 계집아이 오귀스틴을 포함해서 모두 세 사람의 세탁부가 일하고 있었다. 다른 사람 같았으면 이만큼의 성공에도 정신을 못 차렸을 것이다. 일주일 내내 땀 흘려 일한 후 월요일 하루쯤 자신에게 근사한 음식을 대접하는 것은 그녀에게 충분히 허용될 만한 일이었다. 게다가 그녀에겐 그러는 것이 절대적으로 필요했다. 생각만 해도 입에 침이 고이는 맛있는 성찬으로 배에 기름칠을 해주지 않는다면, 아마도 일할 의욕을 상실한 채 셔츠가 저 혼자 다림질하는 것을 바라만 보고 있게 될지도 모를 일이었다.

제르베즈는 지금까지 살아오면서 이토록 너그러운 모습을 보여준 적이 없었다. 그녀는 지극히 다정하고 선한 마음으로 모두를 대했다. 자신을 험담한 데 대한 앙갚음으로 암소 꼬리라고 호칭하는 로리외 부인을 제외하고는 아무도 미워하지 않았고, 모두를 용서했다. 점심을 잘 먹고 커피까지 마신 후 포만감에서 오는 나른함이 느껴질 때는 더욱더 폭넓은 관대함을 드러내 보였다. 그러면서 "서로 용서하면서 살아야죠, 그렇지 않나요? 그러지 않으면 미개인이랑 뭐가 다르겠어요"라는 말을 입에 달고 지냈다. 제르베즈에게 선함을 칭송할라치면 그녀는 웃음을 터뜨리면서 이렇게 말하곤 했다. 자기가 만약 악한 마음이라도 품게 된다면 그건 아마도 자기 인생의 막장이 될 거라고. 자기가 선한 마음을 지닌 것 또한 조금도 칭찬받을 일이 아님을 거듭 강조했다. 이미 모든 꿈이 이루어진 마당에 무엇을 더 바라겠는가? 제르베즈는 자신이 과거에 꾸었던 꿈에 대해 얘기했다. 어느 날 무일푼 신세로 거리로 나앉게 되었을 때 간절히 바랐던 것은 일을 하고, 빵을 배불리 먹고, 몸을 누일 조그만 방 한 칸을 마련하고, 아이들을 잘 키우고, 남자한테 맞지 않고, 자신의 침대에서 죽는 것이었다. 이제 그녀의 소망은 이루어지고도 남은 셈이었다. 그녀는 모든 것을 가졌고, 그것도 꿈꾸던 것 이상으로 가졌다. 제르베즈는 농담조로 덧붙여 말했다. 자신의 침대에서 죽는 것은 물론 가능한 한 먼 훗날의 일이기를 바랐다.

그녀는 무엇보다 쿠포에게 더없이 다정하게 대했다. 남편의 등 뒤에서 험담이나 불평을 하는 일은 결코 없었다. 함석공은 마침내 일을 다시 시작했다. 그의 작업장이 파리 반대쪽 끝에 있었기 때문에, 그녀는 매일 아침 점심식사 값과 한잔할 돈, 담뱃값을 포함한 40수씩을 그에게 건넸다. 다만 쿠포는 엿새에 이틀은 일터로 가던 중에 멈춰서는, 친구와 술을 마시느라 40수를 다 써버리고 다시 돌아와 점심을 먹으면서 그럴듯한 얘기를 지어내곤 했다. 언젠가 한번은 얼마 가지도 않아 메보트와 또 다른 세 명의 동료를 이끌고 샤펠 시문 근처 식당 카퓌생*에서 달팽이 요리, 구운 고기 그리고 고급 포도주로 배를 잔뜩 채웠다. 그런 다음 40수로는 턱없이 부족하자 웨이터를 집으로 보내 자신이 저당 잡혀 있음을 알렸다. 그러면 제르베즈는 웃으면서 어깨를 으쓱해 보였을 뿐이다. 남자가 잠시 즐거운 시간을 보냈기로서니 뭐가 대수란 말인가? 부부가 가정의 평화를 깨뜨리지 않고 살아가려면 남자의 숨통을 너무 조여서는 안 되었다. 한두 마디로 시작된 다툼이 금세 치고받기로 발전할 수도 있으니까. 맙소사! 게다가 모든 걸 이해해야만 했다. 쿠포는 아직 다리가 완전히 낫지 않은 상태였다. 그런데도 세상 사람들의 이목 때문에 어쩔 수 없이 다시 일을 시작했던 것이다. 그러지 않으면 바보 취급을 받았기 때문이다. 어쨌거나 문제가 될 게 아무것도 없었다. 그가 설령 취해서 돌아오더라도 두 시간만 자고

---

* '산토끼' 라는 뜻.

일어나면 다시 말짱해지곤 했으니까.

그사이 이글거리는 태양이 내리쬐는 뜨거운 계절이 시작되었다. 6월 어느 토요일 오후, 일에 쫓기던 제르베즈는 직접 난로에 골탄을 채워 넣었다. 열기가 통하는 도관에서 윙윙 소리가 들려오는 가운데 난로 위에서는 다리미 열 개가 달구어지고 있었다. 그 시각 진열창에는 햇볕이 수직으로 내리쬐었다. 보도에서는 뜨거운 복사열이 올라왔고, 세탁소 천장에는 커다란 물결무늬가 춤을 추었다. 마치 미세한 천으로 걸러진 듯, 선반과 진열창 안쪽의 벽지에 반사돼 푸르스름해진 햇빛으로 인해 작업대에서 눈을 제대로 뜨기가 어려울 정도였다. 거기에 뜨거운 열기가 더해진 가게 안은 한증막을 방불케 했다. 문을 활짝 열어놓았지만 바람 한 점 불어오지 않았다. 천장의 놋쇠 줄에 널려 있던 옷들이 김을 뿜어내면서 사십오 분도 채 지나지 않아 나뭇조각처럼 바짝 말라버렸다. 용광로에서 나는 듯한 열기에 짓눌려 한동안 가게 안에는 무거운 정적만이 흘렀다. 거친 면포로 된 두툼한 깔개로 인해 잦아든 둔탁한 다림질 소리만이 그 정적을 방해했다.

"휴우! 오늘은 정말 이대로 녹아버리겠네! 속옷까지 훌훌 벗어던지고 싶게 만드는 날씨야!" 제르베즈가 외쳤다.

그녀는 바닥에 놓인 단지 앞에 쪼그리고 앉은 채 세탁물에 풀을 먹였다. 흰색 페티코트 차림에 소매를 걷어 올린 캐미솔이 어깨까지 흘러내렸다. 맨살이 드러난 팔과 목은 온통 발갛게 익은 채 땀으로 범벅이 되어 있었다. 헝클어진 머리에서 삐져나온 금빛 머리카락들은 땀에 젖어 피부에 찰싹 달라붙어 있었다. 그녀는 우윳빛 물 속에 보닛과 남성용 셔츠의 앞부분, 페티코트, 여성용 속바지의 장식 등을 조심스럽게 담갔다. 그런 다음 양동이에 손을 집어 넣어 풀이 먹지 않은 셔츠와 속바지 부분에 물을 뿌리고는, 풀 먹인 옷들을 모두 돌돌 말아 사각 바구니에 담았다.

"퓌투아 부인, 이 바구니 받으세요. 조금 서둘러주실 수 있죠? 금세 마를 거예요. 한 시간 후에 다시 시작해야 하거든요."

마흔다섯 살의 퓌투아 부인은 키가 작고 왜소했다. 그녀는 몸에 꼭 맞는 낡은 밤색 웃옷을 단추를 모두 채워 입고서도 땀 한 방울 흘리지 않고 다림질을 했다. 보닛조차 벗지 않은 채였다. 누렇게 변색된 초록색 리본이 달린 검정 보닛이었다. 그녀는 키에 비해 지나치게 높은 작업대 앞에 뻣뻣하게 서서는 팔꿈치를 위로 치켜든 채 고장 난 꼭두각시 같은 동작으로 다림질을 했다. 그러다가 갑자기 꽥 하고 소리를 질렀다.

"아! 이럴 수는 없어요, 클레망스 양, 당장 캐미솔을 다시 입어요. 난 이런 추잡한 꼴은 절대 참아줄 수가 없다고요. 그럴 바엔 아예 다 보여주지그래요? 저 앞에 서서 구경하는 남자 셋이 안 보여요?"

키다리 클레망스는 퓌투아 부인을 향해 재수 없는 늙은이라고 혼잣말로 중얼거렸다. 숨이 막혀 죽을 것만 같은데 좀 편한 차림으로 있는 게 뭐가 어쨌다는 건가? 모두가 거칠고 두꺼운 피부를 가진 것은 아니었다. 게다가 대체 뭐가 보인다는 건지? 클레망스가 두 팔을 치켜들자 풍만한 처녀의 가슴으로 인해 슈미즈가 터져 나갈 것 같았고, 짧은 소맷자락 때문에 어깨가 꼭 끼었다. 클레망스는 서른 살도 되기 전에 방탕한 생활에 깊이 빠져들었다. 흥청망청 놀고 난 다음 날에는 온몸에 힘이 하나도 없이, 머리와 배 속에 걸레가 들어 있는 느낌으로 일을 하다 말고 조는 게 다반사였다. 하지만 아무도 그녀를 쫓아내지 못했다. 그녀만큼 남자 셔츠를 우아하게 다릴 줄 아는 다림질장이는 없었기 때문이다. 그녀는 남성용 셔츠 전문 다림질장이었다.

"이건 내 거란 말이에요!" 클레망스는 손바닥으로 자신의 가슴을 치면서 항변했다. "누굴 물어뜯거나 다치게 하지 않는다고요."

"클레망스, 캐미솔을 다시 입는 게 좋겠어요." 이번에는 제르베즈가 한마디 했다. "퓌투아 부인 말이 맞아요. 여기서 그러는 건 좀…… 그러다가 사람들이 우리 세탁소를 이상하게 생각하면 어쩌려고 그래요."

그러자 키다리 클레망스는 투덜거리면서 옷을 챙겨 입었다. 이런다고 뭐가 달라지느냐고! 대체 누가 내 젖가슴을 본다는 거야! 그녀는 옆에서 양말과 손수건 같은 평평한 세탁물을 다리고 있는 사팔뜨기 오귀스틴을 떼밀고 팔꿈치로 밀어내면서 화풀이를 했다. 그러자 악에 받친 오귀스틴은 학대받는 자의 은밀한 음흉함을 드러내며, 아무도 보지 않는 틈을 이용해 그녀의 등에 침을 뱉는 것으로 복수했다.

그사이 제르베즈는 각별한 주의를 기울여 보슈 부인의 보닛을 세탁하기 시작했다. 보닛을 새것처럼 만들려고 끓인 풀을 준비해두기까지 했다. 그런 다음 폴로네라고 불리는, 양쪽 끝이 둥근 조그만 다리미로 모자 안쪽을 조심스럽게 다림질하고 있을 때 얼굴에 붉은 반점이 있는 앙상하게 마른 여인이 치마가 흠뻑 젖은 채 안으로 들어왔다. 그녀는 구트도르 가의 세탁장에서 빨래하는 여자 세 명을 부리고 있는 세탁부였다.

"이렇게 일찍 오시면 어떡해요, 비자르 부인!" 제르베즈가 소리쳤다.

"오늘 저녁에 오시라고 했잖아요…… 이렇게 바쁜 시간에 오시면 곤란하다고요!"

하지만 세탁부 여인이 빨래를 오늘 중으로 모두 말릴 수 없을지도 모른다고 조바심을 내자 제르베즈는 더러운 세탁물을 당장 내주겠다고 했다. 그들은 즉시 에티엔이 사용하는 왼쪽 방으로 가서 빨랫감을 한 아름 안고 돌아와서는 세탁소 안쪽 바닥에 내려놓았다. 빨랫감 선별 작업은 삼십여 분간 계속되었다. 제르베즈는 주위에 빨랫감을 쌓아놓고 손에 잡히는 대로 던지기 시작했다. 남성용 셔츠와 여성용 슈미즈, 손수건, 양말, 더러운 행주 등이 뒤죽박죽 쌓여 있었다. 그녀는 새로운 고객의 세탁물이 들어올 때마다 다른 것과 섞이지 않게 하려고 붉은색 실로 십자가 표시를 해놓았다. 더러운 세탁물들을 뒤적거릴 때마다 뜨거운 공기 사이로 역겨운 악취가 올라왔다.

"오! 이런 맙소사! 정말 지독하군!" 클레망스가 코를 막으면서 인상을 찌푸렸다.

"당연하지! 깨끗하면 우리한테 왜 맡기겠어?" 제르베즈가 차분히 대꾸했다. "나한테는 향긋한 과일 냄새 같기만 한걸!…… 여자 셔츠가 지금까지 열네 벌이었죠, 맞죠? 비자르 부인…… 열다섯, 열여섯, 열일곱……"

제르베즈는 큰 소리로 계속 세어나갔다. 더러운 것에 이미 익숙해진 그녀는 전혀 역겹지 않았다. 그리하여 누렇게 때가 묻은 셔츠와 설거지물의 기름때로 뻣뻣해진 행주, 땀에 절고 삭아버린 양말들 틈으로 발갛게 달아오른 맨팔을 거리낌 없이 깊숙이 집어넣었다. 그러는 동안 지독한 악취가 빨래 더미 위로 숙인 얼굴을 강타하면서 나른한 무기력함이 그녀를 엄습했다. 제르베즈는 스툴에 걸터앉아 몸을 앞으로 숙인 채 느릿한 동작으로 두 손을 양쪽으로 길게 뻗었다. 꿈꾸는 것 같은 눈빛에 엷은 미소를 띤 그녀는 마치 인간이 뿜어내는 악취에 도취된 듯 보였다. 그녀가 보여준 초기의 나태함은 바로 이 순간에서 비롯된 듯했다. 주위의 공기를 오염시키는 더러운 빨랫감들의 악취에 질식된 바로 그 순간으로부터.

제르베즈가 오줌으로 몹시 더러워진 뭔지 알아보기도 힘든 아기 기저귀를 집어 막 흔드는 순간, 쿠포가 가게 안으로 들어왔다.

"이런 젠장! 햇빛이 장난이 아니야!……" 그가 더듬더듬 말했다. "머리가 아주 익어버릴 지경이라니까!"

함석공은 넘어지지 않기 위해 작업대에 기대서야 했다. 그가 이렇게 만취해서 돌아온 것은 처음이었다. 지금까지는 얼근하게 취한 게 고작이었다. 하지만 이번에는 눈가에 얻어맞은 자국도 있었다. 동료들끼리 가벼운 실랑이를 벌이다가 실수로 맞았다고 했다. 벌써부터 희끗한 머리가 눈에 띄기 시작한 그의 곱슬머리의 목덜미 쪽 머리카락에 거미줄이 매달려 있는 걸로 보아 어느 수상쩍은 술집의 한 구석을 스친 듯했다. 다소 초췌해진 그는 나이가 들어 보였고, 그사이 아래턱이 좀 더 튀어나오긴 했지만, 그의 주장에 따르면 여전히 재밌고 인기가 좋았다. 그의 피부는 공작부인이라도 유혹할 수 있을 만큼 아직 매끈하고 부드러웠다.

"내 얘길 좀 들어보라니까 글쎄." 그는 제르베즈에게 변명을 늘어놓기 시작했다. "피에드셀러리*라고 있잖아, 당신도 잘 아는. 한쪽 다리가 나무로 된 친구 말이야…… 그런데 그치가 고향으로 돌아간다더라고. 그러면서 우리한테 한잔 산 거야…… 아, 그런데 저 우라질 햇볕만 아니었다면 우린 말짱했을 거란 말이지…… 사람들이 모두 제정신이 아니야. 정말이라고! 거리가 다들 취해서 비틀거리는 것 같 다니까……"

거리가 취했다는 말에 키다리 클레망스가 재밌어하자, 그도 따라서 숨이 넘어갈 듯이 마구 웃어젖혔다.

"엥! 한심한 주정뱅이들 같으니라고! 아주 가관이라니까…… 하지 만 그건 그들 잘못이 아니야. 모두가 저 망할 놈의 햇볕 때문이지……"

그러자 세탁부들 모두가 웃음을 터뜨렸다. 심지어 주정뱅이들을 극 도로 싫어하는 퓌투아 부인까지도. 사팔뜨기 오귀스틴은 입을 헤벌린 채 암탉 울음소리를 내며 숨이 넘어갈 것처럼 웃어댔다. 제르베즈는 쿠포가 집으로 곧장 오지 않고 한 시간 동안 로리외 부부의 집에 들러 자신에 관한 험담을 듣고 온 건 아닌지 의심했다. 하지만 그가 절대 아니라고 도리질을 치며 맹세하자 그제야 너그러운 표정으로 웃음을 터뜨렸다. 그리고 그가 또다시 하루를 공친 데 대해서는 일절 따져 묻 지 않았다.

"저런 바보 같은 말을 하다니, 맙소사!" 그녀는 혼잣말처럼 중얼거 렸다. "어떻게 저런 바보 같은 말을 지껄일 수 있지!"

그리고 엄마 같은 다정한 목소리로 어르듯 말했다.

"이제 가서 자도록 해요, 그럴 거죠? 보다시피 우린 지금 엄청나게 바쁘거든요. 그러니까 방해하면 안 돼요…… 손수건이 모두 서른두

---

* '셀러리 다리'라는 뜻.

장이었죠, 비자르 부인. 거기다 두 장을 더하면 서른네 장……"

하지만 쿠포는 자러 가고 싶은 생각이 전혀 없었다. 그는 그곳에 계속 머물면서, 마치 시계추처럼 몸을 좌우로 흔들며 고집스럽고 짓궂은 표정으로 히죽히죽 웃었다. 비자르 부인을 빨리 보내버리고 싶었던 제르베즈는 클레망스를 불러 자신이 기록하는 동안 빨랫감을 세도록 했다. 그러자 키다리 불량 처녀는 빨랫감 하나하나마다 적나라하고 음란한 말을 뱉어냈다. 그녀는 고객들의 삶의 빈곤함과 침대 속의 은밀함을 모두 까발리면서, 자신의 손을 거쳐가는 온갖 구멍과 얼룩에 관해 세탁부끼리 주고받는 음담패설을 늘어놓았다. 오귀스틴은 무슨 말인지 못 알아듣는 척하면서 사악한 어린 소녀처럼 귀를 쫑긋 세웠다. 퓌투아 부인은 쿠포 앞에서 그런 얘기를 하는 걸 못마땅해하면서 입을 샐쭉거렸다. 남자에게 더러운 빨랫감들을 보여줄 필요는 없었다. 교양 있는 사람들은 그런 걸 함부로 드러내놓지 않는 법이다. 제르베즈는 진지한 표정으로 일에 몰두하느라 아무것도 듣지 못하는 척했다. 그러면서 기록을 해나가는 동안 확실히 해두기 위해 눈으로 빨랫감들을 유심히 살펴보았다. 그녀는 결코 틀리는 법이 없었다. 냄새와 색깔만으로도 각 세탁물에 주인의 이름을 붙일 수 있을 정도였다. 이 수건들은 구제 모자의 것이었다. 척 보기만 해도 알 수 있었다. 결코 냄비 바닥을 닦는 데 쓰이지 않은 것들이었다. 이 베갯잇은 보슈 부부의 집에서 온 게 분명했다. 보슈 부인이 세탁물마다 떡칠해놓는 포마드로 금세 알아볼 수 있었다. 플란넬로 만든 조끼가 마디니에 씨의 것인지 알기 위해서는 냄새를 맡아볼 필요도 없었다. 그는 모직을 착색시킬 정도로 피부에 기름기가 많았다. 제르베즈는 손님들 각자의 특징과 청결함의 비밀도 알고 있었다. 실크 치마를 입고 길을 건너는 이웃 여인네들의 속옷과 각자가 일주일에 더럽히는 양말, 손수건, 셔츠의 개수, 어떤 옷은 왜 늘 같은 부분이 찢어지는지도 훤히 꿰고 있었다. 세탁물과 관련된 다양한 일화 또한 넘쳐났다. 예를 들어 르망주 양의 슈미즈는 끝없는 얘깃거리를 제공해주었다. 항상 위쪽부터 닳는 것을 두고 그들은 노처녀의 어깻죽지 뼈가 튀어나왔기 때문이라면서 입방아를 찧어댔다. 게다가 그녀의 슈미즈는 결코 더러워지는 법이 없었다. 보름을 입더라도 마찬가지였다. 그러자 다들 그 나이에는 마치 나무토막처럼 몸에서 땀 한 방울 나오지 않는 모양이라고 수군댔다. 세탁부들은 이처럼 세탁물을 추릴 때마다 구트도르 가의 온 동네 사람들을 모두 발가벗기면서 즐거워했다.

"악! 이게 뭐야!" 새로운 세탁물 꾸러미를 열어보던 클레망스가 비명을 질렀다.

제르베즈도 갑자기 엄청난 역겨움에 사로잡혀 뒤로 물러섰다.

"고드롱 부인 거야. 난 이건 절대로 못 건드려, 무슨 핑곗거리를 찾아야겠어…… 아니, 절대로 못 해, 내가 다른 사람들보다 더 까다로운 편도 아니라고. 지금까지 더러운 거라곤 겪어볼 만큼 겪어봤고 말이지. 하지만 아무리 그래도 이건, 절대 못 해. 보기만 해도 토할 것 같아…… 이 여잔 대체 여기다 무슨 짓을 한 거야, 어떻게 옷들을 이 꼴로 만들 수 있느냐고!"

제르베즈는 클레망스에게 서두르라고 부탁했다. 하지만 키다리 클레망스는 구멍들 하나하나에 손가락을 쑤셔 넣고, 불결함의 승리를 자랑하는 깃발인 양 세탁물들을 흔들어 보이면서 음란한 말을 계속해댔다. 그러는 사이 제르베즈 주위로 더러운 세탁물들이 점점 쌓여갔다. 여전히 스툴에 걸터앉아 있던 그녀는 이젠 슈미즈와 페티코트들 속으로 파묻혀 보이지조차 않았다. 그녀의 앞에는 더러운 시트와 바지, 식탁보 등이 산더미처럼 쌓여 있었다. 그 속에서 제르베즈는 발그스름해진 팔과 목을 훤히 드러낸 채 나른하게 축 늘어져 있었다. 얼굴에는 흘러내린 금빛 머리카락 몇 가닥이 관자놀이에 달라붙어 있었다. 그러다가 이내 고드롱 부인의 빨랫감에서 나오는 악취 따윈 더 이상 신경 쓰이지 않는다는 듯 다시 세심하고 꼼꼼한 주인으로서 미소와 차분한 태도를 되찾았다. 그러면서 착오가 없는지 확인하려고 한 손으로 세탁물 더미를 뒤적거렸다. 그사이 난로에 골탄을 쑤셔 넣기를 좋아하는 사팔뜨기 오귀스틴이 골탄을 얼마나 채워 넣었던지 무쇠로 된 판이 벌겋게 달아올라 있었다. 거기에 더하여 비스듬히 내리쬐는 햇볕이 진열창을 뜨겁게 달구면서 세탁소 안은 용광로처럼 끓어올랐다. 후끈거리는 열기로 정신이 더욱더 몽롱해진 쿠포는 느닷없이 제르베즈를 향한 애정이 샘솟는 것을 느꼈다. 그는 감격에 겨운 표정으로 두 팔을 활짝 벌린 채 그녀를 향해 다가갔다.

"당신은 정말 좋은 여자야." 그가 더듬거리며 말했다. "당신한테 키스하고 싶어."

하지만 그는 앞을 가로막고 있던 페티코트 때문에 그 자리에서 넘어질 뻔했다.

"왜 이렇게 성가시게 굴어요!" 제르베즈는 언성을 높이지 않은 채 차분히 말했다. "얌전히 좀 있어요, 곧 끝날 테니까."

아니, 그럴 순 없었다. 그는 그녀에게 키스하고 싶었다. 반드시 그래야만 했다. 그녀를 진정으로 사랑했기 때문이다. 그는 계속 말을 더 듬거리면서, 쌓여 있는 페티코트를 헤치고 슈미즈 더미에 부딪혀가면서 고집스럽게 앞으로 나아갔다. 그러다가 발이 꼬이는 바람에 더러운 세탁물 한가운데로 코를 박으면서 엎어지고 말았다. 그러자 인내가 바닥나기 시작한 제르베즈는 그를 밀치면서 이러다가 세탁물이 모두 섞이고 말겠다며 역정을 냈다. 하지만 클레망스와 퓌투아 부인은 그녀를 비난했다. 어쨌거나 그는 좋은 남편이었다. 그가 원한 것은 그녀에게 키스하는 것뿐이었다. 그 정도쯤은 허락할 수도 있지 않은가.

"행복한 줄 알라고요, 쿠포 부인!" 열쇠업자인 주정뱅이 남편에게 저녁마다 맞고 사는 비자르 부인이 소리쳤다. "내 남편이 술에 취했을 때 나한테 이러면 난 좋아죽을 것 같구먼!"

그사이 다시 차분해진 제르베즈는 자신이 매몰차게 굴었던 것을 벌써 후회하고 있었다. 그러면서 쿠포를 다시 일으켰다. 그리고 웃으면서 그에게 뺨을 내밀었다. 하지만 함석공은 모든 이들 앞에서 전혀 거리낌 없이 두 손으로 그녀의 젖가슴을 움켜쥐면서 중얼거렸다.

"당신 옷들은 냄새가 정말 지독해! 하지만 그래도 난 당신을 여전히 사랑한다고, 알겠어!"

"이거 봐요, 간지럽단 말예요." 제르베즈는 더 큰 소리로 웃으면서 소리쳤다. "이런 짐승 같으니라고! 정말 짐승이 따로 없다니까!"

하지만 쿠포는 세게 움켜쥔 그녀의 손목을 놓지 않았다. 제르베즈는 세탁물의 악취로 인해 가벼운 현기증을 느끼면서 그에게 몸을 내맡겼다. 쿠포의 입에서 풍기는 술 냄새도 더 이상 역겹게 느껴지지 않았다. 불결함이 가득한 곳에서 입 한가득 주고받는 뜨거운 키스는 점

232

차 쇠락으로 향하는 그들의 삶에 닥쳐온 첫번째 추락의 순간과도 같았다.

그러는 동안 비자르 부인은 빨랫감을 여러 뭉치로 묶었다. 그녀는 윌랄리라는 두 살짜리 딸 얘기를 늘어놓았다. 아이는 이미 여인네처럼 철이 들어 있었다. 결코 우는 법도 없었고, 성냥을 가지고 놀지도 않아 혼자 놔둬도 걱정할 일이 없었다. 마침내 비자르 부인은 무거운 빨랫감을 하나씩 들어 날랐다. 키가 컸던 그녀는 그느라 허리가 휘었고, 얼굴에는 불그레한 반점이 얼룩덜룩 생겨나 있었다.

"도저히 참을 수가 없네, 이러다 익어버리고 말겠어." 제르베즈는 얼굴에 흘러내린 땀을 훔치고는 다시 보슈 부인의 보닛을 매만지기 시작했다.

벌겋게 달아오른 난로를 발견한 세탁부들은 오귀스틴을 혼내줘야 한다고 이구동성으로 목소리를 높였다. 다리미들 역시 발갛게 달아올라 있었다. 이런 못 말리는 고약한 계집 같으니라고! 잠깐 한눈을 팔기만 하면 그새를 못 참아 말썽을 저지르다니! 덕분에 다림질하는 데 십오 분간을 기다려야만 했다. 제르베즈는 난롯불 위에 재를 두 삽 퍼부었다. 햇빛을 누그러뜨리기 위해 천장의 놋쇠 줄 양쪽에 시트 두 장을 매달아 늘어뜨려야겠다는 생각이 떠올랐다. 그렇게 하자 한결 나아졌다. 가게 안의 열기는 여전히 만만치 않았지만, 시트에 걸러진 백색 광선 덕에 알코브에 있는 것 같은 아늑함이 느껴졌다. 시트 뒤편으로 보도 위를 걸어가는 사람들의 발소리가 들려오는 가운데, 세상에서 멀리 떨어져 자신만의 보금자리에 틀어박혀 있는 느낌이 들었다. 그러자 비로소 편하게 있을 수 있는 자유가 주어졌다. 클레망스는 캐미솔을 다시 벗었다. 제르베즈는 여전히 자러 가지 않겠다고 고집을 피우는 쿠포에게 그냥 있어도 좋다고 허락했다. 하지만 구석에서 얌전히 있겠다는 다짐을 받아내야만 했다. 이 시간에 벌써부터 태평하게 쉴 수는 없는 노릇이었다.

"이 망할 것이 내 폴로네를 또 어떻게 한 거야?" 제르베즈는 오귀스틴을 들먹이면서 투덜거렸다.

그리고 한참을 뒤진 끝에야 수습생 계집아이가 재미 삼아 엉뚱한 곳에 숨겨놓은 조그만 다리미를 찾아낼 수 있었다. 제르베즈는 마침내 보슈 부인의 보닛 안감 손질을 마쳤다. 그다음에는 레이스를 손으로 잡아당기고 살짝 다림질을 해서 세웠다. 보닛에는 자수로 된 띠와 큼직한 주름 장식이 번갈아 둘린 화려한 챙이 달려 있었다. 제르베즈는 나무 손잡이가 달린 달걀 모양의 다리미로 조용히 정성스럽게 주름 장식과 띠를 다림질해나갔다.

가게 안에는 정적이 흘렀다. 한동안 두꺼운 깔개로 인해 잦아든 둔탁한 다림질 소리만이 들려왔을 뿐이다. 널따란 사각 테이블 양 끝에는 주인과 두 명의 세탁부와 수습생이 어깨를 둥글게 구부리고 서서 각자의 일에 몰두한 채 팔을 끊임없이 움직였다. 각자의 오른쪽에는 지나치게 달궈진 다리미 때문에 불에 탄 흔적이 남아 있는, 카로라고 불리는 평평한 벽돌이 하나씩 놓여 있었다. 테이블 가운데 놓인, 맑은 물이 가득 담긴 오목한 접시 가장자리에는 허드레 천과 조그만 솔이 담겨 있었다. 예전에 브랜디에 절인 체리가 들어 있던 병에는 활짝 핀 눈꽃 같은 커다란 백합이 한 아름 꽂혀 있어서 마치 왕궁의 정원 같은 분위기를 느끼게 해주었다. 퓌투아 부인은 제르베즈가 준비해둔 바구니에 담긴 냅킨과 바지, 캐미솔, 옷소매 등의 세탁물과 씨름하고 있었다. 오귀스틴은 양말과 행주를 손에 든 채 윙윙거리며 날아다니는 커다란 파리에 정신이 팔려 있었다. 키다리 클레망스는 아침부터 시작해서 지금은 서른다섯번째 남자 셔츠를 다림질하는 중이었다.

"난 항상 포도주만 마신다니까, 독한 브랜디 같은 건 입에 절대로 안 댄단 말이지!" 선언할 필요성을 느낀 함석공이 느닷없이 말했다. "독한 술은 몸에 안 좋거든, 그러니까 절대로 마시면 안 된다고!"

클레망스는 가죽과 금속으로 된 손잡이를 사용해 난로에서 다리미를 집어서는 충분히 달궈졌는지 보려고 뺨 가까이로 가져갔다. 그런 다음 다리미를 벽돌에 문지르고 허리춤에 매단 천에 닦아낸 다음, 서른다섯번째 셔츠를 공략하기 시작했다. 맨 먼저 바대와 양쪽 소매를 다리기 시작했다.

"글쎄요! 쿠포 씨." 그녀는 일 분 정도 지난 후에 입을 열었다. "브랜디 한 잔쯤 마신다고 무슨 대수겠어요. 나는 오히려 내가 더 섹시하게 느껴져서 좋던데…… 그리고 말이죠, 빨리 죽을수록 좋은 거라고요. 오! 난 절대로 착각 같은 건 하지 않아요, 난 내가 어차피 오래 살지 못할 거라는 걸 잘 알거든요."

"그놈의 죽는다는 얘기 좀 안 할 수 없나, 지겨워죽겠네 정말!" 칙칙한 얘기를 좋아하지 않는 퓌투아 부인이 언짢은 표정으로 쏘아붙였다.

자신이 브랜디를 마셨다고 비난하는 것으로 생각한 쿠포는 자리에서 일어나 역정을 냈다. 자신의 몸속에는 한 방울의 브랜디도 들어 있지 않다면서, 자신과 아내 그리고 아이의 목숨을 걸고 맹세했다. 그런 다음 클레망스에게로 다가가, 그 사실을 입증하려고 그녀의 얼굴에 대고 입김을 훅 불었다. 그러다가 맨살이 드러난 그녀의 어깨를 바로 코앞에서 보게 되자 낄낄 웃기 시작했다. 그는 클레망스의 맨살을 더 가까이서 보고 싶어 했다. 클레망스는 셔츠의 등판을 접어서 양쪽으로 다림질한 다음 손목과 깃을 손질하는 중이었다. 하지만 쿠포가 자꾸만 몸을 밀치는 바람에 셔츠에 주름이 생겨버리고 말았다. 그러자 그녀는 오목한 접시의 가장자리에서 솔을 집어 풀 먹인 자리를 다시 매끄럽게 펴야만 했다.

"부인! 남편분한테 일하는 데 방해 좀 하지 말라고 해주세요!"

"클레망스한테 성가시게 굴지 좀 마세요, 당신 대체 왜 그래요." 제르베즈는 타이르듯 차분하게 말했다. "우리가 얼마나 바쁜지 안 보여요?"

그녀들이 몹시 바쁘다고 치자! 그래서 뭐가 어쨌다는 건가? 그건 그의 잘못이 아니었다. 그는 나쁜 짓을 하지 않았다. 아무것도 만지지 않았고, 단지 보기만 했다. 신이 만든 아름다운 것들을 보아서는 안 된다는 법이라도 있단 말인가? 어쨌거나 이 영악한 클레망스는 기막히게 멋진 팔을 가지고 있었다! 한 번 만지게 하는 데 2수를 받더라도 그 돈을 아까워할 남자는 한 명도 없을 것이다. 클레망스는 더 이상 언짢은 티를 내지 않고 술 취한 남자의 적나라한 찬사에 웃음을 터뜨렸다. 그리고 그의 농담에 맞장구를 치기도 했다. 쿠포는 그녀가 작업하는 남자 셔츠에 관해 농을 걸었다. 그러니까 그녀는 항상 남자 셔츠만 다리지 않는가. 그랬다, 그녀는 그 속에 파묻혀 살았다. 오! 맙소사! 클레망스는 그것들을 훤히 꿰고 있었다. 셔츠가 무엇으로 만들어졌는지도 척척 알아맞힐 수 있었다. 지금까지 그녀의 손을 거쳐 간 남자 셔츠를 모두 합치면 수백, 수천 벌도 넘을 터였다! 동네의 금발, 갈색 머리의 남자들 모두 몸에 그녀의 작품을 걸치고 있었다. 그녀는 어깨가 흔들릴 정도로 큰 소리로 웃어젖히면서도 다림질을 계속했다. 셔츠의 가슴 부분으로 다리미를 집어넣어 등 쪽에 다섯 개의 커다란 주름을 만들었다. 그런 다음 앞자락을 접어 마찬가지로 커다랗게 주름을 잡았다.

"이건 깃발*이에요!" 그리고 더 큰 소리로 웃었다.

사팔뜨기 오귀스틴도 표현이 재미있다고 생각하면서 웃음을 터뜨렸다. 그러자 모두들 오귀스틴을 나무랐다. 코흘리개 주제에 제대로 이해하지도 못하면서 뭘 아는 척하고 웃다니! 클레망스는 그녀에게 다리미를 건네주었다. 수습생은 풀 먹인 옷들을 다리고 남은 다리미의 온기를 이용해 행주와 양말 등을 손질했다. 그러다가 다리미를 서툴게 잡는 바람에 손목에 길게 화상을 입고 말았다. 그녀는 흐느끼면서 클레망스가 일부러 자신에게 화상을 입혔다며 원망을 쏟아냈다. 셔츠 앞자락을 다리기 위해 뜨겁게 달궈진 다리미를 찾으러 간 클레망스는 즉시 그녀를 달래면서, 계속 울면 뜨거운 다리미로 두 귀를 마저 다려버리겠다고 협박했다. 그러면서 셔츠 앞부분에 모직 천을 집어넣고는 풀이 밖으로 배어 나와 마르도록 천천히 다림질해나갔다. 그러자 셔츠 앞자락이 질긴 종이처럼 단단해지면서 윤기가 흘렀다.

"이런 젠장!" 쿠포는 술주정뱅이의 고집스러움으로 여전히 그녀 뒤에서 발을 동동 구르고 있었다.

---

* bannière. '깃발' 혹은 '셔츠'라는 뜻.

발뒤꿈치를 바짝 치켜든 그는 기름칠이 덜 된 도르래처럼 삐걱거리는 웃음소리를 냈다. 클레망스는 작업대에 몸을 바짝 기댄 채, 손목을 안쪽으로 하고 양 팔꿈치를 벌린 채 고개를 숙이고 다림질에 열중이었다. 맨살이 모두 부풀어 오른 듯 보였고, 섬세한 피부 아래에서 떨리는 근육의 느릿한 움직임과 더불어 어깨가 들썩거렸다. 앞섶이 벌어져 있는 슈미즈의 장밋빛 그늘 속에 땀에 젖은 채 부풀어 올라 있는 젖가슴이 보였다. 그러자 쿠포는 두 손을 앞으로 뻗어 그녀를 만지려고 했다.

"부인! 부인!" 클레망스가 소리쳤다. "남편분보고 날 좀 그냥 놔두라고 하세요, 제발!…… 자꾸 이러면 정말 가버릴 거예요. 더 이상 참을 수가 없다고요."

제르베즈는 천을 덧씌운 모자걸이에 보슈 부인의 보닛을 올려놓고는 조그만 다리미로 가장자리 레이스 장식을 꼼꼼히 매만지던 참이었다. 고개를 들자 쿠포가 또다시 두 손을 클레망스의 슈미즈 속으로 집어넣어 더듬거리는 게 보였다.

"이런, 당신 오늘 정말 말을 안 듣는군요." 그녀는 마치 빵은 빼고 잼만 먹으려고 고집을 부리는 아이를 야단치듯 짜증스러운 표정으로 쏘아붙였다. "얼른 가서 자라니까요."

"그래요, 가서 주무세요, 쿠포 씨. 그게 좋겠어요." 퓌투아 부인도 옆에서 거들었다.

"그래, 좋아!" 그는 계속 히죽거리면서 더듬더듬 말했다. "당신네 여자들은 모두 나빠!…… 이젠 농담도 못 한다 이거지, 그런 거야? 난 말이지, 여자들을 잘 알아. 하지만 나쁜 짓을 한 적은 한 번도 없다고. 여자한테 장난을 좀 치는 게 뭐가 어때서, 안 그래? 하지만 그뿐이라고. 우린 여자들을 존중할 줄 알거든…… 그리고 말은 바로 하자고. 상품을 진열해놓는 건 물건을 고르게 하기 위해서가 아닌가, 엥? 아니면 저 키다리 금발 여자는 왜 다 보여주지 못해서 안달하는 건데? 오, 이건 정말 아니지……"

그러면서 그는 클레망스를 향해 돌아서서 말했다.

"이봐, 예쁜 아가씨, 그렇게 도도한 척할 필요 없어…… 혹시 다른 사람들 앞이라서 그러는 거라면……"

하지만 그는 더 이상 말을 이을 수 없었다. 제르베즈가 과격하지는 않게 한 손으로 그의 손목을 움켜쥐고 다른 한 손으로는 입을 막았기 때문이다. 쿠포는 그녀가 가게 안쪽 방으로 그를 떼미는 동안 장난치듯 발버둥을 쳤다. 그러면서 입에서 제르베즈의 손을 떼어내고는 얌전하게 자러 가겠다고 다짐했다. 하지만 그러기 전에 키다리 금발 여자가 와서 그의 발을 따뜻하게 덥혀주어야 한다고 덧붙였다. 곧이어 제르베즈가 그의 신발을 벗기는 소리가 들려왔다. 그녀는 엄마가 아이를 다루듯 살짝살짝 때려가면서 그의 옷을 벗겼다. 바지를 벗기려고 하자, 침대 한가운데서 뒹굴던 그는 몸을 뒤로 젖힌 채 미친 듯이 웃음을 터뜨렸다. 그리고 간지럽다면서 다리를 떨었다. 그녀는 어린아이에게 하는 것처럼 이불을 꼭꼭 여며주고는 이제 좀 편안한지 물었다. 하지만 그는 대답 대신 클레망스를 향해 소리를 질렀다.

"어서 오라니까, 예쁜 아가씨, 내가 기다리고 있잖아."

제르베즈가 가게로 다시 돌아왔을 때는 사팔뜨기 오귀스틴이 결정적으로 클레망스에게 따귀를 한 대 세게 얻어맞은 참이었다. 퓌투아 부인이 난로 위에서 더러운 다리미를 집어 들었다가 사달이 난 것이다. 그녀는 무심코 다리미를 사용했다가 캐미솔을 모두 버려버렸다. 클레망스는 다리미를 닦아놓지 않은 실수를 인정하기는커녕 오귀스틴에게 잘못을 전가했다. 그러면서 바닥에 눌어붙은 풀 자국에도 불구하고 하느님까지 들먹여가며 다리미가 자신의 것이 아니라고 맹세했다. 그러자 터무니없는 부당함에 격분한 수습생은 이번에는 공공연하게 클레망스의 드레스에 침을 뱉었다. 그리하여 따귀를 된통 얻어맞고 말았다. 오귀스틴은 눈물을 삼키면서 양초 도막으로 다리미를 닦아냈다. 그 후 그녀는 클레망스의 뒤쪽을 지날 때마다 입안에 모아두었던 침을 몰래 뱉고는 드레스 아래로 길게 흘러내리는 침을 보면서 속으로 킥킥 웃었다.

제르베즈는 어느 순간 다시 찾아온 정적 속에서 보닛의 가장자리 레이스 장식을 다시 손질했다. 그때 가게 뒤쪽에서 쿠포의 굵직한 목소리가 들려왔다. 그는 여전히 기분이 좋은 듯 혼자 웃으면서 사이사이 끊어지는 말을 내뱉었다.

"바보 같은 마누라!…… 바보 멍청이, 나보고 왜 자라는 거야!…… 엥! 천하의 바보 같으니라고. 이렇게 환한 대낮에, 졸리지도 않은데!"

그러다가 갑자기 코 고는 소리가 들렸다. 제르베즈는 마침내 그가 두 짝으로 된 편안한 매트리스 위에서 취기를 진정시키면서 휴식을 취하고 있다는 사실에 비로소 안도의 한숨을 내쉬었다. 그리고 활기차게 놀리고 있는 조그만 가두리용 다리미에서 눈을 떼지 않은 채 느릿한 목소리로 정적을 깨뜨리며 얘기를 이어나갔다.

"뭐 어쩌겠어요, 취해서 제정신이 아닌 사람한테 화를 낼 순 없잖아요. 짜증을 내봤자 무슨 소용이 있겠어요. 살살 달래서 재우는 게 현명하죠. 적어도 지금 당장은 조용히 있을 수 있으니까요…… 그리고 그이는 알고 보면 나쁜 사람이 아니에요, 날 아주 사랑하거든요. 아까 다들 봤잖아요, 나한테 키스하기 위해서라면 무슨 짓이든지 할 사람이라는 걸. 사실 아주 고마운 일이죠. 술에 취하면 여자들을 보러 가는 남자들이 얼마나 많은지 잘 알잖아요…… 하지만 우리 그인 곧장 집으로 오거든요. 세탁부들한테 짓궂은 장난을 좀 치긴 하지만, 그건 뭐 장난일 뿐이니까. 그러니까 클레망스, 기분 나쁘게 생각하면 안 돼요. 남자들이 술에 취하면 어떻게 되는지 잘 알잖아요. 심지어 자기 부모를 죽여놓고도 기억조차 못 하기도 하는걸요…… 오! 난 남편한테 원망 같은 건 조금도 하지 않아요. 그가 유별난 것도 아닌데요 뭘!"

제르베즈는 이미 쿠포의 방종함에 익숙해진 양 열 올리는 일 없이 차분히 얘기해나갔다. 그를 향한 자신의 관대함을 애써 변명하면서, 그가 가게에서 세탁부들의 엉덩이를 꼬집는 게 뭐가 잘못됐는지조차 이미 느끼지 못하는 듯했다. 그녀가 얘기를 마치자 또다시 길게 정적이 이어졌다. 퓌투아 부인은 다림질을 시작할 때마다 작업대를 덮고 있는 무명천 덮개 아래쪽에서 바구니를 꺼냈다. 그리고 다림질을 끝낸 옷은 짧은 팔을 뻗어 선반 위로 올려놓았다. 클레망스는 서른다섯 번째 남자 셔츠의 주름 손질을 막 끝낸 터였다. 일이 넘쳐났다. 서두른다고 해도 밤 열한시 정도가 되어야 겨우 마칠 수 있을 정도였다. 이제 모두가 조금도 한눈파는 일 없이 일에 바짝 매달려 부지런히 다림질을 해나가야 했다. 발그레해진 맨살이 드러난 채 정신없이 오가는 팔들로 인해 세탁물들의 새하얀 빛깔이 더욱더 돋보였다. 난로에는 골탄을 더 채워 넣어야 했다. 시트 사이로 스며 들어온 햇빛이 난로를 환히 비추고 있어 햇살 사이로 올라오는 뜨거운 열기가 보였다. 마치 눈에 보이지 않는 불꽃이 떨리면서 공기를 흔들어놓는 듯했다. 천장에 매달린 줄에서 말라가는 치마와 냅킨 아래의 숨 막힐 것 같은 열기 탓에 사팔뜨기 오귀스틴은 침마저 말라버려 입가로 혀를 내밀었다. 한껏 달아오른 난로와 시큼해진 풀, 눌어붙은 다리미 바닥, 어깨를 드러낸 세탁부들의 틀어 올린 머리와 땀에 흠뻑 젖은 목덜미가 투박한 향기를 더해주는 퀴퀴하고 미적지근한 욕조, 이 모든 것에서 풍겨 나오는 냄새가 세탁소 안을 가득 메웠다. 시퍼렇게 변한 병 속의 물에 잠긴 커다란 백합 다발은 시들어가는 동안 매우 순수하고 강렬한 향기를 풍겼다. 난로를 긁는 다리미와 부지깽이 소리 가운데 함석공의 코 고는 소리가 마치 거대한 벽시계의 똑딱 소리처럼 분주한 작업장에 때로 리듬을 부여해주었다.

다음 날 함석공은 숙취에 시달렸다. 지독한 숙취에 얼굴은 부어올라 엉망이 되었고, 숱 많은 곱슬머리는 마구 헝클어진 채 입에서는 하루 종일 악취가 풍겼다. 아침 늦게 잠에서 깨어난 그는 여덟시가 다 되어서야 겨우 자리를 털고 일어날 수 있었다. 그리고 일터로 떠날지 말지를 결정하지 못하고 세탁소에서 가래침을 뱉으면서 얼쩡거렸다. 또다시 하루를 공친 셈이었다. 아침이면 그는 다리가 후들거린다며 투덜거렸다. 그리고 이렇게 술을 진탕 마시는 건 진짜 바보짓임을 스스로 인정했다. 하루 종일 기분을 망쳐놓았기 때문이다. 하지만 길을 가다보면 절대로 놓아주려고 하지 않는 무리를 만나곤 했다. 그러면 하는 수 없이 또 술을 마시고, 그러다보면 결국 모든 게 엉망이 되면서 취하는 것이다, 정신을 놓아버릴 정도로! 아! 맹세컨대 앞으로 다시는 이런 일이 없을 것이다! 한창때 술집을 드나들면서 흥청망청 살아갈 수는 없지 않은가. 하지만 점심을 먹고 난 후에는 다시 말짱해져서는, 흠! 흠! 소리를 내면서 자신이 아직 괜찮다는 것을 보여주고자 애썼다. 그러면서 간밤에는 취했던 게 아니라 살짝 기분이 좋아졌던 것뿐이라고 변명을 늘어놓기 시작했다. 게다가 요즘은 그처럼 괜찮은 남자는 쉽게 찾아볼 수 없었다. 언제나 맡은 바 책임을 다하고, 손아귀도 억세며, 눈 하나 깜짝하지 않고 얼마든지 술을 마실 수 있는 남자는 그리 흔치 않았다. 그러면서 그는 동네를 어슬렁거렸다. 그가 일꾼들을 충분히 성가시게 하고 나면, 제르베즈는 그를 쫓아버리려고 그의 손에 20수를 쥐여주었다. 그러면 그는 잽싸게 담배를 사러 푸아소니에 가에 있는, 담배 가게를 겸한 카페 **프티트 시베트***로 향했다. 그러다가 거기서 친구를 만나면 자두주를 한 잔씩 했다. 그런 다음에는 구트도르 가의 길모퉁이에 있는 프랑수아네로 가서 20수짜리 동전을 모두 써버렸다. 그곳에서는 목구멍을 기분 좋게 간질이는 아주 신선한 포도주를 마실 수 있었다. 어두컴컴하고 천장이 낮은 옛날식 술집인 그곳의 바 옆에는 요기를 할 수 있는, 담배 연기가 자욱한 간이식당이 붙어 있었다. 그는 저녁까지 그곳에 눌러앉아 술 내기 뺑뺑이 게임을 하고 빈둥거리면서 시간을 보냈다. 그곳에서는 외상술을 마실 수 있었다. 주인은 절대 집으로 계산서를 보내지 않겠다고 약속을 한 터였다. 그런 건 서로 이해해줘야 하지 않겠는가? 일을 한 다음 날에는

---

* '어린 사향고양이'라는 뜻.

목에 낀 때를 술로 씻어버릴 필요가 있었다. 술은 술을 부르는 법이다. 게다가 그는 우스갯소리를 좋아하는 편이면서도 언제나 몸가짐이 발라 여자들에게 치근덕거리는 짓 같은 건 결코 하지 않았다. 물론 그도 조금씩 술을 마시긴 했지만, 언제나 술에 절어 있으면서 부끄러운 짓을 일삼는 술꾼들과는 전적으로 달랐다! 그는 늘 맑은 정신으로 기분 좋게 집으로 돌아왔다.

"오늘은 당신 애인 안 왔나?" 그는 가끔씩 제르베즈에게 짓궂게 물어보곤 했다. "요즘은 통 안 보이는군. 내가 가서 데려와야 할까봐."

제르베즈의 애인이란 대장장이 구제를 가리켰다. 과연 그는 그녀의 일에 방해가 되거나 말이 나돌 것을 염려해서 지나치게 자주 오는 것을 피했다. 하지만 늘 핑곗거리를 찾으면서, 세탁물을 가져오거나 가게 앞에서 서성거리는 일이 잦았다. 구제는 세탁소 구석에 몇 시간이고 꼼짝 않고 앉아서 조그만 파이프 담배를 피우는 것을 좋아했다. 열흘에 한 번은 저녁식사 후에 용기를 내서 세탁소에 한동안 머물러 있었다. 본래 말이 없는 그는 언제나 입을 꼭 다문 채 시선을 오직 제르베즈에게로 향했다. 그러다가 그녀가 얘기를 할 때면 입에서 파이프를 떼고는 웃어 보였다. 토요일에 모두가 밤을 새워가며 일할 때는 공연을 관람하는 것보다 더 즐거워하면서 그곳에서 시간 가는 줄 모르고 앉아 있었다. 세탁부들은 종종 새벽 세시까지 다림질을 계속해야 했다. 천장에는 철사 줄로 가스등을 매달아놓아, 등갓으로 인해 커다란 원을 그리면서 비치는 환한 빛이 세탁물들을 폭신한 새하얀 눈처럼 보이게 했다. 수습생은 가게의 덧문을 닫았지만, 뜨거운 7월 밤의 열기를 견디지 못해 거리로 향하는 문을 활짝 열어두었다. 그리고 시간이 점점 늦어짐에 따라 세탁부들은 하나둘씩 겉옷의 단추를 끄르기 시작했다. 여인네들의 섬세한 피부는 가스등의 불빛으로 인해 노르스름한 금빛을 띠었다. 특히 그사이 통통하게 살이 오른 제르베즈의 금빛 어깨는 비단처럼 매끄럽게 빛났고, 목에는 아기의 것 같은 주름이 잡혀 있었다. 구제는 그녀의 목에 보조개처럼 옴폭 팬 곳을 눈 감고도 그릴 수 있었다. 그사이 난로에서 뿜어져 나오는 뜨거운 열기와 다리미 아래에서 김을 내는 세탁물들의 냄새가 서서히 그를 엄습해왔다. 동네 사람들의 나들이옷을 세탁하느라 밤을 지새우면서 맨팔을 흔들며 분주하게 움직이는 세탁부 여인네들을 바라보는 동안, 생각이 늘어짐과 동시에 가벼운 현기증마저 느껴졌다. 이웃한 집들이 하나둘씩 잠 속으로 빠져들면서 세탁소 주위로는 서서히 깊은 침묵이 자리를 잡아갔다. 자정을 알리는 종소리가 울리고, 어느덧 새벽 한시를 지나 두시가 되자 거리에는 마차와 행인들도 더 이상 보이지 않았다. 이젠 열린 문틈으로 새어 나오는 불빛이 마치 바닥에 펼쳐진 노란색 카펫 자락처럼 한적하고 어두운 밤거리를 밝혀줄 뿐이었다. 때로 멀리서 발소리가 나면서 누군가가 가까이 다가오기도 했다. 노란 불빛 속을 통과하던 행인은 다림질 소리에 놀라 목을 길게 빼고 소리가 나는 쪽을 흘끗 보았다. 그러면서 불그스름한 김이 서린 불빛 속에서 가슴을 풀어헤친 여인네들의 모습을 재빨리 눈 속에 담았다.

구제는 에티엔 때문에 고심하는 제르베즈를 위해, 그리고 쿠포의 구타로부터 아이의 엉덩이를 지켜주기 위해 에티엔을 자신이 일하는 볼트 공장에 취직시켜 풀무 일을 하게 했다. 못 제조공은 그 자체로는 별로 내세울 만한 직업은 아니었다. 대장간의 불결한 작업 환경과 언제나 똑같은 쇳조각을 두드려야만 하는 지루함 때문이었다. 하지만 하루에 10프랑 내지 12프랑이라는 적지 않은 돈을 벌 수 있는 직업이기도 했다. 이제 열두 살이 된 에티엔은 적성에만 맞는다면 곧 일에 익숙해질 터였다. 그렇게 해서 에티엔은 제르베즈와 대장장이 사이를 이어주는 또 하나의 연결 고리가 되었다. 구제는 에티엔을 집에 데려다주면서 아이의 바른 행실에 관한 이야기를 전해주곤 했다. 모두들 웃으면서 구제가 제르베즈에게 홀딱 빠졌다고 수군거렸다. 게다가 제르베즈 역시 이미 그 사실을 잘 알고 있었다. 그 얘기를 하면서 그녀는 수줍음을 타는 어린 소녀처럼 얼굴을 붉혔다. 그러면 두 뺨이 새빨간 능금처럼 발갛게 달아올랐다. 아! 순진하기 그지없는 착한 총각 같으니라고! 그가 방해가 된 적은 결코 없었다! 그는 절대로 그녀에게 그런 얘기를 하지 않았다. 지금까지 단 한 번도 엉큼한 몸짓이나 음란한 말을 한 적도 없었다. 그처럼 성품이 올곧은 남자를 만나기란 결코 쉬운 일이 아닐 터였다. 제르베즈는 드러내놓고 말하지는 않았지만, 그에게서 마치 성처녀처럼 사랑받고 있다는 사실에 무한한 행복감을 느끼고 있었다. 어떤 심각한 문제가 생기면 그녀는 즉시 구제를 떠올렸다. 그리고 그것은 그녀에게 커다란 위안을 안겨주었다. 그들은 단둘만이 있을 때도 서로 조금도 불편해하지 않았다. 감정을 솔직하게 털어놓지는 않으면서 미소를 띤 채 얼굴을 마주 보며 한동안 머물러 있는 것만으로도 만족했다. 그것은 추잡한 것들과는 거리가 먼 현명한 사랑이었다. 혼란을 초래하지 않고 행복할 수 있으려면 이러한 마음의 평온함을 유지할 줄 알아야 했다.

하지만 여름이 끝나갈 무렵, 이번에는 나나가 아파트 전체를 들쑤

셔놓았다. 여섯 살인 나나는 벌써부터 완벽한 악동 기질을 유감없이
보여주었다. 제르베즈는 나나가 하루 종일 자신의 뒤꽁무니를 쫓아다
니지 못하도록 조스 양이 운영하는 폴롱소 가의 조그만 학교에 아이
를 보냈다. 거기서 나나는 동급생들의 드레스를 뒤에서 서로 묶어놓
거나, 선생님의 코담뱃갑에 재를 채워 넣기도 했고, 그보다 훨씬 더
엉뚱한 짓을 저지르는 것도 다반사였다. 조스 양은 나나를 내쫓았다
가는 한 달에 6프랑을 포기할 수 없어 다시 받아들이기를 두 차례 반
복했다. 나나는 학교가 끝나자마자 하루 종일 갇혀 있던 것에 대한 복
수라도 하듯 공동아파트 입구와 안뜰에서 엄청나게 소란을 피워댔다.
그러면 귀가 따가워 견딜 수가 없었던 세탁부들은 아이한테 다른 데
로 가서 놀라며 소리를 질렀다. 나나는 그곳에서 보슈 부부의 딸인 폴
린과 제르베즈의 예전 주인의 아들인 빅토르를 만나 함께 어울렸다.
키가 크고 둔한 열 살짜리 빅토르는 자신보다 어린 조그만 계집애들
과 장난치고 놀기를 좋아했다. 쿠포 부부와 여전히 잘 지내던 포코니
에 부인은 직접 아들을 보내 나나와 함께 놀게 했다. 게다가 공동아파
트에는 엄청나게 많은 아이들이 우글댔다. 그들은 아무 때나 네 군데
의 계단에서 쏜살같이 달려 내려와 마치 짹짹거리며 모이를 쪼아대는
참새들처럼 건물 안뜰로 모여들었다. 고드롱 부인 혼자서만 아홉 명
의 아이를 내질러놓은 터였다. 금발 머리, 갈색 머리, 머리가 헝클어
진 아이, 코가 줄줄 흐르는 아이, 커다란 바지를 눈 밑까지 끌어 올려
입은 아이, 양말이 신발 위로 흘러내린 아이, 웃옷이 찢어져 땟물이
흐르는 새하얀 피부가 드러난 아이가 골고루 섞여 있었다. 6층에 사
는 빵 배달부 여인은 일곱 명을 낳았다. 건물의 방들에서 아이들이 줄

줄이 쏟아져 나왔다. 비가 올 때마다 땟물이 한바탕 씻겨 나가는 발그레한 얼굴의 아이들 중에는 영악해 보이는 큰 아이들과 벌써 어른처럼 배가 튀어나온 뚱뚱한 아이들, 조그만 꼬마들, 요람에서 갓 벗어나 아직 제대로 서지도 못하는 갓난쟁이들, 달리고 싶을 때는 네 발로 기어야 하는 어린아이들이 모두 포함돼 있었다. 나나는 그들 무리 위에 군림했다. 자신보다 두 배는 더 큰 계집아이들 가운데서 여왕처럼 행동하면서 자신을 떠받치는 심복과 같은 폴린과 빅토르에게만 약간의 권력을 나누어주었다. 이 영악한 꼬마 계집애는 끊임없이 엄마 노릇을 하면서 갓난쟁이들의 옷을 벗겼다가는 다시 입히고, 또 다른 아이들의 몸을 뒤지거나 만지작거리면서 사악한 독재자의 괴팍스러움을 흉내 내곤 했다. 나나와 함께 다니다보면 온갖 말썽을 피워 뺨을 얻어맞는 것까지 놀이로 여겨질 정도였다. 아이들은 염색업자의 작업장에서 흘러나오는 천연색 물속에서 첨벙거리다가 다리가 무릎까지 온통 파란색 또는 붉은색으로 물들곤 했다. 그런 다음에는 열쇠업자의 작업장으로 옮겨 가서는 못과 줄밥을 슬쩍했다. 그다음 순서는 소목장의 작업실이었다. 대팻밥이 엄청나게 쌓여 있는 그곳에서 아이들은 엉덩이가 드러날 때까지 깔깔거리면서 뒹굴었다. 그들은 건물 안뜰의 주인이나 다름없었다. 서로 몸을 부딪치면서 한꺼번에 우르르 넘어지곤 하는 무리의 요란한 신발 소리와, 다른 곳으로 옮겨 갈 때마다 점점 커지는 날카로운 목소리들이 뜰 전체로 울려 퍼졌다. 어떤 날은 뜰에서 노는 것만으로는 성이 차지 않은 아이들이 지하의 포도주 저장고를 공략하기도 했다. 그런 다음 다시 올라와서는 건물의 긴 계단을 따라 올라가 구불구불한 복도를 누비고 다녔다. 그러고는 다시 내려와 이번에는 다른 쪽 계단으로 올라가 복도를 따라다녔다. 아이들은 그렇게 몇 시간 동안을 지치지 않고 있는 힘껏 소리를 질러대면서 거대한 건물을 온통 휘젓고 다녔다. 마치 묶어놓았던 끈이 풀려 사방에서 튀어나온 야수들이 한꺼번에 질주하는 듯했다.

"저 경을 칠 애새끼들 때문에 머리가 돌아버릴 지경이라니까!" 잔뜩 열이 뻗친 보슈 부인이 씩씩거리면서 소리를 질렀다. "정말 할 일도 더럽게들 없는 모양이군, 저렇게 애새끼들만 잔뜩 싸지르는 걸 보면…… 그러면서 먹을 게 없다고 불평들을 하다니!"

보슈는 아이들이 오물 위에서 싹트는 버섯처럼 빈곤 속에서 자라나는 존재라고 얘기하곤 했다. 관리인 여인은 하루 종일 소리를 지르면서 빗자루로 아이들에게 으름장을 놓았다. 그리고 포도주 저장고의 문을 열쇠로 잠가버렸다. 폴린의 뺨을 한 대 때리고 난 후 아이에게서 나나가 어두컴컴한 그곳에서 의사 놀이를 한다는 사실을 전해 들었기 때문이다. 그 망할 계집아이가 다른 아이들을 치료한다면서 몽둥이를 휘둘렀던 것이다.

그러던 어느 날 오후, 결정적인 사건이 발생했다. 게다가 언젠가 한번은 일어나게 되어 있는 일이었다. 나나는 아주 재미있는 놀이를 생각해냈다. 그녀는 관리실 앞에서 보슈 부인의 나막신을 훔쳐서는 끈으로 묶어 마차처럼 끌고 다니기 시작했다. 빅토르는 나막신에 사과 껍질을 채워 넣었다. 그러자 행렬이 생겨났다. 나나가 맨 앞에서 나막신을 끌면서 걸어갔다. 폴린과 빅토르는 각각 나나의 오른쪽과 왼쪽에서 걸어갔다. 그러자 한 무리의 아이들이 서로 밀치면서 키가 큰 아이부터 작은 아이 순으로 줄지어 선 채 그 뒤를 따랐다. 치마를 입고 찢어진 패딩 모자를 한쪽 귀에만 걸친 장화만 한 키의 계집아이가 맨 끝에 섰다. 행렬 중인 아이들은 오! 아!를 연발하면서 슬픈 곡조로 노래를 불렀다. 나나가 장례식 놀이를 한다고 얘기했기 때문이다. 사과 껍질은 시신을 의미했다. 그들은 아파트 안뜰을 한 바퀴 돌고 난 후 다시 똑같은 동작을 반복했다. 모두들 신이 나서 놀이에 한껏 빠져들었다.

"저 녀석들이 또 무슨 짓을 하는 거지?" 항상 경계하는 눈초리로 아이들을 살피던 보슈 부인이 관리실에서 나오면서 중얼거렸다.

그리고 사태를 파악하자 격노하여 소리를 질렀다.

"아니, 저건 내 나막신이잖아! 아! 저 망할 것들을 그냥!"

그녀는 나나의 두 뺨을 세게 후려치고는 자기 엄마의 나막신을 가져가게 내버려둔 바보 같은 폴린에게 발길질을 가했다. 바로 그때, 제르베즈는 뜰에 있는 급수장에서 양동이에 물을 채우고 있었다. 코가 피투성이가 된 채 자지러지게 울고 있는 나나를 본 그녀는 관리인 여인의 틀어 올린 머리를 낚아챌 뻔했다. 어떻게 어린아이를 개 패듯 팰 수가 있는가? 인정머리라고는 눈곱만큼도 없는 냉정한 사람이 아니고서야 어떻게 이럴 수가 있단 말인가. 물론 보슈 부인 역시 할 말이 많았다. 이런 개망나니 같은 딸은 진즉부터 방에 꼭꼭 가둬놓았어야 했다. 그러자 관리실 문간에 모습을 드러낸 보슈가 상대할 가치도 없는 사람하고 더 이상 왈가왈부하지 말고 즉시 들어오라며 소리쳤다. 그때부터 그들은 일절 상종하지 않았다.

사실 보슈 부부와 쿠포 부부는 이미 한 달 전부터 사이가 좋지 않았다. 본래 남에게 퍼주기를 좋아하는 제르베즈는 보슈 부부에게 수시로 포도주와 수프, 오렌지, 케이크 등을 갖다주었다. 어느 날 저녁, 그녀는 관리실로 먹다 남긴 샐러드를 가지고 갔다. 비트와 치커리로 만든 샐러드였다. 관리인 여인이 샐러드라면 사족을 못 쓰는 것을 알았기 때문이다. 하지만 다음 날 제르베즈는 르망주 양한테 보슈 부인이 사람들 앞에서 샐러드를 쓰레기통에 던져버렸다는 얘기를 듣고는 얼굴이 새하얗게 질렸다. 보슈 부인은 자신이 아직 남이 먹다 남긴 음식으로 먹고살아야 할 지경에까지 이르지는 않았다고 하면서 신에게 감사했다. 그때부터 제르베즈는 어떤 선물도 하지 않았다. 포도주도, 수프도, 오렌지도, 케이크도 물론 없었다. 아! 보슈 부부가 어떤 표정을 짓는지 봐야만 했다! 그들은 쿠포 부부가 자신들에게서 무언가를 훔쳐간 것처럼 느꼈다. 제르베즈는 비로소 자신의 잘못을 깨달았다. 생각해보면 그녀가 그렇게 어리석게 선물 공세를 펴지 않았더라면 그들이 나쁜 버릇을 들이는 일도 없었을 터이고, 여전히 자신들과 사이가 좋았을 것이다. 이제 관리인 여인은 제르베즈에 관해 할 수 있는 최악의 말들을 퍼뜨리고 다녔다. 10월에 집세를 낼 때가 되자 보슈 부인은 건물주인 마레스코 씨에게 제르베즈에 관한 엄청난 험담을 늘어놓았다. 먹는 것이라면 아무리 비싸도 아낌없이 돈을 쓰는 세탁소 주인이 집세를 하루 늦게 냈다는 이유에서였다. 보슈 부인과 마찬가지로 별로 호의적이지 않은 마레스코 씨는 모자도 벗지 않은 채 세탁소 안으로 불쑥 들어가 돈을 요구했고, 제르베즈는 즉시 집세를 지불했다. 당연히 보슈 부부는 로리외 부부에게 손을 내밀었다. 이제 두 부부는 관리실에서 함께 술을 마시면서 서로 연민 어린 화해의 말을 주고받았다. 저 방방이란 여자가 아니었다면 그들이 서로 얼굴을 붉히는 일도 없었을 것이다. 방방은 사방에 불화를 일으키고 다니는 여자였다. 아! 이제야 비로소 보슈 부부는 그녀의 실체를 파악했다. 그리고 그동안 로리외 부부가 얼마나 많이 참아야 했을지도 이해할 수 있었다. 그들은 제르베즈가 지나갈 때마다 다 함께 문밖을 내다보며 그녀를 비웃는 척했다.

그러던 어느 날, 제르베즈는 로리외 부부의 집으로 올라갔다. 이제 예순일곱 살이 된 쿠포의 엄마에 관한 얘기를 하기 위해서였다. 그사이 쿠포 엄마의 두 눈은 거의 망가지다시피 했다. 다리에도 문제가 생기기 시작했다. 그리하여 하는 수 없이 마지막 남은 청소부 일마저 포기해야만 했기 때문에 누군가 도와주지 않으면 굶어 죽을 수밖에 없는 처지였다. 제르베즈는 자식이 셋이나 있는 그 나이의 노인이 이런 식으로 홀로 방치된다는 사실을 수치스럽게 생각했다. 쿠포는 로리외 부부에게 얘기하기를 거부하면서, 제르베즈에게 대신 올라가 그들을 만나라고 부추겼다. 그녀는 가슴이 터져 나갈 것 같은 분노로 가득 차 그들 집으로 올라갔다.

위층에 이르자 제르베즈는 마치 회오리바람처럼 노크도 없이 안으로 불쑥 들어갔다. 그곳은 그날 저녁 이후로 변한 게 하나도 없었다. 로리외 부부가 자기들을 처음으로 방문한 제르베즈를 냉랭하게 맞이했던 그날과 모든 게 똑같았다. 여전히 빛바랜 모직 커튼이 방과 작업실을 나누고 있었고, 터널처럼 생긴 좁고 긴 방은 뱀장어가 살기에 딱 알맞아 보였다. 로리외는 구석의 작업대 위로 몸을 숙인 채 콜론 사슬 조각의 고리를 하나씩 조이고 있었다. 로리외 부인은 바이스 앞에 서서 다이스 철판 사이로 금줄을 잡아당기고 있었다. 환한 햇살 속에서 조그만 화덕이 분홍빛으로 빛났다.

"그래요, 나예요!" 제르베즈가 말했다. "놀라셨나요, 서로 말도 하지 않는 처진데 불쑥 찾아와서요? 하지만 난 나나 그쪽에 관한 얘기를 하려고 온 게 아니에요. 대략 짐작하시겠지만요…… 어머님 때문이라고요. 그래요, 저대로 그냥 다른 사람들이 동정해서 던져주는 빵조각만 기다리게 할 수는 없잖아요."

"아! 정말 굉장한 시작이군!" 로리외 부인이 중얼거렸다. "정말 뻔뻔스럽기가 그지없군."

그리고 다시 돌아서서는 올케의 존재를 무시하는 척하면서 다시 금줄을 잡아당기기 시작했다. 하지만 로리외는 창백한 얼굴을 쳐들면서 소리쳤다.

"지금 뭐라고 했소?"

그리고 완벽하게 이해했다는 듯 얘기를 계속했다.

"또 말들이 많다, 그런 얘길 하려는 거 아니오? 참 고맙기도 하시지, 장모님 말이야. 온 동네에 불쌍한 척을 하고 다니다니!…… 엊그제만 해도 여기서 식사를 하고 갔으면서, 여기서. 우리도 할 수 있는 만큼은 하고 있단 말이지. 우리가 뭐 돈을 쌓아놓고 사는 줄 아나…… 미리 말해두지만, 혹시라도 다른 데 가서 그런 얘기를 떠들고 다닐 거면 그냥 거기서 쭉 사시라고 하시오. 우린 이간질 같은 거 하고 다니는 사람들은 딱 질색이거든."

그러면서 뒤돌아선 그는 다시 사슬 조각을 집어 들고는 마지못해 내뱉듯 덧붙였다.

"다들 한 달에 100수를 내겠다고 하면 우리도 100수를 내겠소."

제르베즈는 로리외 부부의 비웃는 것 같은 표정에 마음이 차분해지
면서 흥분을 가라앉힐 수 있었다. 그녀는 그들의 집에 들어설 때마다
왠지 모를 불편함을 느꼈다. 하지만 금 부스러기가 떨어져 있는 바닥
의 마름모꼴 무늬 나무 널에 시선을 고정한 채 애써 차분히 설명을 해
나갔다. 쿠포 엄마에겐 자녀가 셋이니 각자가 100수씩 낸다면 모두
합쳐도 15프랑밖에 되지 않았다. 그 돈으로 살아간다는 건 불가능했
다. 적어도 그 세 배는 있어야 살아갈 수 있지 않겠는가. 그러자 로리
외는 발끈하면서 소리를 질렀다. 우리보고 지금 한 달에 15프랑을 어
디 가서 훔쳐 오기라도 하란 말인가? 그는 사람들을 정말 이해할 수
없었다. 집에 금이 있다고 자신을 부자라고 생각하다니 웃기지 않은
가 말이다. 그는 이번에는 쿠포 엄마를 걸고넘어졌다. 그녀는 아침마
다 반드시 커피를 마셔야만 했다. 술도 조금씩은 마셔야 했고, 돈이
많은 사람처럼 이런저런 요구가 많았다. 정말 기가 막힌 일이다! 누구
나 다 편한 것을 찾게 마련이다. 하지만 어쩌겠는가? 모아놓은 돈이
없을 때는 허리띠를 졸라매야 하는 게 당연하다. 누구나 그렇게 살아
가지 않는가. 게다가 쿠포 엄마가 나이 때문에 더 이상 일을 하지 못
한다는 것도 웃기는 얘기였다. 그녀는 접시 안쪽에 있는 맛있는 음식
을 잘만 집어 먹었다. 한마디로 쿠포 엄마는 다른 사람들에게 빌붙어
살기 위해 약은 꾀를 부리는 노파였다. 로리외 자신에게 설사 돈이 있
다고 하더라도 무위도식하는 사람에게 한 푼이라도 보태주는 것은 결
코 그네를 위한 게 아닐 터였다.

그럼에도 불구하고 제르베즈는 그들과 타협해보려고 그가 내세우
는 납득하기 힘든 이유를 차분한 어조로 조목조목 반박했다. 그녀는

로리외 부부의 동정심을 자극하고자 애썼다. 하지만 로리외는 그녀에게 더 이상 아무런 대꾸도 하지 않았다. 그의 아내는 이제 풍로 앞에 선 채, 긴 손잡이가 달린 조그만 구리 냄비에 가득 담긴 질산에 사슬 조각을 씻어냈다. 로리외 부인은 아주 멀리 떨어진 곳에 있는 것처럼 여전히 등을 돌리고 있었다. 그들은 작업실의 시커먼 먼지를 뒤집어 쓴 채 고집스럽게 일에 몰두했다. 틀에 박힌 기계적 작업 탓에 휘어진 육체와 기름때가 묻은 옷을 기워 입은 모습이 마치 낡은 도구처럼 고지식하고 완강해 보였다. 그러자 갑자기 분노가 치밀어 오른 제르베즈는 그들을 향해 소리쳤다.

"그래요, 차라리 이대로가 낫겠군요, 당신들의 그 잘난 돈 필요 없다고요!…… 내가 어머니를 모실 거예요, 아시겠어요! 난 요 전날 밤에 길거리의 고양이도 거뒀어요. 그런데 당신 어머니라고 거두지 못하란 법은 없죠. 그리고 어머니는 부족한 게 아무것도 없을 거예요. 커피도 술도 맘껏 마실 수 있을 거라고요!…… 맙소사! 정말 치사하고 더럽기 짝이 없는 가족이군!"

그러자 로리외 부인이 단번에 뒤로 돌아섰다. 그리고 들고 있던 냄비를 흔들었다. 제르베즈의 얼굴에 질산이라도 뿌릴 기세였다. 그러면서 더듬더듬 소리쳤다.

"당장 여기서 나가, 안 그러면 내가 무슨 짓을 할지 모르니까!…… 그리고 난 100수를 줄 생각이 전혀 없어. 그러니까 그런 기대는 하지 않는 게 좋을 거야! 아니, 절대로 줄 수 없어, 단 한 푼도!…… 100수라니, 천만의 말씀! 우리 엄마를 하녀처럼 부려먹으면서 내가 주는 100수로 편안하게 살려는 심보가 아니고 뭐냐고! 만약 엄마가 네 집으로 가면, 가서 이렇게 전해. 엄마가 다 죽어가도 난 물 한 잔도 갖다 줄 생각이 없다고⋯⋯"

"정말 피도 눈물도 없는 여자군!" 제르베즈는 그렇게 소리치면서 문을 세게 닫았다.

그녀는 그다음 날 당장 쿠포의 엄마를 집으로 모시고 왔다. 그리고 둥근 천창으로 햇빛이 비치는 나나의 방에 쿠포 엄마의 침대를 들여다놓았다. 이사는 오래 걸리지 않았다. 쿠포 엄마는 가구라고는 예의 침대와, 더러운 세탁물이 있는 방에 들여놓은 낡은 호두나무 옷장, 테이블 하나 그리고 의자 두 개가 전부였다. 테이블은 팔고 의자는 짚을 갈아 넣었다. 궁지에서 벗어난 데 안도한 쿠포 엄마는 짐을 옮겨놓은 그날 저녁부터 쓸모 있는 존재가 되기 위해 비질과 설거지를 했다. 로리외 부부는 분해서 어쩔 줄을 몰랐다. 게다가 르라 부인마저 쿠포 부부와 다시 화해한 터였다. 그러던 어느 날 조화 직공과 사슬 제조공 자매가 제르베즈 얘기를 하던 중에 서로의 따귀를 때리는 일이 발생했다. 르라 부인이 감히 자신들의 엄마에 대한 제르베즈의 처신을 칭찬했기 때문이다. 그러다가 로리외 부인이 격분하는 모습에 짓궂은 생각이 든 르라 부인은 제르베즈의 눈이 매우 아름답다는 말을 하기에 이르렀다. 종이를 불태울 수 있을 것처럼 빛나는 눈이었다. 그러자 두 여자는 서로의 뺨을 때리고는 앞으로 다시는 보지 말자고 악담을 한 후 헤어졌다. 이제 르라 부인은 저녁 시간을 주로 제르베즈의 세탁소에서 보내면서 키다리 클레망스가 늘어놓는 음담패설을 마음속으로 즐겼다.

그 후 3년이 흘러갔다. 그들은 다투었다가 화해하기를 여러 번 반복했다. 제르베즈는 로리외 부부와 보슈 부부를 비롯해 자신과 어울리지 못하는 사람들을 무시하고 지냈다. 싫은 사람은 가버리면 그만이지 않겠는가? 그녀는 자신이 원하는 만큼 벌고 있었다. 중요한 것은 그것이었다. 동네에서는 마침내 그녀를 존중하기에 이르렀다. 한마디로 말해서, 제르베즈처럼 언제나 정확하게 지불하고 치사하게 값을 깎거나 불평하지도 않는 좋은 고객은 찾아보기 힘들었다. 그녀는 푸아소니에 가의 쿠들루 부인의 빵집에서 빵을 샀고, 폴롱소 가의 푸주한 뚱뚱보 샤를에게 고기를 샀다. 또한 식료품은 그녀의 세탁소 거의 맞은편에 있는 르옹그르의 가게에서 조달했다. 길모퉁이에 있는 선술집 주인 프랑수아는 그녀에게 한꺼번에 50리터씩 포도주를 배달해주었다. 남자들이 하도 꼬집어대 엉덩이가 시퍼렇게 멍들었을 제르베즈의 이웃 비구루 부인의 남편은 그녀에게 가스 회사에 공급하는 가격으로 골탄을 대주었다. 제르베즈가 거래하는 상점의 주인들은 그녀에게 신경을 많이썼다. 그녀와 좋은 관계를 유지하면 얻을 게 많다는 사실을 잘 알았기 때문이다. 그리하여 제르베즈가 슬리퍼와 맨머리 차림으로 동네에 나갈 때마다 사방에서 그녀에게 인사를 건네곤 했다. 마치 이웃의 거리들이 현관문을 열면 바로 그녀의 집과 자연스럽게 이어지는 듯했다. 이제 제르베즈는 장 보는 시간을 질질 끌면서 아는 사람들에게 둘러싸인 채 길에서 어슬렁거리는 일이 잦아졌다. 미처 저녁식사 준비를 해놓지 못했을 때는 조리된 포장 음식을 파는 세탁소 건너편 식당으로 가서 수다를 떨곤 했다. 먼지 낀 더러운 유리창이 달린 널찍한 홀이 있고, 그 안쪽으로 희미한 빛이 비치는 뜰이 보이는 곳이었다. 때로는 손에 접시와 공기를 잔뜩 든 채 보도에 면한 몇몇 작업장 앞에 멈춰 서서 얘기를 나누기도 했다. 언뜻 들여다본 구두 수선공의 방에서는 흐트러진 침대와 바닥에 널려 있는 누더기들, 다리가 삐걱거리는 요람 두 개, 더러운 물이 가득 든 수지로 만든 단지가 눈에 띄었다. 하지만 제르베즈가 가장 존중하는 이웃은 언제나 말끔하게 프록코트를 차려입고 아주 조그만 연장을 손에 든 채 끊임없이 시계를 수선하는 시계 수리공이었다. 그녀는 종종 그에게 인사하려고 길을 건너가서는 찬장만 한 가게 앞에 선 채, 서로 엇갈린 박자로 동시에 경쾌하게 울려대는 조그만 뻐꾸기시계들을 환하게 웃으며 마냥 즐겁게 바라보곤 했다.

6

어느 가을날 늦은 오후 땅거미가 질 무렵, 포르트블랑슈 가에 사는 한 단골에게 세탁물을 가져다주고 돌아오던 제르베즈는 푸아소니에 가의 끝 쪽을 지나가고 있었다. 아침부터 비가 내리는 포근한 날씨에, 끈적거리는 포석에서 냄새가 풍겨 나왔다. 그녀는 무거운 빨래 바구니를 든 탓에 때로 가쁜 숨을 몰아쉬면서 거리를 올라갔다. 몸이 축 처지고 걸음이 느려지는 가운데 점점 커져가는 나른함 속에서 어렴풋이 감각적 욕구가 느껴졌다. 느닷없이 아주 맛있는 것을 먹고 싶다는 생각이 들었다. 고개를 들자 눈앞에 마르카데 가라는 표지판이 보였다. 그 순간 문득 대장간으로 구제를 보러 가야겠다는 생각이 머리를 스쳤다. 그는 자신이 쇠를 어떻게 다루는지 궁금해지면 언제라도 들르라고 그녀에게 이미 수없이 얘기한 바였다. 다른 노동자들 앞에서는 에티엔을 보러 왔다고 둘러대면 될 터였다.

볼트와 리벳을 만드는 공장은 마르카데 가의 끝 쪽 어딘가에 있을 것으로 짐작됐다. 하지만 어딘지는 정확히 알지 못했다. 게다가 공터와 번갈아 늘어서 있는 허름한 집들에는 번지수가 누락된 경우가 종종 있었다. 그녀는 억만금을 준다고 해도 그런 동네에서는 살지 못할 것 같았다. 널찍하고 더러운 길에는 인접한 공장에서 날아온 석탄 먼지가 검게 깔려 있었고, 바퀴 자국으로 푹 팬 포석의 물웅덩이에서는 고인 물이 썩어갔다. 거리의 양쪽으로는 창고와 유리 지붕으로 덮인 커다란 작업장, 짓다 만 것처럼 벽돌과 뼈대가 그대로 노출된 회색빛 건물 등이 늘어서 있었다. 곧 무너질 듯한 허름한 건물들의 벽에 뚫린 틈새로 멀리 시골 풍경이 보였다. 건물들 양옆으로는 초라한 집들과 수상쩍은 분위기의 선술집들이 눈에 띄었다. 제르베즈는 자신이 일하는 대장간이 길바닥에 쌓아놓은 쓰레기를 연상시키는 고물상과 가까이 있다고 한 구제의 말을 떠올렸다. 언젠가 구제는 고물상의 넝마와 고철 속에 수십만 프랑의 가치가 있는 잡동사니들이 감춰져 있다고 설명해주었다. 그녀는 요란한 소리가 나는 공장들 사이로 계속 나아갔다. 지붕 위의 가느다란 도관들에서는 수증기가 세차게 뿜어져 나왔다. 제재소에서는 광목천이 갑자기 죽 찢어질 때 들리는 날카로운 쇳소리가 규칙적으로 들려왔다. 단추 공장에서는 기계가 돌아가면서 나는 우르릉 소리와 덜컹거리는 소리가 땅바닥을 뒤흔들었다. 그대로 계속 가야 할지 몰라 망설이던 제르베즈가 몽마르트르 쪽으로 시선을 향했을 때, 갑자기 불어온 바람이 높은 굴뚝에서 나오는 시커먼 연기의 방향을 바꾸면서 거리를 오염시켰다. 질식할 것 같아 눈을 감은 그녀의 귀에 리드미컬한 망치질 소리가 들려왔다. 제르베즈는 자신도 모르는 새에 찾고 있던 공장 앞에 와 있었던 것이다. 바로 옆의 뜰에 잔뜩 쌓여 있는 넝마를 보고서야 그 사실을 알아차렸다.

하지만 제르베즈는 어디로 들어가야 할지 몰라서 여전히 망설였다. 구멍이 뚫린 울타리 사이로 허물어진 건물의 잔해로 향하는 듯 보이는 통로가 나 있었다. 앞을 가로막은 질퍽한 물웅덩이 위로는 판자 두 개가 가로놓여 있었다. 마침내 그녀는 판자 위로 두 발을 딛고 건너가서는 왼쪽으로 돌아갔다. 그러자 손잡이가 위로 향한 채 뒤집어져 있는 낡은 손수레들과 들보의 골격이 그대로 남아 있는 폐허가 된 집들 가운데로 나서게 되었다. 한쪽 구석에서는 아직 희미한 빛이 머물러 있는 어둠을 뚫고 번쩍이는 붉은빛이 보였다. 이제 망치 소리는 들리지 않았다. 빛이 새어 나오는 곳을 향해 조심스럽게 나아가고 있을 때 얼굴에 염소수염이 더부룩하게 나고 숯검정이 묻은 한 남자가 희멀건 눈빛으로 그녀를 흘끗 쳐다보며 옆을 지나쳐 갔다.

"저기요, 여기가 에티엔이라는 아이가 일하는 곳이 맞지요?…… 제 아들이거든요."

"에티엔, 에티엔이라." 남자는 쉰 목소리로 몸을 좌우로 흔들면서 이름을 반복했다. "에티엔, 아니, 난 모르는 이름인데요."

그가 입을 열자 마치 오래된 브랜디를 담아둔 통의 마개를 새로 딴 것처럼 독한 알코올 냄새가 풍겼다. 이런 어두컴컴한 구석에서 여자를 만났다는 사실에 자극받은 그가 능글거리는 눈빛으로 그녀를 바라보자 제르베즈는 한 발 뒤로 물러서면서 나지막한 목소리로 거듭 물었다.

"여기가 구제 씨가 일하는 곳 아닌가요?"

"아! 구제 말이오, 그럼요! 구제는 물론 잘 알지요!…… 구제를 만나러 온 거라면…… 저기 안쪽으로 가면 됩니다."

그리고 뒤를 돌아보며 쇠가 갈라지는 것 같은 목소리로 외쳤다.

"이봐, 필도르, 어떤 숙녀께서 자넬 찾아왔네!"

하지만 그의 목소리는 망치 두드리는 소리에 묻혀버리고 말았다. 제르베즈는 안쪽으로 향했다. 그리고 문 앞에 이르러서는 목을 길게 빼고 쳐다보았다. 거대한 공간에는 처음에는 아무것도 보이지 않았다. 쥐 죽은 듯이 고요한 대장간의 구석에서는 잠식해오는 어둠을 늦추려는 별처럼 희미한 빛만이 새어 나왔다. 그리고 거대한 그림자들이 떠다녔다. 때로 검은 그림자 무리가 불 앞을 지나면서 마지막 남은 빛마저 막아버리곤 했다. 엄청나게 커 보이는 남자들의 그림자에서 그들의 커다란 손발을 떠올려볼 수 있었다. 제르베즈는 더 이상 나아갈 용기를 내지 못하고 문간에 멈춰 선 채 나지막한 목소리로 구제의 이름을 불렀다.

"구제 씨, 구제 씨……"

그때 갑자기 주변이 환하게 밝아졌다. 요란한 풀무질 소리 속에서 솟아오르는 새하얀 불꽃이 보였다. 그러자 그녀의 눈앞에 거대한 작업장이 모습을 드러냈다. 나무판자로 된 칸막이들에는 구멍들이 엉성하게 뚫려 있었고, 각 구석은 벽돌 벽으로 보강이 돼 있었다. 공중으로 흩어진 숯가루로 인해 작업장이 온통 회색빛 검정으로 칠해진 것처럼 보였다. 들보에 매달린 거미줄은 오랫동안 켜켜이 내려앉은 먼지로 묵직해진 채 높은 곳에서 말라가는 누더기 옷을 연상시켰다. 쇠로 된 낡은 도구와 찌부러진 용기, 거대한 연장이 뒤섞여 사방 벽의 못에 걸려 있거나, 선반 위의 어두컴컴한 구석에 내팽개쳐져 있었다. 부러졌거나 단단하거나 퇴색한 물건들이 언뜻 제르베즈의 눈에 들어왔다. 그사이 점점 더 세차게 솟아오르는 대장간의 새하얀 불꽃이 마치 햇살처럼 환하게 단단히 다져진 땅을 비추었다. 그러자 받침대에 견고하게 박혀 있는 네 개의 모루의 반들거리는 쇠가 금빛이 가미된 은색을 띠었다.

제르베즈는 화덕 앞에 있는 멋진 황금빛 수염의 구제를 알아볼 수 있었다. 에티엔은 풀무질을 하고 있었다. 또 다른 두 명의 대장장이도 그곳에 함께 있었지만 그녀의 눈에는 구제밖에 보이지 않았다. 제르베즈는 성큼성큼 앞으로 걸어가 그의 앞에 멈춰 섰다.

"아니! 제르베즈 부인 아니세요!" 구제가 환한 얼굴로 외쳤다. "어떻게 여길!"

하지만 야릇한 얼굴로 자신을 쳐다보는 동료들의 시선을 의식한 그는 얼른 에티엔을 그녀 앞으로 밀면서 서둘러 덧붙였다.

"아드님을 보러 오신 모양이군요…… 아주 잘하고 있답니다. 이젠 제법 요령도 생기기 시작했고 말이죠."

"아, 다행이군요! 여길 찾는 데 정말 힘들었답니다…… 세상 끝에 와 있는 것 같은……"

그러면서 그녀는 자신의 여정을 들려주었다. 그런 후에 왜 대장간에서 에티엔의 이름을 모르는지를 물었다. 그러자 구제는 웃음을 터뜨리면서 그 이유를 설명했다. 이곳에서는 모두들 그를 꼬마 주주라고 불렀다. 머리를 짧게 깎은 모습이 주아브* 병사를 닮아서였다. 그들이 얘기를 나누는 동안 에티엔은 풀무를 불지 않고 기다렸다. 그러자 용광로의 불꽃이 약해지면서, 점점 짙어지는 작업장의 어둠 속에서 분홍빛 불빛마저 사그라졌다. 대장장이는 희미한 빛 속에서 더욱더 생기 있어 보이는 얼굴로 미소를 띤 제르베즈를 연민 어린 눈빛으로 바라보았다. 그리고 어둠에 둘러싸여 서로 아무 말도 하지 않고 있다가 갑자기 무언가가 생각난 듯 그가 먼저 침묵을 깨고 말했다.

"제르베즈 부인, 괜찮으시면, 마저 끝내야 할 게 있어서요. 좀 기다려주실 수 있죠? 여기 계셔도 전혀 방해되지 않는답니다."

제르베즈는 그곳에 계속 머물러 있었다. 에티엔은 또다시 풀무를 향해 몸을 숙였다. 용광로는 마치 스파크가 튀듯 활활 타올랐다. 엄마에게 자신의 능력을 보여주고 싶었던 에티엔이 폭풍우처럼 엄청난 바람을 불어 넣은 때문이었다. 구제는 집게를 손에 든 채 쇠막대가 달궈지는 모습을 주의 깊게 살폈다. 강렬한 빛이 한 점의 그늘도 허락지 않은 채 환하게 그를 밝혀주었다. 걷어 올린 셔츠 소매와 벌어진 깃 사이로 그의 팔과 가슴의 맨살이 드러나 보였다. 마치 소녀의 것 같은 발그레한 피부에 곱슬곱슬한 금빛 털이 돋보였다. 근육이 울퉁불퉁 튀어나온 널찍한 어깨 사이로 살짝 들어간 듯 보이는 얼굴과, 무언가를 주의 깊게 살피는 듯한 표정, 눈썹 하나 까딱하지 않은 채 불길에 고정된 창백한 눈빛이 그를 마치 자신의 힘을 확신하고 휴식 중인 거인처럼 보이게 했다. 그는 새하얗게 달구어진 쇠막대를 집게로 꺼내 모루 위에 올려놓고 망치로 내려쳐 일정한 크기로 잘라냈다. 마치 가

---

* 알제리인으로 편성된 프랑스 보병대.

벼운 손놀림으로 유리 조각을 잘라내는 것처럼 보였다. 그런 다음 잘라낸 조각들을 다시 불에 넣었다가는 다시 하나씩 꺼내 모양을 만들어나갔다. 그는 육각형 리벳을 만들었다. 잘라낸 쇳조각을 못대가리를 만드는 틀에 넣어 누른 다음 여섯 개의 면을 납작하게 만들었다. 그리고 아직 열기가 남아 있는 완성된 리벳을 바닥으로 던졌다. 여전히 벌건 빛을 띤 리벳은 시커먼 바닥 위에서 차갑게 식어갔다. 그는 오른손으로 5파운드에 이르는 망치를 휘두르면서, 한 번 망치질을 할 때마다 점차 세부적인 모양을 만들어나갔다. 사람들을 바라보면서 수다를 떨 때와 같은 편안함으로 쇳덩어리를 뒤집고 모양을 만들어나가면서 끊임없이 망치질을 했다. 그럴 때마다 모루에서는 은 쟁반에 옥구슬이 굴러가는 것 같은 맑은 소리가 울려 퍼졌다. 그는 땀 한 방울흘리지 않은 채, 저녁마다 집에서 그림을 오리는 것과 별반 다를 바없는 아주 편안하고 자연스러운 몸짓으로 망치를 내리쳤다.

"오! 이건 조그만 리벳에 속해요, 20밀리짜리거든요." 그는 제르베즈의 질문에 대답했다. "이런 건 하루에 300개까지 만들 수 있어요…… 하지만 그만큼 숙련된 기술이 필요하죠. 안 그러면 팔이 금세 마비돼버리거든요……"

제르베즈가 그에게 하루가 끝날 때쯤이면 팔목이 굳지 않는지 묻자그는 호탕하게 웃음을 터뜨렸다. 그를 힘없는 젊은 처자쯤으로 여기는 건지? 그의 손목은 이미 지난 15년 동안 온갖 험한 일을 다 겪은터였다. 그리하여 이젠 무쇠와 다를 바 없었다. 오랫동안 연장들과 씨름해온 덕분이었다. 게다가 그녀의 말은 옳았다. 리벳이나 볼트를 만들어본 적이 없는 사람이 5파운드짜리 망치를 장난감처럼 휘두를 생각을 한다면, 그는 두 시간도 채 지나지 않아 심각한 근육통에 시달리게 되고 말 것이었다. 근육통은 대수롭지 않아 보이지만, 수년 내에 건장한 남자들을 쓰러뜨리기도 하는 심각한 문제였다. 그사이 다른 대장장이들도 모두 동시에 망치질을 하고 있었다. 환한 불빛 속에서 커다란 그림자가 춤을 추었고, 불에서 꺼낸 쇠막대의 붉은색 섬광이 어둠을 갈라놓았다. 망치 아래에서 튀어 오르는 번득이는 불꽃은 모루 위에서 햇빛처럼 사방으로 퍼져 나갔다. 대장간의 활기찬 모습에 푹 빠진 제르베즈는 더 이상 그 자리를 떠날 생각을 하지 않았다. 그녀는 대장간을 빙 돌아 손을 데지 않도록 조심하면서 에티엔에게로 가까이 다가갔다. 그때 앞뜰에서 마주쳤던 수염이 덥수룩한 지저분한 남자가 안으로 들어오는 게 보였다.

"그래, 그 친굴 만나셨나요, 부인?" 그는 술에 취해 빈정거리듯 물었다. "괼도르, 그거 아나, 부인한테 자네가 있는 곳을 알려준 게 바로 나라고……"

그는 베크살레*, 일명 부아상수아프**라고 불리는 남자였다. 남자 중의 남자, 멋쟁이 볼트 제조공인 그는 하루에 1리터씩 싸구려 독주로 자신의 쇠에 기름칠을 해야만 했다. 목이 깔깔해서 여섯시까지 기다릴 수가 없었던 그는 급하게 한잔하고 오는 길이었다. 주주의 이름이 에티엔임을 알게 된 그는 이름이 무척 재미있다면서 검은 이를 드러내며 큰 소리로 웃어젖혔다. 그리고 이내 제르베즈가 누군지를 알아보았다. 바로 어제만 해도 쿠포와 한잔했던 것이다. 쿠포에게 베크

---

* '소금에 절인 입'이라는 뜻.
** '갈증을 느끼지 못할 때까지 줄곧 마셔댄다'는 뜻.

266

살레, 일명 부아상수아프에 관해 물어보면 그는 즉시 이렇게 말할 것이다. "오, 정말 멋진 친구지!" 아! 그 쿠포란 친구! 정말 지금까지 그렇게 멋진 남자는 본 적이 없었다. 그는 걸핏하면 선심을 쓰면서 한잔을 사곤 했다.

"부인이 그 친구 안사람이라니 정말 반갑군요. 그 친구는 부인처럼 아름다운 마누라를 데리고 살 자격이 있는 남자니까요. 안 그래, 꾈도르? 부인이 정말 아름답다고 생각지 않나?"

그러면서 그는 지분덕거리는 몸짓으로 그녀를 밀어붙였다. 제르베즈는 그와 거리를 유지하려고 빨래 바구니를 집어 자기 앞에 내려놓았다. 그가 자신과 제르베즈 사이의 친근함을 두고 이기죽거리고 있음을 간파한 구제는 난처한 상황을 해소하기 위해 그를 향해 소리쳤다.

"어이, 게으름뱅이! 그래, 40밀리짜리 볼트는 언제 만들 건가?……그렇게 술에 절어서 제대로 일이나 할 수 있겠어? 한심한 고주망태 같으니라고!"

대장장이는 모루 근처에서 두 명의 망치공이 보조를 해야 하는 커다란 볼트의 주문 제작에 관한 얘기를 하는 중이었다.

"자네가 원한다면 당장이라도, 마마보이 같으니라고!" 베크살레가 소리치며 대꾸했다. "아직 엄마 젖이나 빠는 주제에 진정한 사내인 척하다니! 자네가 아무리 덩치가 커도 절대 날 이기지 못해. 난 자네보다 훨씬 큰 사내들도 거뜬히 해치웠어!"

"그래 좋아, 그럼 당장 붙어보자고. 자 간다, 누가 이기나 해보는 거야!"

"그러자고, 이 엉큼한 작자야!"

제르베즈의 존재에 자극을 받은 그들은 서로에게 도전장을 던졌다. 구제는 미리 잘라놓은 쇳조각을 불 속에 던져 넣고는, 모루 위에 구경(口徑)이 큰 못대가리 틀을 고정해놓았다. 그의 동료는 벽에 기대어놓은 20파운드짜리 커다란 망치 한 쌍을 가지고 왔다. 대장장이들이 피펀과 데델이라고 부르는 것들이었다. 베크살레는 계속 허세를 부리면서, 됭케르크의 등대를 짓는 데 사용된 반 그로스*의 리벳을 자신이 만들었다고 떠들어댔다. 박물관에 보관해도 손색이 없을 만큼 정교하게 만들어진 보석과 같은 것들이었다. 아무렴, 그렇고말고! 그는 시합 같은 건 두렵지 않았다. 파리를 다 뒤져도 그와 같은 재주꾼을 만날 수는 없을 터였다. 이제 모두들 흥미진진한 구경을 하게 될 것이었다. 잔뜩 기대를 해도 좋았다.

"부인이 승리자를 결정하는 겁니다." 그는 젊은 여인을 돌아보며 의기양양하게 말했다.

"이제 그만 떠벌리시지!" 구제가 소리쳤다. "주주, 좀 더 힘을 내라고! 불이 더 뜨거워야 하잖아, 조수!"

그러자 베크살레가 또다시 물었다.

"자, 그럼 어디 함께 내려쳐볼까?"

"천만에! 각자 자기 볼트를 만드는 거야, 친구!"

구제의 제안에 갑자기 싸늘한 냉기가 흘렀다. 순간 그의 동료는 입에 침이 마르는 것 같았다. 허세를 부리긴 했지만, 지금까지 혼자서

---

* 1그로스는 144개.

40밀리미터짜리 볼트를 만드는 것은 본 적이 없었다. 게다가 볼트의 머리는 원통형이어야 했다. 그것은 엄청나게 까다로운 작업으로 진정한 걸작을 만드는 것이었다. 작업장의 또 다른 대장장이 세 명도 잠시 하던 일을 멈추고 그들의 대결을 구경하기 위해 모여들었다. 키가 크고 마른 남자는 구제가 질 것이라는 데 포도주 1리터를 걸었다. 그사이 두 대장장이는 눈을 감은 채 각자 망치 하나씩을 골랐다. 피핀은 데넬보다 반 파운드가 더 무거웠다. 베크살레는 운 좋게도 데넬을 손에 넣었다. 괼도르는 피핀을 집어 들었다. 쇠가 하얗게 달궈지기를 기다리는 동안 베크살레는 또다시 으스대는 몸짓으로 모루 앞에 버티고 선 채 젊은 여인을 향해 추파를 던졌다. 그는 결투를 앞둔 전사처럼 발을 구르면서 벌써부터 데넬을 힘껏 내리치는 흉내를 냈다. 오! 맙소사! 이런 것쯤은 그에겐 식은 죽 먹기보다 더 쉬운 일이었다. 그는 방돔 광장의 기둥을 팬케이크처럼 납작하게 만들 수도 있었다!

"자, 시작하라고!" 구제는 계집아이의 손목 굵기만 한 쇳덩어리를 손수 못대가리 틀에 내려놓으면서 외쳤다.

베크살레는 몸을 뒤로 젖혔다가는 두 손으로 데넬을 힘껏 내리쳤다. 키가 작고 마른 체격에 염소수염을 한 채, 부스스한 머리 아래 늑대 같은 눈을 번득거리는 그는 온 힘을 다해 커다란 망치를 내려칠 때마다 스스로의 힘에 의한 반동으로 위로 튀어 오르기를 반복했다. 엄청나게 단단한 쇠 때문에 열이 오를 대로 오른 그는 씩씩거리면서 쇳덩어리와 한판 일전을 벌였다. 그러다가 제대로 한 방 먹였다고 생각할 때마다 쾌감을 드러내는 신음을 뱉어냈다. 브랜디가 다른 이들의 팔은 무르게 할지 몰라도 그는 달랐다. 그는 혈관 속에 피 대신 브랜디가 필요한 사람이었다. 조금 전에 마신 술은 마치 보일러처럼 그의 몸을 덥혀주었다. 그는 자신에게 증기기관 같은 엄청난 힘이 넘쳐나는 것을 느낄 수 있었다. 따라서 그날 저녁, 두려워해야 할 것은 그가 아닌 쇳덩어리였다. 그는 쇠를 씹는담배보다 더 물렁하게 만들 수도 있었다. 이제 데델이 어떻게 왈츠를 추는지 지켜봐야만 했다! 데델은 작은 발을 한데 모아 속옷이 드러날 만큼 공중으로 높이 뛰어오르는 엘리제몽마르트르*의 무용수처럼 그랑 앙트르샤**를 추었다. 시간을 조금도 지체할 수 없었다. 쇠란 놈은 아주 고약해서 단지 망치를 엿먹일 작정으로 금세 싸늘하게 식어버리고 말기 때문이다. 베크살레는 서른 번의 망치질 끝에 볼트의 머리를 완성했다. 하지만 그는 눈알이 튀어나올 것처럼 고통스러워했다. 그러면서 팔에서 삐걱대는 소리가 들리는 것이 분해 어쩔 줄을 몰랐다. 흥분을 참지 못한 그는 몸을 흔들고 소리를 지르면서 다시 두 번을 더 내리쳤다. 단지 자신이 받은 고통에 대한 앙갚음을 하기 위해서였다. 그런 다음 못대가리 틀에서 꺼낸 그의 볼트는 꼽추의 머리처럼 불균형하고 일그러진 모양이었다.

"어떻소! 멋지지 않소?" 그는 여전히 거들먹거리는 태도로 자신의 작품을 제르베즈에게 보여주면서 물었다.

"전 이런 건 잘 몰라서요." 제르베즈는 다소 쌀쌀맞은 표정으로 대꾸했다.

제르베즈는 볼트의 머리 위에 데델이 가한 마지막 타격의 흔적이 남아 있음을 똑똑히 알아볼 수 있었다. 몹시 기분이 좋아진 그녀는 웃

---

* 로슈슈아르 로와 마르티르 로 사이에 위치한 대중적인 댄스홀.
** 공중에 떠서 두 발을 엇갈리게 하는 발레 동작.

음을 터뜨리지 않기 위해 입술을 깨물어야 했다. 이제 구제가 승리할 가능성이 매우 높아졌던 것이다.

이번에는 필도르의 차례였다. 그는 시작하기 전에 제르베즈를 향해 애정으로 가득한 자신감 넘치는 눈빛을 보냈다. 그는 결코 서두르지 않았다. 모루와 거리를 둔 채 망치를 높은 곳에서 일정한 간격으로 내리쳤다. 그의 몸짓은 정확했고 균형이 잡혀 있었으며 유연한 고전미를 느끼게 했다. 그의 두 손 안에서 피핀은 치마가 뒤집히도록 다리를 높이 차 올리며 펄쩍펄쩍 뛰는 싸구려 댄스홀에서의 춤 따위는 추지 않았다. 피핀은 우아한 숙녀처럼 진중한 표정으로 정통 미뉴에트를 추듯 박자를 맞춰 올라갔다가 다시 내려오기를 반복했다. 피핀의 뒤축은 장중하게 박자를 맞추어 움직였다. 필도르는 벌겋게 달구어진 볼트의 머리 한가운데를 세심히 연구한 예술적 기교로 내려친 다음, 박자를 맞춘 정확한 타격을 반복해 가하면서 모양을 만들어나갔다. 물론 필도르의 혈관 속에 흐르는 것은 브랜디가 아닌 피였다. 그의 망치로까지 흘러 들어가 강력한 힘으로 그의 몸짓에 규칙성을 부여하는 순수한 피. 작업에 몰두한 그는 정말 멋져 보였다! 그는 얼굴 정면 가득 용광로의 뜨거운 불길을 받고 있었다. 이마를 덮은 구불거리는 짧은 머리와 곱슬곱슬하게 늘어진 멋진 황금빛 수염은 마치 황금으로 만든 실처럼 얼굴 전체를 온통 환하게 밝혀주었다. 황금으로 만들어진 얼굴이라고 해도 결코 과언이 아니었다. 그에 더하여 어린아이의 살결처럼 뽀얗고 기둥처럼 단단한 곧은 목, 여자 하나가 누워도 될 만큼 넉넉한 가슴, 박물관의 거인을 본떠 만든 듯한 조각 같은 어깨와 팔. 그가 힘차게 망치를 휘두를 때면, 부풀어 오르는 근육과 피부 아래에서 물결치듯 움직이면서 단단해지는 살을 눈으로 확인할 수 있었다. 그러면서 그의 어깨와 가슴, 목이 동시에 부풀어 올랐다. 그는 주변을 환하게 밝히면서 자비로운 신처럼 아름답고 강력한 모습을 드러냈다. 그리고 쇳덩어리에 시선을 고정한 채 매번 숨을 크게 들이쉬면서 피핀을 스무 번이나 내리쳤다. 하지만 양쪽 관자놀이에는 두 개의 커다란 땀방울이 흘러내렸을 뿐이었다. 그는 계속 숫자를 세어나갔다. "스물하나, 스물둘, 스물셋." 거기에 맞춰 피핀은 우아한 여인이 절하는 동작을 차분히 계속해나갔다.

"잘난 체하기는!" 베크살레가 빈정거리듯 중얼거렸다.

제르베즈는 괼도르의 맞은편에서 애정 어린 미소를 띤 채 그를 지켜보았다. 맙소사! 남자들은 정말 바보가 아닌가! 저 두 남자는 그녀에게 잘 보이려고 그들의 볼트를 내려치고 있는 것이다! 오! 제르베즈는 충분히 이해할 수 있었다. 그들은 그녀를 서로 차지하려고 망치질로 다투는 것이었다. 마치 조그맣고 하얀 암탉 앞에서 서로 멋있게 보이려고 애쓰는 커다란 붉은 수탉들을 연상시켰다. 정말 기발하지 않은가? 사람들은 때로 독특한 방식으로 마음을 표현한다. 그렇다, 모루 위에서 울려 퍼지는 데델과 피핀의 천둥소리는 그녀를 위한 것이었다. 납작해진 쇠도 그녀를 위한 것이었다. 반짝거리면서 사방으로 튀는 불꽃과 함께 활활 타오르는 화롯불도 그녀를 위한 것이었다. 그들은 그녀를 위해 경쟁적으로 사랑을 주조하면서, 그녀를 차지하기 위해 승리하고자 애썼다. 사실 이 모든 것은 그녀에게 은밀한 기쁨을 제공해주었다. 이 세상에서 찬사를 싫어하는 여자는 없을 터였다. 무엇보다 괼도르의 망치질은 그녀의 마음을 두드렸다. 마치 모루 위에

272

서처럼, 그녀의 피를 세차게 뛰게 만드는 맑은 음악을 마음속에 울려 퍼지게 했다. 그러면 안 된다고 생각하면서도, 마치 볼트의 쇠처럼 단단한 무언가가 그녀의 마음속으로 뚫고 들어오는 것 같았다. 석양이 질 무렵, 이곳으로 들어오기 전에 습기 찬 보도를 따라 걸어오는 동안 그녀는 막연한 욕구를 느꼈다. 맛있는 음식을 먹어야 할 것 같은 생각이 절실하게 들었던 것이다. 하지만 이젠 그 모든 것이 충족된 듯했다. 필도르의 망치질이 그녀의 허기를 채워준 것 같았다. 오! 그녀는 그의 승리를 의심해본 적이 없었다. 오직 그만이 그녀를 차지할 수 있었다. 아래위가 붙은 꾀죄죄한 작업복 위에 더러운 덧옷을 걸친 베크살레는 지독히 못생긴 데다, 마치 우리에서 도망쳐 나온 원숭이처럼 깡충거렸다. 제르베즈는 얼굴이 벌겋게 달아올랐음에도 불구하고 뜨거운 열기로 인해 나른한 행복감에 젖은 채 구제를 지켜보았다. 피핀의 마지막 타격으로 머리부터 발끝까지 흔들리면서 짜릿한 쾌감마저 느껴졌다.

구제는 여전히 세고 있었다.

"그리고 스물여덟!" 마침내 그는 마지막으로 크게 외치고는 망치를 바닥에 내려놓았다.

볼트의 머리는 흠 하나 없이 매끄럽고 깨끗했다. 진정한 보석 세공사가 만든 것처럼 틀로 찍어낸 완벽하게 둥근 구슬 같았다. 다른 대장장이들도 볼트를 들여다보면서 고개를 끄덕였다. 이견의 여지가 없었다. 깨끗하게 무릎을 꿇어야만 했다. 베크살레는 우스갯소리를 늘어놓으면서 상황을 모면하고자 했다. 횡설수설하던 그는 마침내 일그러진 얼굴로 자신의 모루로 되돌아갔다. 그사이 제르베즈는 구제의 작품을 더 잘 보려는 듯 그에게 몸을 바짝 붙였다. 에티엔은 풀무를 내려놓았다. 대장간은 또다시 갑자기 붉은 별이 져버린 캄캄한 밤하늘과도 같은 어둠 속으로 빠져들었다. 대장장이와 세탁부 여인은 검댕과 줄밥이 가득한 거대한 작업장 안에서 낡은 연장들의 쇠 냄새가 풍겨오는 가운데 그들을 포근하게 감싸는 밤의 달콤함에 취해 있었다. 뱅센 숲속 깊은 곳의 풀숲에 가 있다 할지라도 이처럼 단둘만 있다는 느낌이 들지는 않았을 것 같았다. 구제는 마침내 제르베즈를 차지했다는 듯 그녀의 손을 꼭 잡았다.

밖으로 나온 그들은 서로 아무 말도 하지 않았다. 구제는 할 말을 찾지 못했다. 아직 삼십 분이 더 남아 있지 않았더라면 에티엔을 데려갈 수도 있었을 거라고만 했다. 마침내 제르베즈가 그곳을 떠나려고 하자, 몇 분이라도 더 그녀와 함께 있고 싶었던 구제는 그녀를 다시 불러 세웠다.

"잠깐만요, 아직 다 보지 못했잖아요…… 그래요, 정말 흥미로운 구경거리가 있거든요."

그는 제르베즈를 오른쪽에 위치한 또 다른 작업장으로 이끌었다. 그의 주인은 그곳에 새로운 기계들을 설치해놓았다. 제르베즈는 문간에서 본능적 두려움에 사로잡힌 채 잠시 머뭇거렸다. 거대한 공간은 기계의 진동으로 요동쳤다. 붉은 불빛으로 얼룩진 거대한 그림자들이 떠다니는 게 보였다. 하지만 구제는 미소를 지어 보이면서, 아무것도 두려워할 필요가 없다고 거듭 그녀를 안심시켰다. 다만 너무 가까이 다가가서 톱니바퀴에 치마가 끼는 일이 없도록 주의하기만 하면 되었다. 쉭쉭거리고 우르릉거리는 요란한 소리에 귀가 멍해진 채 그가 앞서고 그녀가 그 뒤를 따랐다. 작업장에 가득 찬 연기 속에서 분주하게 움직이는 검은 빛깔의 남자들과 팔을 흔들어대는 기계들이 희미하게 눈에 들어오는 가운데 뭐가 뭔지 구별이 잘되지 않았다. 통로는 매우 좁았다. 장애물을 뛰어넘거나 웅덩이를 돌아가고 짐수레를 피하려면 옆으로 비켜서야만 했다. 자신의 말소리조차 들리지 않았고, 여전히 아무것도 보이지 않았다. 모든 것이 춤을 추는 듯했다. 그러다가 머리 위에서 날개가 스쳐가는 듯한 강렬한 느낌에 제르베즈는 위를 쳐다보았다. 그녀의 시선은 천장에 매달린 채 끊임없이 실을 뽑아내는 거대한 거미줄을 연상시키는 기다란 띠 모양의 컨베이어 벨트로 향했다. 증기로 작동하는 엔진은 조그만 벽돌담 뒤의 구석에 감춰져 있었다. 마치 저 혼자서 움직이는 듯 보이는 벨트는 지속적이고 규칙적으로, 야행성 새의 날갯짓처럼 부드럽게 미끄러지면서 칠흑 같은 작업장에 탄력을 부여해주었다. 넋을 잃고 위를 쳐다보던 제르베즈는 하마터면 송풍관에 발이 걸려 넘어질 뻔했다. 단단하게 다져진 바닥으로 뻗어 있는 송풍관들은 기계 주위에 있는 조그만 용광로들로 메케한 바람을 불어 넣었다. 구제는 제르베즈에게 보여주려고 용광로에 바람을 불어 넣었다. 그러자 용광로 네 귀퉁이에서 커다란 불길이 부챗살 모양으로 뻗어 나왔다. 아주 살짝 붉은빛을 띤, 가장자리가 들쭉날쭉한 주름 장식 같은 불꽃이 눈부시게 타올랐다. 그 강렬한 빛으로 인해 일꾼들의 조그만 등잔불이 마치 태양빛 아래의 작은 그림자처럼 보였다. 기계 쪽으로 향한 그는 목소리를 높여 제르베즈에게 설명을 했다. 쇠막대를 집어삼키는 절단기는 단단한 이로 쇳조각을 깨물어 뒤편으로 하나씩 뱉어냈다. 볼트와 리벳을 만드는 크고 복잡하게 생긴 기계에서는 강력한 나사가 한 번 회전할 때마다 볼트의 머리가 쏟아져 나왔다. 무쇠로 만든 플라이휠이 달린 구(球)형 트리밍 기계는 볼트의 불필요한 부분을 잘라낼 때마다 공기를 맹렬하게 휘저어댔다. 여성 일꾼들이 작동시키는 나사깎이는 기름칠로 반들거리는 강철 톱니바퀴를 딸깍딸깍 흔들면서 볼트와 너트에 홈을 파냈다. 제르베즈는 이처럼 모든 여정을 따라갈 수 있었다. 벽에 기대어놓은 커다란 쇠막대에서부터 곳곳에 쌓인 상자에 가득 담긴 완성된 볼트와 리벳에 이르기까지. 그러자 그녀는 비로소 이해했다는 듯 입가에 미소를 띠고 머리를 주억거렸다. 하지만 여전히 목이 멘 채, 금속을 다루는 거친 노동자들 사이에서 지극히 작고 연약한 자신을 느끼며 불안해했다. 트리밍 기계에서 둔탁한 충격이 느껴지기라도 하면 피가 얼어붙는 것처럼 겁을 집어먹으며 뒤를 돌아보곤 했다. 그러다가 차츰 어둠에 익숙해지자, 안으로 움푹 들어간 곳에서 눈에 띄지 않게 조용히 움직이는 노동자들이 눈에 들어왔다. 그들은 용광로가 주름 장식 같은 환한 불길을 한꺼번에 뱉어낼 때마다 플라이휠의 숨 가쁜 움직임을 조절했다. 하지만 제르베즈는 자신도 모르게 자꾸만 천장으로 시선을 향했다. 고개를 치켜든 채 기계들의 생명줄이자 혈관과 같은 컨베이어 벨트의 유연한 비행을 지켜보면서, 작업장 지붕 아래에서 거대하고 말 없는 힘으로 희미한 밤의 어둠 속을 통과해가는 모습에 경탄을 금치 못했다.

그러는 동안 구제는 리벳을 만드는 기계 앞에 멈춰 서 있었다. 거기서 그는 생각에 잠긴 듯 고개를 떨군 채 시선을 고정했다. 기계는 거인과 같은 여유로움으로 40밀리짜리 리벳을 만들어냈다. 사실 그보다 더 간단한 일이 없었다. 화부가 용광로에서 쇳조각을 꺼내서 건네면,

망치공은 그것을 못대가리 틀에 올려놓고는 강철이 무르는 것을 방지하기 위해 계속 물을 흘려보낸다. 그리고 위에서 나사가 내려오면 마치 틀에서 주조한 것 같은 둥근 머리가 달린 볼트가 밖으로 튀어나오는 것이다. 이 굉장한 기계는 열두 시간 동안 수백 킬로의 볼트를 만들어냈다. 구제는 특별히 나쁜 마음을 품고 있지는 않았다. 하지만 때로는 피핀을 집어 들고 이 거대한 쇳덩어리를 부숴버리고 싶은 마음이 들기도 했다. 자신의 것보다 더 강한 팔이 존재한다는 사실이 그를 분노케 했기 때문이다. 인간의 육체가 쇠로 된 기계와 싸워 이길 수 없음을 이성적으로 받아들이고자 애쓸 때조차 그의 우울함은 커져만 갔다. 물론 언젠가는 기계가 노동자들을 모두 죽이고 말 터였다. 그 때문에 이미 그들의 하루 일당은 12프랑에서 9프랑으로 떨어진 상황이었다. 그리고 앞으로도 더 떨어질 것으로 예상되었다. 어쨌거나 소시지를 만들듯 리벳과 볼트를 찍어내는 이 커다란 짐승들은 전혀 유쾌하지가 않았다. 구제는 아무 말도 하지 않고 삼 분 정도 기계를 응시했다. 그러면서 그가 눈살을 찌푸리자, 아름다운 황금빛 턱수염이 위협적으로 곤두섰다. 그러다가 온화함과 체념의 기운이 그의 표정을 점차 누그러뜨렸다. 그는 서글픈 미소를 띤 채 자신에게 몸을 바짝 붙이고 선 제르베즈를 돌아보며 말했다.

"휴! 이 기계가 우릴 가볍게 제치고 말았지 뭡니까! 하지만 언젠가는 모두의 행복을 위해 쓰이게 될지도 모르지요."

제르베즈는 모두의 행복 같은 것은 개의치 않았다. 그녀는 기계로 만든 볼트가 마음에 들지 않았다.

"이해하실지 모르겠지만요." 그녀는 열띤 목소리로 외쳤다. "이것들은 너무 잘 만들어져서 난 싫어요…… 난 당신이 만든 게 훨씬 좋다고요. 적어도 예술가의 손길이 느껴지잖아요."

제르베즈의 말은 구제에게 커다란 행복감을 안겨주었다. 그녀가 기계를 보고 난 후 자신을 무시할까봐 잠시 동안 두려운 마음이 들었던 것이다. 빌어먹을! 그가 베크살레보다 강한 건 사실이지만 기계는 그보다 훨씬 더 강한 존재였다. 마침내 대장간 앞뜰에서 제르베즈와 헤어질 때가 되자 구제는 기쁨에 겨운 나머지 그녀의 손을 손목이 부러질 정도로 세게 움켜잡았다.

제르베즈는 토요일마다 구제 모자의 집에 세탁물을 가져다주었다. 그들은 여전히 뇌브드라구트도르 가에 있는 조그만 집에서 살았다. 그들에게 500프랑을 빚진 제르베즈는 처음 한 해 동안은 매달 20프랑씩을 꼬박꼬박 갚아나갔다. 셈이 복잡해지는 것을 피하기 위해 월말에만 정산을 했다. 구제 모자의 세탁비가 매달 7, 8프랑을 넘지 않았기 때문에 금액을 더해 20프랑을 채워주었다. 그런 식으로 빚의 절반가량을 갚았을 무렵, 집세를 내는 날 고객들이 약속을 지키지 않는 바람에 당황한 제르베즈가 구제의 집으로 달려가 돈을 빌리는 일이 발생했다. 그 후에도 세탁부들에게 급여를 지불하기 위해 두 번이나 더 그들에게 손을 벌렸다. 그렇게 해서 빚이 다시 425프랑으로 올라가고 말았다. 이제 제르베즈는 그들에게 한 푼도 더 갚지 못한 채, 오직 세탁물을 통해서만 빚을 까나갔다. 그렇다고 해서 예전보다 일을 덜 하거나 세탁소 운영에 문제가 있는 것도 아니었다. 오히려 그 반대였다. 그런데도 돈이 녹아버리기라도 하는 것처럼 자꾸만 적자가 생기기 시작했다. 그래도 그녀는 월말에 겨우 수지를 맞출 수만 있으면 그것으

로 만족했다. 그렇지 않은가? 그럭저럭 살아갈 수만 있다면 그것으로
된 게 아닌가? 제르베즈는 많은 것을 바라지 않았다. 그녀는 그사이
제법 살이 올라 있었다. 더 이상 미래를 염려하면서 겁먹을 힘조차 남
아 있지 않았던 그녀는 여기저기 조금씩 늘어나는 살을 편안한 마음
으로 받아들이기에 이르렀다. 어쩌겠는가! 돈은 언제라도 벌 수 있었
다. 돈을 따로 모아두는 것은 그것을 녹슬게 하는 것과 마찬가지였다.
하지만 구제 부인은 여전히 엄마 같은 자애로움으로 제르베즈를 대했
다. 때로 완곡하게 꾸짖기도 했지만, 그것은 돈 때문이 아니라 그녀를
아끼는 마음에서 그녀가 잘못되는 것을 원치 않았기 때문이다. 구제
부인은 돈 얘기는 절대로 꺼내지 않았다. 하더라도 아주 조심스럽게
내비쳤을 뿐이다.

제르베즈가 대장간을 방문한 다음 날은 공교롭게도 그 달의 마지막
토요일이었다. 그녀는 구제 모자의 집에는 항상 직접 가겠다고 고집
했다. 그날 그들의 집에 도착했을 때는 팔이 떨어져 나갈 정도로 무거
운 빨래 바구니 때문에 잠시 멈춰 서서 숨을 골라야만 했다. 세탁물
중에 시트가 들어 있을 때는 유난히 더 무거웠다.

"빠진 것 없이 모두 가져왔나요?" 구제 부인이 물었다.

구제 부인은 그 점에 대해서는 무척 엄격했다. 언제나 정돈된 삶을
흐트러뜨리지 않기 위해, 세탁물 중에서 아주 작은 것 하나라도 빠짐
없이 돌려받기를 원했다. 그녀의 또 다른 요구 사항은 언제나 정해진
날짜에 매번 같은 시각에 가져와야 한다는 것이었다. 각자의 시간을
낭비하는 일이 없도록 하기 위해서였다.

"그럼요! 모두 가져왔어요." 제르베즈는 웃으면서 대답했다. "지금

까지 빠뜨린 적이 한 번도 없다는 걸 잘 아시잖아요."

"그건 그래요." 구제 부인도 그 사실을 인정했다.

"다른 문제들이 있긴 했지만, 아직 그런 적은 없었죠."

제르베즈가 바구니를 비워내고 시트를 침대 위에 펼쳐놓는 동안 구제 부인은 칭찬을 늘어놓았다. 그녀는 대부분의 다른 세탁부들처럼 옷을 태우거나 찢은 적이 없었다. 다림질을 하다 단추를 떨어뜨리는 일도 없었다. 다만 청색 염료를 지나치게 많이 쓰고, 셔츠 앞자락에 풀을 너무 많이 먹이는 게 흠이라면 흠이었다.

"이걸 봐요, 이건 판지나 마찬가지잖아요." 구제 부인은 셔츠 앞자락을 바스락 소리가 나게 만지면서 말했다. "내 아들이 불평을 하지는 않겠지만, 이런 건 목에 상처를 내기 십상이죠…… 내일 우리가 뱅센에서 돌아올 때쯤이면 아들 목이 피투성이가 돼 있을 거라고요."

"아휴, 무슨 그런 말씀을!" 제르베즈는 당황한 표정으로 소리쳤다. "셔츠는 원래 조금 빳빳하게 입는 거랍니다. 그러지 않으면 금세 후줄근해지고 말거든요. 점잖은 신사들이 입는 걸 보면…… 그리고 이 댁 옷들은 모두 제가 직접 세탁한답니다. 아무도 만지지 못하게 하고요. 제가 얼마나 신경을 쓰는데요. 정말이에요. 전 이 댁 거라면 열 번이라도 다시 세탁할 수 있어요, 진심이에요."

제르베즈는 마지막 말을 우물거리면서 얼굴을 살짝 붉혔다. 자신이 구제의 셔츠를 직접 다림질하면서 행복해한다는 사실을 들킬까봐 염려된 때문이었다. 그녀는 물론 더러운 생각 같은 것은 하지 않았다. 하지만 그렇다고 해서 부끄럽다고 생각하지 않는 것은 아니었다.

"오! 난 부인이 일을 못한다고 하지는 않았어요. 당신은 일을 아주 잘해요. 그건 나도 잘 알아요." 구제 부인이 말했다. "여기 이 보닛을 봐도 알 수 있어요. 정말 멋지잖아요. 이 자수를 이렇게 돋보이게 할 수 있는 사람은 당신밖엔 없어요. 여기 이 한결같은 가장자리 주름 장식도 그렇고요! 그래요, 난 당신이 했다는 걸 금세 알 수 있어요. 행주 하나라도 다른 세탁부가 만진 것과는 금세 구분이 될 정도죠…… 다만 풀을 조금 덜 쓰기만 하면 돼요, 그게 다예요! 내 아들은 신사처럼 보일 필요가 없거든요."

그러면서 구제 부인은 장부를 펼쳐 들고 펜으로 항목을 하나씩 지워나갔다. 세탁물은 모두 제대로 들어 있었다. 그리고 셈을 할 때 제르베즈가 보닛을 6수로 계산했음을 알게 되었다. 그녀는 그것에 대해 따져 물었지만, 이내 당시 시세로 결코 비싼 값이 아님을 인정해야만 했다. 남자 셔츠는 5수, 여자 속바지는 4수, 베갯잇은 1수 반, 앞치마는 1수, 이 모두 결코 비싼 값이 아니었다. 많은 세탁부들이 똑같은 세탁물을 가지고 반 수 내지 1수를 더 받는 것을 생각해보면 말이다. 그런 다음 수거해 갈 더러운 세탁물을 제르베즈가 하나씩 열거하자 구제 부인은 장부에 기록해나갔다. 하지만 제르베즈는 바구니에 세탁물을 모두 담은 후에도 돌아갈 생각을 하지 않고 머뭇거렸다. 무언가 말하기 곤란한 청이 있는 듯한 얼굴이었다.

"구제 부인." 그녀는 마침내 얘기를 꺼냈다. "괜찮으시면 이번 달 세탁비는 계산해주셨으면 해서요."

마침 이달에는 세탁비가 만만치 않게 나온 터였다. 두 사람이 함께 계산한 바로는 모두 10프랑 7수나 되었다. 그러자 구제 부인은 잠시 동안 굳은 표정으로 그녀를 바라보다가 대답했다.

"나나 엄마, 원한다면 그렇게 하도록 해요. 당신이 원한다면 그 돈을 못 줄 이유는 없어요…… 다만 이런 식으로는 빚을 갚기가 힘들다는 것만 알아둬요. 이건 나나 엄마를 위해서 하는 말이에요. 그리고 앞으로 정말 조심해야 할 거예요."

제르베즈는 고개를 숙인 채 더듬더듬 변명을 늘어놓았다. 10프랑으로는 골탄 가게에 끊어준 어음을 지급해야만 했다. 구제 부인은 어음이라는 말에 더욱더 단호한 태도를 취했다. 그러면서 자신의 경우를 예로 들었다. 그녀는 구제의 일당이 12프랑에서 9프랑으로 줄어든 이후 지출을 줄였다. 젊었을 때 현명하게 살지 않으면 노년에는 굶어 죽기 딱 알맞기 때문이다. 하지만 구제 부인은 자신이 세탁물을 맡기는 이유가 오직 제르베즈로 하여금 빚을 갚게 하기 위함이라는 말은 하지 않았다. 예전에는 구제 부인이 손수 모든 걸 세탁했다. 만약 앞으로 그녀의 주머니에서 또다시 그와 같은 돈이 나간다면, 예전처럼 자신이 직접 세탁을 할 수밖에 없었다. 제르베즈는 10프랑 7수를 받자마자 얼른 인사를 하고 서둘러 그 자리를 떠났다. 층계참으로 나서자 안도의 한숨과 함께 기뻐서 춤이라도 추고 싶은 심정이었다. 그녀는 이미 돈 문제로 겪는 곤란함과 치사한 일들에 익숙해져 있었다. 그리하여 다음번 결제 날까지 더 이상 고민하지 않아도 된다는 안도감이 그녀를 행복하게 해주었을 뿐이다.

바로 그 토요일, 제르베즈는 구제 모자의 집 계단을 내려오면서 뜻밖의 사람을 만났다. 그녀는 계단을 올라오는 키가 큰 여인이 먼저 지나가도록 난간에 기대서야 했다. 맨머리 차림의 여자는 아가미에서 피가 뚝뚝 떨어지는 싱싱한 고등어를 손에 들고 있었다. 그녀는 다름 아닌, 제르베즈가 세탁장에서 치마를 걷어 올렸던 비르지니였다. 두 여자는 서로를 정면으로 바라보았다. 제르베즈는 눈을 감았다. 잠시 싱싱한 고등어가 얼굴로 날아오리라고 생각했기 때문이다. 하지만 아니었다. 그와 반대로 비르지니는 엷은 미소를 지어 보였다. 그러자 바구니로 계단을 가로막고 있던 세탁부 여인은 그녀에게 예의를 갖추고자 했다.

"죄송해요." 제르베즈가 말했다.

"뭘요, 괜찮아요." 키다리 갈색 머리 여인은 상냥히 대꾸했다.

그리고 그녀들은 단번에 화해를 한 것처럼 계단 가운데 선 채 이런저런 얘기를 나누었다. 서로 과거에 대한 언급은 단 한 마디도 하지 않았다. 이제 스물아홉 살이 된 비르지니는 매력적인 여성으로 변해 있었다. 몸매는 날렵했고, 칠흑같이 검은 머리에 앞 가르마를 탄 갸름한 얼굴이 돋보였다. 그녀는 자신의 현재 상태를 알려주기 위해 즉시 그간의 일을 설명했다. 그녀는 이제 유부녀였다. 지난봄 예전에 고급 가구 세공 일을 하던 남자와 결혼했던 것이다. 그는 얼마 전에 징집이 해제되어 경찰청에 일자리를 신청해놓고 기다리는 중이었다. 그것만큼 안정적이고 괜찮은 일자리가 없었기 때문이다. 고등어는 그를 위해 사 가지고 오는 것이었다.

"그이가 고등어를 좋아하거든요. 어쨌거나 남자를 잘 먹여야 하지 않겠어요, 보기 싫을 때도 있긴 하지만. 안 그래요?…… 그런데 저랑 같이 올라가요. 우리 집 구경시켜줄게요…… 여긴 바람이 불어서요."

이번에는 제르베즈가 자신의 결혼 소식을 전했다. 지금 비르지니가 사는 바로 그 집에서 살면서 딸까지 낳았다는 얘기를 들려주자 그녀는 더욱더 제르베즈를 채근했다. 행복하게 살았던 곳을 다시 본다는 것은 언제나 즐거운 일이 아닌가. 비르지니는 5년 동안 강 건너편의 그로카유라는 곳에서 살았다. 거기서 군인이었던 남편을 알게 되었다. 하지만 그녀는 그곳 생활에 재미를 붙이지 못했고, 모두가 있는 구트도르 가로 돌아오기를 꿈꾸었다. 그리고 보름 전부터 구제 모자의 집 맞은편에서 살게 되었던 것이다. 오! 물건들이 미처 정리되지 않아 아직 엉망이지만 차차 자리를 잡게 될 터였다.

층계참에서 두 여자는 마침내 정식으로 이름을 소개했다.

"난 쿠포예요."

"난 푸아송이에요."

그때부터 그녀들은 서로를 푸아송 부인과 쿠포 부인이라는 호칭으로만 불렀다. 과거에 별로 기억하고 싶지 않은 상황을 함께 겪었던 그녀들로서는 피차 한층 격이 높아졌음을 느끼고 싶었기 때문이다. 하지만 제르베즈는 여전히 경계심을 버리지 않았다. 어쩌면 꺽다리 갈색 머리 여자는 세탁장에서 그녀에게 볼기짝을 맞은 것을 앙갚음하려고 잠시 화해하는 척하는지도 몰랐다. 그러면서 마음속으로는 위선적인 사악한 음모를 꾸미고 있을지도 모르는 일이었다. 제르베즈는 앞으로도 계속 경계를 늦추지 않겠다고 스스로에게 다짐했다. 하지만 지금으로서는 비르지니가 지극히 상냥하게 굴었기 때문에 그녀 역시 그럴 수밖에 없었다.

위층 방으로 올라가자 창가의 테이블 앞에 앉아 일하고 있는 비르지니의 남편 푸아송이 보였다. 그는 서른다섯 살로, 핏기 없는 파리한 얼굴에 붉은색 콧수염과 턱수염이 두드러져 보이는 남자였다. 그는 조그만 상자를 만들고 있었다. 도구라고는 손톱 다듬는 줄만 한 크기의 톱과 칼 그리고 풀통 하나가 전부였다. 그는 낡은 시가 상자와 가공하지 않은 얇은 마호가니 판자들을 활용했다. 그 위에 극도로 섬세하게 홈을 파거나 장식을 해나갔다. 그렇게 1년 내내, 하루 종일, 가로세로가 8센티미터, 6센티미터인 똑같은 규격의 상자들을 만들었다. 다만 상자에 상감 장식을 하거나 새로운 모양의 뚜껑을 만들고, 칸막이를 다시 해 넣는 방식으로 변화를 주었다. 이 일은 그에게 경찰청에 자리를 얻을 때까지 시간을 죽이기 위한 오락거리에 불과했다. 고급 가구 세공인이라는 과거의 직업이 그에게 남긴 것은 조그만 상자들에 대한 열정뿐이었다. 그는 자신이 만든 작품을 팔지 않았다. 지인들에게 선물로 주는 것으로 만족할 뿐이었다.

푸아송은 자리에서 일어나 비르지니가 옛 친구라고 소개한 제르베즈에게 정중히 인사를 건넸다. 그는 말이 많은 사람이 아니었다. 인사를 하자마자 곧바로 다시 조그만 톱을 집어 들었다. 그리고 가끔씩 서랍장 위에 놓아둔 고등어를 흘끗거리는 게 고작이었다. 제르베즈는 자신이 살던 집을 다시 둘러보면서 무척 즐거워했다. 가구들이 어디 놓여 있었는지 얘기하면서 아이를 낳았던 바닥 자리를 가리키기도 했다. 세상이 정말 좁지 않은가! 과거에 서로 소식이 끊겼을 때는 이렇게 다시 만날 줄은 상상도 못 했는데. 게다가 차례로 같은 방에서 살게 될 줄이야. 비르지니는 자신과 남편에 관해 좀 더 자세한 얘기를 들려주었다. 푸아송은 백모한테 얼마간의 유산을 물려받았다. 아마 조금만 기다리면 그걸로 비르지니에게 가게라도 하나 차려줄 수 있을 터였다. 하지만 지금으로선 그녀가 예전처럼 양재 일을 하면서 여기저기서 옷 만드는 일을 도와주었다. 그렇게 삼십여 분이 지나자 제르베즈는 집으로 돌아가고자 했다. 푸아송은 여전히 뒤를 돌아보는 둥 마는 둥했다. 비르지니는 제르베즈를 배웅하면서 세탁소에 꼭 들르겠다고 다짐했다. 또한 제르베즈에게 세탁물도 맡기겠다고 약속하면서 층계참에서 그녀를 계속 붙들고 있었다. 제르베즈는 혹시 비르지니가 동생인 금속 연마공 아델과 랑티에 얘기를 하려는 게 아닌가 하는 생각이 들었다. 그러자 마음이 심란해졌다. 하지만 그런 곤혹스러운 문제에 관한 말은 서로 단 한 마디도 언급하지 않은 채 두 여자는 매우 다정스러운 말투로 서로 인사를 주고받았다.

"안녕히 가세요, 쿠포 부인."

"안녕히 계세요, 푸아송 부인."

그것은 매우 요란한 우정의 시작이었다. 그리고 일주일 후부터 비르지니는 제르베즈의 세탁소 앞을 그냥 지나치는 적이 없었다. 두세 시간씩 수다를 떠는 것은 예사였다. 어떨 때는 비르지니의 남편 푸아송이 백지장처럼 새하얀 얼굴로 길바닥에 쓰러져 있는 그녀를 상상하며 찾으러 오기도 했다. 이처럼 양재사 여인을 매일같이 보게 된 제르베즈는 이내 이상한 강박관념에 시달렸다. 비르지니가 입을 열어 무슨 말인가를 할라치면, 그녀는 즉시 랑티에에 관한 얘기가 나올 것으로 지레 짐작하곤 했다. 비르지니가 그곳에 머무는 내내 제르베즈는 자신도 모르게 랑티에를 떠올렸다. 그것은 정말 어리석기 짝이 없는 일이었다. 그녀는 진정으로 랑티에와 아델에 관해서, 그들이 어떻게 되었는지에 대해서 눈곱만큼의 관심도 없었다. 그들의 소식을 궁금해하거나 물어본 적조차 없었다. 그런데 이젠 그런 것들이 그녀의 의지와는 상관없이 그녀를 괴롭혔다. 그들에 관한 생각은 마치 떨쳐버리기 힘든 노랫가락이 끈질기게 저절로 입에서 맴도는 것처럼 머릿속을 지배했다. 게다가 제르베즈는 비르지니에게 어떤 앙심도 품고 있지 않았다. 그것은 물론 그녀의 잘못이 아니었기 때문이다. 제르베즈는 그녀와 함께 있는 것이 즐거웠고, 일어서려는 그녀를 몇 번이고 다시 붙잡곤 했다.

그러는 동안 어느새 겨울이 찾아왔다. 쿠포 가족이 구트도르 가에서 보내는 네번째 겨울이었다. 그해에는 12월과 1월이 유난히 추웠다. 혹독한 추위로 온 세상이 꽁꽁 얼어붙은 듯했다. 거리에 쌓인 눈은 새해가 된 지 3주가 지나도록 녹지 않고 남아 있었다. 그렇다고 해서 일을 할 수 없는 것은 아니었다. 오히려 그 반대로 세탁부들에겐 겨울이 호기였다. 세탁소 안은 정말 따뜻했다! 맞은편의 식료품점이나 보닛 가게처럼 유리창에 얼음이 끼지도 않았다. 골탄으로 가득 채운 난로는 목욕탕의 열기를 유지시켜주었다. 다림질하는 세탁물에서 나오는 증기까지 더해져 한여름인 양 착각이 들었다. 세탁소 안은 더없이 아늑하고 편안했다. 문이란 문은 모두 꼭꼭 닫아놓아 실내를 가득 채운 열기로 눈을 뜬 채로 잠이 들 정도였다. 제르베즈는 미소를 지으며 마치 시골에 온 것 같다고 얘기했다. 사실이 그랬다. 세탁소 안에 있으면 눈 위를 굴러가는 마차 소리도 들리지 않았다. 행인들의 발소리도 거의 들리지 않았다. 추위로 인한 깊은 정적 속에서 아이들 목소리만이 가끔씩 들려왔을 뿐이다. 한 무리의 아이들이 제철 공장의 얼어붙은 도랑을 따라 요란하게 미끄럼을 타고 있었다. 제르베즈는 때로 문의 판유리로 다가가 손으로 김을 닦아내고는 이런 지독한 날씨에 동네가 어떻게 변했는지를 살펴보았다. 하지만 이웃의 상인들을 제외하고는 개미 새끼 한 마리도 보이지 않았다. 온 동네가 눈으로 꽁꽁 감싼 채 내외라도 하고 있는 듯했다. 제르베즈는 바로 옆의 석탄 가게 여주인과 고갯짓으로 인사를 나누었을 뿐이다. 모자도 쓰지 않은 채 밖을 나다니는 석탄 가게 여주인은 혹한이 시작된 이후로 입이 귓가에 걸려 있었다.

이런 고약한 날씨에 무엇보다 좋은 것은 정오에 아주 뜨거운 커피를 마시는 것이었다. 세탁부들로서는 불평할 게 없었다. 그녀들의 여주인은 치커리 같은 것은 섞지 않은 아주 진한 커피를 만들었다. 설거지한 물과 다를 바 없는 포코니에 부인의 커피와는 비교가 되지 않았다. 다만 쿠포의 엄마가 커피를 내리는 일을 맡았을 때는 마냥 기다려야만 하는 일이 문제였다. 그녀는 물이 끓는 주전자 앞에서 조는 일이 다반사였다. 그러면 세탁부들은 점심식사 후에 다림질을 하면서 커피를 기다렸다.

주현절 다음 날인 그날도 정오에서 삼십 분이나 지났음에도 아직 커피가 준비돼 있지 않았다. 그날은 커피가 유난히 더디 내려갔다. 쿠포 엄마는 찻숟가락으로 필터 위를 두드렸다. 커피가 여전히 느릿하게 한 방울씩 떨어지는 소리가 들렸다.

"그냥 놔두세요." 키다리 클레망스가 말했다. "그러다가 커피가 흙탕물처럼 될지도 몰라요⋯⋯ 어쨌거나 오늘은 먹을 거랑 마실 게 충분할 테니까요."

클레망스는 남자 셔츠를 다림질하면서 손톱 끝으로 주름을 펴고 있었다. 지독한 감기에 걸린 그녀는 눈이 퉁퉁 부었고, 목이 빠질 것처

럼 발작적인 기침을 해대면서 작업대에서 고꾸라지다시피 했다. 그럼
에도 불구하고 목에 스카프 하나 두르지 않고 18수짜리 얇은 스웨터
만을 입은 채 오들오들 떨었다. 바로 옆에서 작업을 하는 퓌투아 부인
은 플란넬 옷을 입고 귀까지 꽁꽁 싸맨 차림새였다. 그녀는 드레스용
다림판의 좁은 끝 부분을 의자 등받이에 걸쳐놓고는, 그 위에 페티코
트를 올려놓고 이리저리 뒤집어가면서 다림질을 하고 있었다. 바닥에
는 시트를 펼쳐놓아 페티코트가 스치면서 더러워지지 않도록 했다.
제르베즈는 혼자서 작업대의 반을 차지한 채, 자수가 놓인 모슬린 커
튼에 구김이 생기지 않도록 팔을 앞으로 쭉 뻗으며 다림질을 했다. 그
러다가 갑자기 커피가 요란하게 흘러내리는 소리에 고개를 들었다.
사팔뜨기 수습생 오귀스틴이 필터에 숟가락을 쑤셔 넣어 구멍을 내고
말았던 것이다.

"제발 말썽 좀 안 피울 수 없니!" 제르베즈가 소리를 질렀다. "대체
네 안에는 뭐가 들어 있는 거야? 이제 너 때문에 다들 진흙을 먹게 생
겼잖아."

쿠포의 엄마는 작업대의 빈 공간에 잔 다섯 개를 올려놓았다. 그러
자 세탁부들은 하던 일을 멈추었다. 여주인은 언제나 각각의 잔에 설
탕 두 조각씩을 넣은 후 손수 커피를 따랐다. 그녀들에게는 이때가 하
루 중에 가장 기다려지는 시간이었다. 그날 각자 잔을 들고 난로 앞에
놓인 조그만 장의자 위에 웅크리고 모여 앉아 있을 때, 문이 벌컥 열
리더니 비르지니가 몸을 와들와들 떨면서 안으로 들어섰다.

"아! 다들 모여 있었군요. 정말 사람 잡는 날씨네요! 귀가 떨어져
나갈 것 같다니까요. 이렇게 지독한 추위는 정말 처음이에요!"

"아! 푸아송 부인!" 제르베즈가 소리쳤다. "어서 오세요! 마침 잘 오셨네요…… 커피를 마시던 중인데 같이 한잔 드실래요?"

"좋죠! 사양할 처지가 아닌 것 같네요…… 길을 건너는 잠깐 사이에 온몸이 꽁꽁 얼어붙은 것 같다니까요."

다행히도 커피가 아직 남아 있었다. 쿠포의 엄마는 잔을 하나 더 가져왔고, 제르베즈는 예의상 비르지니가 원하는 만큼 설탕을 넣도록 했다. 세탁부들은 그녀가 난로 옆에 앉을 수 있도록 자리를 비켜주었다. 코가 발개진 비르지니는 얼어서 감각이 없는 두 손을 녹이려고 잔을 꼭 감싸 쥔 채 몸을 살짝 떨었다. 그녀는 식료품점에서 오는 길이었다. 그뤼예르 치즈를 사기 위해 잠시 기다리는 짧은 시간 동안 몸이 꽁꽁 얼어붙었던 것이다. 그녀는 세탁소의 후끈한 열기에 감탄사를 연발했다. 화덕 안에 들어와 있다고 착각할 정도였다. 죽은 사람도 살려낼 수 있을 것처럼 피부를 기분 좋게 간질이는 열기였다. 비르지니는 몸이 어느 정도 녹자 긴 다리를 길게 뻗었다. 여섯 명의 여자는 중단된 일을 앞에 두고 여유롭게 커피를 마셨다. 증기를 뿜어내는 세탁물들로 인해 습해진 공기가 답답하게 느껴졌다. 그녀들 중에서는 쿠포의 엄마와 비르지니만이 의자에 앉아 있었다. 나지막한 장의자에 앉아 있는 다른 여자들은 마치 바닥에 주저앉은 것처럼 보였다. 사팔뜨기 오귀스틴은 페티코트 아래에 깔아놓은 시트를 끌어당겨 그 위에 주저앉았다. 그녀들은 커피를 음미하면서 잔에 코를 박고 있느라 한동안은 서로 아무 말도 하지 않았다.

"어쨌거나 정말 좋네요." 클레망스가 먼저 입을 열었다.

그리고 갑자기 숨이 막힐 듯이 발작적으로 기침을 했다. 그러다가 벽에 머리를 기댄 채 더 격렬하게 기침을 해댔다.

"아주 지독한 감기에 걸렸군요. 대체 어디서 그런 거예요?" 비르지니가 물었다.

"그건 나도 모르죠!" 클레망스는 소맷자락으로 얼굴을 훔치면서 말했다. "아마 요 전날 저녁때였을 거예요. 그랑발콩 앞에서 여자 둘이서 서로 치고받고 싸우더라고요. 난 그 재미난 구경거리를 놓칠 수가 없어서 눈을 맞으면서 지켜보았죠. 아! 정말 굉장한 싸움이었어요! 웃겨 죽는 줄 알았다니까요. 한 여자가 코가 깨져서는 글쎄 땅바닥으로 피가 마구 튀는 거예요. 나처럼 키가 큰 어떤 여자가 그 피를 보더니 겁을 집어먹고 잽싸게 내빼지 뭐예요…… 그러고 나서 그날 밤부터 기침이 나오더라고요. 게다가 남자들은 정말 멍청한 것 같아요. 여자랑 자면서 이불을 다 끌어가버려서는 밤새 오들오들 떨게 만든다니까요……"

"쯧쯧, 그걸 자랑이라고 떠들어대다니." 퓌투아 부인이 나지막이 말했다. "그렇게 함부로 살다가는 일찍 죽을 수도 있어, 이 아가씨야."

"차라리 죽기라도 하면 좋겠네요, 난!…… 어차피 사는 게 재미도 없는데요 뭐. 하루 종일 고작 55수를 벌려고 뼈 빠지게 일하고, 아침부터 저녁까지 난로 앞에서 땀을 뻘뻘 흘려야 하고요. 이게 대체 뭐냐고요. 그래요, 난 정말 사는 게 지긋지긋해요!…… 어쨌거나 이런 감기 따위가 날 데려가주지는 않을 테니까요. 이러다가 저절로 낫겠죠 뭐."

한동안 침묵이 흘렀다. 싸구려 댄스홀에서 소리를 빽빽 질러가며 난잡하게 노는 걸 즐기는 클레망스는 일을 하는 동안에는 늘 죽음과 관련된 우울한 얘기로 분위기를 흐려놓곤 했다. 그런 그녀를 잘 아는 제르베즈는 단지 이렇게 말했을 뿐이다.

"가만 보면 당신은 실컷 놀고 난 다음 날에는 항상 우울해지는 것 같네요. 안 그래요?"

사실 제르베즈는 여자들끼리 치고받고 싸우는 것에 관한 얘기는 가능하면 피하고 싶어 했다. 비르지니 앞에서 발길질이나 따귀에 관한 얘기를 할 때면, 세탁장에서 비르지니의 볼기를 때렸던 일이 떠올라 난처했기 때문이다. 비르지니는 그런 제르베즈의 속마음을 알아차린 듯 미소를 띤 채 그녀를 바라보았다. 그리고 조그맣게 중얼거렸다.

"오! 난 어제 여자들끼리 머리끄덩이를 잡고 싸우는 걸 봤답니다. 아주 서로 반 죽여놓더라고요……"

"누가 그랬는데요?" 퓌투아 부인이 물었다.

"저기 길 끝에 사는 산파하고 그 집 하녀요. 왜 있잖아요, 키 작고 금발에…… 오, 행실이 아주 지저분하기 짝이 없는 계집이죠! 그년이 산파한테 이렇게 외치더라고요. '그래요, 그래, 당신이 과일 가게 여자의 애를 지워버린 걸 다 알고 있다고요. 그러니까 나한테 돈을 주지 않으면 당장 경찰서로 가서 일러바치고 말겠어요.' 그러면서 어찌나 악을 써대던지, 정말 볼만했다니까요! 그러자 산파가 찰싹 하고 그 계집의 귀싸대기를 된통 세게 올려붙인 거예요. 그러자 이번에는 고 되바라진 계집이 산파에게 달려들어서는 얼굴을 할퀴고 머리털을 죄다 뽑아버리는데, 오! 정말 예술이었어요!…… 돼지고기 장수가 달려들어 그 계집을 떼어내야 했다니까요 글쎄."

세탁부 여인들은 다들 재미있다는 듯 웃음을 터뜨렸다. 그리고 게

걸스럽게 홀짝거리면서 커피를 마셨다.

"그런데 그 여자가 정말 아이를 떼버렸을까요?" 클레망스가 물었다.

"그렇다니까요! 온 동네에 소문이 파다하던걸요." 비르지니가 대답했다. "물론 난 그 당시엔 여기 없었지만…… 하지만 그 사람들 직업이란 게 원래 그런 건데요 뭐. 다들 그렇게 하잖아요."

"말도 안 돼요!" 퓌투아 부인이 또다시 나섰다. "어떻게 그런 여자들을 믿을 수가 있죠. 난 절대 사양이에요. 그러다 병신이라도 되면 어쩌려고!…… 그보다 아주 확실한 방법이 있다고요. 저녁마다 성수를 한 잔씩 마신 다음, 엄지손가락으로 배 위에 성호를 세 번 긋는 거예요. 그럼 아주 감쪽같이 떨어지고 만다니까요."

그때까지 졸고 있는 줄 알았던 쿠포의 엄마는 고개를 저으면서 그 말에 이의를 제기했다. 그녀는 정말 틀림없는 또 다른 방법을 알고 있었다. 두 시간마다 삶은 달걀 하나씩을 먹고는 시금치 잎사귀로 허리를 문지르는 것이었다. 나머지 네 명의 여자는 진지한 표정으로 그녀의 말에 귀를 기울였다. 하지만 사팔뜨기 오귀스틴은 뭐가 그리 신나는지 혼자서 암탉 울음소리 같은 소리를 내며 낄낄 웃었다. 모두들 그녀를 깜빡 잊고 있었던 것이다. 제르베즈가 페티코트를 들치자, 시트 위에서 새끼 돼지처럼 두 다리를 위로 한 채 뒹굴고 있는 그녀가 보였다. 제르베즈는 그 밑에서 그녀를 끌어내 일으키고는 따귀를 한 대 갈겼다. 대체 무엇 때문에 그렇게 웃는 거지, 멍청한 계집 같으니라고. 어른들끼리 얘기하는데 감히 어린 것이 건방지게 엿듣다니! 오귀스틴은 당장 바티뇰에 사는 르라 부인의 친구 집에 세탁물을 갖다주러 가야 했다. 그렇게 말하면서 여주인은 그녀의 팔에 빨래 바구니를 안겨주고는 문을 향해 떠밀었다. 사팔뜨기 계집아이는 인상을 찌푸린 채 눈물을 찔끔거리면서, 발을 질질 끌며 눈 속으로 멀어져갔다.

그사이 쿠포의 엄마와 뛰투아 부인 그리고 클레망스는 삶은 달걀과 시금치 잎사귀의 실효성에 대해 언쟁을 벌였다. 그러자 그때까지 커피 잔을 손에 든 채 멍한 표정을 짓고 있던 비르지니가 속삭이듯 나지막하게 말했다.

"그렇잖아요! 서로 싸웠다가도 다시 화해하고 그러는 거죠. 서로 악한 마음만 없다면 뭐가 문제겠어요……"

그리고 미소를 띤 채 제르베즈를 향해 몸을 숙이면서 덧붙였다.

"그래요, 난 절대로 부인을 원망하지 않아요…… 세탁장에서의 일 말예요, 기억나세요?"

제르베즈는 몹시 난처한 표정으로 아무런 대꾸도 하지 못했다. 마침내 그녀가 가장 두려워했던 말이 비르지니의 입에서 튀어나왔던 것이다. 이제 랑티에와 아델의 얘기가 나올 차례라는 것을 알 수 있었다. 난로에서 요란한 소리가 나면서 벌겋게 달아오른 도관에서는 더 많은 열기가 뿜어져 나왔다. 세탁부 여인들은 감각을 마비시키는 듯한 온기로 인해 나른함을 느끼면서 가능한 한 일을 늦게 시작하려고 커피를 오래도록 홀짝거렸다. 음미하는 듯한 나른한 얼굴로 거리에 쌓인 눈을 바라보던 여인네들은 서로의 속내를 털어놓기 시작했다. 만약 1년에 만 프랑의 연금을 받게 된다면 무엇을 할지를 서로 얘기했다. 아무것도 하지 않을 것 같았다. 이렇게 오후 내내 한가하게 불이나 쬐면서, 일 따위는 개한테나 줘버리라고 하고 싶었다. 비르지니는 다른 사람들이 듣지 못하도록 제르베즈에게로 가까이 다가갔다.

제르베즈는 온몸에서 기운이 모두 빠져나가는 것 같았다. 아마도 지나치게 뜨거운 열기 때문일 터였다. 몸이 축 처지고 힘이 없어서 화제를 다른 데로 돌릴 생각조차 하지 못했다. 심지어 키다리 갈색 머리 여자가 무슨 얘기를 할지 기다려지기까지 했다. 제르베즈는 이유를 알 수 없는 야릇한 흥분으로 가슴이 벅차오르는 것을 느꼈다.

"나 때문에 곤란한 건 아니죠?" 양재사 여인이 다시 얘기를 꺼냈다. "벌써 수십 번도 더 얘기하고 싶은 걸 참았답니다. 그런데 마침 얘기가 나온 김에 하는 거예요…… 그냥 재미로 하는 건데 어때요, 안 그래요?…… 아! 물론 과거의 일로 당신을 원망하지는 않아요, 절대로. 맹세할 수 있어요! 난 부인한테 어떤 유감도 없거든요."

비르지니는 설탕을 마저 녹이려고 남은 커피를 흔들어 섞었다. 그런 다음 입술에서 휘파람 소리를 내면서 세 모금을 마셨다. 제르베즈는 목이 멘 채 여전히 비르지니의 말을 기다리면서 비르지니가 그녀의 말처럼 자신이 볼기를 때린 일을 진정으로 용서한 것인지를 자문해보았다. 비르지니의 검은 눈동자 속에서 언뜻 노란 불꽃이 반짝이는 것을 보았기 때문이다. 어쩌면 여우 같은 꺽다리 계집이 원한을 주머니 속 깊은 곳에 감춰둔 채 칼을 갈고 있을지도 모르는 일이었다.

"당신에겐 충분히 그럴 만한 이유가 있었잖아요." 비르지니는 말을 이었다. "당신한테 그런 비열한 짓을 한 연놈들이 나쁘죠…… 오! 난 적어도 사리 판단은 할 줄 안다고요! 나 같았으면 아마도 그것들을 칼로 확 쑤셔버렸을 거예요."

비르지니는 또다시 휘파람 소리를 내면서 세 모금을 더 마셨다. 그런 다음 느릿한 말투를 접고 단숨에 속에 있는 말을 뱉어냈다.

"게다가 그 둘이 행복해진 것도 결코 아니고 말이죠, 절대로! 맙소사! 행복은 무슨 얼어죽을!…… 두 사람은 여기서 멀리 떨어진 글라시에르로 가서 살았어요. 항상 무릎까지 진흙이 차오르는 더러운 곳이죠. 둘이 떠난 지 사흘째 되던 날 아침나절에 난 함께 점심식사를 하러 그곳으로 갔어요. 승합마차를 타고 갔는데 어찌나 빨리 달리던지 죽는 줄 알았다니까요 글쎄! 그런데 어이없게도 그것들이 벌써부터 한바탕하고 있더라고요. 정말이에요, 내가 들어갔을 때 서로 따귀를 후려치고 있었다니까요. 엥, 웃기는 얘기 아닌가요! 서로 사랑한다고 도망까지 친 것들이!…… 그거 알아요? 아델은 목매다는 밧줄도 아까운 계집이에요. 아, 물론 내 동생이지만 그렇다고 해서 더러운 짓거리를 하는 걸 잘했다고 할 수는 없으니까. 나한테도 수없이 못된 짓을 했거든요. 오, 그런 얘길 다 하자면 밤을 새워도 모자랄 거예요. 그리고 어쨌거나 그건 우리끼리의 얘기니까요…… 랑티에라는 남자도, 맙소사! 당신도 잘 알다시피 별로 좋은 사람은 아닌 것 같더군요. 한마디로 좀스럽기 그지없는 남자죠, 안 그래요? 사사건건 트집을 잡고 사람을 괴롭히는 스타일 말예요! 게다가 여자를 때릴 때 주먹을 쥐기까지 한다니까요…… 어쨌거나 두 사람은 아주 보란 듯이 치고받고 했어요. 계단을 올라가면서부터 요란하게 싸우는 소리가 들릴 정도였죠. 심지어 경찰이 찾아온 적도 있다니까요. 랑티에는 기름을 넣은 수프를 먹고 싶어 했어요. 남부식의 끔찍한 음식이죠. 그런데 아델은 그걸 역겨워했어요. 그래서 서로 얼굴에 기름병을 던지면서 싸운 거예요. 냄비, 수프 그릇이 막 날아가고 난리도 아니었죠. 아무튼 온 동네가 떠들썩했다니까요."

비르지니는 또 다른 싸움과 그 두 사람에 관한 얘기를 끝없이 늘어놓았다. 그중에는 머리가 쭈뼛 곤두설 정도로 끔찍한 일도 있었다. 제르베즈는 그 모든 얘기를 아무 말 없이 창백한 얼굴로 들었다. 입가에는 엷은 미소를 닮은 신경질적인 경련이 잔잔히 일었다. 그녀는 무려 7년간이나 랑티에의 이름을 듣지 못하고 지냈다. 그런데 그녀의 귓가에 속삭여진 그의 이름이 배 속에 뜨거운 불덩이가 훑고 지나가는 듯한 이런 느낌을 불러일으킬 줄은 짐작조차 하지 못했다. 그랬다, 그녀는 자신에게 그토록 못할 짓을 한 그 몹쓸 남자가 어떻게 되었는지 궁금해해본 적도 없었다. 이제 와서 아델에게 새삼스레 질투를 느낄 것도 없었다. 하지만 그들 커플이 격렬한 싸움을 벌였다는 얘기를 듣자 자신도 모르게 마음속으로 웃고 있었다. 그러면서 그 여자의 온몸이 멍들었을 것을 생각하자 속이 후련해지면서 기분이 몹시 좋아졌다. 이렇게 내일 아침까지라도 비르지니의 얘기를 들을 수 있을 것 같았다. 하지만 제르베즈는 그 어떤 것도 묻지 않았다. 자신이 관심을 보인다는 사실을 들키고 싶지 않았기 때문이다. 그건 느닷없이 어떤 공백을 메우는 것과도 같았다. 이제 그녀의 과거가 곧장 그녀의 현재를 향해 돌진하고 있었다.

그사이 비르지니는 또다시 커피 잔에 코를 박았다. 그리고 눈을 반쯤 감은 채 설탕을 빨아 먹었다. 그러자 무슨 말인가를 해야 할 것 같은 부담을 느낀 제르베즈는 무심한 표정으로 물었다.

"두 사람이 아직 글라시에르에 살고 있나요?"

"아뇨! 내가 그 얘길 안 했나요?…… 벌써 일주일 전에 헤어졌는걸요. 어느 날 아침 아델이 짐을 싸서 나가버렸는데 랑티에는 붙잡지도 않았어요. 정말이에요."

그러자 제르베즈는 가벼운 비명을 지르며 비르지니의 말을 큰 소리로 반복했다.

"헤어졌다고요!"

"누구 말이에요?" 클레망스가 쿠포 엄마와 퓌투아 부인과 대화를 하다 말고 물었다.

"아무것도 아니에요. 그쪽은 모르는 사람들 얘기예요." 비르지니가 퉁명스럽게 대꾸했다.

그러면서 그녀는 제르베즈를 살폈다. 세탁부 여인이 몹시 동요하고 있음을 간파했던 것이다. 제르베즈에게 더 바짝 다가간 비르지니는 사악하게도 했던 얘기를 또다시 반복하면서 쾌감을 느끼는 듯했다. 그리고 느닷없이 만약 랑티에가 다시 나타나서 주위를 맴돈다면 어떻게 할 것인지 물었다. 남자들이란 도무지 예측할 수 없는 존재이므로 랑티에 역시 얼마든지 첫사랑에게 되돌아올 수 있었기 때문이다. 제르베즈는 자세를 바로 하면서 매우 의연한 태도로 입장을 분명히 했다. 그녀는 이미 결혼한 몸이므로 랑티에를 절대 받아줄 수 없다. 그 이상 무슨 말이 더 필요하겠는가. 이제 그들 사이에는 아무것도 남아 있지 않았다. 심지어 가벼운 악수조차 허용될 수 없었다. 앞으로 또다시 그 남자와 마주하게 된다면 그녀는 양심도 없는 여자가 되고 말 터였다.

"물론 나도 잘 알아요. 랑티에는 에티엔의 아버지니까 그와 인연을 완전히 끊을 수는 없겠죠. 그가 만약 에티엔을 보고 싶어 한다면 아이를 보낼 수는 있어요. 아비가 자식을 사랑하는 것을 어찌 막을 수 있겠어요…… 하지만 난, 분명히 말하지만요, 푸아송 부인, 그에게 내 손가락 하나라도 건드리게 하느니 차라리 내 몸을 갈기갈기 찢어놓고 말 거예요. 우린 완전히 끝난 사이라고요."

제르베즈는 마지막 말을 하면서, 자신의 맹세를 굳건히 하려는 듯 허공에 대고 성호를 그었다. 그리고 대화를 끝내려는 생각에 잠에서 깨어나듯 소스라치며 세탁부들을 향해 소리쳤다.

"거기! 다들 왜 그러고 있는 거야! 설마 옷이 저절로 다려진다고 생각하는 건 아니겠지?…… 이런 게으름뱅이들 같으니라고!…… 뭣들 해! 얼른 다시 일을 시작하란 말이야!"

하지만 세탁부들은 전혀 서두르지 않았다. 나른함과 무기력감으로 몸이 마비되기라도 한 듯, 두 팔을 치마 위로 축 늘어뜨린 채 커피 찌꺼기가 남아 있는 빈 잔을 여전히 한 손으로 쥐고 있었다. 그러면서 수다를 그치지 않았다.

"그 꼬마 셀레스틴 있잖아요." 클레망스가 말했다. "내가 그 여자애를 좀 알거든요. 그런데 고양이 털에 완전히 미쳐 있더라고요…… 무슨 말인가 하면, 사방에 고양이 털이 있다고 생각하는 거예요. 그러면서 혀를 항상 요렇게 돌리는 거 있죠. 자기 입에도 고양이 털이 한가득 들어 있다고 생각하면서 말이죠."

"난 말이지, 배 속에 벌레를 키우던 어떤 여자랑 친하게 지냈는데……" 이번에는 퓌투아 부인이 바통을 이어받았다. "오! 그 조그만 벌레들이 어찌나 까다로운지 말도 마!…… 닭고기를 먹여주지 않으면 글쎄 배를 마구 뒤트는 거야. 그래서 남편이 하루에 7프랑을 버는데, 그 돈이 몽땅 벌레 입맛을 맞추는 데 다 들어갔다니깐……"

"나라면 그 여자를 당장 낫게 해줄 수 있었을 텐데." 쿠포의 엄마가 끼어들었다. "정말이라니까, 그런 데는 구운 생쥐를 삼키면 직방이라고. 그게 벌레한테는 독약이나 마찬가지거든."

제르베즈도 또다시 편안한 나른함 속으로 빠져들었다. 하지만 이내 몸을 흔들면서 자리에서 벌떡 일어났다. 아, 이런! 빈둥거리다가 오후를 다 보내게 생겼네! 이런다고 지갑이 채워지는 게 아니지 않은가! 그녀는 가장 먼저 자신이 작업하던 커튼으로 되돌아갔다. 하지만 커피 얼룩이 묻어 있어서 다림질하기 전에 젖은 천으로 얼룩을 닦아내야만 했다. 다른 세탁부들도 난로 앞에서 기지개를 켜고는 마지못해 각자의 다리미 손잡이를 집어 들었다. 클레망스는 몸을 움직이자마자 혀가 빠져나올 정도로 발작적인 기침을 해댔다. 그리고 남자 셔츠 다림질을 마무리한 다음 소매와 깃을 핀으로 꽂아놓았다. 퓌투아 부인은 다시 페티코트를 다리기 시작했다.

"이제 그만 가봐야겠군요! 잘들 계세요." 비르지니가 말했다. "그뤼예르 치즈나 조금 사려고 내려왔는데. 남편이 내가 길바닥에서 얼어붙은 줄 알겠어요."

하지만 그녀는 몇 걸음 걸어가지 않아서 다시 문을 열고는 오귀스틴이 길 끝에서 아이들이랑 미끄럼을 타고 있다고 소리쳤다. 그 말썽쟁이 계집아이는 벌써 두 시간째 돌아오지 않고 있던 차였다. 그러다가 틀어 올린 머리에 눈을 잔뜩 묻힌 채, 빨래 바구니를 팔에 끼고는 벌게진 얼굴로 숨을 헐떡거리면서 달려왔다. 오귀스틴은 주인의 꾸지람에 엉큼한 표정으로 빙판 때문에 걸을 수가 없었다고 변명을 늘어놓았다. 짓궂은 아이들이 그녀의 주머니에 얼음 조각을 쑤셔 넣은 게 분명했다. 십오 분쯤 지나자 주머니가 마치 깔때기처럼 세탁소에 물을 뿌리기 시작했다.

오후는 대부분 그런 식으로 지나갔다. 제르베즈의 가게는 동네에서 추위에 떠는 사람들의 피난처 역할을 했다. 구트도르 가에 사는 사람들은 모두 그곳이 따뜻하다는 사실을 알고 있었다. 그리하여 세탁소는 무릎까지 치마를 걷어 올린 채 예배를 보듯 난로 주위에 둘러앉아 불을 쬐며 수다를 떠는 여인네들로 언제나 붐볐다. 제르베즈는 이런 화기애애함에 자부심을 느끼면서 사람들을 자꾸만 불러들였다. 심술이 난 로리외 부부와 보슈 부부는 그녀가 살롱을 열고 있다고 비아냥거렸다. 하지만 그녀는 상냥하고 자비로운 마음으로 모두를 대했다. 밖에서 떨고 있는 불쌍한 사람들을 보면 안으로 들어오게 했다. 그중에서도 과거에 칠장이로 일했던 일흔 살 노인에게 특별히 친절을 베풀었다. 그는 공동아파트의 지붕 밑 골방에 살면서 추위와 배고픔으로 조금씩 죽어가고 있었다. 크림전쟁에서 세 아들을 잃은 그는 더 이상 붓을 잡을 수 없게 된 2년 전부터 하루하루를 겨우 연명하고 있었다. 제르베즈는 몸을 덥히려고 눈 위에서 발을 동동 구르던 브뤼 영감을 보자마자 불러들여 난롯가에 자리를 마련해주었다. 그리고 종종 빵과 치즈를 억지로 먹게 했다. 허리가 굽고 새하얀 수염에 쪼글쪼글한 사과 껍질처럼 주름진 얼굴을 한 브뤼 영감은 몇 시간 동안 아무말 없이 골탄이 지글거리며 타는 소리를 듣고 있었다. 어쩌면 사다리위에서 보낸 50년간의 세월을, 파리 구석구석의 문을 칠하고, 천장을 하얗게 칠하며 보냈던 반세기 동안의 세월을 떠올리고 있는 것인지도 몰랐다.

"영감님! 무슨 생각을 그렇게 하세요?" 제르베즈는 때때로 그렇게 물었다.

"아무것도, 그냥 이런저런 생각을 한다오." 그는 멍한 얼굴로 대답했다.

세탁부들은 노인이 사랑에 빠진 모양이라면서 짓궂게 농담을 해댔다. 하지만 노인은 여인네들의 말에는 아랑곳없이 다시 깊은 생각에 잠긴 듯 예의 음울한 침묵 속으로 빠져들었다.

그 무렵부터 비르지니는 제르베즈에게 랑티에에 관한 얘기를 점점 더 자주 들려주었다. 온갖 추측으로 세탁부 여인을 곤혹스럽게 하는 것을 즐기면서, 그녀의 옛 연인에 대한 생각을 자꾸만 주입하려는 듯했다. 그러던 어느 날 비르지니는 그를 만났다고 얘기했다. 하지만 제르베즈가 대꾸를 하지 않자 더 이상 아무 말도 하지 않았다. 그리고 다음 날에야 그가 제르베즈에 관해 한참 동안 애정 어린 말을 늘어놓았음을 넌지시 얘기했다. 제르베즈는 가게 한구석에서 나지막이 속삭이듯 말하는 둘만의 대화에 몹시 혼란스러워했다. 랑티에의 이름은 여전히 배 속에 뜨거움을 느끼게 했다. 마치 그녀의 살갗 속에 그의 일부가 남아 있기라도 한 것 같았다. 물론 제르베즈는 자신이 아주 강인한 여자라고 믿었다. 그리고 정숙한 여자로 살고 싶었다. 정숙함은 행복의 반을 차지하는 것이다. 제르베즈는 이 일과 관련해서는 쿠포를 떠올릴 필요조차 없었다. 남편에 대해 마음으로 조금도 거리낄 것이 없었기 때문이다. 심지어 생각으로조차. 하지만 대장장이 구제를 생각할 때는 마음이 심란해지고 아프기까지 했다. 랑티에에 대한 기억이 되살아나면서 서서히 그에 대한 생각에 지배당할수록, 구제와의 비밀스러운 사랑과 달콤한 우정을 배신하는 것 같았기 때문이다. 제르베즈는 자신의 좋은 친구인 대장장이 구제를 향한 죄책감에 시달리면서 우울한 나날을 보냈다. 남편 외에는 오직 그에게만 애정을 느낄 수 있기를 바랐던 것이다. 그에 대한 애정은 그 무엇보다 우위에 있었고, 비르지니가 그녀의 얼굴에서 늘 찾아내고자 애쓰는 온갖 추잡한 생각들을 넘어서는 것이었다.

봄이 오자 제르베즈는 종종 도피처를 찾아 구제의 곁으로 달려가곤 했다. 자리에 앉아 무언가를 생각할라치면 즉시 자신의 첫번째 남자가 떠올랐기 때문이다. 그녀는 그가 예전처럼 낡은 트렁크에 옷들을 쑤셔 넣고, 아델의 곁을 떠나 마차를 타고 그녀에게로 되돌아오는 상상에 시달렸다. 외출을 하는 날에는 길바닥에서 갑자기 우스꽝스러운 두려움에 사로잡히곤 했다. 등 뒤에서 랑티에의 발소리가 들리는 것 같은 착각이 들었지만 차마 돌아볼 용기를 내지 못했다. 자신의 허리를 껴안는 그의 손길이 느껴지면서 몸이 떨려왔다. 물론 그는 어디선가 그녀를 엿보고 있을 게 분명했다. 그러다가 어느 날 오후 느닷없이 그녀를 덮치고 말 것이었다. 그런 상상만으로도 온몸에 식은땀이 흐르는 것 같았다. 그는 분명 예전에 장난삼아 그랬듯이 그녀의 귀에다 키스를 할 것이었다. 그녀를 두렵게 하는 것은 바로 그 키스였다. 그런 생각만으로도 정신이 혼미해지면서 귀가 윙윙거리는 것 같았다. 그러면 숨 가쁘게 뛰는 그녀의 심장박동 소리 말고는 아무 소리도 들리지 않았다. 그런 두려움이 제르베즈를 사로잡을 때마다 구제의 대장간이 유일한 도피처가 되어주었다. 그곳에서는 구제의 든든한 보호 아래 다시금 평안함을 느끼면서 미소를 되찾을 수 있었다. 낭랑하게 울려 퍼지는 그의 망치 소리가 그녀로 하여금 악몽을 떨쳐버리게 해주었던 것이다.

참으로 아름다운 봄날이 이어졌다! 세탁부 여인은 포르트블랑슈가에 사는 고객에게 특별히 더 많은 신경을 썼다. 그녀에게는 언제나 자신이 직접 세탁물을 가져다줄 것을 고집했다. 그것은 매주 금요일 마르카데 가를 지나면서 구제의 대장간에 들를 수 있는 더없이 좋은 기회였기 때문이다. 제르베즈는 길모퉁이를 돌아서자마자 마음이 날아갈 듯 가벼워짐을 느꼈다. 회색빛 공장들로 둘러싸인 공터로 소풍이라도 가는 기분이었다. 석탄가루가 검게 뒤덮인 도로와 지붕 위로 깃털처럼 피어오르는 증기는 푸른 초목이 짙게 우거진 교외 숲속의 이끼 덮인 오솔길만큼이나 그녀를 즐겁게 해주었다. 공장의 높은 굴뚝들로 줄무늬가 그려진 희끄무레한 지평선, 같은 모양의 창문이 나 있는 새하얀 집들, 더불어 하늘을 가로막은 몽마르트르 언덕도 그녀가 좋아하는 풍경이었다. 제르베즈는 대장간에 가까워질수록 걸음을 늦추면서 물웅덩이를 뛰어넘은 다음, 허물어진 건물들의 잔해가 널린 황량한 공간을 기쁜 마음으로 가로질러 갔다. 그녀는 환한 대낮에도 발갛게 빛을 발하는 대장간을 멀리서부터 알아볼 수 있었다. 제르베즈의 심장은 망치 소리의 리듬에 맞춰 경쾌하게 뛰었다. 안으로 들어설 무렵에는 연인을 만나러 가는 여인처럼 얼굴이 발갛게 상기된 채 아름다운 금발이 목덜미 위로 날아올랐다. 팔과 가슴을 모두 드러낸 구제는 모루 위를 더 세게 두드리면서 그녀를 기다렸다. 제르베즈가 들르는 날에는 더 멀리까지 망치 소리가 들리게 하기 위해서였다. 그녀가 올 것을 미리 짐작하고 있던 그는 황금빛 수염 아래로 말없이 활짝 웃어 보이면서 그녀를 맞이했다. 그의 일을 방해하고 싶지 않았던 제르베즈는 그에게 망치질을 계속하라고 청했다. 근육이 불끈 튀어나온 우람한 팔로 망치를 휘두르는 모습을 더욱더 사랑했기 때문이다. 그녀는 풀무질에 여념이 없는 에티엔의 뺨을 살짝 어루만져주고는 한 시간가량 그곳에 머무르면서 볼트를 만드는 모습을 지켜보았다. 그들은 서로 열 마디도 채 나누지 않았다. 아마도 이중으로 잠근 방에서 단둘이 있다고 해도 지금처럼 서로 애정을 충족시키진 못했을 터였다. 베크살레의 비아냥거리는 웃음소리도 그들을 방해하지는 못했다. 그들의 귀에는 더 이상 아무 소리도 들리지 않았다. 그렇게 십오 분쯤 지나자 숨이 막혀오기 시작했다. 둔탁한 충격이 그녀의 발끝에서부터 머리까지 전해지는 동안 대장간의 열기와 강한 냄새, 계속해서 올라오는 연기 탓에 현기증이 느껴졌다. 이제 제르베즈는 아무것도 바라지 않았다. 지금 이 순간 완벽한 행복을 맛보고 있었기 때문이다. 구제가 그녀를 힘껏 안아준다고 할지라도 지금보다 더 커다란 감동을 느끼게 해주지는 못할 터였다. 제르베즈는 망치질이 일으키는 바람을 뺨으로 느끼면서 망치질의 일부가 되고 싶은 마음에 그에게로 바짝 다가갔다. 보드라운 손에 불꽃이 튀어 따끔거릴 때조차 손을 거두지 않았다. 오히려 그 반대로 살갗을 때리는 뜨거운 비를 즐겼다. 그는 물론 제르베즈가 자신을 바라보며 느끼는 행복을 짐작하고 있었다. 그리하여 그녀가 오는 금요일을 위해 가장 힘든 작업을 남겨두었다. 온 힘과 재주를 다해 그녀에게 구애하기 위함이었다. 그는 몸을 사리지 않고 모루가 둘로 쪼개질 정도로 망치를 세게 내리쳤다. 그리고 숨을 헐떡거리면서, 기뻐할 그녀를 생각하며 허리를 격렬하게 떨었다.

그들의 사랑은 봄이 다 지날 때까지 대장간을 폭풍우 같은 요란함으로 흔들어놓았다. 그것은 시커먼 검댕이 묻은 골조가 삐걱거리는 작업장의 들썩거림과 벌겋게 타오르는 불꽃 가운데, 거인의 노고 속에서 꽃핀 순수한 사랑이었다. 붉은색 밀랍처럼 납작하게 짓이겨진 대장간의 쇠들은 두 사람의 사랑의 흔적을 고스란히 간직하고 있었다. 세탁부 여인은 괼도르를 만나고 돌아오는 금요일이면, 몸과 마음이 충족돼 평안해진 상태로 나른함을 느끼면서 푸아소니에 가를 천천히 거슬러 올라갔다.

랑티에로 인한 두려움이 점차 줄어들면서 제르베즈는 평소와 같은 모습을 되찾을 수 있었다. 그 무렵 결정적으로 상태가 나빠져가는 쿠포만 아니었더라면 그녀는 여전히 행복한 나날을 보낼 수 있었을 것이다. 어느 날 대장간에서 돌아오는 길에 제르베즈는 콜롱브 영감의 주점에서 메보트, 비비라그리야드 그리고 베크살레에게 브랜디를 사면서 선심을 쓰는 쿠포를 언뜻 본 듯했다. 하지만 그들을 엿본다는 오해를 사지 않기 위해서 재빨리 그곳을 지나쳐 갔다. 그리고 이내 뒤돌아서서 다시 살펴보았다. 그녀가 본 것은 분명 쿠포였다. 그는 이미 익숙한 몸짓으로 목구멍으로 독한 브랜디를 단번에 털어 넣고 있었다. 그러니까 그는 거짓말을 했던 것이다. 이제 독주를 마시고 다니면서! 제르베즈는 절망감에 사로잡힌 채 발길을 돌렸다. 알코올에 대한 두려움이 다시 그녀를 엄습했다. 포도주는 용납할 수 있었다. 그건 노동자들에게 힘을 주는 술이었기 때문이다. 하지만 독주는 해악일 뿐이었다. 노동자들에게서 일할 의욕을 앗아가는 독과도 같은 것이었다. 아! 나라에서는 왜 저렇게 해로운 것들을 만들도록 내버려두는 것일까!

구트도르 가에 이른 제르베즈는 아파트 전체가 술렁거리는 것을 보았다. 그녀의 세탁부들도 작업대를 떠나 안뜰에 모여 위를 쳐다보고 있었다. 그녀는 클레망스에게 그 이유를 물어보았다.

"비자르 영감이 자기 마누라를 잡는 중이에요. 술이 엉망으로 취해서는 부인이 세탁장에서 돌아오기만을 기다리고 있더라고요…… 그리고 주먹질을 하면서 부인을 끌고 올라가더니 이젠 자기들 방에서 아주 때려죽일 모양이네요…… 저기, 비명이 안 들리세요?"

제르베즈는 황급히 위로 올라갔다. 그녀는 자신의 세탁물을 맡아 일하는 비자르 부인과 각별한 사이로 지내는 터였다. 비자르 부인은 어려움 속에서도 항상 꿋꿋함을 잃지 않고 살아가는 여성이었다. 제르베즈는 비자르 영감의 살육 행위를 멈추고자 했다. 7층으로 올라가자, 층계참에 모여 있던 몇몇 세입자가 활짝 열린 방문을 바라보며 한숨 섞인 탄성을 지르고 있었다. 관리인 보슈 부인은 바로 문 앞에서 큰 소리로 외쳐댔다.

"당장 그만두지 못해요!…… 안 그러면 경찰을 부르겠어요, 정말이에요!"

하지만 아무도 안으로 들어갈 엄두를 내지 못했다. 모두들 비자르가 술에 취했을 때 얼마나 난폭하게 변하는지를 잘 알기 때문이었다. 게다가 그는 말짱한 정신으로 있은 적이 없었다. 어쩌다 일을 하는 날에는 열쇠를 만드는 바이스 옆에 술병을 놓아둔 채 매시간 병나발을 불어댔다. 그러지 않고서는 몸을 지탱할 수 없었다. 입에 성냥을 갖다 대면 아마도 그는 횃불처럼 타오르고 말 터였다.

"부인을 저대로 죽게 내버려둘 순 없잖아요!" 제르베즈는 몸을 부르르 떨면서 말했다.

그리고 안으로 들어갔다. 그들의 지붕 밑 다락방은 매우 깨끗했고, 남자의 술과 모든 것을 바꾼 탓에 아무것도 남지 않아 삭막하고 썰렁하기 그지없었다. 심지어 침대 시트까지 술과 맞바꿔먹을 정도였다. 난투극 와중에 식탁은 창가로 밀려나 있었고, 의자 두 개는 바닥에 나동그라져 다리를 위로 한 채 뒤집어져 있었다. 비자르 부인은 세탁장물이 채 마르지 않은 치마가 허벅지에 달라붙은 채로 바닥 한가운데에 엎어져 있었다. 머리가 뽑히고 피가 흐르는 가운데, 비자르가 발길질을 할 때마다 오! 오!를 길게 뱉어내면서 거친 숨을 몰아쉬었다. 그는 처음에는 두 주먹으로 때리다가 이젠 발로 짓밟기까지 했다.

"아! 이 창녀 같은 계집!…… 아! 나쁜 년…… 아! 못된 계집 같으니라고!……" 그는 여자에게 발길질을 가할 때마다 숨넘어갈 것 같은 목소리로 같은 말을 미친 듯이 반복했다. 그러면서 목이 멜수록 여자를 더욱더 세게 두들겨 팼다.

그러다가 목소리가 더 이상 나오지 않자 뻣뻣하게 굳은 육체로 맹목적이고 둔탁한 구타를 계속했다. 아래위가 붙은 누더기 같은 작업복 위에 헐렁한 덧옷을 걸친 그는 지저분한 턱수염 아래로 푸르죽죽 멍이 들어 있었고, 훌렁 벗어진 이마에는 커다란 붉은색 반점이 나 있었다. 층계참에 모여 있던 이웃들은 비자르 부인이 아침에 그가 요구한 20수를 주지 않았기 때문이라고 수군거렸다. 그때 계단 아래쪽에서 아내를 향해 소리치는 보슈의 목소리가 들려왔다.

"그만 내려와, 자기들끼리 치고받고 하다가 죽게 내버려두라고. 그럼 쓰레기 같은 인간도 줄어들고 좋잖아!"

그러는 동안 브뤼 영감은 제르베즈를 따라 방으로 들어갔다. 두 사람은 함께 애써 열쇠업자를 설득하면서 그를 문 쪽으로 끌어내리려고 했다. 하지만 그는 입에 거품을 문 채 아무 말 없이 그들을 돌아보았다. 알코올에 전 희멀건 눈에서 살기등등한 불꽃이 활활 타올랐다. 세탁부 여인의 팔목에는 시퍼렇게 멍이 들었고, 브뤼 영감은 식탁 위로 나자빠졌다. 비자르 부인은 바닥에 널브러져 눈을 감은 채 입을 커다랗게 벌리고 거친 숨을 몰아쉬었다. 이제 비자르는 허공에 헛손질을 했다. 계속해서 미친 듯이 아무 데나 주먹을 마구 휘둘러대다가는 허공을 향해 날린 주먹에 자신이 맞기도 했다. 이 광란의 살육 행위가 이어지는 동안 제르베즈는 네 살짜리 소녀 랄리가 구석에서 아비가 어미를 때려죽이는 광경을 지켜보고 있음을 알았다. 소녀는 겨우 젖을 뗀 어린 여동생 앙리에트를 보호하려는 듯 아이를 품에 꼭 안고 있었다. 사라사 천으로 된 머리쓰개로 머리를 꽁꽁 동여맨 어린 소녀의 핏기 없는 창백한 얼굴은 딱딱하게 굳어 있었다. 그러면서 눈물 한 방울 흘리지 않은 채 깊은 생각에 잠긴 듯 커다란 검은 눈으로 어딘가를 뚫어지게 응시했다.

비자르가 의자에 발이 걸려 바닥으로 나동그라진 채 코를 골기 시작하자 브뤼 영감은 제르베즈를 도와 비자르 부인을 일으켰다. 이제 비자르 부인은 큰 소리로 흐느끼기 시작했다. 어미에게로 다가간 랄리는 우는 어미를 지켜보며 서 있었다. 아이는 이런 것들에 이미 익숙해진 듯 체념한 표정을 지었다. 이제 조용해진 건물 아래로 내려간 세탁부 여인은 성숙한 여인처럼 진지하고 의연한 모습을 보여주던 네 살짜리 소녀의 눈빛이 여전히 눈앞에 어른거리는 듯했다.

"저기 맞은편 길에 쿠포 씨가 있어요." 클레망스는 그를 보자마자 소리쳤다. "엄청 취한 것 같아요!"

쿠포는 막 길을 건너오는 중이었다. 그러다가 문 앞에서 비틀거리는 바람에 어깨로 유리창을 깰 뻔했다. 그는 시체처럼 창백한 얼굴에 코끝이 발개진 채 이를 앙다물고 있었다. 제르베즈는 핏기 없는 남편의 얼굴에서 콜롱브 영감 주점의 싸구려 독주의 흔적이 그의 핏속에 남아 있음을 바로 알 수 있었다. 그리고 그가 무해한 포도주를 마셨을 때처럼 웃어넘기면서 그를 자리에 눕히고자 했다. 하지만 그는 여전히 입술을 앙다문 채 제르베즈를 떠밀었다. 그러고는 비틀거리는 걸음으로 스스로 침대로 걸어가면서 그녀를 향해 주먹을 치켜들었다. 그런 쿠포의 모습은 저 위쪽에서 여자를 두들겨 패다가 지쳐 코를 골며 자고 있는 주정뱅이와 조금도 다를 바가 없었다. 그러자 제르베즈는 온몸을 훑고 지나가는 얼음장 같은 전율과 함께 이 세상 남자들과 자신의 남편, 구제 그리고 랑티에를 떠올렸다. 그러면서 자신은 결코 행복해질 수 없으리라는 절망감을 느끼며 비탄에 빠져들었다.

7

6월 19일은 제르베즈의 생일이었다. 쿠포 가족은 축일마다 상다리
가 휘어지게 음식을 차려내곤 했다. 그런 날에는 일주일 동안 먹지 않
아도 될 정도로 배가 빵빵해질 때까지 모두들 흥청망청 먹고 마셔댔
다. 그러기 위해서는 집 안에 있는 돈이란 돈을 모두 긁어모아야 했
다. 집에 조금이라도 돈이 들어오면 곧바로 먹는 데 모두 날려버렸다.
심지어 그럴 핑계를 만들기 위해 달력에 없던 축일을 지어내기도 했
다. 비르지니는 제르베즈가 맛있는 음식을 탐하도록 적극 부추겼다.
술 마시는 데 모든 것을 탕진해버리는 남자가 집안에 있을 때는, 남자
가 그러기 전에 먼저 배를 채울 수 있다는 게 참으로 다행스러운 일이
지 않은가? 어차피 돈이 새어 나갈 바에는 술집 주인보다는 푸줏간
주인의 주머니를 채워주는 게 훨씬 나은 것이다. 날로 식탐이 늘어난

제르베즈는 그런 달콤한 핑계에 쉽사리 자신을 내맡겼다. 어쩔 수 없지 않은가! 그들이 한 푼도 모으지 못한다면, 그건 전적으로 쿠포의 잘못 때문이었다. 제르베즈는 점점 더 살이 쪄가면서 다리를 더 심하게 절었다. 다리가 굵어질수록 길이가 더 짧아졌기 때문이다.

그해에는 한 달 전부터 생일잔치를 화제에 올리기 시작했다. 너도 나도 먹고 싶은 음식을 얘기하면서 침을 삼켰다. 모두들 실컷 즐기고 싶은 마음에 한껏 들떠 있었다. 그들은 넋이 나갈 정도의 아주 특별하고 근사한 놀 거리가 필요했다. 세탁부 여인의 가장 큰 관심사는 누구를 초대하는가 하는 것이었다. 그녀는 식탁에 더도 덜도 말고 꼭 열두 사람을 초대하기를 원했다. 그녀 자신과 쿠포, 쿠포 엄마, 르라 부인까지 가족만 해도 벌써 넷이었다. 구제 모자와 푸아송 부부도 당연히 포함되었다. 그녀는 처음에는 자신이 부리는 퓌투아 부인과 클레망스는 초대하지 않으려고 했다. 자신과 지나치게 친밀해지지 않도록 거리를 두기 위해서였다. 하지만 그녀들 앞에서 내내 잔치 얘기를 해왔고, 오지 못하는 데 실망하는 기색이 역력한 그녀들을 보면서 어쩔 수 없이 참석을 허락해야만 했다. 넷과 넷을 합치면 여덟에, 둘을 더하면 모두 열 명이었다. 반드시 열둘을 채우고 싶었던 제르베즈는 얼마 전부터 그녀 주위를 맴돌던 로리외 부부와 다시 화해하기로 했다. 그들 부부가 저녁을 먹으러 내려와 술잔을 기울이며 묵은 앙금을 씻어내기로 합의를 했다. 사실 가족끼리 언제까지나 반목하며 지낼 수는 없지 않은가. 게다가 잔치에 대한 기대는 모두의 마음을 약하게 만들었다. 그들이 화해하기로 했다는 소식을 전해 들은 보슈 부부 또한 즉시 제르베즈에게 접근해서는 친절과 상냥한 미소를 남발했다. 그리하여 그들 역시 초대하지 않을 수가 없었다. 그랬다! 그리하여 아이들을 빼고 모두 열네 사람이 모일 예정이었다. 지금까지 이런 생일상을 한 번도 받아본 적이 없는 제르베즈로서는 한편으론 당혹스러우면서도 우쭐해지는 마음을 감추기 힘들었다.

그녀의 생일은 공교롭게도 월요일이었다. 아주 다행스러운 일이었다. 제르베즈는 일요일 오후부터 음식을 준비하기로 마음먹었다. 토요일에는 모두들 서둘러 일을 끝낸 다음, 결정적으로 무엇을 먹을 것인지에 대해 한참 동안 설왕설래했다. 오직 한 가지 요리만이 3주 전부터 만장일치로 정해져 있었다. 다름 아닌 살찐 거위 구이였다. 거위 구이 얘기를 할 때면 모두들 탐욕스러운 눈빛을 반짝였다. 거위를 벌써 사놓기까지 했다. 쿠포의 엄마는 클레망스와 퓌투아 부인에게 무게를 가늠해보게 하려고 거위를 가지고 왔다. 그러자 모두들 탄성을 질렀다. 껍질이 거칠고 노란 공처럼 통통하게 살이 찐 거위는 무게가 엄청났다.

"이걸 먹기 전에 포토푀*는 어떨까?" 제르베즈가 말했다. "포타주와 삶은 소고기는 언제나 맛있지…… 그런 다음에 소스를 곁들인 요리를 먹는 거야."

키다리 클레망스는 토끼고기를 제안했다. 하지만 그건 늘 먹던 것이었다. 모두들 질렸다면서 고개를 저었다. 제르베즈는 좀 더 품격이 있는 것을 원했다. 퓌투아 부인이 송아지고기 스튜를 언급하자 모두들 점점 환하게 미소를 지으며 서로를 바라보았다. 참으로 좋은 생각이었

---

* 고기와 야채로 만든 진한 수프.

다. 송아지고기 스튜만큼 특별함을 느끼게 해줄 요리도 없을 듯했다.

"소스를 곁들인 요리가 하나쯤 더 있어야 하지 않을까." 제르베즈
가 또다시 말을 꺼냈다.

쿠포의 엄마는 생선 요리를 생각했다. 하지만 다른 사람들은 모두
인상을 찌푸리면서 다리미를 세게 두드렸다. 아무도 생선을 좋아하지
않았다. 배를 채워주지도 못할 뿐만 아니라 가시만 잔뜩 있기 때문이
었다. 그러자 사팔뜨기 오귀스틴이 자기는 홍어를 좋아한다면서 감히
끼어들었다. 클레망스는 매몰찬 말로 그녀의 입을 막아버렸다. 마침
내 여주인은 돼지 등뼈로 만든 감자탕을 제안했다. 그러자 또다시 모
두의 얼굴이 환해졌다. 그때 얼굴이 발갛게 상기된 비르지니가 바람
처럼 안으로 들어왔다.

"아, 마침 잘 왔네요!" 제르베즈가 그녀를 향해 소리쳤다. "어머니,
부인한테 거위를 보여드리세요."

그러자 쿠포의 엄마는 또다시 거위를 가지러 갔다. 비르지니는 두
손으로 거위를 집어 들면서 탄성을 질렀다. 오, 맙소사! 엄청나게 무
겁군요! 그러고는 거위를 즉시 작업대의 페티코트와 셔츠 더미 사이
에 내려놓았다. 그녀는 다른 데 정신이 팔려 있는 듯 보였다. 그러면
서 제르베즈를 안쪽 방으로 데리고 갔다.

"내 말 잘 들어요, 부인한테 알려줘야 할 것 같아서요……" 그녀는
황급한 목소리로 속삭였다. "길 끝에서 내가 누굴 만났는지 알아요?
랑티에 그 남자를 봤어요 글쎄! 저쪽에서 어슬렁거리면서 이쪽을 엿
보고 있더라고요…… 그래서 잽싸게 달려온 거예요. 당신이 걱정돼
서 말이죠."

세탁부 여인의 얼굴이 새하얗게 질렸다. 그 몹쓸 인간이 원하는 게 대체 뭐란 말인가? 그것도 한창 잔치를 준비하는 중에 나타나다니. 그녀는 정말 운이 없는 것 같았다. 다들 왜 맘 편하게 즐기도록 그녀를 내버려두지 않는지. 하지만 비르지니는 괜한 걱정은 할 필요가 없다고 얘기했다. 그렇고말고! 행여 랑티에가 그녀를 뒤쫓기라도 한다면, 비르지니는 즉시 경관을 불러 그를 감옥에 집어넣고 말 것이었다. 껑다리 여자는 한 달 전에 남편이 지역 경관으로 임명되자 목에 뻣뻣하게 힘을 주고 다니면서 온 동네 사람들을 모두 잡아넣기라도 할 것처럼 굴었다. 심지어 길에서 누가 자신의 엉덩이를 꼬집기라도 하면 좋겠다는 말까지 했다. 단지 그 파렴치한을 경찰서로 데리고 가서 직접 푸아송에게 넘기고 싶어서였다. 그러면서 그녀가 목소리를 높이자 세탁부들이 들을까봐 걱정이 된 제르베즈는 입을 다물라는 손짓을 해야 했다. 그리고 제르베즈는 먼저 다시 가게로 돌아왔다. 그녀는 애써 태연한 척하면서 하던 얘기를 계속했다.

"이젠 야채는 뭘 먹으면 좋을지 얘기해볼까?"

"베이컨을 곁들인 완두콩 어때요? 난 그것밖에 안 먹거든요." 비르지니가 말했다.

"좋아요, 좋아, 베이컨을 곁들인 완두콩!" 모두들 반색하면서 동의를 표했다. 덩달아 흥분한 오귀스틴은 난로에 부지깽이를 더 깊이 쑤셔 넣었다.

다음 날인 일요일 쿠포의 엄마는 오후 세시부터 집에 있는 화덕 두 개와 보슈 부부에게 빌린 도기 화덕 모두에 불을 지폈다. 세시 반경, 그들의 조그만 냄비 대신 이웃 식당에서 빌린 커다란 냄비에서 포토

쾨가 끓기 시작했다. 그들은 송아지고기 스튜와 돼지 등뼈 감자탕을 전날 미리 만들어놓기로 했다. 그런 다음 다시 데워 먹으면 더 맛있기 때문이다. 다만 송아지고기 스튜의 소스는 먹기 직전에 걸쭉하게 만들면 되었다. 그렇게 해도 아직 월요일에 할 일은 충분히 남아 있었다. 포타주와 베이컨을 곁들인 완두콩, 거위 구이가 그녀들의 손길을 기다리고 있었다. 불을 지펴놓은 세 개의 화덕이 안쪽 방을 환하게 밝혔다. 조그만 냄비에서는 소스를 걸쭉하게 해주는 갈색 밀가루가 탄 냄새를 짙게 풍겼다. 보일러처럼 증기를 뿜어내면서 진동하는 커다란 냄비의 옆구리에서는 꾸르륵 소리가 나지막하게 새어 나왔다. 새하얀 앞치마를 앞에 두른 쿠포 엄마와 제르베즈는 파슬리를 다듬고, 후추와 소금을 찾으러 다니고, 나무 주걱으로 고기를 뒤집어가면서 분주함으로 방을 가득 채웠다. 그녀들은 일하는 데 방해가 될까봐 쿠포를 밖으로 쫓아버렸다. 그래도 오후 내내 구경꾼들에게 시달려야만 했다. 음식 냄새가 진동한 탓에 아파트의 이웃들이 하나둘씩 내려와 이런저런 핑계를 대고 안으로 들어왔다. 무슨 음식을 하는지 보기 위해서였다. 그러면서 버티고 서 있는 바람에 세탁부 여인은 어쩔 수 없이 냄비 뚜껑을 열어 보여주어야만 했다. 그리고 다섯시경 비르지니가 나타났다. 그녀는 또다시 랑티에를 보고 오는 길이었다. 이젠 거리로 나설 때마다 어김없이 그를 만났다. 보슈 부인 역시 길모퉁이에서 음흉한 눈빛으로 고개를 내밀고 있는 그를 막 발견한 참이었다. 마침 포토쾨에 넣을 구운 양파 1수어치를 사러 나가려던 제르베즈는 두려움에 몸을 떨면서 밖으로 나갈 엄두를 내지 못했다. 게다가 관리인과 양재사 여인은 그녀에게 끔찍한 얘기를 들려주면서 더욱더 겁을 주었다. 프록코트 아래 칼과 권총을 감춘 채 여자를 기다리는 남자들에 관한 애기였다. 맙소사! 그런 일은 신문 기사에서 매일같이 읽을 수 있을 정도로 흔하게 일어났다. 옛 여자가 행복하게 사는 것에 격분하는 나쁜 남자들로서는 못 할 짓이 없었다. 비르지니는 고맙게도 구운 양파를 대신 사다주겠다고 자청하고 나섰다. 여자들끼리 서로 돕고 살아야 하지 않겠는가. 이 불쌍한 여자를 끔찍하게 죽도록 내버려둘 수는 없는 노릇이었다. 다시 돌아온 비르지니는 이제 랑티에가 보이지 않는다고 전했다. 아마도 다른 사람에게 들킨 것을 알게 되자 달아나 버린 것 같았다. 그 후 저녁까지 음식을 만드는 내내 그에 관한 얘기가 이어졌다. 보슈 부인이 쿠포에게 알리라고 권하자, 제르베즈는 질겁하면서 다시는 그런 말을 하지 못하도록 신신당부했다. 맙소사! 그랬다가는 무슨 일이 일어날지 생각만 해도 끔찍했다! 그녀의 남편은 벌써 무언가 낌새를 챈 게 분명했다. 며칠 전부터 잠을 자면서 욕설을 퍼붓고, 벽에 대고 발길질을 해대는 걸 보면. 그녀 때문에 두 남자가 서로 치고받고 할지도 모른다는 생각에 두 손이 후들거렸다. 질투심이 유난히 강한 쿠포가 커다란 가위를 들고 랑티에를 향해 달려들지도 모르는 일이었다. 여자 넷이 그러한 비극 속으로 빠져드는 동안, 갈탄이 타고 있는 화덕 위에서는 소스가 뭉근하게 끓고 있었다. 쿠포의 엄마가 송아지고기 스튜와 돼지 등뼈 감자탕이 담긴 냄비의 뚜껑을 열자 은밀한 떨림과 같은 보글보글 소리가 조그맣게 들려왔다. 포토푀는 햇볕에 넉넉한 배를 드러내놓고 잠든 성가대 독창자처럼 코고는 소리를 내며 끓었다. 여인네들은 각자 잔에 포타주를 조금씩 담아 빵에 찍어 맛을 보았다.

마침내 기다리던 월요일이 되었다. 이제 제르베즈는 열네 사람이 함께 식사할 자리를 마련하는 문제로 고심했다. 결국 가게에 식탁을 차리기로 마음먹었다. 그리하여 아침 일찍부터 식탁을 어떻게 배치할 것인지를 정하려고 줄자로 길이를 쟀다. 그런 다음 세탁물을 옮기고 작업대를 해체했다. 작업대를 다른 가대 위에 올려놓아 식탁을 대신할 참이었다. 그런데 이렇게 부산스러운 가운데 한 고객이 찾아와 소란을 피우는 일이 발생했다. 그녀는 금요일부터 자신이 맡긴 세탁물을 기다렸다. 하지만 그들은 그녀를 무시했고, 그녀는 즉시 세탁물을 돌려받기를 원했다. 그러자 제르베즈는 태연하게 거짓말을 하며 변명을 늘어놓았다. 그건 자기 잘못이 아니었다. 자기는 지금 가게를 청소하는 중이고, 세탁부들은 내일에나 출근할 것이었다. 그러면서 제르베즈는 다소 진정이 된 고객에게 다음 날 문을 다시 여는 즉시 세탁물을 보내겠노라고 약속했다. 고객이 떠나자마자 제르베즈의 입에서 거친 말이 튀어나왔다. 고객의 요구 사항을 다 들어주려면 자신들은 정말로 밥 먹을 시간조차 낼 수 없을 터였다. 하지만 그들의 비위를 맞추려고 평생 죽도록 일만 할 수는 없지 않은가! 자기들은 충성스러운 개가 아니었다! 절대로 그렇게 살 수는 없었다! 터키 황제가 직접 찾아와 10만 프랑을 줄 터이니 깃의 주름을 펴달라고 해도, 그녀는 그 월요일만큼은 다리미를 손에 잡을 생각이 절대로 없었다. 그날은 그녀가 즐길 차례였으니까.

그날 아침은 마저 장을 보는 데 시간을 다 보냈다. 제르베즈는 세 번씩이나 노새처럼 물건을 한 아름 안고 들락거렸다. 그러다 포도주를 주문하기 위해 다시 나가려는 순간 돈이 다 떨어졌음을 깨달았다.

포도주는 외상으로 살 수도 있었다. 하지만 일일이 예측하기 힘든 자잘한 지출 때문에 집에 돈이 한 푼도 없어서는 안 될 노릇이었다. 크게 낙심한 쿠포 엄마와 제르베즈는 가게 안쪽 방에서 지출을 따져본 끝에 적어도 20프랑은 있어야 한다는 결론에 이르렀다. 대체 100수짜리 동전 네 개를 어디서 구한단 말인가? 그러다가 예전에 바티뇰 극장의 단역 여배우 집에서 청소 일을 했던 쿠포 엄마가 먼저 전당포 얘기를 꺼냈다. 그러자 제르베즈의 얼굴에 안도의 미소가 피어올랐다. 이렇게 멍청할 수가! 그동안 전당포 같은 것은 생각할 필요 없이 지낸 때문이었다. 제르베즈는 재빨리 자신의 검정 실크 드레스를 접어 수건으로 감싼 다음 핀으로 고정했다. 그러고는 쿠포 엄마의 앞치마 아래에 그것을 집어넣고는, 최대한으로 배에 편편하게 붙여서 가지고 나가도록 당부했다. 굳이 다른 사람들이 알게 할 필요는 없으니까. 그리고 문간에 서서 누가 쿠포의 엄마를 뒤쫓아가지는 않는지 살폈다. 그러다가 그녀가 석탄 가게를 미처 지나가기도 전에 소리쳐 다시 불렀다.

"어머니! 어머니!"

제르베즈는 쿠포의 엄마를 다시 가게로 들어오게 해서는 손가락에서 반지를 빼서 건넸다.

"자요. 이것도 같이 가져가세요. 그럼 돈을 더 줄 거예요."

그리고 쿠포의 엄마가 25프랑을 가져오자 제르베즈는 기뻐서 어쩔 줄을 몰랐다. 이제 거위 구이와 함께 마실 고급 포도주 여섯 병을 더 주문할 수 있게 되었다. 로리외 부부의 코가 납작해질 것을 상상만 해도 기분이 좋아지는 것 같았다.

로리외 부부의 코를 납작하게 만드는 것, 그것은 보름 전부터 쿠포 가족이 꿈꾸어오던 것이었다. 죽이 잘 맞는 로리외 부부는 둘 다 음흉하기론 세상에서 둘째가라면 서러워 맛난 음식을 먹을 때면 마치 훔쳐 온 양 숨어서 몰래 먹곤 하지 않았는가? 그랬다, 그들은 자는 척 창문을 담요로 막아 빛이 새어 나가지 않도록 했다. 그건 물론 사람들이 올라오지 못하게 하기 위해서였다. 그러고는 말소리조차 새어 나가지 않게 소곤거리면서 둘이서만 서둘러 음식을 게걸스럽게 먹어치우곤 했다. 심지어 먹고 난 뼈를 다음 날 쓰레기통에 버리는 것조차 삼갔다. 그들이 먹은 것을 다른 사람들이 알지 못하게 하기 위해서였다. 로리외 부인은 길 끝 하수구에 음식 찌꺼기를 버렸다. 어느 날 아침 제르베즈는 굴 껍데기가 가득 든 바구니를 비워내고 있는 그녀와 마주친 적도 있었다. 물론 그 인색한 부부는 관대함과는 거리가 먼 사람들이었다. 그들의 수작은 어떻게든 가난해 보이려고 하는 데서 비롯되었다. 이제야말로 그들에게 무언가를 깨닫게 해줄 때가 된 것이었다. 자신은 그들처럼 구두쇠가 아님을 보여주고 말 터였다. 제르베즈는 할 수만 있다면 거리에 식탁을 펼쳐놓고 행인 모두를 초대하고 싶었다. 그렇지 않은가? 돈이란 자고로 방구석에 처박아놓고 곰팡이나 슬게 하려고 존재하는 것이 아니다. 그것은 햇빛을 받아 새것처럼 빛을 발할 때 비로소 아름다울 수 있다. 그녀는 그들과는 전혀 달라서 실제로는 20수밖에 없으면서도 40수를 가진 척했다.

쿠포의 엄마와 제르베즈는 세시부터 식탁을 준비하면서 로리외 부부 얘기를 했다. 진열창에 커다란 커튼을 쳐놓았지만 무더운 날씨 탓에 문을 활짝 열어놓아 지나가는 사람들 모두가 차려진 식탁을 볼 수 있었다. 두 여자는 물병, 술병, 소금통 하나도 로리외 부부를 자극하고자 하는 의도로 배치했다. 그녀들은 그들이 식기의 멋진 배열을 한눈에 볼 수 있도록 신경을 쓰면서, 그들을 위해 가장 좋은 자기 그릇을 따로 준비해두었다. 자기로 된 접시라면 사족을 못 쓰는 그들 부부에겐 그보다 결정적인 치명타가 없을 테니 말이다.

"아뇨, 어머니, 그거 말고요." 제르베즈가 소리쳤다. "그 사람들 앞에는 그 냅킨을 놓지 마세요. 다마스크 냅킨 두 장을 따로 준비해두었거든요."

"오, 맙소사!" 쿠포의 엄마가 중얼중얼했다. "부부가 약이 올라 죽고 말겠군."

그러면서 두 여자는 널찍한 흰색 테이블의 양 끝에 선 채 서로에게 미소를 지어 보였다. 테이블 위에 차려진 열네 벌의 식기는 그녀들의 자존심을 한껏 부풀게 했다. 그것은 마치 세탁소 한가운데에 존재하는 성지와도 같았다.

"말이 난 김에 하는 말인데요." 제르베즈는 하던 얘기를 계속했다. "그 사람들은 왜 그렇게 인색한지 모르겠어요!…… 지난달에도 거짓말한 거 아세요? 로리외 형님이 물건을 갖다주러 가면서 금 사슬 조각을 잃어버렸다고 동네방네 떠들고 다녔을 때 말예요. 어머니도 잘 아시잖아요, 형님이 생전 뭐 하나라도 잃어버리는 사람이 절대 아니란 걸요!…… 그건 순전히 돈이 없는 척하면서 어머니한테 100수를 주지 않으려는 수작이 분명하다니까요."

"지금까지 난 100수짜리 동전을 딱 두 번밖에 만져보지 못했어." 쿠포 엄마가 말했다.

"두고 보시라니까요! 다음 달에는 또 다른 핑계를 만들어낼 게 분명해요…… 그런 사람들이니까 토끼고기를 먹을 때마다 창문을 막아놓는 거라고요. 그렇지 않나요? 그런 사람들한테는 이렇게 말해도 돼요. 토끼고기를 먹을 수 있다면 어머니에게 100수를 줄 수도 있는 게아니냐고 말이죠. 오! 정말 나쁜 사람들이라니까요!…… 내가 어머니를 모시지 않았다면 어머닌 지금쯤 어떻게 되셨을 것 같아요?"

쿠포의 엄마는 고개를 끄덕였다. 그날 그녀는 전적으로 로리외 부부에게 등을 돌린 터였다. 쿠포 부부가 마련한 성대한 잔치 때문이었다. 쿠포의 엄마는 맛있는 음식과 익어가는 음식 주위에 둘러앉아 수다를 떠는 것, 그리고 잔칫날의 어수선한 분위기를 무척이나 좋아했다. 게다가 제르베즈와는 대체로 잘 지내는 편이었다. 하지만 대부분의 가정이 그렇듯이 때로 서로 언짢은 일이 있을 때는, 이처럼 며느리에게 빌붙어 사는 처지를 몹시 불행하게 생각하면서 구시렁거렸다. 쿠포의 엄마는 사실 마음속으로는 여전히 로리외 부인에 대한 애정을 간직하고 있었다. 어쨌거나 딸이 아닌가.

"제 말이 틀렸나요?" 제르베즈가 쿠포의 엄마에게 동의를 구했다. "그 사람들 집에 있었으면 지금처럼 살이 찌셨겠어요? 커피나 담배, 사탕 같은 건 꿈도 못 꿨을 거라고요!…… 생각해보세요, 그 사람들이어머니 침대에 매트리스를 두 개나 놔줬을 것 같나요?"

"오, 물론 절대 아니지." 쿠포의 엄마가 대답했다. "내가 문 바로 앞에서 지키고 서 있다가 그것들이 들어오면서 어떤 표정을 짓는지 확인하도록 하지."

두 여자는 로리외 부부가 어떤 표정을 지을지 떠올리는 것만으로도 기분이 좋아지는 것 같았다. 하지만 마냥 식탁만 쳐다보면서 흐뭇해하고 있을 수는 없었다. 쿠포 가족은 한시경에야 미리 익혀놓은 돼지고기로 간단히 점심을 먹었다. 화덕 세 군데를 모두 사용하고 있는 데다 만찬을 위해 준비해둔 그릇을 더럽히지 않기 위해서였다. 네시가되자 두 여자는 팔을 걷어붙이고 본격적으로 식사 준비를 하기 시작했다. 열려 있는 창문 옆, 벽에 바짝 붙은 채 바닥에 놓여 있는 휴대용풍로에서는 거위가 익어갔다. 두 여자는 몹시 크고 무거운 거위를 낑낑거리며 힘겹게 구이용 꼬챙이에 끼워 넣었다. 조그만 장의자에 앉은 사팔뜨기 오귀스틴은 풍로에서 나오는 뜨거운 열기를 얼굴에 정면으로 받으면서, 긴 손잡이가 달린 숟가락으로 계속 거위에 육즙을 끼얹었다. 제르베즈는 베이컨과 완두콩을 맡았다. 이 모든 음식 속에서반쯤 넋이 나간 듯 보이는 쿠포의 엄마는 부산하게 움직이면서 돼지등뼈 감자탕과 송아지고기 스튜를 다시 데울 때를 기다렸다. 다섯시경이 되자 초대객들이 하나둘씩 도착하기 시작했다. 가장 먼저 모습을 드러낸 사람은 세탁부들이었다. 클레망스와 퓌투아 부인은 각각파랑과 검정 나들이옷으로 성장을 한 모습이었다. 두 여자의 손에는제라늄과 헬리오트로프가 각각 한 송이씩 들려 있었다. 마침 두 손에밀가루가 잔뜩 묻은 제르베즈는 두 손을 뒤로 한 채 그들의 뺨에 두번씩 열렬한 입맞춤을 했다. 뒤이어 우아한 숙녀처럼 날염된 모슬린드레스를 차려입은 비르지니가 안으로 들어섰다. 길 하나만 건너면되는데도 불구하고 스카프와 모자를 쓴 차림이었다. 그녀는 손에 붉은색 카네이션 화분을 든 채, 자신이 먼저 두 팔을 커다랗게 벌려 세탁부 여인을 꼭 안았다. 그다음으로는 마침내 보슈 부부가 팬지와 목서 화분을 들고 나타났다. 르라 부인은 레몬향이 나는 버베나 화분의 흙에 보랏빛 메리노 드레스를 더럽히기도 했다. 모두들 서로 포옹한 다음 세 개의 화덕과 풍로로 인해 숨 막힐 것 같은 열기가 느껴지는 방으로 차곡차곡 모여들었다. 여인네들의 목소리는 냄비에 음식을 튀기는 소리에 묻혀버려 잘 들리지 않았다. 그러다가 누군가의 옷자락이 구이용 꼬챙이에 걸리자 탄성이 터져 나왔다. 제르베즈는 모두에게 다정한 미소를 지어 보이면서 꽃을 들고 온 사람들에게 일일이 감사를 표했다. 그러면서 오목한 접시에 담긴 송아지고기 스튜 소스의 농도를 맞추는 일을 계속했다. 새하얀 포장지를 벗기지 않은 화분들은 식탁 끝에 가지런히 올려놓았다. 부드러운 꽃향기가 진한 음식 냄새와 뒤섞여 사방으로 퍼져 나갔다.

"좀 도와줄까요?" 비르지니가 물었다. "부인이 사흘 전부터 죽어라고 만든 음식들을 순식간에 먹어치우게 생겼군요!"

"그래주시면 나야 고맙죠!" 제르베즈가 말했다. "사실 이것저것 손이 많이 가긴 하네요…… 하지만 괜찮아요, 손을 더럽히실 필욘 없어요. 보시다시피 거의 다 됐거든요. 이제 포타주만 만들면 된답니다……"

그러자 모두들 편안한 자세를 취하기 시작했다. 여인네들은 침대 위에 숄과 보닛을 내려놓고, 드레스를 더럽히지 않으려고 치마를 걷어 올려 핀으로 고정했다. 저녁식사 때까지 관리실을 지키게 하기 위해 아내를 보낸 보슈는 클레망스를 난로가 있는 구석으로 끌고 가서는 간지럼을 타는지 물었다. 클레망스는 갑자기 숨을 거칠게 몰아쉬더니 몸을 둥글게 웅크리면서 비비 꼬았다. 그러자 코르사주가 터져 나갈 것처럼 벌어지면서 가슴이 드러나 보였다. 간지럼이라는 말을 듣는 것만으로도 온몸이 떨려왔다. 다른 여인네들도 음식을 만드는 이들을 방해하지 않으려고 가게로 자리를 옮겨 식탁 맞은편 벽에 기대선 채 수다를 떨었다. 하지만 열린 문을 사이에 두고 대화가 이어지면서 말소리가 잘 들리지 않자 여자들은 매번 안쪽으로 되돌아가야 했다. 김이 나는 숟가락을 손에 든 채 그들의 말에 열심히 대답하는 제르베즈를 둘러싸고 저마다 한마디씩 하기에 바빴다. 모두들 깔깔대고 웃음을 터뜨리면서 강도 높은 농담을 해댔다. 비르지니가 음식을 실컷 먹으려고 이틀 전부터 굶었다고 얘기하자, 역겨운 키다리 클레망스는 자신은 영국인들처럼 아침에 관장 약을 먹어 속을 완전히 비워냈다는 황당무계한 얘기를 늘어놓았다. 그러자 보슈는 즉시 소화를 시킬 수 있는 효과적 방법을 알려주었다. 음식을 한 가지씩 먹고 날 때마다 문틈에 끼어 몸을 쥐어짜는 것이었다. 그것 역시 영국인들이 사용하는 방법으로, 위를 지치게 하지 않으면서 열두 시간을 내리 먹을 수 있게 해주었다. 그렇지 않은가? 잔치에 초대를 받았을 때는 실컷 먹어줘야 하는 법이다. 송아지와 돼지 그리고 거위는 단지 장식용으로 있는 게 아니다. 오! 주인은 걱정할 필요가 전혀 없다. 모두 깨끗이 먹어치워 다음 날 설거지를 할 필요조차 없게 만들어줄 테니까. 모두들 음식이 익고 있는 냄비와 풍로 위로 코를 킁킁거리면서 식욕을 한층 돋우었다. 그러면서 여인네들은 마치 소녀들처럼 서로 장난을 치고 놀았다. 서로 떼밀고 바닥을 울리며 치맛자락으로 음식 냄새를 휘저어 퍼뜨리면서 이 방 저 방으로 옮겨 다녔다. 귀가 멍해질 정도로 소란스러운 가운데 왁자지껄한 웃음소리와 베이컨을 자르는 쿠포 엄마의 칼질 소리가 뒤섞여 들려왔다.

모두들 깔깔대고 소리를 지르면서 장난을 치고 있을 때 구제가 나타났다. 두 손으로 커다란 하얀색 장미나무를 들고 있던 그는 안으로 들어올 용기를 내지 못한 채 머뭇거렸다. 장미나무의 우아한 줄기가 그의 얼굴에까지 올라와 황금빛 수염과 꽃들이 한데 뒤섞인 것처럼 보였다. 화덕 불로 인해 두 뺨이 발갛게 달아오른 제르베즈는 그에게 달려갔다. 하지만 그는 들고 온 화분을 어떻게 해야 할지 몰라 어색한 표정을 짓고 서 있었다. 제르베즈가 그의 두 손을 잡자 그는 그녀의 볼에 키스할 엄두를 내지 못하고 말을 더듬었다. 그러자 제르베즈가 발뒤꿈치를 들어 그의 입술에 뺨을 들이밀었다. 몹시 당황한 그는 제르베즈의 눈에 거칠게 입을 맞추다 하마터면 그녀의 눈에 상처를 낼 뻔했다. 두 사람은 동시에 몸을 떨었다.

"오! 구제 씨, 정말 아름다워요!" 그녀가 장미나무를 다른 꽃들 옆에 내려놓자 화려한 도가머리 같은 나뭇잎들이 큰 키로 다른 꽃들을 압도했다.

"오, 아니에요, 아닙니다." 그는 달리 할 말을 찾지 못하고 같은 말만 반복했다.

그리고 다소 진정이 된 듯 크게 한숨을 내쉬고는 어머니는 좌골신경통이 도져 참석하지 못한다는 소식을 전했다. 제르베즈는 크게 실망하면서 거위고기를 한 조각 따로 떼어놓겠다고 했다. 구제 부인이 꼭 맛보고 싶어 했기 때문이다. 이제는 올 사람이 없었다. 쿠포는 점심을 먹고 푸아송을 데리러 간 터였다. 두 사람은 아마도 지금쯤 동네 어딘가에서 함께 어슬렁거리고 있을 것이었다. 그들은 정확히 여섯시에 맞춰 오기로 했으니 이제 곧 모습을 나타낼 때가 되었다. 포타주도 거의 준비가 된 터라 제르베즈는 르라 부인을 불러 로리외 부부를 데리러 올라갈 시간이 되었음을 알렸다. 르라 부인은 즉시 매우 진지한 표정을 지어 보였다. 두 부부 사이에서 협상을 이끌어내고, 어떤 식으로 화해를 진행할지를 결정한 것도 바로 그녀였다. 르라 부인은 숄을 걸치고 다시 보닛을 썼다. 그런 다음 자세를 꼿꼿이 하고는 으스대는 몸짓으로 위층으로 올라갔다. 세탁부 여인은 아래층에서 아무 말 없이 마카로니를 넣은 포타주를 계속 저었다. 갑자기 엄숙해진 초대객들 역시 무거운 침묵 속에서 기다렸다.

먼저 모습을 드러낸 것은 르라 부인이었다. 그녀는 화해의 의식에 더욱더 위엄을 부여하기 위해 도로 쪽으로 돌아오는 길을 택했다. 그리고 활짝 열어젖힌 세탁소 문을 한 손으로 잡고 있었다. 곧이어 실크 드레스를 차려입은 로리외 부인이 나타나 문간에 멈춰 섰다. 그러자 모든 초대객이 자리에서 일어섰다. 제르베즈는 미리 합의한 대로 앞으로 나아가 시누이의 볼에 입맞춤을 한 다음 인사했다.

"어서 오세요. 이제 다 끝난 거죠, 그렇죠?…… 앞으로 서로 잘 지냈으면 좋겠어요."

그러자 로리외 부인이 대답했다.

"계속 그럴 수 있기를 바랄 뿐이야."

그녀가 안으로 들어오자 로리외도 문간에서 멈춰 선 채 볼 키스를 기다렸다. 그들 부부는 아무도 꽃을 가지고 오지 않았다. 그들은 그것을 거부했다. 처음부터 꽃을 가지고 온다면 방방에게 지나치게 굽히고 들어가는 것 같아 보일 터였다. 그사이 제르베즈는 오귀스틴에게 포도주 두 병을 가져오라고 소리쳤다. 그리고 식탁 끝에 선 채 잔에 포도주를 따르면서 사람들을 불렀다. 모두들 잔을 들고 가족의 화목함을 기원하며 건배했다. 잠시 침묵이 흐른 후 여인네들은 한 방울도 남김없이 단숨에 잔을 비워냈다.

"수프를 먹기 전에 이보다 더 입맛을 돋우는 건 없다니까." 보슈가 입맛을 다시면서 말했다. "여자 엉덩이를 걷어차는 것보다 훨씬 더 낫단 말이지."

쿠포의 엄마는 로리외 부부의 얼굴을 살펴려고 문의 맞은편에 자리를 잡고 앉았다. 잠시 후 그녀는 제르베즈의 치맛자락을 잡아끌고 구석방으로 데리고 갔다. 두 여자는 포타주 위로 몸을 숙인 채 조그만 소리로 서둘러 얘기했다.

"쟤들 얼굴 봤어? 넌 볼 수 없었겠지만 난 똑똑히 봤다고…… 저 구두쇠 딸년이 식탁을 보자마자 글쎄! 얼굴이 이렇게 일그러져서는 입꼬리가 눈에까지 가 닿더라니까. 사위 놈은 또 어떻고. 놀라서 숨도 제대로 못 쉬더라고. 그러면서 기침을 해대는데…… 자, 보라고 저 길, 지금은 어떤 얼굴들을 하고 있는지. 이젠 침도 말라서 아예 입술을 물어뜯고 있구먼."

"사람이 저렇게까지 질투할 수 있다는 게 참 끔찍하네요." 제르베즈가 나지막이 중얼거렸다.

실제로 로리외 부부는 야릇한 표정을 짓고 있었다. 물론 사촌이 땅을 사는 것에 배 아파하지 않을 사람은 아무도 없다. 특히 가족끼리는 더욱더 그렇다. 한쪽이 잘나가면 다른 한쪽은 심술이 나는 법이다. 그건 지극히 자연스러운 것이다. 다만 참는 것뿐이다. 그렇지 않은가?

다른 사람들 앞에서 웃음거리가 되고 싶지 않기 때문이다. 하지만 아닌 건 아닌 것이다! 로리외 부부는 더 이상 참을 수가 없었다. 그건 그들도 어찌할 수가 없었다. 그들은 일그러진 입으로 비딱하게 곁눈질을 해댔다. 그러자 의아한 눈빛으로 그들을 바라보던 초대객들이 혹시 어디가 아픈 건 아닌지 걱정할 정도였다. 로리외 부부는 식탁에 차려진 열네 벌의 식기와 새하얀 냅킨, 그리고 미리 알맞게 잘라놓은 빵을 결코 용납할 수가 없었다. 이건 마치 대로에 있는 근사한 레스토랑에라도 와 있는 것 같지 않은가. 로리외 부인은 꽃들을 보지 않으려고 고개를 숙인 채 식탁 주위를 돌아보았다. 그러면서 은근슬쩍 만져본 커다란 식탁보가 새것일지도 모른다는 생각에 속이 쓰려왔다.

"이제 다 됐어요!" 제르베즈는 팔을 홀렁 걷어붙인 채 관자놀이 뒤로 금발을 살짝 흩날리면서 다시 나타나 미소를 지어 보였다.

식탁 주위를 서성거리던 초대객들은 배가 고파 하품까지 해대면서 따분하다는 표정을 지었다.

"곧 그이가 오면 시작할 수 있을 거예요." 제르베즈가 말했다.

"이런!" 로리외 부인이 퉁명스럽게 내뱉었다. "수프가 다 식어버리겠군…… 쿠포가 시간 같은 걸 지킬 위인이 아니지. 개를 나가지 못하게 했어야지."

시곗바늘은 벌써 여섯시 반을 가리켰다. 이젠 모든 것이 타고 있었다. 거위 역시 지나치게 익어버리고 말 터였다. 상심한 제르베즈는 혹시 쿠포가 동네 술집에 간 건 아닌지 확인하기 위해 누군가를 보내야겠다고 얘기했다. 구제가 자청하고 나서자 그녀도 함께 가기를 원했다. 남편이 걱정된 비르지니 역시 그들과 함께 길을 나섰다. 세 사람

은 모자도 쓰지 않은 채 보도를 가로막다시피 하면서 걸어갔다. 프록
코트 차림인 구제의 왼쪽에는 제르베즈가, 오른쪽에는 비르지니가 각
각 팔짱을 낀 채였다. 구제는 자신들의 모습이 마치 양쪽에 손잡이가
달린 바구니 같다고 얘기했다. 그 말이 어찌나 재미있었던지 그들은
발길을 멈추고 배꼽이 빠질 정도로 정신없이 웃어젖혔다. 돼지고기
전문점의 진열창에서 자신들의 모습을 확인한 그들은 더욱더 큰 소리
로 웃음을 터뜨렸다. 온통 검은색으로 차려입은 구제의 옆에 선 두 여
자는 마치 점박이 암탉 같아 보였다. 양재사 여인은 분홍빛 꽃송이들
이 날염된 모슬린 드레스를 입었다. 세탁부 여인은 새하얀 퍼케일 천
에 파란색 물방울무늬가 박힌 짧은 소매의 드레스에, 목에는 조그만
회색 실크 스카프를 두르고 있었다. 훈훈한 6월의 저녁, 행인들은 평
일에 성장을 한 채 푸아소니에 가를 차지하고 사람들을 떼밀면서 걸
어가는 유쾌하고 발랄한 무리를 흘끔거리며 돌아보았다. 하지만 전혀
웃을 기분이 아니었던 그들은 곧바로 목을 길게 빼서 술집들마다 안
을 들여다보며 카운터 쪽을 살펴보았다. 혹시 이 오라질 놈의 쿠포가
술을 마시러 개선문까지 간 것은 아닐까? 그들은 이미 거리의 위쪽
구역에서 웬만한 데는 다 살펴본 터였다. 자두주로 소문난 **프티트 시
베트**, 8수짜리 오를레앙산 포도주를 파는 바케 어멈 집, 깐깐하기로
소문난 마차꾼들의 아지트 격인 **파피용*** 등등. 하지만 쿠포는 어디에
도 보이지 않았다. 그리하여 다시 대로를 향해 내려가던 중 길모퉁이
에 있는 선술집인 프랑수아네 앞을 지나던 제르베즈가 조그맣게 비명

---

* '나비'라는 뜻.

을 질렀다.

"왜 그래요?" 구제가 물었다.

세탁부 여인은 더 이상 웃지 않았다. 새하얗게 질린 얼굴로 몹시 불안해하면서 비틀거리기까지 했다. 비르지니는 프랑수아네 한쪽 구석에 앉아 편안하게 식사하는 랑티에를 알아보고는 단번에 사태를 파악할 수 있었다. 두 여자는 서둘러 대장장이를 다른 곳으로 끌고 갔다.

"발목을 살짝 삔 것 같아요." 잠시 후 겨우 진정된 제르베즈는 구제한테 거짓말을 둘러댔다.

마침내 그들은 길 아래쪽에 있는 콜롱브 영감의 주점에서 쿠포와 푸아송을 찾아냈다. 술집을 가득 메운 남자들 틈에서 헐렁한 회색 작업복을 입은 쿠포가 격앙된 몸짓으로 카운터를 주먹으로 내리치고 있었다. 그날 근무를 하지 않은 푸아송은 몸에 꼭 끼는 낡은 밤색 외투를 입고, 붉은색 턱수염과 콧수염을 곤두세우면서 말없이 어두운 표정을 지었다. 구제는 여자들을 길가에 내버려둔 채 안으로 들어가 함석공의 어깨에 손을 올렸다. 그러자 밖에서 기다리는 제르베즈와 비르지니를 알아본 쿠포는 벌컥 화를 냈다. 누가 저따위 여자들을 자기에게 보냈단 말인가? 이젠 치마를 두른 여자들까지 자기를 감시하다니! 아무리 그래도 소용없을 것이다! 자기는 그곳에서 움직이지 않을 테니까. 그 빌어먹을 음식들은 잘난 여자들끼리 먹어치우면 될 것이 아닌가. 구제는 함석공을 진정시키기 위해 그가 권하는 술을 함께 마셔야만 했다. 쿠포는 심술궂게도 카운터 앞에서 오 분을 더 끌었다. 그리고 마침내 밖으로 나와서는 제르베즈에게 쏘아붙였다.

"난 가기 싫다고…… 내가 어디 있건 상관하지 말란 말이야, 알겠어!"

제르베즈는 아무런 대꾸도 하지 않은 채 사시나무 떨듯 몸을 떨었다. 비르지니하고 랑티에에 관한 얘기를 한 게 분명했다. 비르지니는 자신의 남편과 구제에게 앞장서라고 소리치면서 걸음을 재촉했다. 그런 다음 제르베즈와 함께 쿠포의 양옆에 붙어 서서는 그가 다른 곳을 보지 못하도록 계속 말을 걸었다. 함석공은 취했다기보다는 계속 언성을 높인 탓에 정신이 멍멍한 상태였다. 두 여자가 왼쪽 보도로 갈 것을 고집하자 그는 심통을 부리듯 그녀들을 밀치고 오른쪽 보도로 옮겨 갔다. 그러자 여자들은 기겁하면서 그를 쫓아와 프랑수아네의 문을 가리려고 애썼다. 하지만 쿠포는 랑티에가 그곳에 있다는 사실을 이미 아는 듯했다. 제르베즈는 그가 웅얼거리는 소리에 아연실색하지 않을 수 없었다.

"물론 그렇겠지! 저기, 우리가 잘 아는 놈팡이가 있다는 거 당신도 알고 있겠지. 날 핫바지로 보지 말란 말이야…… 음탕한 눈을 하고 또다시 어슬렁거리기만 해보라고, 내가 가만두지 않을 테니까!"

그러면서 그는 거친 말을 뱉어내기 시작했다. 그의 마누라가 팔을 다 드러내놓고 얼굴에 밀가루를 묻힌 채로 찾아다니는 사람은 그가 아니라 예전 기둥서방이었다. 함석공은 느닷없이 랑티에를 향해 엄청난 분노를 쏟아내며 고래고래 고함을 지르기 시작했다. 아! 이 불한당 같은 놈! 아! 비열하기 짝이 없는 놈! 그들 중 하나는 처참한 모습으로 길바닥에서 생을 끝내야만 했다. 그사이 랑티에는 밖에서 무슨 일이 일어나는지 전혀 모르는 듯 보였다. 그는 여유롭게 참소리쟁이를 곁들인 송아지고기를 먹고 있었다. 그러는 동안 사람들이 주위로 모여들기 시작했다. 비르지니는 쿠포를 억지로 끌고 갔다. 함석공은 길 모퉁이를 돌아서자마자 갑자기 다시 차분해졌다. 어쨌거나 그들은 길을 나설 때보다는 덜 유쾌한 기분으로 세탁소로 되돌아갔다.

초대객들은 침울한 얼굴로 식탁 주위에 둘러앉은 채 기다리고 있었다. 함석공은 몸을 건들거리면서 여인네들과 돌아가며 악수를 했다. 제르베즈는 돌덩이가 가슴을 짓누르는 것 같은 답답함을 느끼면서 나직한 목소리로 사람들을 자리에 앉게 했다. 그러다가 불현듯 구제 부인이 참석하지 않은 탓에 로리외 부인 옆의 한 자리가 비었음을 깨달았다.

"모두 열세 명이에요!" 그 사실에서 얼마 전부터 자신을 위협하는 불행의 새로운 전조를 느낀 제르베즈가 떨리는 목소리로 외쳤다.

이미 자리를 잡고 앉아 있던 여자들은 불안하고 언짢은 기분으로 자리에서 일어났다. 그러자 퓌투아 부인이 자신이 빠지겠다고 자청하고 나섰다. 이런 걸 우습게 생각해서는 안 되었다. 게다가 그녀는 음식에도 전혀 손대지 않을 생각이었다. 어차피 소화도 되지 않을 것 같았다. 보슈는 자신은 열넷보다 열셋이 더 좋다면서 이죽거렸다. 음식을 더 많이 먹을 수 있기 때문이다.

"잠깐만요!" 제르베즈가 외쳤다. "내가 어떻게 해볼게요."

그러면서 밖으로 달려 나간 그녀는 마침 길을 건너고 있던 브뤼 영감을 불렀다. 등이 굽은 노인은 경직된 얼굴로 아무 말 없이 안으로 들어왔다.

"여기 앉으세요, 영감님. 우리하고 함께 드시는 거 불편하지 않으시죠?"

노인은 말없이 고개를 끄덕였다. 물론이었다, 그는 아무래도 좋았다.

"그렇잖아요! 다른 사람보다는 노인이 낫지 않겠어요?" 제르베즈는 목소리를 낮추어 얘기를 계속했다. "저 영감님이 언제 또 이렇게 먹어보겠어요. 어쨌든 한 번이라도 실컷 배불리 먹을 수 있잖아요…… 우리도 우리 배만 채우면서 미안해하지 않아도 되고요."

그녀의 말에 감동한 구제는 눈가가 촉촉히 젖어들었다. 다른 사람들도 동정심이 발동해 이구동성으로 정말 좋은 생각이라고 소곤거렸다. 그러면서 그런 행위가 그들 모두에게 행복을 가져다줄 것이라고 덧붙였다. 하지만 노인의 옆자리에 앉게 된 것이 못마땅했던 로리외 부인은 그와 거리를 두면서, 그의 거친 손과 기워 입은 빛바랜 작업복을 역겹다는 듯이 흘끔거렸다. 고개를 숙이고 있던 브뤼 영감은 접시 위에 놓인 냅킨에 몹시 신경이 쓰이는 듯했다. 마침내 그는 그것을 집어 무릎 위에 펼쳐놓는 대신 식탁 가에 얌전하게 펴놓았다.

드디어 제르베즈가 마카로니가 든 포타주를 나눠주기 시작하자 모두들 숟가락을 들고 기다렸다. 그때 비르지니가 쿠포가 또다시 사라졌음을 알렸다. 어쩌면 콜롱브 영감의 술집으로 되돌아갔는지도 몰랐다. 그러자 모두들 화를 냈다. 이번에는 어쩔 수가 없다! 또다시 그를 찾아다니진 않을 것이다. 배가 고프지 않은 사람은 길바닥을 헤매건 말건 상관할 필요가 없다. 다들 숟가락으로 접시 바닥을 긁고 있을 때 쿠포가 다시 나타났다. 양쪽 팔 아래 꽃무와 봉선화 화분 하나씩을 끼고서. 그러자 모두들 박수를 쳤다. 정중한 몸짓으로 제르베즈의 술잔 양쪽에 화분 하나씩을 내려놓은 그는 아내를 향해 몸을 숙여 키스한 다음 속삭였다.

"내가 잠시 당신을 깜빡 잊었더랬소…… 하지만 우린 여전히 서로 사랑하잖아, 오늘 같은 날엔 더욱더."

"오늘 저녁엔 쿠포 씨가 아주 근사해 보이네요." 클레망스가 보슈의 귀에 대고 조그맣게 속삭였다. "오늘 같은 날에 꼭 필요한 만큼만 다정하게 굴고 있군요."

쿠포의 매너 있는 행동은 잠시 위태로워 보였던 잔치 분위기를 되살려주었다. 이제 마음이 편안해진 제르베즈도 미소를 되찾았다. 초대객들은 포타주를 끝냈다. 그런 다음 포도주병을 돌려 첫 잔을 마셨다. 평소에는 맛보기 힘든, 물을 타지 않은 고급 포도주로 마카로니를 소화시키기 위한 것이었다. 가게 안쪽 방에서는 아이들이 서로 다투는 소리가 들려왔다. 에티엔과 나나, 폴린 그리고 포코니에 부인의 아들 빅토르가 모여 있었다. 제르베즈는 그들에게 얌전히 있으라고 주의를 주면서 네 아이만을 위한 식탁을 마련해주었다. 화덕을 지켜야 하는 사팔뜨기 오귀스틴은 쪼그리고 앉은 채로 먹어야 했다.

"엄마! 엄마!" 갑자기 나나가 큰 소리로 외쳤다. "오귀스틴이 거위에 빵을 떨어뜨려요!"

제르베즈가 달려가자, 오귀스틴은 끓고 있는 거위 기름에 적신 빵을 재빨리 삼키느라 목구멍을 데는 줄도 모르고 있었다. 세탁부 여인은 사실이 아니라고 우기는 사팔뜨기 계집아이의 뺨을 때렸다.

소고기를 먹은 다음 샐러드용 접시에 담긴 송아지고기 스튜가 등장하자 모두들 웃음을 터뜨렸다. 그들에게는 스튜를 담을 만큼 충분히 큰 그릇이 없었다.

"이거 문제가 심각해지는 것 같은데요." 말을 거의 하지 않는 푸아송이 입을 열었다.

이제 시곗바늘은 일곱시 반을 가리켰다. 그들은 온 동네 사람들이 안을 들여다보지 못하도록 가게 문을 닫아놓았다. 특히 맞은편의 시계 수리공은 눈을 찻잔만 하게 뜬 채 탐욕스러운 눈빛으로 그들의 입에 들어가는 음식을 쳐다보면서 식사를 방해했다. 진열창에 드리운 커튼을 통해 새하얀 빛이 들어와 퍼져 나가면서, 아직은 흐트러지지 않은 채 가지런히 놓여 있는 식기와 높다란 포장지로 감싸인 화분들을 그림자 하나 없이 고르게 비추었다. 희뿌연 빛과 길게 늘어지는 땅거미는 초대객들에게 품격을 더해주었다. 모슬린 커튼이 쳐진 아늑한 공간을 둘러본 비르지니는 한마디로 세련된 분위기임을 인정했다. 밖에서 짐수레가 지나갈 때면 식탁보 위의 잔들이 흔들렸고, 여자들은 남자들만큼이나 목청을 높여야 했다. 하지만 그들은 극도로 말을 삼갔고, 서로에게 깍듯이 매너를 지켰다. 오직 쿠포만이 작업복 차림이었다. 친구들끼리 군이 격식을 차릴 필요가 없지 않은가. 게다가 작업복은 노동자에겐 영예로운 옷이었다. 여인네들은 코르사주로 허리를 바짝 졸라맨 채였고, 앞가르마를 탄 머리는 덕지덕지 바른 포마드로 인해 햇빛을 받아 빛나고 있었다. 남자들은 프록코트가 더러워질까봐 식탁에서 떨어져 앉은 채, 가슴을 앞으로 불룩 내밀고 양 팔꿈치를 벌린 자세를 취하고 있었다.

오! 이런 맙소사! 송아지고기 스튜가 순식간에 동이 나다니! 그들은 말은 거의 하지 않았지만 씹는 데는 열심이었다. 샐러드 접시는 빠른 속도로 바닥을 드러냈고, 걸쭉한 소스에는 숟가락이 꽂혀 있었다. 감칠맛이 기막힌 노란색 소스가 젤리처럼 흔들렸다. 모두들 너도나도 앞다투어 스튜에서 고깃덩어리를 건져 올렸다. 그래도 스튜가 여전히 남아 있어 샐러드 접시를 계속 돌리자 다들 얼굴을 파묻고 버섯을 찾기에 바빴다. 그들 뒤쪽 벽에 세워놓은 커다란 빵은 마치 녹아 없어지듯 순식간에 사라졌다. 음식을 먹는 사이사이 식탁 위에 쿵 하고 술잔을 내려놓는 소리가 들려왔다. 소스가 다소 짭짤했던 탓에, 크림처럼 술술 넘어가서는 속을 뒤집어놓는 이 굉장한 송아지고기 스튜를 희석하기 위해서는 적어도 4리터의 포도주가 필요했다. 그러고 나자 미처 숨 돌릴 겨를도 없이 굵은 통감자를 곁들인 돼지 등뼈 요리가 오목한 접시에 담겨 나왔다. 접시 위로는 김이 모락모락 피어올랐다. 모두들 일제히 소리를 질렀다. 오! 이럴 수가! 이거야말로 참으로 참신한 요리가 아닌가! 모두들 돼지 등뼈 감자탕이 마음에 들었다. 이번에야말로 제대로 실력 발휘를 할 수 있을 것 같았다. 그리하여 모두들 빵으로 나이프를 닦으면서 즉각 준비 자세를 갖춘 채 곁눈질로 요리를 좇았다. 마침내 한입 베어 물자마자 모두들 서로의 옆구리를 쿡쿡 찌르면서 입에 음식이 가득 든 채로 수군거렸다. 정말 맛있지 않아? 입에서 살살 녹는군, 이 돼지 등뼈 말이야! 부드러우면서도 배 속을 채워주는 든든한 것이 몸속을 통과해 발끝까지 내려가는 것 같아. 감자 맛도 기가 막히는군. 전혀 짜지도 않고. 하지만 바로 그 감자 때문에 매 분 목을 축여줘야만 했다. 그들은 또다시 포도주 4리터를 순식간에 해치웠다. 접시를 어찌나 깨끗이 핥아 먹었던지 완두콩을 곁들인 베이컨을 먹을 때는 접시를 바꿀 필요조차 없었다. 오! 야채는 아무리 많이 먹어도 괜찮다고. 모두들 장난을 치듯 숟가락으로 콩을 듬뿍 떠먹었다. 완두콩을 곁들인 베이컨 요리는 여자들의 식도락을 만족시키는 진정한 성찬이 아닐 수 없었다. 무엇보다 마음에 드는 것은, 적당히 구워 말발굽 냄새를 풍기는 베이컨이었다. 그것을 소화하는 데는 포도주 2리터로 충분했다.

"엄마! 엄마!" 또다시 나나가 외치는 소리가 들려왔다. "오귀스틴이 내 접시에 손을 집어넣었어요!"

"제발 귀찮게 좀 굴지 마! 그럴 땐 뺨을 한 대 갈겨주란 말이야!" 완두콩을 입에 가득 넣고 있던 제르베즈가 쏘아붙였다.

가게 뒷방에 차려진 아이들 식탁에서는 나나가 집의 안주인 노릇을 했다. 나나는 빅토르를 자기 옆에, 오빠 에티엔은 어린 폴린 옆에 앉혔다. 아이들은 소꿉장난을 하면서, 파티를 즐기는 두 쌍의 커플인 양 행동했다. 나나는 처음에는 어른처럼 미소를 띤 채 초대 손님들에게 아주 친절하게 음식을 나눠주었다. 하지만 베이컨이라면 사족을 못 쓰는 터라 그것만은 몽땅 혼자 먹고자 했다. 아이들 주위를 맴돌며 기회를 엿보던 사팔뜨기 오귀스틴은 그때를 틈타 배분을 다시 한다는 핑계로 베이컨을 한 줌 가득 움켜쥐었다. 그러자 분개한 나나가 오귀스틴의 팔목을 깨물었다.

"오! 네 엄마한테 일러주고 말 거야." 오귀스틴은 분하다는 듯 중얼거렸다. "네가 송아지고기를 먹고 나서 빅토르보고 너한테 키스하라고 했던 거 말이야."

하지만 제르베즈와 쿠포의 엄마가 꼬치에 꿴 거위를 가지러 오자 아이들은 다시 잠잠해졌다. 어른들의 식탁에서는 모두들 길게 숨을 내쉬면서 의자 등받이에 기댄 몸을 뒤로 젖혔다. 남자들은 조끼의 단추를 끌렀고, 여자들은 냅킨으로 얼굴을 훔쳤다. 만찬이 잠시 중단된 것처럼 보였다. 몇몇 사람들만이 여전히 입을 놀리며 기계적으로 커다란 빵 조각을 집어삼켰다. 다른 이들은 음식이 배 속에서 자리를 잡도록 내버려둔 채 기다렸다. 서서히 어둠이 내리면서 커튼 뒤로 칙칙한 잿빛이 짙어졌다. 오귀스틴이 식탁의 양쪽 끝에 불을 밝힌 등을 내려놓자, 환한 불빛 아래 지저분하게 변한 식기들이 모습을 드러냈다. 기름이 묻어 끈적거리는 접시와 포크, 포도주 얼룩과 음식 부스러기로 뒤덮인 식탁보가 보였다. 계속 올라오는 진한 음식 냄새 때문에 숨이 턱턱 막혔다. 그러면서도 그들의 코는 미각을 자극하는 뜨거운 음식 냄새에 이끌려 부엌 쪽을 향했다.

"좀 도와줄까요?" 비르지니가 소리쳤다.

그녀는 자리에서 일어나 뒷방으로 건너갔다. 그러자 나머지 여인네들도 하나둘씩 그녀 뒤를 따라갔다. 그녀들은 풍로를 에워싼 채 낑낑거리면서 꼬챙이에서 거위를 빼내는 제르베즈와 쿠포 엄마를 진지한 눈빛으로 지켜보았다. 곧이어 함성이 터져 나오는 가운데 아이들의 날카로운 목소리와 기뻐 날뛰는 소리가 뒤섞여 들려왔다. 이제 의기양양한 행렬이 시작되었다. 얼굴이 땀에 흠뻑 젖은 제르베즈는 두 팔을 앞으로 내밀어 거위를 받쳐 든 채 말없이 환한 미소를 지어 보였다. 다른 여인네들도 그녀처럼 미소를 띤 얼굴로 그 뒤를 따랐다. 맨 끝에 서 있던 나나는 그 광경을 지켜보느라 눈을 동그랗게 뜬 채 발돋움을 했다. 마침내 금빛으로 노릇하게 익어 육즙이 줄줄 흐르는 거대한 거위가 식탁 위에 자리를 잡자, 아무도 선뜻 손댈 엄두를 내지 못했다. 놀라움과 경외심이 모두의 말문을 막아버린 듯했다. 저마다 눈을 깜빡거리거나 턱을 앞으로 내밀면서 거위를 가리켰다. 오, 정말 굉장하군! 놀라운 동물이야! 저 탄탄한 허벅지며 통통하게 살찐 배 좀 보라고!

"장담하건대 이건 절대로 벽만 핥아 먹으면서 찐 살이 아니라고!" 보슈가 감탄 어린 한마디를 뱉어냈다.

그러자 모두들 거위를 두고 저마다 한마디씩 하기 시작했고, 우쭐해진 제르베즈는 상세히 설명을 해주었다. 예의 거위는 포부르 푸아소니에르 가의 가금류 판매상에서 가장 좋은 놈으로 골라 온 것이었다. 석탄 가게의 저울에 달아본 바로는 무게가 무려 12파운드 반에 달했다. 이것을 굽는 데 1부셸의 숯이 들어갔으며, 익어가는 동안 기름을 무려 세 그릇이나 쏟아냈다. 그러자 비르지니가 끼어들어서는 자신은 익히기 전의 거위를 보았다며 자랑을 늘어놓았다. 날것의 거위는 그대로 먹어도 좋을 만큼 껍질이 부드럽고 새하였다. 마치 금발 여인의 피부 같았다, 정말로! 그러자 모든 남자들이 탐욕스럽고 외설스러운 눈빛으로 입맛을 다셨다. 그러는 동안 로리외 부부는 방방의 식탁에 거대한 거위가 놓여 있다는 사실에 약이 잔뜩 올라 입을 씰룩거렸다.

"자, 이걸 통째로 먹을 순 없잖아요." 마침내 제르베즈가 얘기를 꺼냈다. "이걸 좀 잘라주실 분 없으신가요?…… 아뇨, 아니, 난 못 해요! 너무 커서 보기만 해도 무서운걸요."

그러자 쿠포가 자신이 하겠노라고 나섰다. 맙소사! 이런 것쯤이야 간단하게 해치울 수 있었다. 그는 거위의 다리를 움켜쥐고는 세게 잡아당겼다. 뜯어낸 조각은 그런대로 먹을 만했다. 하지만 모두들 소리를 지르면서 함석공에게서 강제로 부엌칼을 빼앗았다. 그에게 맡기면 접시 위를 전쟁터로 만들어놓을 것 같았기 때문이다. 그들은 적임자를 두고 한동안 설왕설래했다. 그러다가 마침내 르라 부인이 애써 우아한 목소리로 의견을 내놓았다.

"그게 말이죠, 제 생각엔 푸아송 씨가 좋겠어요…… 그런 건 당연히 푸아송 씨가 해야죠……"

다른 사람들이 이해를 잘 못하는 듯하자 그녀는 다분히 아부조로 덧붙였다.

"그거야 물론 칼을 다룰 줄 아는 사람은 푸아송 씨뿐이니까요."

그러면서 손에 들고 있던 부엌칼을 푸아송에게 건네주었다. 그러자 모두들 찬성하는 의미로 기분 좋은 웃음을 웃어 보였다. 푸아송은 군인 특유의 경직된 몸짓으로 고개를 까딱하고는 거위를 자기 앞으로 가져갔다. 그의 양옆에 앉아 있던 제르베즈와 보슈 부인은 옆으로 물러나 그에게 양쪽 팔꿈치를 움직일 수 있는 자리를 마련해주었다. 그는 단번에 제압하려는 듯 거위를 뚫어지게 바라보면서 커다란 몸짓으로 서서히 잘라나갔다. 마침내 그가 깊이 찌른 칼끝에 거위의 몸뚱이가 쩍 갈라지자 로리외가 애국심의 발로인 양 외쳤다.

"오! 이게 러시아 군인이었으면 좋았을 텐데!"

"러시아 군대와도 싸워본 적 있나요, 푸아송 씨?" 보슈 부인이 물었다.

"아뇨, 난 베두인족하고 전투를 치렀습니다." 그는 거위의 날개를 뜯으면서 대답했다. "이제 러시아 군대는 없습니다."

그리고 무거운 침묵이 이어졌다. 모두들 고개를 길게 뺀 채 시선은 칼끝을 좇았다. 푸아송은 모두에게 놀라움을 선사했다. 몸뚱이에서 분리된 거위의 궁둥이가 꽁무니를 위로 한 채 우뚝 섰던 것이다. 주교 관(冠)을 똑 닮은 모습으로! 그러자 여기저기서 감탄사가 터져 나왔다. 그런 묘기로 잔치 분위기를 돋울 수 있는 사람은 퇴역 군인밖에 없었다. 그사이 벌어진 거위 궁둥이에서 육즙이 줄줄 새어 나왔다. 그러자 보슈가 히죽대면서 중얼거렸다.

"저건 내가 찜했어. 거위가 내 입에 대고 오줌 누는 걸 생각만 해도 흥분되는군."

"오, 맙소사, 역겨워라!" 여인네들이 이구동성으로 소리쳤다. "어떻게 저렇게 천박한 말을 할 수 있지!"

"오, 저렇게 구질구질한 남자는 세상에 또 없을 거야!" 다른 여자들보다 더 분개한 보슈 부인이 소리쳤다. "그 입 다물지 못해요, 당장! 온 동네 사람을 다 토하게 만들고도 남겠네…… 저 남자가 자기 혼자다 먹어치우려고 수작을 부리는 거라고요!"

그때, 소란스러운 가운데서도 클레망스는 푸아송을 향해 거듭 외쳤다.

"푸아송 씨, 저기 말이죠, 푸아송 씨…… 꽁무니는 저한테 주실 거죠, 그렇죠?"

"그렇고말고 예쁜 아가씨, 꽁무니는 당연히 그대가 차지해야지." 르라 부인은 은밀하게 외설스러운 표정을 지어 보이며 말했다.

하지만 거위는 공평하게 배분되었다. 경관은 모두가 거위 꽁무니를 감상하도록 잠시 놔두었다가 고기를 여러 조각으로 나누어 접시 주위에 가지런히 늘어놓았다. 이제는 먹는 일만 남았다. 그사이 여인네들은 실내의 열기를 못 견뎌 하나둘씩 드레스의 훅을 끌렀다. 쿠포는 여기는 자기 집이므로, 이웃들이 무슨 생각을 하건 개의치 않는다고 외쳤다. 그리고 거리로 통하는 문을 활짝 열어젖혔다. 잔치는 삯마차가 굴러가는 소리와 행인들의 부산스러움 속에서 계속되었다. 그들은 잠시 휴식을 취했던 턱과 그사이 다시 여유 공간이 생겨난 위로 무장한 채 거위를 향해 맹렬히 돌진했다. 걸쭉한 입담을 자랑하는 보슈는 거위를 자르는 모습을 지켜보면서 기다리는 것만으로도 송아지고기와 돼지 등뼈가 장딴지까지 내려가버린 것 같다고 떠벌렸다.

오, 맙소사, 지금까지 이처럼 부어라 마셔라 한 적은 없었다. 초대객 중 그 누구도 이렇게까지 소화가 안 될 정도로 먹었던 기억이 나지 않았다. 몸집이 비대해진 제르베즈는 식탁에 양쪽 팔꿈치를 편안하게 올려놓은 채로 큼직하게 잘라낸 가슴살을 열심히 먹어댔다. 그러면서 한 조각이라도 놓칠세라 말도 하지 않았다. 다만 구제 앞에서 게걸스럽게 먹는 모습을 보인다는 것이 조금 난처하고 부끄러웠을 뿐이다. 구제 역시 먹는 데 집중하느라 식탐으로 얼굴이 발갛게 달아오른 그녀를 미처 주목할 겨를이 없었다. 그런 가운데서도 제르베즈는 지극히 친절하고 선한 마음 씀씀이를 보여주었다. 말을 하지는 않았지만, 매 순간 브뤼 영감에게 신경을 쓰면서 그의 접시에 특별한 것을 놓아주기도 했다. 심지어 자신이 먹던 날갯죽지를 한 조각 떼어내 그에게 건네주는 모습은 감동적이기까지 했다. 그토록 많은 음식 앞에서 어안이 벙벙해진 노인은 고개를 푹 숙인 채 자신이 무엇을 먹는지도 잘 모르면서 꾸역꾸역 삼켰다. 그의 위는 빵 맛조차 구별하지 못하는 듯했다. 로리외 부부는 거위 구이에 분노를 쏟아부으면서, 앞으로 사흘 동안은 아무것도 먹지 않아도 될 만큼 정신없이 먹어치웠다. 단번에 방방을 파산시킬 수만 있다면 접시와 식탁, 가게 전부라도 먹어치울 수 있을 것 같았다. 여인네들은 너 나 할 것 없이 하나같이 거위 몸통을 원했다. 몸통은 여자들이 가장 좋아하는 부위였다. 르라 부인과 보슈 부인, 퓌투아 부인은 뼈다귀까지 남김없이 먹어치울 기세였다. 목부위를 좋아하는 쿠포의 엄마는 마지막 남은 두 개의 이로 악착같이 고기를 뜯어 먹었다. 비르지니는 노릇하게 잘 구워진 껍질이라면 사족을 못 썼다. 그리하여 모두들 매너 있게 그녀에게 껍질을 건네주었다. 그러자 푸아송은 엄한 눈빛으로 그녀를 흘겨보면서 그만 먹으라고 종용했다. 그만하면 충분히 먹었기 때문이다. 게다가 비르지니는 예전에 거위고기를 과도하게 먹는 바람에 배가 잔뜩 부풀어 올라 보름 동안 침대에 누워 지냈던 전력이 있었다. 하지만 쿠포는 화를 내면서 비르지니에게 넓적다리 위쪽 부위를 건네주었다. 이런 젠장! 거위를 싹싹 먹어치우지 못한다면 진정한 여자라고 할 수 없다. 거위가 누구한테 해를 입힌 적이라도 있단 말인가? 그러기는커녕 거위는 우울증까지 낫게 하는 효력이 있음이 입증된 바 있다. 게다가 빵을 곁들이지 않고도 마치 디저트처럼 가볍게 먹을 수도 있다. 쿠포 그는 밤새도록이라도 먹을 수 있었다. 그러면서 그는 허세를 부리면서 입에 다리 하나를 통째로 쑤셔 넣었다. 쪽쪽 소리를 내며 거위 꽁무니를 마저 해치우던 클레망스는 음탕한 말을 속살거리는 보슈 때문에 의자에 앉은 채 자지러지게 웃어젖혔다. 아! 맙소사! 언제 또 이렇게 푸지게 먹을 수 있을까! 이럴 때 한번 거방지게 먹어줘야 하지 않겠는가? 어쩌다 한 번씩 이런 기회가 왔을 때 목구멍까지 차오르도록 배를 가득 채우지 못한다면 그처럼 어리석은 일이 또 어디 있겠는가? 저기를 보라,

다들 배가 풍선처럼 부풀어 오르지 않았는가. 여인네들은 마치 출산이라도 기다리는 듯 보였다. 배가 터져라 아귀처럼 먹어대는 모습들이라니! 입을 있는 대로 벌리고 턱에는 기름이 잔뜩 묻은 벌건 얼굴들은 풍족함으로 넘쳐나는 부자들의 엉덩이를 떠올리게 했다.

그리고 포도주는 또 어떠한가, 친구들! 마치 센 강의 강물이 흘러가듯 식탁 주위로 포도주가 넘쳐흘렀다. 목마른 대지를 적셔주는 빗물처럼 개울을 이루면서 흘러가고 있지 않는가. 쿠포는 포도주 잔에 이는 붉은색 거품을 보여주려고 병을 높이 치켜들고 부었다. 그러다가 병이 비면 짓궂은 표정으로 병을 거꾸로 든 채 소젖을 짜는 여인네들 같은 제스처를 취했다. 여기 또 포도주 한 병이 장렬하게 전사했군! 병들의 묘지가 돼버린 가게 한구석에는 수명을 다한 포도주병과, 식탁에서 밀려 나간 음식 찌꺼기가 차곡차곡 쌓여갔다. 퓌투아 부인이 물을 마시고 싶어 하자 쿠포는 분개하면서 직접 물병을 모두 치워버렸다. 품위 있는 사람들이 물을 마시는 것을 본 적이 있는가? 퓌투아 부인은 배 속에 개구리라도 키우고 싶은 건가? 포도주 잔들은 순식간에 비워졌다. 폭풍우가 몰아치는 날 긴 홈통을 따라 빗물이 흘러내려가듯, 단번에 목구멍으로 흘러내리는 포도주 소리가 들려왔다. 시큼한 막포도주로 된 비가 내리고 있었다! 처음에는 오래된 술통 냄새 같던 것이 차츰 익숙해짐에 따라 나중에는 헤이즐넛 냄새로 느껴졌다. 오! 신이시여! 예수회교도들이 뭐라고 하건 아무 상관 없었다. 포도주는 진정 놀라운 발명품임을 인정해야만 했다! 초대객들은 모두 웃음을 터뜨리면서 그의 말에 동의를 표했다. 노아는 분명 함석공과 재단사, 그리고 대장장이를 위해 포도나무를 심었을 것이다. 포도주는 몸을 깨끗이 정화해주고, 노동의 노고를 달래주며, 아무런 의욕이 없는 이들에게 자극제가 되어주기도 한다. 그런 다음 어릿광대가 당신에게 묘기를 부리기라도 하면, 당신은 우쭐해져서는 파리가 온통 자신의 것인 양 느끼게 되는 것이다. 또한 부자들에게 괄시받는 지치고 가난한 노동자들이 웃을 수 있는 것도 모두가 포도주 덕분이다. 그런데 단지 인생을 좀 더 장밋빛으로 느끼고 싶어 가끔씩 술에 취한다고 비난하는 것은 너무나 야박한 처사가 아닌가! 그렇지 않은가! 지금 이 순간은 황제인들 대수겠는가? 어쩌면 황제 역시 술에 취해 있을지도 모르지 않는가? 하지만 그렇다고 해도 그게 뭐 어쨌다는 건가. 우리가 그보다 더 취하고 더 즐기면 되는 것이다. 고귀한 척하는 이들은 모두 꺼져버리라지! 쿠포는 여자들을 빼고는 모두를 우습게 여겼다. 그는 3수밖에 들어 있지 않은 주머니를 마치 100수짜리 동전이 가득 찬 것처럼 흔들어 보이면서 웃었다. 평소에는 그토록 단정하던 구제마저 얼근하게 취해 있었다. 보슈의 눈은 게슴츠레하게 풀려 있었고, 로리외의 눈은 허옇게 변해 있었다. 반면 구릿빛으로 그을린 퇴역 군인의 얼굴을 한 푸아송은 점점 더 엄격해 보이는 시선으로 사방을 둘러보았다. 그들은 이미 모두 거나하게 취해 있었다. 여자들 역시 적당히 취기가 올라 있었다. 오! 아주 살짝 취한 것뿐이었다. 순수한 포도주로 인해 볼이 발갛게 달아오른 여인네들은 옷을 벗어 던지고 싶은 마음을 억누른 채 숄을 벗는 것으로 만족해야 했다. 오직 클레망스만이 더 이상 남의 시선을 의식하지 않고 편하게 행동하기 시작했다. 제르베즈는 문득 고급 포도주 여섯 병을 사놓았음을 기억해냈다. 거위 구이와 함께 내놓는다는 것을 깜빡했던 것이다. 그녀는 부리나케 그것들을 가져와 잔들을 다시 채웠다. 그러자 푸아송이 잔을 들고 자리에서 일어나 외쳤다.

"여주인의 건강을 위해 건배를 제안합니다."

그러자 모두들 부산스럽게 의자를 밀면서 일어섰다. 그리고 팔을 뻗어 잔을 서로 부딪치며 요란한 소리를 냈다.

"앞으로 50년만 더 건강하게 사세요!" 비르지니가 외쳤다.

"아휴, 아니에요." 감동한 제르베즈는 미소를 띠며 손사래를 쳤다. "그럼 내 나이가 몇이 되는데요. 언젠가는 세상을 떠나는 걸 기뻐할 날이 오지 않겠어요"

그러는 동안 활짝 열린 문을 통해 온 동네 사람들이 그 광경을 지켜보면서 잔치에 참여하고 있었다. 지나가던 사람들도 도로에까지 퍼진 불빛을 보고 멈춰 선 채 유쾌하게 먹고 마시는 이들을 향해 기분 좋은 웃음을 지어 보였다. 마차꾼들은 늙다리 말들에게 채찍질을 계속하면서 앉은 채로 몸을 숙여 가게 안을 흘끗거리며 우스갯소리를 해댔다. "이봐, 넌 돈도 안 내고 공짜로 구경할 심산이야?…… 오, 세상에! 저 뚱보 여인네 좀 보게, 당장 가서 산파라도 불러와야 할 판이군!……" 구운 거위 냄새는 온 거리를 유쾌하게 활짝 피어나게 했다. 식료품점의 청년들은 맞은편 보도에서 실제로 거위를 맛보고 있는 듯했다. 과일 가게 여주인과 내장 가게 여주인은 수시로 자기들의 가게 앞으로 나와 선 채 입술을 핥으면서 코를 킁킁거렸다. 마치 온 거리가 소화불량에 시달리는 듯 보였다. 평소에는 거의 모습을 드러내지 않던 세탁소 옆 우산 가게의 퀴도르주 모녀도 크레이프라도 만들다 나온 것 같은 벌건 얼굴로 주위를 흘끗거리면서 앞뒤로 나란히 서서 길을 건너갔다. 작업대에 앉아 있던 시계 수리공도 경쾌한 뻐꾸기시계들 틈에서 몹시 흥분한 표정을 감추지 못했다. 그는 포도주병을 세는 것만으로도 취기를 느껴 더 이상 일을 할 수 없을 지경이었다. 그랬다, 그들로 인해 온 동네가 들끓고 있었다! 쿠포는 큰 소리로 외쳤다. 무엇 때문에 애써 감추겠는가? 탄력을 받은 그들은 더 이상 먹는 모습을 드러내는 것을 수치스러워하지 않았다. 식탐으로 입을 크게 벌린 채 주위로 모여든 군중은 그들을 더욱더 부추기고 자극했다. 그들은 진열창을 뚫고 식탁을 도로까지 밀고 나가, 모두가 웅성거리며 지켜보는 가운데서 디저트를 먹을 수 있기를 바랐다. 보기에 역겨운 광경이 전혀 아니지 않은가? 그런데 군이 이기주의자들처럼 숨어서 먹을 필요가 없었다. 쿠포는 10수짜리 동전을 흔들어 보이는 시계 수리공을 향해 포도주병을 들어 보였다. 그리고 시계 수리공이 머리를 주억거리자 그에게 포도주병과 잔을 가져다주었다. 거리를 사이에 두고 화기애애한 분위기가 조성되었다. 그들은 행인들을 향해 건배했고, 사람 좋아 보이는 동료들을 불러들였다. 흥겨운 잔치 분위기가 점차 거리 전체로 퍼져 나가는 동안, 구트도르 가의 온 동네 사람들은 왁자지껄한 소란스러움과 함께 풍겨오는 음식 냄새에 배를 움켜쥐어야 했다.

그러다가 아까부터 석탄 가게 여주인 비구루 부인이 세탁소 문 앞을 서성거리는 모습이 보였다.

"저기요! 비구루 부인! 비구루 부인!" 모두들 큰 소리로 그녀를 불렀다.

얼굴을 깨끗이 씻은 그녀는 코르사주가 터져 나갈 것 같은 풍만한 몸매로 바보처럼 히죽거리면서 안으로 들어섰다. 남자들은 비구루 부

348

인을 꼬집으며 장난치기를 좋아했다. 그녀의 몸 어디를 꼬집더라도 뼈가 만져지지 않았기 때문이다. 보슈는 그녀를 자기 옆에 앉혔다. 그리고 즉시 식탁 아래로 은밀히 그녀의 무릎을 만졌다. 하지만 그런 것에 이미 익숙해진 비구루 부인은 태연히 술잔을 비우면서, 이웃들이 모두 창문으로 내다보고 있으며 건물 입주자들이 화를 내기 시작했다는 얘기를 전했다.

"오! 그런 건 우리가 신경 쓸 일이라고요." 보슈 부인이 대꾸했다. "여기 관리인은 우리잖아요, 안 그래요? 어쨌거나 우린 입주자들의 평안을 책임지고 있고 말이죠…… 와서 얼마든지 불평을 늘어놓으라고 해요. 얼마든지 상대해줄 테니까."

가게 뒷방에서는 나나와 오귀스틴 사이에 막 격렬한 다툼이 벌어진 참이었다. 두 계집아이는 서로 구이용 꼬챙이를 자신이 닦아야 한다고 주장했다. 꼬챙이는 십오 분여 동안이나 낡은 냄비처럼 달그락 소리를 내며 바닥에서 튀어 오르기를 반복했다. 이제 나나는 목에 거위 뼈가 걸린 어린 빅토르를 치료하고 있었다. 나나는 손가락을 그의 입 속에 집어넣고는 약이라고 주장한 커다란 설탕 덩어리를 강제로 삼키게 했다. 그러면서도 어른들의 식탁을 살피는 일을 게을리하지 않았다. 나나는 수시로 건너와서는 에티엔과 폴린을 위한 포도주와 빵과 고기를 요구했다.

"자! 이거 먹고 나가 죽어버려!" 제르베즈가 역정을 내며 말했다. "그리고 제발 날 좀 귀찮게 하지 말란 말이야!"

아이들은 더 이상 한 입도 삼킬 수가 없었다. 그럼에도 억지로 쑤셔 넣으면서 분위기를 돋우려고 성가의 가락에 맞춰 포크를 두드렸다.

그사이 어수선한 가운데서도 브뤼 영감과 쿠포의 엄마 사이에 대화가 이어졌다. 음식과 포도주로 포식을 했음에도 여전히 초췌한 얼굴의 노인은 크림전쟁에서 죽은 아들들에 관해 이야기했다. 아! 아들들이 살아 있었다면 굶는 일은 없었을 텐데. 하지만 취기로 발음이 다소 어눌해진 쿠포의 엄마는 그를 향해 몸을 숙이면서 조그맣게 말했다.

"자식이 있어도 살기 힘든 건 마찬가지예요, 정말이에요! 자, 날 보세요. 여기 사는 게 겉으로는 행복해 보이죠? 하지만 천만의 말씀이라고요! 하루에도 몇 번씩 눈물을 흘리는걸요…… 아휴, 자식 있는 거 절대로 부러워할 필요 없다니까요."

브뤼 영감은 고개를 가로저었다.

"이젠 어디에서도 날 원하지 않아요." 그는 혼잣말처럼 중얼거렸다. "난 너무 늙었어요. 내가 작업장에 들어가니까 젊은이들이 앙리 4세의 부츠를 닦던 게 내가 아니냐면서 웃더군요…… 작년만 해도 다리에 칠을 하면서 하루에 30수는 벌었죠. 아래로 강물이 흐르는데 계속 드러누워 일을 해야 했어요. 그 후부터 기침이 멈추질 않는 겁니다…… 이젠 다 끝났어요, 어디서도 날 받아주지 않아요."

그는 거칠고 바짝 마른 손을 내려다보면서 덧붙였다.

"사실 그럴 만도 하죠, 난 이제 아무짝에도 쓸모가 없으니까요. 나라도 그들처럼 했을 겁니다…… 그런데 가장 괴로운 건 내가 아직 살아 있다는 겁니다. 그래요, 그러면 안 되는데 말이죠. 더 이상 일을 할 수 없을 때는 자리에 누워서 그대로 죽어버려야 해요."

"늙어서 일을 못 하게 된 사람들을 왜 정부에서 나서서 도와주지 않는지 정말 모르겠다니까요…… 요 전날 신문에서 그런 기사를 본 적이 있는데……" 그들의 말을 듣고 있던 로리외가 한마디 거들고 나섰다.

그러자 푸아송은 정부를 옹호해야 한다고 생각했다.

"노동자들은 군인이 아니지 않습니까. 앵발리드*는 군인들을 위한 곳이란 말입니다…… 그런 터무니없는 요구를 해서는 안 된다고요."

이제 디저트가 그들을 기다리고 있었다. 사원 모양의 사부아 케이크**는 멜론 껍질로 만든 반구형 돔으로 장식돼 있었다. 돔 위에는 인조 장미가 꽂혀 있고, 그 옆에는 은박으로 만든 나비가 철사 끝에 매달려 달랑거렸다. 꽃의 한가운데에 붙어 있는 두 방울의 고무는 이슬을 형상화한 것이었다. 그 왼쪽으로는 새하얀 크림치즈가 떠다니는 우묵한 접시가 놓여 있었다. 오른쪽에 놓인 또 다른 접시에는 먹음직스러운 딸기가 뭉개져 즙이 흐르는 채로 수북이 쌓여 있었다. 그런데 기름에 버무린 큼직한 로메인 샐러드가 아직 남아 있는 게 문제였다.

"저기요, 보슈 부인." 제르베즈가 다정히 말을 건넸다. "샐러드를 좀 더 드시지 않을래요? 부인이 제일 좋아하는 거잖아요."

"아뇨, 아니, 난 됐어요! 너무 먹어서 배가 터질 것 같다니까." 관리인 여인은 손사래를 쳤다.

세탁부 여인이 비르지니를 돌아보자, 그녀는 음식이 손끝에 잡히기라도 하듯 손가락을 입속으로 집어넣어 보였다.

"이거 봐요, 나야말로 가득 찼다니깐. 더 이상 들어갈 자리가 없다고요. 더는 절대로 못 먹어요."

---

* 루이 14세 때 전쟁 중 부상병들을 수용하기 위해 만든 건물.
** 프랑스 사부아 지방에서 유래한 스펀지케이크의 일종.

"오! 조금만 무리하면 될 것 같은데요." 제르베즈는 미소를 지으면서 계속 고집을 부렸다. "언제나 약간의 빈틈은 있게 마련이죠. 샐러드는 본래 배가 고파서 먹는 음식도 아닌데요 뭐…… 설마 로메인을 이대로 버리게 하진 않겠죠?"

"그대로 절여두었다가 내일 먹으면 되겠네." 르라 부인이 말했다. "원래 그렇게 먹는 게 더 맛있다니까."

여인네들은 숨을 헐떡거리면서 아쉬운 표정으로 샐러드 그릇을 바라보았다. 클레망스는 언젠가 점심때 물냉이를 세 단이나 먹어치웠다고 얘기했다. 퓌투아 부인은 더 굉장했다. 그녀는 로메인 밑동을 자르지도 않은 채 소금만 살짝 뿌려서 통째로 먹어치운 적도 있었다. 모두들 샐러드만 먹고도 살 수 있을 것 같았다. 샐러드라면 양동이째로도 먹을 수 있었다. 그녀들은 대화의 분위기에 힘입어 샐러드 그릇을 깨끗이 비워낼 수 있었다.

"난 들판에서 네 발로 기어 다닐 수도 있을 것 같다니까." 관리인 여인은 입에 샐러드를 가득 문 채 거듭 강조했다.

디저트는 우스갯거리에 불과했다. 디저트를 해치우는 것쯤은 일도 아니었다. 조금 늦게 나오긴 했지만 그런 건 전혀 문제되지 않았다. 아직 그쯤은 상대해줄 수 있었다. 어차피 포탄처럼 터져버릴지도 모를 때는 딸기와 케이크 조금 때문에 머뭇거릴 필요는 없었다. 게다가 전혀 급할 게 없었다. 시간은 얼마든지 있었다. 필요하다면 밤새도록이라도 먹을 수 있었다. 그러면서 모두들 접시에 딸기와 크림치즈를 가득 담았다. 남자들은 파이프 담배를 물었다. 고급 포도주를 모두 비워낸 그들은 담배를 피우면서 다시 막포도주를 마시기 시작했다. 모두들 제르베즈가 즉시 사부아 케이크를 자르기를 원했다. 푸아송은 모두의 환호 속에서 우아한 몸짓으로 장미꽃을 집어 여주인에게 바쳤다. 제르베즈는 받아 든 꽃을 왼쪽 가슴 위의 심장 가까운 곳에 핀으로 꽂았다. 그녀가 움직일 때마다 나비가 팔랑거리며 움직였다.

"이런!" 막 새로운 사실을 알아낸 로리외가 소리쳤다. "이제 보니 우리가 지금까지 부인 작업대 위에서 먹고 마신 거군요!…… 오, 맙소사! 아마도 이 위에서 이토록 많은 일을 했던 적은 없을 것 같군!"

그의 짓궂은 농담은 엄청난 성공을 거두었다. 여기저기서 재치 있는 말들이 쏟아져 나왔다. 클레망스는 딸기를 한 스푼씩 먹을 때마다 다림질을 하는 것에 비유했다. 르라 부인은 크림치즈에서 풀 냄새가 난다고 주장했다. 한편 로리외 부인은 그토록 힘들게 일한 작업대에서 이처럼 순식간에 돈을 먹어치우다니 참으로 어처구니가 없다고 혼잣말처럼 중얼거렸다. 요란한 웃음소리와 왁자지껄하게 떠들어대는 소리가 마구 뒤섞여 들려왔다.

그때 느닷없이 들려오는 힘찬 목소리가 모두의 입을 다물게 했다. 자리에서 일어난 보슈가 난봉꾼 같은 불량기를 띤 표정으로 〈사랑의 화산 또는 유혹적인 병사〉라는 노래를 부르기 시작했던 것이다.

나는야 블라뱅, 아름다운 여인들을 유혹하는 남자라네……

첫번째 소절이 끝나자 우레와 같은 환호와 박수 소리가 터져 나왔다. 그래, 그래, 노래를 하는 거야! 각자 하나씩 부르는 거야. 정말 재밌을 것 같잖아. 그러면서 각자 식탁에 팔꿈치를 괴고 앉거나 의자 등받이에 기대어 몸을 뒤로 젖히고는, 후렴구에서 술을 한 잔씩 마시거나 적절한 부분에서는 고개를 까딱이기도 했다. 저 능글맞은 보슈는 코믹한 노래를 곧잘 불렀다. 그는 모자를 뒤로 젖혀 쓰고 손가락을 편 채 건방진 병사 흉내를 내면서 물병마저 웃게 만들었다. 〈사랑의 화산〉이 끝나자 연이어 이번에는 그가 즐겨 부르는 〈폴비슈의 남작부인〉을 불러젖혔다. 세번째 소절에 이르자 그는 클레망스를 돌아보면서 느릿하고 관능적인 목소리로 나지막하게 속삭였다.

남작부인은 혼자가 아니었네,
그녀의 네 자매와 함께였다네,
셋은 갈색 머리, 하나는 금발이었네,
모두가 매혹적인 여덟 개의 눈을 가졌다네.

그러자 흥분한 초대객들은 후렴을 함께 불렀다. 남자들은 발뒤꿈치로 박자를 맞추고, 여인네들은 나이프를 집어 들고 박자에 맞춰 잔을 두드렸다. 모두들 목청을 돋우어 한껏 소리를 질러댔다.

빌어먹을! 누가 돈을 지불할 것인가
파…… 파…… 파……에게 술 한잔을 사기 위해……
빌어먹을! 누가 돈을 지불할 것인가
파…… 파트루…… 우……우유*에게 술 한잔을 사기 위해!

---

* '파트루유'는 순찰대라는 뜻.

노래하는 이들의 강력한 숨결로 인해 가게의 유리창들이 울리면서 모슬린 커튼이 춤을 추었다. 그러는 동안 두 번이나 어디론가 사라졌다가 다시 돌아온 비르지니는 제르베즈의 귀에 대고 무언가를 나지막이 속삭였다. 세번째로 다시 나타났을 때는 소란스러움 가운데서 그녀에게 말했다.

"그는 아직도 프랑수아네에 있어요, 신문을 읽는 척하더라니까요…… 무슨 꿍꿍이가 있는 게 분명하다고요."

비르지니는 랑티에에 관해 얘기하고 있었다. 들락거리면서 그를 계속 살피고 있었던 것이다. 그녀가 새로운 사실을 전해줄 때마다 제르베즈의 얼굴이 점점 더 굳어졌다.

"술에 취했던가요?" 그녀가 비르지니에게 물었다.

"아뇨, 아주 멀쩡해 보였어요." 껑다리 갈색 머리 여인이 대답했다. "그래서 더 염려스러운 거라고요. 안 그래요? 그렇게 멀쩡한데 왜 술집에서 계속 그러고 있느냔 말이죠…… 오, 맙소사! 맙소사! 제발 아무 일도 일어나지 말아야 할 텐데!"

몹시 불안해진 세탁부 여인은 비르지니에게 제발 입을 다물라고 간청해야만 했다. 순간 무거운 정적이 흘렀다. 퓌투아 부인이 자리에서 일어나 노래를 하기 시작했던 것이다. 〈해적선을 향해 돌격하라!〉 그러자 모두들 말없이 집중해서 그녀를 바라보았다. 심지어 푸아송은 노래를 더 잘 듣기 위해 피우던 파이프 담배를 식탁 가장자리에 내려놓기까지 했다. 분노가 가득한 표정으로 몸을 뻣뻣하게 세운 자그마한 체격의 퓌투아 부인은 검정 보닛 탓에 얼굴이 더욱더 창백해 보였

다. 그녀는 체격에 어울리지 않는 큰 소리로 노호하듯, 당당한 자신감
으로 왼쪽 주먹을 앞으로 흔들어 보였다.

무모한 도적들이
우리를 쫓고 있구나!
해적들에게 천벌이 내릴지니!
도적들에게 자비란 없다!
동료들이여, 포문을 열어라!
그들의 죽음에 럼주로 축배를 들자!
겁 없는 해적들과 도적들이여
그대들은 바다의 제물이 될지니!

이건 심각한 내용이었다. 하지만, 오, 맙소사! 이렇게 실감이 날 수
가! 항해 경험이 있는 푸아송은 가사의 내용에 수긍하는 듯 고개를 주
억였다. 게다가 이 노래는 마치 퓌투아 부인의 심경을 대변하는 것 같
았다. 쿠포는 몸을 숙여, 그녀가 어느 날 저녁 풀레 가에서 그녀에게
추근대는 불한당 넷을 따귀를 날려 혼내준 일화를 들려주었다.
제르베즈는 다들 아직 사부아 케이크를 먹고 있는 중에 쿠포 엄마
의 도움을 받아 커피를 내놓았다. 그들은 그런 그녀가 다시 자리에 앉
기 전에 노래를 부를 차례라고 외쳤다. 하지만 제르베즈는 몹시 불편
해 보이는 창백한 얼굴로 손사래를 쳤다. 그러자 모두들 걱정스러운
얼굴로 혹시 거위 때문에 탈이 난 게 아닌지 물었다. 제르베즈는 마지
못한 듯 가냘프고 달콤한 목소리로 〈아! 나를 이대로 잠들게 해주오!〉

를 불렀다. 아름다운 꿈으로 가득한 잠을 소망하는 후렴구에 이르자, 눈꺼풀이 사르르 닫히면서 흐릿해진 그녀의 시선이 거리의 어둠 속으로 향했다. 그녀의 노래가 끝나자마자 푸아송은 여인네들에게 뻣뻣한 고갯짓으로 인사를 하고는 술을 찬양하는 노래, 〈프랑스의 포도주들〉을 불러젖혔다. 하지만 그는 마치 총을 쏘듯 노래를 했다. 애국적인 내용의 마지막 소절만이 청중의 반응을 이끌어낼 수 있었다. 그는 삼색기에 관한 부분을 부르면서 잔을 높이 들고 흔들다가 크게 벌린 입속으로 단번에 술을 털어 넣었다. 그의 순서가 끝나자 감상적인 로망스*들이 줄줄이 이어졌다. 보슈 부인이 부른 바르카롤**은 베네치아와 곤돌라를 노래했고, 로리외 부인의 볼레로***는 세비야와 안달루시아를 이야기했다. 심지어 로리외는 춤추는 아랍 여인의 사랑에 관한 노래로 아라비아의 향기를 전해주기도 했다. 소화불량으로 인한 거친 숨소리로 가득한 공기 속에서 기름얼룩이 덕지덕지 묻은 식탁 주위로 황금빛 풍경이 아득히 펼쳐졌다. 상앗빛 목과 흑단 같은 머릿결의 이국적인 여인들, 기타 소리와 달빛 아래서의 키스, 걸음걸음마다 진주와 보석을 흩뿌리며 춤을 추는 인도의 무희들. 남자들은 황홀한 표정으로 파이프 담배를 피우고, 여인네들은 은밀한 쾌락을 느끼며 미소를 띤 채, 모두들 그곳에서 달콤한 향기를 호흡하는 듯 보였다. 클레망스가 목청을 떨며 간드러지게 〈새 둥지를 지으세요〉를 부르기 시작하자 모두들 반색하며 즐거워했다. 마치 시골에 와 있는 것

---

* 18~19세기에 유행했던 연애시나 연가.
** 이탈리아 베네치아의 곤돌라 사공의 노래.
*** 4분의 3박자로 된 에스파냐의 춤곡.

처럼 앙증맞은 작은 새들과 나무 아래서의 춤, 꿀이 가득 든 꽃들이 연상되었기 때문이다. 토끼고기를 먹으러 뱅센 숲에 갈 때면 볼 수 있는 것들이었다. 다음으로 비르지니는 〈나의 사랑스러운 리키키*〉를 부르면서 모두의 배꼽을 빠지게 했다. 그녀는 군대를 따라 전쟁터로 나간 여자 상인을 흉내 내면서, 한 손을 허리에 얹은 채 다른 한 손으로는 팔목을 돌리면서 허공에 술을 뿌리는 시늉을 했다. 이번에는 모두들 쿠포의 엄마에게 〈생쥐〉를 불러달라고 졸라댔다. 그러자 노인은 자기는 그런 음란한 노래는 부를 줄 모른다며 시치미를 뗐다. 그러더니 이내 갈라지는 가는 목소리로 노래를 하기 시작했다. 그녀의 주름진 얼굴과 반짝이는 조그만 눈은 생쥐를 보고 기겁하며 치마를 꼭 움켜쥐는 처녀 리즈의 두려움과 거기 빗댄 의미들을 더욱더 강조해주는 듯했다. 그러자 모두들 포복절도하며 어쩔 줄을 몰랐다. 이제 여인네들은 근엄함을 모두 벗어던진 채 번득이는 눈빛으로 옆에 앉은 남정네들을 흘끗거렸다. 이건 절대 음탕한 게 아니었다. 어쨌거나 노골적인 말은 어디에도 없지 않은가. 사실 보슈는 진작부터 석탄 가게 여주인의 장딴지를 따라 생쥐 놀이를 하고 있었다. 제르베즈의 눈짓에 따라 구제가 천둥이 치는 것 같은 베이스의 목소리로 〈아브델카데르**의 작별인사〉를 불러 새로이 침묵과 존중의 분위기를 조성하지 않았더라면, 보슈가 어디까지 갔을지는 알 수 없었을 것이다. 오, 맙소사! 구제는 정말 듣기 좋은 저음의 목소리를 지녔다. 그의 풍성하고 멋진 금빛 턱수염에서 나오는 목소리는 마치 구리 트럼펫에서 흘러나오는

---

* '리키키'는 성적으로 무능함을 빈정거리는 표현.
** 프랑스의 점령에 끝까지 저항했던 알제리 북서부의 도시 마스카라의 애국 운동가.

소리 같았다. 그가 전사의 검은 암말을 가리켜 "오, 나의 고귀한 동반
자여!"라고 외칠 때는 모두들 가슴이 벅차올랐다. 곧이어 우렁차게
울려 퍼지는 그의 목소리에 노래가 미처 끝나기도 전에 우레와 같은
박수가 터져 나왔다.

"이제 영감님 차례예요, 얼른 하세요!" 쿠포의 엄마가 브뤼 영감에
게 말했다. "아무거나 괜찮아요. 옛날 노래가 더 듣기 좋은 법이랍니
다. 얼른 하세요!"

모두들 노인을 돌아보며 노래하라고 부추겼다. 하지만 그는 무슨
말인지 못 알아들은 것처럼 무표정한 구릿빛 얼굴로 멍하니 사람들을
둘러보았다. 그러자 누군가 그에게 〈다섯 개의 모음〉을 아는지 물었
다. 그는 고개를 숙였다. 이제 아무것도 기억나지 않았다. 오래전에 알
던 노래들이 머릿속에서 모두 뒤죽박죽 섞여버린 때문이었다. 모두들
그에게 노래하라고 더 이상 채근하지 않기로 하자, 노인은 갑자기 기
억난 듯 허허로운 목소리로 더듬거리며 노래를 부르기 시작했다.

트루 라 라, 트루 라 라,
트루 라, 트루 라, 트루 라 라!

그와 동시에 노인의 얼굴이 환하게 밝아졌다. 노인은 어린아이처
럼 즐거운 표정으로 점점 잦아드는 자신의 목소리를 들으면서 후렴
구가 그의 안에 일깨워주는 아득한 과거의 흥취를 홀로 음미하는 듯
보였다.

트루 라 라, 트루 라 라,

트루 라 라, 트루 라 라, 트루 라 라!

"있잖아요, 부인." 비르지니가 다가와서 제르베즈의 귀에 대고 속
삭였다. "지금도 막 거길 다녀오는 길이에요. 자꾸 신경이 쓰여서
요…… 그런데 랑티에가 프랑수아네에서 사라져버렸지 뭐예요 글
쎄!"

"그런데 밖에서 못 만났나요?" 세탁부 여인이 물었다.

"아뇨, 빨리 걷느라 미처 살펴볼 생각을 못 했어요."

그러면서 눈을 치켜든 비르지니는 얘기를 멈추고 숨죽인 한숨을 뱉
어냈다.

"오! 맙소사!…… 저기, 바로 저기 있네요. 길 건너에요. 여길 쳐다
보고 있어요."

얼굴이 새하얗게 질린 제르베즈는 재빨리 맞은편 보도를 쳐다보았
다. 그곳에서는 그들의 노래를 듣기 위해 모여든 사람들이 이쪽을 지
켜보고 있었다. 식료품점의 청년들과 내장 가게 여주인, 자그마한 몸
집의 시계 수리공은 쇼라도 관람하는 것처럼 한데 모여 있었다. 구경
꾼들 중에서는 군인과 프록코트를 입은 신사 들, 서로 손을 잡은 채
진지한 얼굴로 넋을 잃고 바라보며 서 있는 대여섯 살짜리 계집아이
셋이 눈에 띄었다. 그리고 과연 그 속에 랑티에가 있었다. 그는 군중
의 맨 앞줄에서 차분한 표정으로 이쪽을 응시하면서 노래를 듣고 있
었다. 참으로 대담하고 뻔뻔스럽기 그지없는 행동이 아닌가. 제르베
즈는 발끝에서부터 심장으로 올라오는 오싹한 냉기를 느끼면서 손가

락 하나 까닥할 엄두를 내지 못했다. 그동안 브뤼 영감은 노래를 계속했다.

트루 라 라, 트루 라 라,
트루 라, 트루 라, 트루 라 라!

"이런! 이제 그만하세요, 영감님. 그 정도면 충분하다고요!" 쿠포가 말했다. "노래를 제대로 알고 있긴 한 겁니까?…… 그냥 다음번에 불러주시죠, 네! 우리가 기분이 아주 좋을 때 말입니다."

그의 말에 모두들 웃음을 터뜨렸다. 그러자 갑자기 노래를 멈춘 노인은 희멀건 눈빛으로 식탁을 한번 휘둘러본 다음, 또다시 예의 백치 같은 음울함 속으로 빠져들었다. 커피를 다 마시고 나자 함석공은 재차 포도주를 요구했다. 클레망스는 다시 딸기를 먹기 시작했다. 잠시 노래가 중단되자 모두들 아침에 옆 건물에서 한 여인이 목을 맨 채 발견된 사건을 화제로 삼아 떠들어댔다. 이번에는 르라 부인의 차례였다. 하지만 그녀에겐 준비가 필요했다. 그녀는 더웠는지 냅킨 귀퉁이를 물잔에 담가 적신 후 양쪽 관자놀이를 두드렸다. 그런 다음 브랜디를 조금 달라고 해서 마시고는 꼼꼼히 입술을 핥았다.

"〈선한 신의 자녀〉, 다 아시죠?" 그녀는 혼잣말처럼 나지막하게 말했다. "〈선한 신의 자녀〉……"

이제 남성적인 외모에 키가 크고 코는 앙상하며 어깨는 경관처럼 각진 르라 부인이 노래를 시작했다.

어머니에게서 버림받고 헤매는 아이는,

언제나 자비로운 신에게서 안식처를 발견한다네.

강력한 권세를 지닌 신이 아이를 지켜주리니,

버림받은 아이는 선한 신의 자녀라네.

그녀는 어떤 대목에서는 목소리를 떨면서 촉촉한 음조로 가사를 길
게 끌기도 했다. 그러면서 눈을 비스듬하게 위로 치켜뜬 채 오른손을
가슴 앞에서 흔들다가는 가끔씩 격정적인 몸짓으로 가슴을 지그시 눌
렀다. 그러자 랑티에의 출현으로 인해 두려움에 사로잡힌 제르베즈의
눈에서 참았던 눈물이 흘러내리기 시작했다. 마치 노래가 그녀의 고
통을 대신 말해주는 것 같았다. 그녀 자신이 선한 신이 거두어줄 버림
받고 방황하는 연약한 어린아이처럼 느껴졌다. 술에 잔뜩 취한 클레
망스는 느닷없이 울음을 터뜨렸다. 그리고 식탁 가장자리에 고개를
떨어뜨린 채 식탁보로 딸꾹질을 억눌렀다. 전율을 불러일으키는 정적
이 흘렀다. 여인네들은 얼굴을 똑바로 든 채 손수건을 꺼내 눈물을 닦
으면서, 그처럼 감동하는 자신들의 모습을 자랑스럽게 여겼다. 남정
네들은 고개를 숙인 채 눈을 깜빡거리면서 각자의 앞을 응시했다. 푸
아송은 목이 메는 듯 입술을 꼭 깨물다가 두 번이나 파이프 담배 끝을
부러뜨려 바닥에 뱉어내고는 계속 담배를 피워댔다. 석탄 가게 여주
인의 무릎 위에 여전히 손을 올리고 있던 보슈는 더 이상 그녀를 꼬집
지 않았다. 막연한 회한과 경외심에 사로잡힌 그의 두 뺨으로 굵은 눈
물이 흘러내렸다. 그들 모두는 더없이 경직돼 있으면서도 또한 순한
양처럼 연약해 보였다. 마치 포도주가 눈으로 흘러나오는 듯했다! 르

라 부인이 더욱더 느릿하게 울먹거리는 어조로 후렴구를 다시 반복하자 모두들 더 이상 참을 수 없다는 듯 연민에 푹 젖어 접시에 연방 눈물을 쏟아냈다.

하지만 제르베즈와 비르지니는 그런 와중에도 맞은편 보도에서 한시도 눈을 뗄 수 없었다. 얼굴이 눈물로 범벅이 된 채 뒤늦게 그를 알아본 보슈 부인의 입에서 조그맣게 비명이 새어 나왔다. 그러자 세 여자는 무의식적으로 서로에게 고갯짓을 하면서 염려스러운 표정을 지어 보였다. 맙소사! 만약 쿠포가 돌아보기라도 한다면, 그래서 랑티에를 보게 된다면 무슨 일이 벌어질 것인가! 생각만 해도 끔찍한 살육행위가 벌어질 게 분명했다! 그리고 물론 수상쩍은 낌새를 알아차린 함석공이 물었다.

"대체 뭣들을 보고 있는 겁니까?"

몸을 숙인 그는 단번에 랑티에를 알아보았다.

"오, 맙소사! 이건 해도 해도 너무하는군." 그는 조그맣게 중얼거렸다. "아! 더러운 놈, 비열한 자식 같으니라고…… 어떻게 이럴 수가 있지, 이건 정말 너무하지 않은가 말이야. 결국 우린……"

그리고 자리에서 일어나면서 위협적인 끔찍한 말을 더듬더듬 뱉어내자, 제르베즈는 울먹거리면서 애원했다.

"제발, 여보 제발…… 그 칼 내려놔요…… 제발 그대로 앉아 있어요. 일을 더 키우지 마요."

비르지니는 쿠포가 식탁에서 집어 든 칼을 빼앗아야 했다. 하지만 그가 밖으로 나가 랑티에에게 다가가는 것을 막을 수는 없었다. 다른 사람들은 르라 부인이 가슴이 찢어질 듯한 표정으로 노래하는 동안,

점점 더 격해지는 감정을 주체하지 못하고 더욱더 구슬피 흐느끼느라 다른 것을 돌아볼 여유가 없었다.

가엾은 아이는 천애 고아가 되어 방황한다네.
아이의 간절한 목소리에 귀 기울이는 것은 오직
커다란 나무들과 거센 바람뿐이라네.

길게 늘어지는 마지막 구절은 마치 폭풍우가 애절한 숨결을 뱉어내는 것처럼 느껴졌다. 포도주를 마시던 퓌투아 부인은 감정이 격해진 나머지 식탁보 위에 술을 쏟고 말았다. 하지만 제르베즈는 소리를 지르지 않기 위해 주먹을 입에 꼭 갖다 댄 채 겁에 질려 눈썹을 깜빡거리면서 차갑게 얼어붙어 있었다. 그러면서 이제 잠시 후면 저곳에서 두 남자 중 하나가 길 한복판에 쓰러지는 것을 보게 되리라 예상했다. 비르지니와 보슈 부인도 매우 흥미롭다는 표정으로 그 광경을 지켜보았다. 선선한 바깥 공기에 정신이 번쩍 든 쿠포는 랑티에를 덮치려다가 배수로에 주저앉을 뻔했다. 랑티에는 두 손을 주머니에 찔러 넣은 채 옆으로 살짝 비켜섰을 뿐이다. 이제 두 남자는 서로에게 소리를 지르면서 마구 욕설을 퍼부어댔다. 무엇보다 쿠포는 랑티에에게 정신나간 돼지 새끼라고 욕하면서 통째로 먹어버리겠다고 위협했다. 두 남자의 흥분한 목소리가 들려오는 가운데 팔이 뽑혀 나갈 듯 서로 거세게 따귀를 갈기는 격렬한 몸짓이 난무했다. 그렇게 시간이 흐르자 제르베즈는 정신이 아득해지는 것을 느끼면서 눈을 감았다. 얼굴이 부딪칠 정도로 바짝 붙어 있는 두 남자를 보고는, 그들이 여전히 서로

잡아먹을 것처럼 으르렁거리는 것으로 생각한 때문이었다. 그러다가 더 이상 아무런 소리가 들리지 않자 다시 눈을 뜨고는 어안이 벙벙해졌다. 두 사람이 차분히 애기를 나누는 모습이 눈에 들어왔던 것이다.

그사이 르라 부인은 더 큰 소리로 간드러지고 구슬프게 그다음 소절을 노래하기 시작했다.

다음 날 그들은 차디차게 얼어붙어 죽어가는
불쌍한 아이를 거두어 집으로 데려왔다네……

"하지만 정말 창녀 같은 여자들도 있다니까!" 모두가 환호하는 가운데 로리외 부인이 날카롭게 쏘아붙였다.

제르베즈는 보슈 부인과 비르지니와 눈길을 주고받았다. 그러니까 해결이 잘된 건가? 쿠포와 랑티에는 보도 가에서 애기를 계속했다. 여전히 서로에게 욕설을 해댔지만 마치 친구 사이처럼 느껴졌다. 그들은 다정함이 묻어나는 어조로 서로를 '나쁜 자식'이라고 불렀다. 그러다가 사람들의 시선이 느껴지자 마침내 나란히 서서 조용히 걷기 시작했다. 건물들을 따라 걷던 그들은 열 걸음쯤마다 멈춰 서서는 제자리에서 빙그르 돌았다. 곧이어 둘 사이에 열띤 대화가 오갔다. 그리고 느닷없이 쿠포가 다시 화를 내는 것처럼 보이더니, 그가 무언가를 청하고 랑티에는 거절하는 것 같은 광경이 연출되었다. 그러다가 함석공이 랑티에를 가게로 데려오려고 억지로 등을 떠밀어 길을 건너게 하는 모습이 보였다.

"내가 그러고 싶다니까 글쎄!" 쿠포가 외쳤다. "딱 술 한 잔만 하자

니까…… 남자는 남자지, 안 그래? 남자들끼리는 서로 통하는 법이
란 말이지……"

르라 부인은 막 마지막 후렴구를 마쳤다. 여인네들은 손수건을 손
으로 비비 꼬면서 다 함께 후렴구를 반복했다.

버림받은 아이는 선한 신의 자녀라네.

르라 부인이 진이 빠져버린 것 같은 얼굴로 다시 자리에 앉자 모두
들 찬사를 쏟아내기에 바빴다. 그녀는 무언가 마실 것을 요구했다. 노
래에 지나치게 감정을 실어 부른 탓이었다. 그러다가 신경쇠약에라도
걸릴까봐 염려스러울 정도였다. 그사이에 모두의 시선은 쿠포 옆에
편안히 앉아 사부아 케이크의 마지막 조각을 포도주에 적셔 먹고 있
는 랑티에에게로 쏠렸다. 비르지니와 보슈 부인을 제외하고는 그를
아는 사람은 아무도 없었다. 로리외 부부는 뭔가 수상한 낌새를 눈치
챘지만 그게 뭔지 알아내지 못하자 언짢은 얼굴을 했다. 제르베즈가
동요하는 것을 느낀 구제는 낯선 초대객을 비딱한 시선으로 쳐다보았
다. 어색한 침묵이 계속되자 쿠포는 한마디로 설명했다.

"친굽니다."

그러면서 아내를 향해 소리쳤다.

"이런, 뭐 하는 거야, 뭐라도 좀 가져오지 않고!…… 아직 따뜻한
커피가 남아 있을 거야."

제르베즈는 반쯤 넋이 나간 듯 멍한 표정으로 두 남자를 차례로 바
라보았다. 처음에 남편이 그녀의 옛 남자를 가게로 데리고 들어왔을

때는 두 주먹으로 머리를 감싸 안았다. 그것은 거센 폭풍우가 몰아치는 날 천둥이 칠 때마다 자신을 보호하려는 본능적인 몸짓과 같았다. 그녀에게 그것은 있을 수 없는 일처럼 여겨졌다. 사방의 벽이 무너져 내려 모두를 짓누를 것만 같았다. 그런데 두 남자가 같이 앉아 있는데도 모슬린 커튼조차 흔들리지 않는 것을 보자 갑자기 그 모든 것이 지극히 자연스러운 일처럼 느껴졌다. 아무래도 거위고기를 너무 많이 먹은 탓인 듯했다. 그로 인해 속이 거북해지면서 무언가를 또렷이 생각하기가 힘들었다. 동시에 기분 좋은 나른함이 온몸을 감싸면서 정신을 마비시키는 바람에 식탁에서 몸을 일으킬 수가 없었다. 그 순간 그녀가 바라는 단 한 가지는 이 상태가 지속되는 것뿐이었다. 맙소사! 다른 사람들은 아무렇지도 않은데 무엇 때문에 혼자 쓸데없는 걱정을 한단 말인가? 모두가 만족스럽게 문제가 저절로 잘 해결된 것처럼 보이는 마당에. 제르베즈는 자리에서 일어나 커피가 남아 있는지 보러 갔다.

가게 뒷방에서는 아이들이 잠들어 있었다. 사팔뜨기 오귀스틴은 디저트를 먹는 내내 아이들의 딸기를 빼앗아 먹고 끔찍한 말로 협박하면서 공포 분위기를 조성했다. 그리고 이젠 조그만 장의자에 웅크리고 누워 핏기 없는 얼굴로 배를 움켜쥐고는 아무 말도 못 하고 끙끙거렸다. 뚱뚱한 폴린은 식탁 가장자리에 기댄 채 잠든 에티엔의 어깨에 얼굴을 파묻고 있었다. 침대 바닥 깔개 위에 앉아 있던 나나는 빅토르에게 몸을 바짝 붙이고 그의 목에 한 팔을 두른 채 잠들어 있었다. 그리고 잠결에 가냘픈 목소리로 반복해 말했다.

"아! 엄마, 아파요…… 아! 엄마, 정말 아파요……"

"당연하지!" 머리가 어깨에 붙은 것처럼 보이는 오귀스틴이 중얼거렸다. "쟤네들 다 취했거든요. 어른들처럼 노래도 불렀다니까요."

잠들어 있는 에티엔을 본 제르베즈는 또다시 충격에 휩싸였다. 아이의 아버지가 바로 옆에서, 아들을 한번 안아보고 싶다는 말조차 꺼내지 않은 채 케이크를 먹고 있다고 생각하자 갑자기 숨이 막힐 것만 같았다. 그녀는 에티엔을 깨워 데리고 가서 랑티에의 품속으로 밀어넣을 참이었다. 그 순간 또다시 모든 게 순조롭게 해결된 것이 무척 다행스럽다는 생각이 들었다. 물론 잔치의 마지막을 망치는 것은 바람직하지 않은 일일 테니까. 제르베즈는 커피포트를 가지고 와서 랑티에에게 커피를 따라주었다. 게다가 그는 제르베즈에게 전혀 신경을 쓰지 않는 듯 보였다.

"자, 이제 내 차롄가." 쿠포는 끈적거리는 목소리로 더듬거렸다. "그렇지! 원래 주인공은 맨 나중에 등장하는 법이지…… 좋아! 내가 여러분한테 〈이 경을 칠 돼지 같은 놈!〉이란 노래를 들려주겠소."

"오, 좋아요, 좋아, 〈이 경을 칠 돼지 같은 놈!〉" 모두들 큰 소리로 외쳤다.

다시 좌중이 시끌벅적해지면서 랑티에는 모두의 관심에서 멀어졌다. 여인네들은 후렴구에 장단을 맞추기 위해 술잔과 나이프를 챙겼다. 모두들 불량기가 엿보이는 표정으로 버티고 선 함석공을 바라보면서 미리부터 웃음을 터뜨렸다. 그는 일부러 나이 든 노파처럼 쉰 목소리를 내며 노래하기 시작했다.

매일 아침 잠에서 깨어나면

속이 뒤집히는 것 같아

그를 그레브로 보낸다네

나를 달래줄 약간의 술을 사오게 하려고.

하지만 그는 한참이 지나야 돌아오면서

내 술을 반이나 마셔버린다네

아, 이 경을 칠 돼지 같은 놈!

왁자지껄한 분위기가 모두의 흥을 돋우는 가운데, 여인네들은 술잔을 두드리면서 다 함께 후렴구를 합창했다.

아, 이 경을 칠 돼지 같은 놈!

아, 이 경을 칠 돼지 같은 놈!

이제 구트도르 가 전체가 합류해 온 동네 사람들이 함께 〈이 경을 칠 돼지 같은 놈!〉을 합창했다. 노래를 아는 시계 수리공과 식료품점의 청년들, 내장 가게 여주인 그리고 과일 가게 여주인은 목청 높여 후렴을 불러젖히면서 장난삼아 서로 따귀를 때리기도 했다. 거리 전체가 술에 취한 듯 보였다. 쿠포네 가게에서 풍겨 나오는 잔치 음식의 냄새만으로도 지나가던 사람들을 비틀거리게 하기에 충분했다. 지금쯤 저 안에 있는 사람들은 코가 비뚤어지도록 취해 있을 게 분명했다. 포타주를 먹고 난 후, 순수한 포도주를 처음 마셨을 때부터 취기가 점점 그 강도를 더해갔다. 이제 그 대미를 장식하듯, 마지막 심지가 타는 두 개의 등잔불에서 뿜어져 나오는 불그레한 김이 가득 서린 가운

데, 모두들 음식으로 터질 것 같은 배를 움켜쥔 채 큰 소리로 고함치
듯 노래를 불렀다. 그들이 자아내는 엄청난 소란스러움은 늦은 시간
마지막으로 지나가는 마차들의 덜컹거림마저 덮어버릴 정도였다. 심
지어 순찰을 돌던 두 경관이 소요가 일어난 줄 알고 황급히 달려오기
도 했다. 하지만 푸아송을 알아보고는 묵인의 표시로 고개를 까딱한
후, 나란히 보조를 맞추어 어둠에 잠긴 건물들을 따라 서서히 멀어져
갔다.

쿠포는 다음 소절을 노래했다.

일요일, 더위가 가신 후 우린 프티빌레트로 갔다네.
똥을 치우는 티네트* 아저씨를 보러 갔다네.
우린 체리를 함께 먹었다네.
돌아오는 길에, 그는 똥을 밟고 넘어졌다네.
아, 이 경을 칠 돼지 같은 놈!
아, 이 경을 칠 돼지 같은 놈!

그러자 마치 건물을 무너뜨리기라도 할 것처럼, 평온하고 미지근한
밤의 정적 속으로 엄청난 함성이 울려 퍼졌다. 그들은 스스로에게 환
호를 보냈다. 앞으로 이보다 더 크게 소리를 지를 일이 없으리라는 사
실을 잘 알았기 때문이다.

초대객 중에서 잔치가 어떻게 끝났는지 정확히 기억해내는 사람은

---

* 분뇨통, 변소를 가리키는 속어.

아무도 없었다. 아주 늦은 시간이었던 것만은 분명했다. 거리에는 고양이 한 마리조차 보이지 않았다. 어쩌면 서로 손을 잡고 식탁 주위를 돌며 춤을 추었을 수도 있다. 입이 양쪽 귓가에 걸린 채 발그레해진 얼굴로 깡충깡충 뛰면서 노르스름한 밤안개 속으로 잠겨들었을지도 모른다. 파장 무렵에는 분명 포도주에 설탕을 넣어 마셨을 것이다. 다만 누군가 짓궂게 술잔에 소금을 넣었던 것 같긴 한데 잘 기억나진 않았다. 아이들은 자기들끼리 옷을 벗고 잠자리에 들었다. 다음 날 보슈 부인은 구석에서 석탄 가게 여주인에게 몸을 지나치게 바짝 붙인 채 얘기를 하던 남편에게 따귀를 두 차례 올려붙였다고 자랑했다. 하지만 아무것도 기억나지 않는 보슈는 아내가 농담한 것이라고 둘러댔다. 모두가 이구동성으로 문제 삼았던 것은 클레망스가 보여준 행실이었다. 그녀는 한마디로 말해 초대하지 말았어야 할 여자였다. 클레망스는 옷을 홀홀 벗어 던진 걸로도 모자라 배 속에 든 것을 모두 게워내 모슬린 커튼 한쪽을 완전히 버려놓았다. 남자들은 적어도 밖으로 나갈 줄은 알았다. 로리외와 푸아송은 속이 부글거리는데도 불구하고 돼지고기 전문점까지 꼿꼿이 서서 걸어가는 인내를 발휘했다. 역시 피는 못 속이는 법이다. 더위를 견디지 못한 퓌투아 부인, 르라 부인 그리고 비르지니는 뒷방으로 가서 코르셋을 벗었을 뿐이다. 심지어 비르지니는 상태가 더 나빠질까봐 잠시 침대에 누워 쉬고 싶어 했다. 초대객들은 마치 캄캄한 밤거리 속으로 녹아들듯 하나둘씩 차례로 사라져갔다. 마지막까지 어수선한 가운데 로리외 부부가 격렬하게 다투는 소리와 브뤼 영감이 음울하고 고집스럽게 웅얼거리는 "트루 라 라, 트루 라 라"가 들려왔다. 제르베즈는 구제가 떠나면서 흐느졌던 것을 분명히 기억했다. 쿠포는 여전히 노래를 부르고 있었다. 랑티에는 마지막까지 자리를 지켰다. 심지어 제르베즈는 어느 순간 머리에서 그의 숨결을 느끼기까지 했다. 하지만 그 숨결이 랑티에에게서 비롯된 것인지 혹은 더운 밤공기 때문이었는지는 확실히 분간할 수 없었다.

제르베즈는 그 시각에 바티뇰로 돌아가는 것을 꺼려한 르라 부인을 위해 테이블을 밀고 가게 구석에 침대에서 걷어 온 매트리스를 깔아 주었다. 르라 부인은 먹고 남은 음식들 틈에서 잠을 청했다. 그리고 쿠포 가족이 잔치의 후유증을 떨쳐내려는 듯 밤새도록 죽은 듯이 잠자는 사이, 열린 창문으로 몰래 들어온 이웃집 고양이가 예리한 이빨로 조심스럽게 거위의 뼈를 갉아 먹으며 결정적으로 거위를 끝장내고 있었다.

(2권으로 이어집니다)

세계문학은 국민문학 혹은 지역문학을 떠나 존재하는 문학이 아니지만 그것들의 총합도 아니다. 세계문학이라는 용어에는 그 나름의 언어와 전통을 갖고 있는 국민문학이나 지역문학의 존재를 인정하면서 그것을 넘어서는 문학의 보편적 질서에 대한 관념이 새겨져 있다. 그 용어를 처음 고안한 19세기 유럽인들은 유럽문학을 중심으로 그 질서를 구축했지만 풍부한 국민문학의 전통을 가지고 있는 현대의 문학 강국들은 나름의 방식으로 세계문학을 이해하면서 정전(正典)의 목록을 작성하고 또 수정한다.

한국에서도 세계문학 관념은 우리 사회와 문화의 변화 속에서 거듭 수정돼왔다. 어느 시기에는 제국 일본의 교양주의를 반영한 세계문학 관념이, 어느 시기에는 제3세계 민족주의에 동조한 세계문학 관념이 출현했고, 그러한 관념을 실천한 전집물이 출판됐다. 21세기 한국에 새로운 세계문학전집이 필요하다는 것은 명백하다. 우리의 지성과 감성의 기준에 부합하는 세계문학을 다시 구상할 때가 되었다.

문학동네 세계문학전집은 범세계적으로 통용되는 고전에 대한 상식을 존중하면서도 지난 반세기 동안 해외 주요 언어권에서 창작과 연구의 진전에 따라 일어난 정전의 변동을 고려하여 편성되었다. 그래서 불멸의 명작은 물론 동시대 세계의 중요한 정치·문화적 실천에 영감을 준 새로운 작품들을 두루 포함시켰다.

창립 이후 지금까지 한국문학 및 번역문학 출판에서 가장 전문적이고 생산적인 그룹을 대표해온 문학동네가 그간 축적한 문학 출판 경험을 바탕으로 새로운 세계문학전집을 펴낸다. 인류가 무지와 몽매의 어둠 속을 방황하면서도 끝내 길을 잃지 않은 것은 세계문학사의 하늘에 떠 있는 빛나는 별들이 길잡이가 되어주었기 때문이다. 우리가 자부심과 사명감 속에서 그리게 될 이 새로운 별자리가 독자들의 관심과 애정에 힘입어 우리 모두의 뿌듯한 자산이 되기를 소망한다.

문학동네 세계문학전집 편집위원
민은경, 박유하, 변현태, 송병선, 이재룡, 홍길표, 남진우, 황종연

세계문학전집 083
목로주점 1

1판 1쇄 2011년 12월 23일
1판 10쇄 2024년 10월 10일

지은이 에밀 졸라 | 옮긴이 박명숙

책임편집 고우리 | 편집 이미영 | 독자모니터 양은희
디자인 엄혜리 이주영 최미영 | 저작권 박지영 형소진 최은진 오서영
마케팅 정민호 서지화 한민아 이민경 왕지경 정경주 김수인 김혜원 김하연 김예진
브랜딩 함유지 함근아 박민재 김희숙 이송이 박다솔 조다현 정승민 배진성
제작 강신은 김동욱 이순호 | 제작처 영신사

펴낸곳 (주)문학동네 | 펴낸이 김소영
출판등록 1993년 10월 22일 제2003-000045호
주소 10881 경기도 파주시 회동길 210
전자우편 editor@munhak.com | 대표전화 031)955-8888 | 팩스 031)955-8855
문의전화 031)955-1927(마케팅), 031)955-1916(편집)
문학동네카페 http://cafe.naver.com/mhdn
인스타그램 @munhakdongne | 트위터 @munhakdongne
북클럽문학동네 http://bookclubmunhak.com

ISBN 978-89-546-1685-0 04860
     978-89-546-0901-2 (세트)

잘못된 책은 구입하신 서점에서 교환해드립니다.
기타 교환 문의 031) 955-2661, 3580

www.munhak.com

● 문학동네 세계문학전집은 계속 출간됩니다